備中松山藩幕末秘話

山田方谷伝

振学出版

備中松山藩幕末秘話

山田方谷伝 上

宇田川敬介

目次

備中松山藩幕末秘話 山田方谷伝㊤

第一章　御家再興への道

1　旅路

高梁川《たかはし》の中流、少し浅瀬になっているために、旅行く人々の少し疲れた脚に心地良いせせらぎの音が聞こえてくると、右手にこの辺りの名所である「絹掛《きぬかけ》の滝《たき》」が現れてくる。この辺りは備中松山藩と新見藩の藩境に近く、瀬戸内海から山陰に抜ける街道のちょうど道中も半分になる。そのため、この滝を見ながら傍らにある茶屋で一服の休みを取るのが、この街道を使う人々の習慣《ならわ》しとなっているようであった。

「さあ阿璘《ありん》、ここで少しお休みして、道中の無事をお祈りしてゆきましょう」

梶《かじ》は礼儀正しく、自分の少し後ろを歩く阿璘に声を掛けた。

岩肌に、ちょうど天から舞い降りた天女が、真っ白な絹のような羽衣を掛けたような一筋の滝は、下から見上げると天に続く道のようにも見え、鯉が滝を登り天に至って龍となり天を統《す》べる「登龍門」を想起させる眺めである。そんな登龍門の故事にならい、ここでは旅の無事を祈るだけではなく、事業の成功や立身出世を願う人も少なくない。周辺の藩では、ここで祈ると登龍門を通り世に求められる人材になるというような伝説や成功譚まで出てきており、いつしか滝の傍らには不動明王が祀《まつ》られるようになっていた。暖かな気候のこの日は、心なしか、不動明王の祠《ほこら》の前には、お供物が多いような気がする。

「はい、母上様」

まだ大人の腰のあたりまでしか背丈がない、幼い阿璘と呼ばれた男児は、そんな立身出世と旅の無事を願う多くの大人たちに交じり、不動明王に吸い込まれるように走っていった。走っている姿は遊びたい盛りの五歳の子供である。礼儀正しくこの道を歩む阿璘は、どれほど自分を制しているのであろうか。そう思うと、梶の胸は何かに締め付けられるようにキュウと痛んだ。

このようなところで時間を無駄にしてはいけない。早く行かなくてよいのか。誰に言われるわけでもないのに、心の中の声がそう言って梶を責める。本来、梶と阿璘の住む松山藩西方の集落から新見藩の陣屋に向かうには、佐伏川《さぶし》に沿って上流を目指し、山の中を歩く方が近い。その場合、地元の三《さん》座《ざ》神社で道中の無事を祈るのだ。現在でいえば、道は細いが県道三二〇号線を通った方が近いし、時間も掛からないのである。しかし、梶はあえて西方から出て、遠回りでも高梁川の方に向かった。それは、縁起を担いでこの絹掛の滝でお参りをしたかったこと、また佐伏川に沿った街道は山が深く女性と子供では危険であること、そして何よりも、こちらの方が長く阿璘と一緒に歩くことができるからであった。

梶にとっては、全く急がない旅である。いや、梶にとっては新見の町などに阿璘を連れてゆかず、そのまま時間が止まって阿璘と一緒にずっと暮らしていたい、旅などはここでやめてしまいたい。まだあどけない笑顔の阿璘を、遠くにおいて独り立ちをさせるなど、いくら山田家のため、そして将来の阿璘のためとはいえ、そのようなことをする親などは、鬼にも悖《もと》ると思う。

しかし、逆に鬼にならなければならない。いや、今まで梶は何度も鬼になることを決めたはずである。人間にとって感情というものほど厄介で、そして抗しがたいものはない。人間にとって最も必要で、なおかつ人間にとって最も不必要な感情を捨ててしまえば、どんなに楽なのであろうか。しかし、同時に感情を捨ててしまえば人間ではなくなって「鬼」になってしまう。それでも、人間には抗しがたい感情を抑えて鬼にならなければならない時がある。梶にとって今がその時だ。いや、これから山田家を再興するまで鬼になり続けなければならない。かわいい阿璘に憎まれ、恨まれながらも、鬼になり続けなければならない。

滝の傍らにある祠に安置された、真っ赤な不動明王が、愛情が深いゆえに鬼になること、そして、愛があるからこそ鬼になれるという心の強さを梶に訴えていた。無邪気に不動明王に手を合わせる阿璘の後ろで、梶は気付かれないようにそっと袖を涙で濡らした。

「母上様、阿璘は楽しみにございます。未だにわからぬことを教えていただき、わかるようになることは本当に楽しいことでございます」

茶屋で団子とお茶を頂きながら、阿璘はそのように母に言った。今までと同じように優しく母が教えてくれるものと思っているのか、あるいは、親戚の家にでも遊びに行くようなつもりでいるのか、いずれにせよ阿璘の無邪気な言葉は、梶の心を震わせた。少し厳しいことを言っておかなければならない。今のうちに厳しく接することこそ、阿璘への本当の愛ではないか。

「阿璘、今までも教えてきたとおり、もう一度あなたのお役目を申します」

他の人に聞かれたくない話になる。山田家の恥だ。いや、今は家が潰されているので「山田家」というような苗字を使うことすら許されていない話をしなければならない。梶は、二人分のお茶と団子の代金を五文、団子の乗っていた皿の横に几帳面に重ねて置くと、阿璘の手を取って立ち上がった。また、高梁川を上ってゆかなければならない。

「この辺は、すべて山田家の荘園だったのです。昔々、神君家康公の先祖、源頼朝公が平家を討伐した時に、その一軍の将であった頼朝公の弟君でいらっしゃる蒲冠者《かばのかじゃ》源《みなもと》三河守《みかわのかみ》範頼《のりより》殿の先手であった我らが先祖・山田駿河守重英《しげひで》が、佐井田《さいだ》城主（現岡山県真庭市下中津井）となって英賀郡《あがぐん》を治めておられたのです」

この話は、阿璘にとって、もう耳に胼胝《たこ》ができるほど繰り返し聞いた話であり、阿璘も、母梶の口真似をして暗唱できるほどの話であった。普段であれば、もうその話は聞きました、といって笑いながら話をさえぎるのであったが、今日の母は何かが違った。阿璘は自分の頭の中で、梶の話す山田家の話を、反芻《はんすう》するように文字を浮かべながら、黙って手を引かれていた。

景色は、いつの間にか両側の岩壁が迫り、「井倉狭」といわれるこの辺の素晴らしい景色の渓谷に差し掛かっていた。秋であれば切り立った崖に色づいた木々が、岩壁をものともせず天に向かって、白い岩肌に自分の色を残している姿が見えるのであるが、この季節は濃い緑が白い岩肌も隠してしまっている。

母梶も、ここを歩みながら、秋のすばらしさとは違った深緑の力強い景色に圧倒されていた。いつもの山田家の話が少し途切れ、二人は脚が止まった。

「阿璘、この景色を覚えておきなさい。決して美しいものではないかもしれません。しかし、紅葉のころの派手な美しさはなくても、今の井倉狭と同じで、小さな木々もそのうち茂り、岩肌を覆うほどの力を持てるものです。山田家もそのような家の一つだったのです。そして阿璘、あなたもそのような力を持っているのです。母は岩肌に負けない阿璘になるよう、あなたに期待しています」

いつもと違った梶の言葉に、阿璘は何かを感じた。大人ならば「重い責任を感じた」などと、陳腐な表現で終わらせてしまっていたかもしれない。しかし、まだ幼い阿璘にとっては、そのような言葉では言い表せない何かを、心に刻み付けた。「何か」というのが阿璘にとってわかるようになるのは、ずっと先のことである。しかし、その重さと大切さは五歳の阿璘にも受け止めることができた。

「山田源内重記《げんないしげのり》の代になって、今の長州藩毛利斉熙《なりひろ》公の御先祖に仕えてかなり活躍されたのですが、武運拙《つたな》く、関ケ原の戦いで毛利輝元《てるもと》公が神君家康公とは異なる陣営に付かれたために毛利家は国替えをさせられましたが、源内重記は毛利家とともに長州に移ることを嫌い、今我らのいる西方に住み着いて、土地に根を下ろして暮らすことになったのです」

ここで、梶はもう一度話を止めた。これだけの話であれば、すぐに話が終わるはずだ。しかし、あまり歩みを進めたくない梶にとって、これが阿璘に聞かせる最後の話であると思えば、ゆっくりとかみしめるように話してしまう。そのために、これだけのことを話すのに時間ばかりがかかってしまう。

「その後、以前の備中松山藩主水谷様から改めて郷士の家格を頂いていましたが、阿璘から見て曽祖父の宗左衛門《そうざえもん》益昌《ゆきまさ》は、山田家の菩提寺定光寺の住職が、益昌の許可を得ずに長男郡次郎を剃髪して僧侶にしてしまったことに腹を立て、住職を斬殺して自らも寺中で自害してしまったのです。宗左衛門殿はそれなりに考えもあり、また、山田家にとっては当然正しいことを行ったと思います。我が家の跡取りを家長である宗左衛門の相談もなくいきなり剃髪してしまうなど、もってのほかの振る舞いです。しかし、郷士とはいえ藩の御法度に触れて私怨で人を殺《あや》めてはいけません。ましてや菩提寺の住職を殺めてはいけないのです。正義と藩の法度の間に挟まれ、そして悩んだうえで曽祖父宗左衛門殿は自らも命を絶つことで強く抗議を行ったのです。しかし、それでも法度を破った罪は重く、山田家は所払いになったのです。藩主が板倉様に代わり、所払いは解けましたが、まだ家運隆盛には至っていないのです。申し訳ありませんが阿璘、あなたが御家を再興してくれることを、父も母も願っているのです」

「はい」

祖父、父がこれだけ働いてもかなわぬ夢。それを息子に託すのは、いささか無謀なのかもしれない。しかし、逆にこの子ならばやってくれるのではないか。そのように思うのも親なのである。

「阿璘、学問は、誰にでもできますし、また誰でも他に秀でることができます。学問を修めることは、幼き阿璘でもできることです。阿璘、学問で身を立て、そして才を活かし、家を再興してください。父も母もできなかったことを、阿璘ならばできると、母は……」

自分の言っていることの意味が梶にはわかっていた。そのことがいかに無謀でなおかつ希望でしかないことか。学問で身を立てる、そのことは、小さき子供から幼さを奪い、そして、大人の世界に陥れることであるということをよくわかっていたし、それは子供にとって本当に幸せなことであるのか、梶にも迷いがあった。しかし、絹掛の滝で拝んだ不動明王は、梶に「鬼になれ」と言っていたような気がする。それは、梶が人の心を捨てて鬼になることで阿璘が登龍門を通り天に名を遺《のこ》すと不動明王が暗示してくれたのではないか。それならば、その言葉を信じ、梶は人の魂を捨て、鬼になる覚悟があった。しかし、それでもたまに出てくる母としての感情が、どうしても鬼になり切らせてくれないのである。

「母上様、私ならば大丈夫です。きっと学問を修め御家再興の一族の悲願を遂げて見せます。そして、その道を授けてくださった母上様に孝行申し上げます」

母の心を思ってかあるいは全く知らずに無邪気に言ったのか。五歳にしてはかなり大人びた阿璘の言葉が、梶の心に刺さった。今までそのように育ててきたのであるから、そのように受け答えするのも当然なのかもしれない。しかし、今日だけは、今日でしばらく阿璘の顔を見ることはできなくなるこの旅でだけは、自分の子供である証として、無邪気で子供らしい顔を見せてもらいたかった。離れたくない、とわがままを言ってもらいたかった。いや、そんなことをされては鬼になると決めた心が揺らぐ。しかしそれでも、そうして欲しかった。何度も決心をしたのに、何度も鬼となると決めたのに、梶の心の中の「鬼」があざ笑っているのが悔しかった。

2　松陰

新見藩は、元禄になってできた新しい大名家だ。大名の関家も山田家と同じ清和源氏の出であった。戦国時代、織田信長、豊臣秀吉に仕え「鬼武蔵」といわれた森長可《ながよし》の縁者であり、天正十二年（一五八四年）の小牧長久手の戦いで森長可とともに当主が戦死したのち、森家の家臣として存続していた。その森家の美作津山藩が改易されてしまったために、元禄十年（一六九七年）、森家の六男で関家に養子に行っていた関長治《せきながはる》が新見藩を立てたのである。石高は一万八千石といわれていたが、実質はそれよりもはるかに少なく、藩の財政は当初から逼迫していた。しかし本家が改易されているうえ、幕府との繋がりも少ないため、厳しい財政でも幕府に無理を言うことはできない。その状態を改善するために、三代藩主関政富《まさとみ》は学問により財政改革を行うことを奨励し、一定程度の成果を残したのである。その政富が開いた藩校を「思誠館《しせいかん》」といい、広く人材を求めるために庶民にも学問の道を奨励し、優秀な子弟の家には奨学金を出すなど学費の補助も行っていたのである。

そして、齢《よわい》五歳にしてこの「思誠館」への入学を許されたのが阿璘であった。阿璘の父である五郎《ごろ》吉《きち》と母の梶は、宗左衛門益昌の時代に先祖伝来の資産をすべて没収されてしまっているので、阿璘に学問で身を立てよと言っていても、塾に通わせて一流の先生に習わせるような力はなかった。五郎吉は、少ない田畑を耕す傍ら菜種油などを製造販売する店を営んでおり、需要があれば行商を行うなどして、文字通り「爪に灯を燈《とも》す」生活をしながら阿璘の教育を行った。聡明な阿璘は、そのような父母の苦労を幼いながらにもよくわかっていた。遊びたい、休みたい、そのようなことを言うことが父母の苦労を無駄にすることに繋がり、期待を裏切る結果になることを強く感じていたのである。

新見藩の町に入っても、周囲から何か少しでも学ぼうと、阿璘は様々なものを見た。

「母上様、ここは新見藩の大名がお住まいの街ですか」

「そうです。こんなに栄えているから、阿璘にもわかるでしょう」

行商を行うなどしていたので、西方村の近くである新見の町を梶もよくわかっていた。菜種油の行商のような力作業は五郎吉の仕事であったが、農繁期の挨拶周りや注文聞きなど、女性でもできるような仕事は梶が率先して引き受けていた。そのために、梶もこの新見の町には何度か来たことがある。それまで阿璘のように、ここに本当に大名が住んでいるのかというような疑問を持ったことなどはない。もちろん西方などに比べたら、はるかに栄えている地に阿璘は何か感じているのであろうか。

「はい、この地は栄えております。また家も多く、人々の顔色もよいのですが、城がありませぬ」

「城」

「はい、母上様。御大名家には松山城のような城があるものと思っておりましたが、ここにはありません」

なるほど、と梶は思った。まだ五歳の阿璘は、備中松山の城下にも父五郎吉と梶と生まれたての妹美知《みち》と一緒に、一回しか行ったことはない。その時に臥牛山の上にある松山城の天守閣を見て阿璘は興奮し、五郎吉に様々なことを聞いていた。先祖である山田駿河守重英は佐井田城主であったということで、幼い阿璘には、松山城のような立派な城に住んでいたのではないかと思っていたに違いない。もちろん、鎌倉時代の城は江戸時代の城のように石垣や白壁があるものではなく、山の地形に従って板塀をめぐらせ、中に館があるというようなものでしかない。しかし、幼い阿璘にとって「御家再興」とは「城主になること」となっていたのであった。

しかし、この新見藩に来ると、城ではなく陣屋があるだけである。新見は水谷家統治の備中松山藩領時代に、鉄・米の集散地であった地に陣屋を構えて整備したに過ぎない。阿璘にとってみれば、城というよりは代官所のもう少し大きなものというような感じでしかなかった。これでは、阿璘にとって自分の目標となる象徴の姿が見えなかったのである。

梶は、そのような阿璘の言葉を聞きながら、阿璘の観察眼のすばらしさに、我が子ながら驚いた。もちろんかつて見た松山の城が印象に残っていたということもあろう。しかし、一回しか見ていない松山城と新見の陣屋を区別して、城がないと言うことができる。現代で言う「コロンブスの卵」と同じで、言われて見れば誰でもわかることであるが、何も言われないでそのようなことに気付くのは、誰でもができることではない。

大人というものは、いつの間にか自分の常識でなんとなく納得してしまう。何か違いがあってもそのことを気に留めないでそのままにしてしまう。しかし、この子はその違いを指摘しているのである。違いが分かれば、その違いから何を直したらよいかもわかるはず。大名家と今の山田家の違いもきっと気が付いて、どうしたら変われるか理解できる。この子ならば山田家の再興を託せる。梶はそう思った。

新見陣屋の裏側に城主の菩提寺である安養寺《あんようじ》がある。

「遠路はるばる、ようお越しになられた。ささ、こちらへ」

住職円覚《えんかく》の先代住職は、山田家の遠い親戚であるというが、今までそんなに面識はない。しかし、その縁をたどって曽祖父が御家を断絶された後、一時祖父である善太郎が身を寄せ、そして油を商売にするときに頼ったことがあるという。他に新見の町の中に縁のない梶は藁をもすがる思いで円覚を頼り、一人で暮らす阿璘の下宿をお願いしたのである。円覚は、何度も足しげく通ってくる五郎吉の熱心さや、梶の思いに心を打たれ、その願いを快諾したのであった。

安養寺の宿坊の一室に当面の荷物を置いた。布団と、机がすでにおいてあり、また書棚や書見台も付けられていた。

「部屋はお気に入りになりましたかな」

「本当にありがとうございます。十分すぎるほどの部屋にございます」

母の梶は恐縮しきりであった。実際に、西方の家よりもはるかに立派な部屋に、やわらかな布団は、阿璘には少し贅沢《ぜいたく》であったかもしれない。蔵や丁稚部屋のような場所を想像していた梶にとっては、予想外の場所である。

「これから他の事物を犠牲にして学問に身を捧げるのです。拙僧のできることでしたら、少しでも良いようにしてあげようと思います。なるべく学問に身が入りますようにね」

円覚は少し長い眉毛を揺らしながら笑った。阿璘はそんな円覚を不思議そうに見ていた。

「阿璘からもきちんとあいさつしなさい」

「はい、これからよろしくお願いいたします」

「おうおう、賢い子じゃ」

円覚は、自分の孫を見るように顔を崩した。茶碗、箸、そして筆や硯《すずり》といった道具を部屋に置き、すぐに安養寺の前にある新見藩の藩校思誠館に親子で出向いた。梶が自分の心に素直に行動してしまったことから、すでに安養寺を出たときには夕方になっていた。

「一泊して、明日の朝行かれればよろしかろう」

「いえ、少しでも早く伺おうと思います。それに朝は、門弟の皆さんがいらっしゃり、お邪魔してはよろしくないので」

「そうですか」

円覚は、明日にすればよいと気を使って声を掛けてくれたが、梶はその言葉に深くお礼を言いながらも、そのまま阿璘の手を取って安養寺を後にした。


「ほう、これはまた幼い」

奥の間に通され、そこに出てきたのは、齢五十を超えた老人であった。

現代でこそ人生百年の時代になっているが、戦国時代は織田信長が「人生五十年」と敦盛《あつもり》を謡っていた時代。信長の時代より二百年経って少しは寿命が延びているものの、それでも五十を過ぎればそろそろお迎えがくるという時代だ。六十の還暦でお祝いをするというのはそれだけ長生きしたということである。そして七十では「古稀」つまり「古くから稀《まれ》」なのであるから、この当時の寿命がわかるものである。

その五十過ぎの老人が、目を細めて阿璘を見た。

「幼くてはいけませぬか」

阿璘は、その場で正座をしたままキッとその老人を見上げた。まだ稚児髷《ちごまげ》ではあったが、その姿勢と眼差しには力があった。

「阿璘、失礼なことはおやめなさい。こちらが督学《とくがく》の丸川松陰《まるかわしょういん》先生ですよ」

丸川松陰。松隠とも伝わる。現在ではあまり名前は知られていないが、当時の中国地方ではかなり有名な儒学者であった。幕府直轄の学問所である昌平黌《しょうへいこう》の儒官（総長）である佐藤一斎《さとういっさい》と同門であるばかりか、並び称されるほどの人物である。新見藩の五代藩主関長誠《ながのぶ》は、学問で藩を興すことを勧め、三顧の礼をもって松陰を思誠館の督学として招いていた。その後、阿璘が訪ねた時より二十年前、松平定信が寛政の改革を行うとき、新見藩のような小藩に松陰のような学問の士が眠っていることを残念に思い、松陰を招聘した。誰もが松陰ほどの人物ならば幕府に参じて力を発揮することを望んでいるに違いないと思っていたが、当の松陰は「祖先は士籍を外れたが、藩主の旧恩は今も忘れたことはない」と断ったという。真の儒学者は、自らの行動をもって真の忠孝を態度で示したとしてまた一段と名を挙げたものであった。

この辺では、岡山藩の閑谷学校《しずたにがっこう》かあるいは新見藩の丸川松陰の下で学ぶか、学問を志す者はこのどちらかで学ぶことを望んだものである。

「母君、そんなことを言わなくてよいですよ。この阿璘殿、この物言い、目の鋭さ。いずれも普通の子供では感じない、いや大人でもこのような鋭い眼力を持った者は少ない。このような子供は、一斎塾でもいますまい。ところで阿璘殿と申したな。聞くところによると、松山藩の板倉様の前で字を書いたり、美作国木山神社に額字を奉納したりしたというが、誰に字を習った」

「母上様です」

「ほう、阿璘殿の母上はよほど教え上手と思えるが、阿璘殿は、私の話も聞いていただけるかな」

「丸川先生に非礼はお詫び申し上げます。丸川先生より学ぶことがあれば、すべて学ばせていただきとうございます。」

「ほう、では学ぶものがないと見たらいかがするか」

「私よりも多くの経験をお持ちでございます。ですから丸川先生から学ぶことがないということは考えられません」

「なるほど、それは道理だ。しかし、その私の経験が誤っていたらなんとする」

「先生の経験が誤っているかを経験の少ない私が知ることはできません。また先生の経験が正しくても、それと同じ行動を私が行えるかどうかもわかりません。しかし、誤った行動であれば、同じ過ちを繰り返さないという教訓を得ることができます。正義や成功することよりも、誤ったことや失敗したことからこそ学ぶことが多いと、これも母から教えられております」

丸川松陰は、目を瞑《つむ》りしばらく黙っていた。夕方になって書を読むための行燈《あんどん》が置かれていたが、その影が全く揺れずにいた。しかし、目を開けた松陰には阿璘の影が一回り大きく見えた。

「では阿璘殿、あなたは何故学ぶことを望むのか」

今度は丸川松陰の目が一瞬輝きを放った。剣術などで勝負の瞬間、剣士が放つ殺気のような鋭さが松陰と阿璘の間に火花を散らせた。梶は、祖父と孫のような二人の気のやり取りをただ黙って見ているしかなかった。

「先生、学びは先人の知恵です。そして我々は先人の知恵を使って国をよくしなければなりません。武は国を守ること、そして学は国を興すこと。国を豊かにし、強い兵を持つことこそが国を他から守ることであり、その方法を知り新たな困難に打ち勝つ知恵を得ることこそが私の望みです」

とても五歳の子供が言うような答えではない。ある程度学問を修めた者でもここまで言うことはできないであろう。松陰は一瞬息をのんだ。しかし、松陰が素晴らしいのはここからである。目を瞑りながら聞いていた松陰は、再び目を開くと、阿璘に次の問いを出した。

「では、阿璘殿自身の希望は何か」

「私の希望は、父母の希望でもある山田家の再興です。学問で国に役に立つようになり、そのうえで御家を再興することが最も近道であると思います」

「なるほど、では、阿璘殿にとって御家の再興と国の発展と、どちらが大事か」

「国の発展です」

「なぜ」

「国が豊かになれば、多くの民が不自由なく、また飢饉のときも食べ物に困ることなく国が豊かになります。御家の再興は大事ですが、私の家だけが発展しても西方村の多くの人々に恨まれ、結局はまた御家が潰されてしまいます。先祖は城主であったのに時の流れを読むことができず、家を衰退させました。そのようにならないように、国全体を豊かにし、その国の民に学問を学ばせ、そして城主が誤った時もそれを支える臣が正しい判断を行い、正しい方向に国全体が動くことこそ最も大事であると思います」

「うむ」

松陰は言葉を失った。目の前にいるのは、自分の孫とも思えるような幼い子供である。しかし、その子供は他の子供と違い、学ぶことの目的をすでにわかっており、そして、自分よりも民を大事にするという考えをすでに持っているのである。たぶん母の教えが素晴らしかったのであろう。しかし、母の教えた学問だけではない。この子供は天性の何かを持っていて、その感性で様々な書物の中に書かれている重要なことを読み取ることができるのである。

中には、教えられたり、覚えさせられたりして、ここで言われたままに大人の好むようなことを言える子供もいる。しかし、この子は違う。うまく説明できないが、何か中に輝くものがある。いや、この小さな体の中には納まりきらない得体のしれない大きな天賦の才を感じるのである。

天才は天才を知る。

松陰にしかわからない感性で、この少ない会話の中から阿璘の非凡さを見抜いていた。阿璘はただものではない。育て方によっては新見藩や松山藩という単位ではなく、この国全体を変える鳳雛《ほうすう》ではないか。そしてこの鳳雛が鳳凰《ほうおう》となって羽搏《はばた》くまで、松陰自身が育て、自分の今まで培ってきたすべての知識を伝えられるのである。天は、松陰にその鳳雛の教育を任せた。そして、自分の学問や自分の知識を、この子を通して天下に示すことができるのである。松陰にとっては、日本の将来を天に任せられたのと同じなのである。

「お母君、ぜひこの阿璘殿を私に育てさせてください。将来、阿璘殿は御家再興などという小さな話ではなく、ああ、これは失礼、しかし、御家や松山藩などということではなく天下を済《すく》える運命を持っているのではないかと思います。このような逸材をぜひ私に育てさせてもらいたい」

松陰は、自分でも言った後恥ずかしくなるくらい興奮しながら梶に言った。いや、こんなに胸が高まる思いをしたのは、松陰の一生の中で初めてではないか。このような逸材をよく自分のところに連れてきてくれた。そして、ここまでよく育ててくれた。そのような感謝の気持ちを梶に表し、そしてこんな願ってもない幸運が自分のところに来たことを喜んだのである。そのような熱い野望が、松陰の全身を駆け巡っていた。

「しかし……」

松陰の興奮に少し戸惑いながら、それでも梶は言葉を濁した。松陰が気に入ってくれたのはありがたいが、しかし、そんなに長期間預けられるほどの資金もないし、また高価な本を買うような余裕もないのである。いや、新見で阿璘を一人にしなければならないのも、自分の家に余裕がなく、自分も西方に戻って働かなければならないからなのだ。

戸惑っている梶の表情を見て、松陰は、何が困っているかをすぐに察した。普通ならばしないような失礼ではあったが、その場で懐に手を入れ、財布の中から小判を一枚出すと、母の梶にその小判を握らせた。着ているものや手や足の汚れや擦り傷を見れば、どのような生活をしているかすぐにわかる。松陰は、自分が興奮してしまって全くそのことに気付かなかったのだ。そう、梶は学費など金銭のことを心配していたのである。

「お母君、今宵は親子水入らずで、おいしいものを食べさせてあげてください。明日、私の方から阿璘殿の学費と生活費は新見藩で何とかするように相談してみましょう。もしも藩が出さないならば、私が出しましょう」

「そ、そんな。本当に……」

驚くような松陰の申し出であった。梶は頭を下げることも忘れて手に取った小判を見つめていた。小判が珍しいわけではない。もちろん、貧しい山田家に小判を見る機会などはほとんどないが、それ以上に、その小判の重さと輝きは、松陰のありがたい申し出が本当であることを物語っていた。梶は、何度も何度も、小判と松陰の顔を見比べた。そして最後に阿璘を見た。阿璘は、射貫くような目でじっと松陰を見ている。

神が降りてきた。梶はそう思った。その神は、松陰でもあり、そして自分の子阿璘でもある。この瞬間、阿璘が自分の手元を離れて遠くに飛び立ったような気がする。

「明日、昼になったらもう一度二人で来てください。阿璘殿、明日ここに来るまでは本を読むことを禁じます。何よりも母上様の話をよく聞いて、そしておいしいものを食べなさい。新見は蕎麦《そば》がおいしいから、食べるとよいでしょう」

「はい」

松陰はにっこり笑うと、客間を立った。梶はまだ信じられないものを見るように小判を握りしめていた。小判の端に、行燈の揺らめきの輝きが宿り、そしてその光が反射して阿璘の先を神々しく照らしていた。

3　美知

阿璘が松陰の下で学ぶようになって三年たった。

初めのうちは、母がいない生活に慣れるのに、寂しい思いもした。夜になると、自分は母に捨てられたのではないかと、涙で枕を濡らすこともあった。また、学問の教え方も梶の教え方とは全く違うもので、戸惑うことも少なくなかった。周囲も幼く小柄で気ばかりが強い幼子の加入に、物珍しさもあって揶揄《からか》ってしまって喧嘩になることも少なくなかった。

しかしこの頃には、松陰の学舎の中では、覚えの早さや答えの鋭さに、他の学生も何も言えなくなってきていた。徐々に揶揄いなどはなくなり、誰もが一目置くようになっていたのである。

特に、阿璘と親しくなった者がいた。備中国（現在の岡山県）下津井の竹原終吉《しゅうきち》という男であった。下津井とは、児島郡下津井町、現在の倉敷市児島地域で児島半島の南端に位置する。古くは平安の都に反抗した藤原純友《ふじわらのすみとも》が砦を築いたり、近世において岡山城の池田家が下津井城を築いたりして、海運や交通・軍事の要衝として重要視されていた場所だ。また、蝦夷地から京都まで産品を運ぶ北前船の寄港地としても栄えた。田ノ口と下村（下の町）は、瑜伽大権現《ゆがだいごんげん》と四国金刀比羅宮《ことひらぐう》を結ぶ港町として、また塩田や新田で栽培された綿花を使った綿織物の産地として繁栄した町である。

丸川松陰の門下には、この下津井や田ノ口といった場所からの門弟が多くあった。これはこの下津井郡中津井村地区から西阿智村にかけての新田開発に松陰の実家の丸川家がかなり深く関与し、この地区の庄屋に丸川家がなっていたことに由来する。この時代の村はほとんどが顔見知り、または数代遡れば親戚関係になる。ある意味で、丸川松陰と竹原終吉は遠い親戚であるという関係でもあるのだ。

「阿璘は海を見たことがあるかい」

「話には聞いたことがありますが、いまだに海を見たことはありません」

どんなに勉学に勤しんでいても、休憩の時間もあれば友人と話をする時間もある。休みの時間は、竹原や清水茂兵衛《もへえ》といった仲間と集まった。いずれも武士の家柄ではないが、地元のまとめ役として郷士の資格を持っており苗字が許されていた。それは、山田の家が失った身分である。新見藩の藩校

「思誠館」は、藩の意向で身分に関係なく入学することが許されていたため、松山藩の西方の農民の子であり苗字が許されていない阿璘と、終吉や茂兵衛といった郷士が一緒に学ぶことができたのである。

しかし、多くの庶民、特に地方の郷の農民たちは、藩の幹部ともいえる武士の子弟と農民の子が一緒に学ぶことができるなどと思っていなかったし、また日々の仕事が多く、とても学問をさせるような余裕はなかった。もしも学ばせるような時間や金銭的な余裕があっても、家業を継がせることの方が優先されていたのである。いや、農民や町人の間では、学問などという一銭の得にもならないようなものは無駄だと思っていたし、また、そのようなことをするのは、小唄や三味線と同じ道楽の一つとしか思っていなかったのである。

そのため丸川松陰は、自分の縁者の子や見どころのある子弟を広く募集していたのである。清水も竹原も松陰の家が庄屋をしていた下津井や西阿智の出身である。

清水茂兵衛も竹原終吉も、そして阿璘も、親族の中に教育熱心な者がいて、丸川松陰に預けられているのだ。その意味では、家庭の環境や家の中の学問に対する考え方が似ていた。また二人は阿璘よりは年上ではあったが、しかし、他の門弟に比べると年齢も近く、実家を離れ新見の知り合いや親戚の家に預けられているという環境も似ているということで、他の門弟よりも親しくなっていたのである。

この日も三人は松陰先生に言われて思誠館の庭で落ち葉の掃除を言いつけられていた。しかし、三人集まればどうしても手が休んでしまい、口の方が忙しくなってゆく。友人とは、昔も今もそのようなものなのである。

「阿璘は、海を見たことがないのか。広いぞ。ずっと水が続いているんだ」

「水が続いているのですか」

「ああ、向こうの端っこなんか見えないんだぞ。そしてその水は塩辛いんだ」

竹原が自慢げに言った。終吉は阿璘が知らないことを見つけるといつも得意げに物を言うようになっていた。それだけ、阿璘は多くのことを知っていたし、また学問のことになれば終吉の方が言い負かされてしまうことが少なくなかったのである。

このような阿璘の知らない話になると、いつも竹原終吉が自慢げに何かを言って、清水茂兵衛が笑顔で黙って聞いているという関係だ。年齢は清水茂兵衛の方が終吉よりも少し上、そして、家柄も清水家の方が高い。

「その水を乾かして、塩を作るんだ。また、海に出れば魚も多くとれる」

「魚ですか」

「ああ。阿璘は海の魚を食べたことはあるか」

「魚ならばあります」

「海の魚だぞ」

「……。」

今でこそ何でも手に入るが、内陸の松山藩は、当時海の幸はなかなか手に入らなかった。魚は腐るのが早く、生で内陸の町まで運ばれてくることは少ない。そのために、内陸部では松山城下に限らず、ほとんどが塩漬けかあるいは干物になって運ばれてくる。そのような状態で出てきてしまっては、どれが海の魚でどれが川や池の魚なのかの区別もつかなかった。

西方村には、川や沼はあったので、余裕がある時に近所の人が釣りをして余った鯉や鮒をくれることがあったが、幼い阿璘に海の魚か沼や川の魚かを区別させる必要もなかったのである。以前の阿璘の記憶の中にあるのは、庄屋の家に呼ばれた時に、ずいぶんと塩辛い干物の魚を食べたことだ。あまりにも塩辛くて残してしまったら、母の梶にすごく怒られた。海の魚といって思い出すのはそんなことでしかなかった。

「おう終吉、山育ちの阿璘に、海の話を自慢するな。阿璘が困っているではないか」

清水茂兵衛が終吉に声を掛けた。いつも終吉がなんとなく海の自慢をしたり、阿璘をからかったりしたとき、やりすぎないように茂兵衛が二人の間に入るのが常になっていた。茂兵衛が何かを言えば終吉はそこで引き下がる。三人の微妙なバランスがそうやって保たれていたので、仲が良かったのかもしれない。

「まあ、我らもこの新見に来て、海が見えないので恋しいのですよ。ああ、海の魚が食べたいなあ」

茂兵衛に言われてしまったので、せっかく阿璘に自分が教える立場になって得意になっていた展開を残念がるように終吉は言った。

「海が恋しいのはわかるし、私もそうだが、しかし、それを阿璘に言ってどうする。逆に山の話や西方村の話をされたら、こちらは何も返せないだろう」

茂兵衛は、三人の中では最も年上である。全く手が動いていない終吉に比べ、しっかりと竹箒《たけぼうき》で落ち葉を集めている。このような作業には少し不器用な阿璘も、足元には落ち葉の山ができていた。終吉だけは何もしていないかのような感じである。

「ああ、山といえば落ち葉の山を作らなきゃ」

終吉は二人の足元を見ると慌てて手を動かした。

「阿璘、申し訳ない。まあ、でもそのうち海を阿璘に見せてやろう」

「ありがとうございます」

阿璘は、にっこり笑うと、また庭の掃除を始めた。竹箒が丸石の上を、乾いた心地良い音を立てていた。庭の見える部屋では障子の内側で丸川松陰がそんな元気な三人の「子供たち」の話を聞きながら、うららかな秋の日差しに少しまどろみを感じていた。夢か現《うつつ》か、阿璘が自分の親族になって、江戸の御殿を闊歩《かっぽ》しているような錯覚を感じていた。

三年前に、阿璘が母の梶に連れられてきて、その時にいくつかの質問をした。その時の阿璘の目が忘れられなかった。人の心を射抜くような厳しい、それでいて優しさを併せ持った素晴らしい目である。まさに、天を統べる龍の目を持った子供が来たと思った。そしてその子を自分の思い通り大きく育てることができているのである。こうやって子供たちの中の会話を聞いていると、その成長が松陰には心地よかった。

阿璘がここに来たときは、少し大人びてしまって、子供らしい活発さに欠けている部分があるのではないかと思った。母親が教育熱心なのはよくわかるが、幼いうちに大人の価値観ばかりを押し付けては良くない。なんでも自分で体験して、自分の感覚として様々なことを会得するからこそ、いろいろなことを学べるのである。本に書いてある内容も重要であるが、本に書いてあることはあくまでも書いた人の感覚でしかない。それを会得し、そのうえで、自分で会得したものを実践し体験として理解していかなければ学問は生きてこない。生きてこない知識がいくらあっても、それは世に言われているように道楽でしかないのである。そして、これから起きることに対処するためには知恵が必要であるのに、本だけで何も体験させない過保護の中で知識が積み重なっても、実践的な知恵は生まれないのである。

そのことを阿璘がわかるようになれば、大きく飛躍する。しかしわかるようになるためには、本で学ぶのではなく、自分で体験し「体験することで知恵が生まれる」ということを体験しなければならないのだ。そのためには、同年代の「友達」を作り、自分以外の人、特に学問を学んでいない人や、学問が阿璘よりも遅れている人がどのように考えるかを知ることが必要なのだ。そしてそのような人々が考えることやそのような人々が行うことを見ながら、学問をどこに活かすかを考えてゆかなければならないのである。

松陰は、そのようなことを阿璘に会得させるために、阿璘が仲間と遊んでいるときには、なるべく声を掛けずそのままにしていた。初めのうちは喧嘩をしていても、わざと放置して、他の塾生が止めるのを待ったのである。

いつの間にか、庭では先ほどの海の話題から、学問についての話題に変わっている。学問が話題になれば、途端に阿璘の口数が増え、終吉と茂兵衛が聞き役になる。「子曰く……」と、阿璘の凛《りん》とした声が松陰の耳に心地よく響く。松陰はその声を聴きながらなんとなく眠っていたようである。

「失礼します」

襖《ふすま》の向こうで声がした。この思誠館でほとんどの教鞭を任せ、そして事務の一端もやらせている松陰の長男、丸川慎斎《しんさい》の声である。慎斎も、阿璘のように幼少のころから学問の道を志した一人である。いや、松陰が無理やりその道に引き込んでしまったのかもしれない。慎斎を見ているから阿璘には遠回りでも様々なことを体験させてあげ、友人と話をする機会を多く持たせるように思ったのかもしれない。

「はい、どうぞ」

襖は音を立てず開いた。さすがに幼少のころから学問を行い、作法を学んでいるだけあって、しっかりとした姿勢で座っている。三年前までは、この息子が自分の教えている中で最も良いと思っていた。しかし、今はどうであろうか。我が息子ながら慎斎は阿璘に敵《かな》わないのではないか。

「手紙が届いてございます」

「誰だ」

「はい、また阿璘殿の母上様からです」

「そうか」

思誠館では、門弟に届く手紙もすべて一度松陰のところに回された。学問を阻害するようなことがあってはならないし、その子の精神状態によってすぐに見せた方が良いものとそうではないものがあるからだ。阿璘の母の手紙の場合、いつもならば、すぐに阿璘を呼べというのであるが、松陰はもう少し庭の会話を聞きたかった。息子の慎斎もそのことに気づいたらしく、少し微笑がこぼれている。

「父上、阿璘殿がお気に入りですね」

「ああ、見どころがある。美濃の蝮《まむし》の腹もこのようであったかと思うよ」

慎斎は、自分のことを言われているにもかかわらず、笑顔で返した。

美濃の蝮とは、言うまでもなく戦国時代に美濃を治めた戦国大名斎藤道三《さいとうどうさん》のことである。戦国時代の下剋上の大名の典型であり、名もない境遇から僧侶や油商人を経て一国一城の主にまで上り詰めた人物である。その人物が自分の娘帰蝶《きちょう》を尾張の「ウツケ」といわれていた織田信長に嫁がせるため、事前に国境の寺で会ったときのことだ。面会の寺に入る前は、茶筅髷《ちゃせんまげ》でみすぼらしく着崩した姿で現れた信長であったが、当時最新式の鉄砲隊や三間槍の兵を多く連れてきた。そしていざ面会の時になれば、きっちりと正装し、作法もしっかりとした見違えるほど立派な織田信長が目の前に出てきたのだ。面会を終えた斎藤道三は、自分の息子や孫に比べて信長の方がはるかに格上であることを見抜き「山城が子供、たわけが門外に馬を繋ぐべき事、案の内にて候」と言ったのである。つまり、将来自分の息子たちは人物が格上の信長に敵うはずもなく、家臣になってしまうであろうと予言したのである。そして斎藤道三の予言通り、孫の斎藤竜興《たつおき》は織田信長に敗れ、美濃国を信長に明け渡してしまうのである。

松陰が言ったのは、その斎藤道三のことである。つまり、阿璘を織田信長に見立てて息子慎齋との力の違いを言ったのだ。

「父上、少々ひどい言い方ですが、全くその通りであると思います。ただ……」

「ただ、なんだね」

「斎藤道三の子供たちと違うのは、阿璘と私の能力の差を私自身が認めていることです。私も時が来れば、ここ思誠館の督学を阿璘に譲る日が来ると思っております」

「そこがダメなんだ」

松陰は、ため息をついた。外ではまだ、三人で無邪気に話している。終吉が敵いもしないのに阿璘に議論を吹っかけているが、その内容は阿璘の足元にも及ばない。以前の阿璘に足りなかったのは、このようにいろいろな人と議論をして学問を現実社会に生かしてゆくことであった。そして様々な人の心を知ることであった。思誠館に来て三年、様々な人と話すことによって、阿璘は飛躍したと松陰は感じている。それに比べて慎齋はどうか。

「何がダメなのでしょう」

慎齋は、松陰が阿璘の言葉を聞いているのをわかっているので、少し静かに声を掛けた。決して気分を害していない。自分が足りないものは何か、素直に教えを聞く姿勢である。

「お前が思誠館の督学を譲る必要はないのだ。わからんか。阿璘は一万八千石の小藩の藩校でとどまる器ではない。幕府の中央や京都の朝廷に出仕し、天下を語る器である。すくなくとも、譜代の板倉家があのような逸材を手放すはずがなかろう。慎齋。お前もここで留まる器ではないが、天下を語る器でもない。今、教鞭をとっているからといって、その地位に甘んじていると、徐々に器が小さくなってしまう。わかるか」

「はい、精進いたします」

「慎齋、お前は阿璘との間で自分が劣っていることは見て取っているが、相手の器がどれほど大きいものかを見誤っている。そこが見えるようになれば、まだまだ見込みがある。始点がこの小さな思誠館でしかないということがダメなのだ。ところで、阿璘を呼んでくれるか」

「はい」

慎齋は自分でもわかっていることを言われてしまったために、なんとなく不満げな表情をしていた。父である松陰も、阿璘も、自分よりも先の方に行ってしまった感じがしたのだ。自分だけが取り残されたような気持になり、慎齋は少し俯《うつむ》いてしまった。松陰はそのような自分の息子の気持ちをよくわかっているので、あえて障子を開ければすぐそこにいるはずの阿璘を慎齋に呼びに行かせたのである。

阿璘をこちらに呼んだあと、終吉や茂兵衛と慎斎が何を話すのか。慎斎は自分が試されていることをよく知っているにちがいないのである。

「お呼びでしょうか」

阿璘が入ってきた。まだ八歳の阿璘は、今でも稚児髷のままである。目の前に座る阿璘は、ついさっきまでここにいた慎斎の、その息子と同じような感じである。つまり松陰にとっては阿璘が自分の孫であっても、全くおかしくない年回りである。

「阿璘殿、ここにきて何年になる」

「はい、三年です」

「そうか。それで母の手紙は阿璘殿にとってどのようなものかな」

「はい、いつも勉学に勤しみ、食事をとり、健康に気を付けなさいという同じ言葉ばかりですが、私にとってはそのことがとても大事に思います」

この言葉は後に、山田方谷自身が漢詩にしている。

一封書信阿嬢恩　　一封の書信　阿嬢の恩
恩義並深勝倚門　　恩義並び深し倚門に勝る
十有五行無別語　　十有五行　別語なし
上言勉学下加餐　　上には勉学を言い下には加餐

「阿璘殿、その母上からの手紙だ」

書見台の上においてあった、先ほど慎齋が持ってきた手紙を松陰は手渡した。

学問ができてもどんなに大人びていても、阿璘はまだ子供である。離れて久しい母からの手紙となれば、満面の笑みですぐに喜んで手に取った。松陰から見れば、三年もいれば、正座している足が動き、松陰の前に呼ばれているのに自分の方ではなくじっと手紙を見ている阿璘の視線を見れば阿璘の気持ちはわかる。ここを早く退出して自由にしてよい部屋に行き、この手紙を読みたいと思っているのに違いない。いつも同じことしか書いていないことがわかっていながらも、その手紙が阿璘にとって大きな心の支えなのだ。

しかし、ここは松陰の部屋である。かわいがられている阿璘といえども、許可なくここで個人の用事をすることはできない。学問や松陰の言い付けに関係があること以外は、松陰の部屋で行ってはいけない決まりなのである。手紙を渡された阿璘も例外ではなく、勝手にここで手紙を読んで母の言葉に没頭するわけにはいかないのである。また呼び出されたのに、勝手に退出することも許されない。当時学問を修めている身として、公私混同は最も自制しなければならないことなのだ。

「阿璘殿、構わないのでここで開いて読みなさい」

松陰はそのような阿璘の様子を見て、この場で手紙を見ることを許した。松陰には少し気になることがあった。

この当時、手紙は半紙に墨で書かれている。当然に水に弱いために、晴天の日でも「油紙」という紙に油をしみこませ乾かした紙で包んで運ぶ。そうでないと飛脚の飲み水や汗でにじんで見えなくなってしまう可能性があるからだ。そして、手紙を本人に渡す時に、油紙の上からでは宛名がわからないので、油紙は外して手渡すのが普通だ。武家で金がたくさんある場合、中身を読まれないように何重にも白紙で巻いて封をするのであるが、阿璘の親にはそこまでの資金力がないので、簡単に折りたたんでいるだけである。

その時、松陰は「死」という文字に似た形の文字を見てしまったのである。

何か胸騒ぎがする。しかし、そんな松陰の思いに気付かず、本当にいいのかという目を松陰に向けた後、阿璘は一心不乱に手紙を広げて読み始めた。そして、松陰の心配の通り徐々に顔色が変わっていったのである。

「先生」

少し俯きかげんの阿璘の声は、力がないものであった。何があったのか。気になった事が取り越し苦労であればよいと松陰は思った。

「人は何のために生まれるのでしょうか」

少し間をおいて出たのは、何かを思い詰めたような阿璘の言葉であった。

「それは難しい問いだね」

阿璘が思い詰めている表情であるだけに、松陰は努めて明るい表情で言った。

「そうですか」

「何があった」

阿璘がやっと目を開けた。八歳の中でも小さな体格の阿璘の目は、赤く充血し、そして松陰を射殺すような厳しい目で見ていた。

「妹の美知が死にました」

「妹御が亡くなられたのか」

嫌な予感が当たってしまった。松陰は、阿璘を一人にすることなく、ここで読ませたことをよかったと思った。

阿璘にとって身近な人の死は初めての経験である。新見に来ているからといって、全く家に帰らないわけではない。通常、江戸に出ている丁稚奉公でも盆と正月は実家に帰ってよいことになっている。阿璘は、正月は松陰のところに来る客人の相手や、新見陣屋の手伝いなどで西方の家に帰ることはできなかった。しかし、盆の墓参りだけは帰っていたのである。今は枯葉の季節である。お盆に帰って少し経っているものの、それでもそれほど遠い話ではない。

家に帰った時に、母の傍らで赤い着物を着た、紅葉《もみじ》のような手の妹美知が、徐々に大きくなってくるのが、阿璘にとっては非常にいとおしく映っていた。将来、美知に様々なことを教えてあげよう、そのように考えていた。また美知の相手をしている姿を見る母梶の嬉しそうな、そして幸せそうな温かい目を見るのが好きであった。徐々に言葉を話すようになり、そろそろ読み書きができるのではないかという時期である。阿璘は、そのような夢を持ちながらも、その夢を果たすことなく、妹の死を受け入れなければならなかったのである。

「改めて伺います。人は何故《なにゆえ》生まれ、そしてなぜ死ぬのでしょうか」

松陰はゆっくりと深呼吸した。どう答えてよいものか、かなり悩んだ。今までも、自分の弟子や友人の親族が亡くなり悲しみに暮れているところを励ましたことは何度もある。しかし、人の死に接して「生きることの意味」を問いかけてきた人は今までいない。一口お茶をすすって落ち着こうとしたが、茶碗の中のお茶はこのような時に限ってなくなっていた。緊張なのか、喉がヒリヒリと乾いてゆく感覚を松陰は久しぶりに味わっていた。その中で、真剣なまなざしの八歳の童《わらべ》に生きることの意味を伝えながら、妹の死の絶望から救わなければならないのである。そのような難しいことができるのか、松陰には自信がなかった。

「阿璘殿に、正直に言うが。この松陰にもまだわかりません。ただ、人は天から、何らかの役目を持って生まれ、そしてその役目を全うすることによって生を終えると考えています。その役目は人によって異なるのではないかと考えています。例えば、阿璘殿と終吉殿、そして茂兵衛殿ではすべて天から与えられた役目は異なると思います。だから性格も育った環境も違うのです」

「では、その役目はどのように知ることができるのでしょうか。知らないまま死んでしまうこともあるのでしょうか」

阿璘の人の心を射抜くような目は、他の誰にも負けない阿璘の芯の強さを表していた。その心の強さが、今まで阿璘を支えていたのであるし、また学問で御家を再興するという目標に向かって、他の物に目もくれずに学問をやり続けることができるのである。

人間は、物を始めることも、そして物を壊す時もすごく大きな力を必要とする。能力がなければならないし、多くの人の意向を聞いて調整しなければならない。反対の人を説得するような力も必要だ。それだけに創始者などは、多くの現場で尊敬される。

しかし、人間にとって最も大変で力を必要とするのは「続けること」なのである。だから「継続は力なり」という言葉もあるほどなのだ。子供の頃からずっと学問を続けるということが、どれほど大変なことなのか。それは学問を修めた松陰だからこそわかるのだ。その心がすべて前面に現れた阿璘の目は、このまま放置すれば自分で自分を殺《あや》めてしまうかもしれないほどの凄味を感じさせた。庭で慎齋や終吉が話している言葉もすべての音が消え、周囲の時間がすべて止まっていた。

「阿璘殿、人はその役目を知るために道を究めるのではないだろうか」

「道ですか」

「そうです。学問だけではありません。剣術・茶の湯、商いや政《まつりごと》などもすべてその道を究めることだと思います。死ぬまでの間に役目を知ることができないかもしれませんし、また道を究めることができなかったことが、その人の周囲の者を奮い立たせる力になることもあります。道は一人で極めるものではありません。多くの人が集まり、その多くの人の力で道が究まってゆくのではないかと思うのです」

　松陰はなるべくゆっくりと、言葉をかみしめるように言い聞かせた。自身のことである学問の師と生徒である阿璘のことを考えての言葉だ。そして、何よりも阿璘の妹美知の役目を思っての言葉でもあった。

「では、先生は美知が死んだことにも、天の役目があったとおっしゃられるのですね」

「はい。まだ学問を究めていない私の言うことであるから、正しいかどうかはわからないですが、しかし、阿璘殿の問いかけであるから、私のできる範囲で答えればそのような答えになります。何よりも、阿璘殿がここまで考え、思い詰めるきっかけを美知殿はつくられている。それだけ天は阿璘殿に期待をしているし、また、その道の険しさをわかっているのではないでしょうか。私にはそう思われるのです」

「はい」

「人生は、戦いです。わかりますか、阿璘殿」

松陰は、やや強い口調で言った。松陰の言葉で、阿璘の心の殻が少し崩れてきたのである。

「戦い……ですか」

少し和らいだ阿璘の目は、涙で濡れている。必死にその涙が瞼《まぶた》からこぼれないように頑張っている姿が、松陰にはいとおしく映る。この和らいだ時に、あえて「なぞかけ」をする。そのことで、頭は美知の死から他の方向に動くようにしなければならない。松陰はそこまで考えて、あえて難しい言葉を言った。

「戦いだ。それも最も難しい敵と戦わなければならない」

「戦うことを避けて学問の道を志しているのです。その学問の道での敵とは、何でありましょうか」

「自分だ。自分自身との戦いなのだ。そして役目を与えた天との戦いである」

「天と戦うのですか」

「そうだ。道を究めるために、天と戦って道を切り開く。我々は学問ということを通して、世を正す。現在のような世の中を創ったのも天です。そしてその天に負けてしまった人間が、今のような世の中にしてしまったのです。ですから自分自身、そして天と戦い、世の中を直すのが阿璘殿の学問の目的ではなかったでしょうか。それが阿璘殿の戦いなのです。わかるか、阿璘殿」

「……」

阿璘は何も言わずただ俯いていた。松陰の言うとおりであるならば、美知は自分の戦いの犠牲になった事になる。自分が道を究めることが遅いから、天が美知を奪って阿璘にその道の厳しさを教えたことになる。そして、その屍《しかばね》を踏み越えて道を切り開かねばならないという役目が、自分に課されている。それが天の求める学問の道なのだ。

阿璘は、初めて「学問の厳しさ」を知った気がした。戦と違って、犠牲などは出ない平和な御家再興の方法が学問による立身出世であると思っていた。しかし、その考えの甘さが襲い掛かってきた。俯いた阿璘の目の先、畳の藺草《いぐさ》の間に、阿璘の心の雫が一つ落ち、染みを広げて藺草の中に入っていった。その心の雫は、今まで堪えていたものを一気に崩し、阿璘の心の中に攻め込んできた。とても勝てるものではない。阿璘は、自分の弱さを感じた。少し文献の言葉を覚えていたり、問答に気の利いた答えを行ったりしても、まだまだ、自分は道を究める者ではないということを思い知らされた感じだ。

人間の戦は多くの人が死ぬ。しかし、天との戦いは多くの人の命は助かるが、自分と親しい人が死んでゆくのである。

「阿璘殿、一度西方に帰りなさい。美知殿のお葬儀が終わったら、また戻ってこられるように」

松陰は路銀を紙に包んで差し出した。

「お断りいたします」

松陰は、黙って阿璘を見た。何か新たな覚悟のこもった目をしている。すでに泣きはらした目は、何か別な覚悟を決めたようである。

松陰は、阿璘の言葉を待った。しかし、その阿璘は畳に両手をついたままなかなか言葉が出てこない。それは、言葉がまとまっていないのか、あるいは、泣いていて声にならないのかわからない。松陰は、しばらくそのまま待っていた。

「まだこの阿璘は、戦の道半ばでございます。自分との戦いの敵に背を向けることはできません」

やっと言葉を絞り出すことができた。涙に濡れた顔を上げた阿璘に、迷いはなかった。

やっと時間が戻ったのか、庭にいる終吉の無邪気な声が松陰の部屋の中にも響いた。

「相分かった。それでは円覚殿にお願いして美知殿の葬儀をこちらで行うのはいかがか。戦いの最中でも、心の中のけじめをつけ覚悟を新たにするのは重要なことではないか」

「ありがとうございます」

松陰自身、これでよかったのか、そう思った。

翌日、ささやかながら美知のための法要が安養寺で行われた。美知と会ったこともないのに、終吉や茂兵衛も来てくれた。

本当ならば、妹の葬儀ぐらいは行かせなければならないはずである。思誠館は、妹の葬儀にも出席させなかったと言われるかもしれない。しかし、そのような批判よりも、阿璘の将来を考えたことの方が良いのかもしれない。松陰には、その判断のどちらが正しいのか全く分からなかった。

「天との戦いですか。いや、自分との戦いで、悟りを開くのが仏の道です。言葉は違いますが、仏の道も学問の道も同じことを行っているのです。自信をもって天と戦ってくだされ。ああ、戦うことをほめるなど、この円覚もダメな坊主ですな」

円覚は、なるべく笑いを取るように、努めて明るく言った。

ただ、円覚の心遣いにもかかわらず、この時の阿璘の深い悲しみが、阿璘の将来に大きな傷を残し、学問への考え方を大きく変えることになるのである。

4　辰吉

「本日からお世話になります」

思誠館には珍しく幼い女の子が、松陰に連れられて現れた。基本的には男ばかりの学舎である。もちろん、全く女性がいないわけではない。普段の生活に関して言えば、料理も洗濯も身の回りのことはすべて自分たちで行うことが思誠館の決まりである。いや、江戸の昌平黌も含めほとんどの藩校は、身の回りのこともすべてが学問修業の中の一つであるとされていた。しかし、何か宴会があったり、正式な席を持ったりするときには、近隣から応援が来ることがある。当然に男性ばかりの藩校では、気が利かない場合が少なくない。そのために、女性が来てこまごまとしたことをしてくれる。しかし、幼い女性や若い年頃の女性が来ることはほとんどなかった。

「芳《よし》は、私の娘だ。慎齋とは年が離れているがね。藩の方針で女子は入学できないが、特別に見習いということで皆と一緒にここで学ぶことになった。仲良くしてやってくれ」

「はい」

学舎では珍しい、女性の来訪に何となく歓迎ムードであった。

「あの娘、かわいいよね」

終吉は、ぼーっと芳を見つめながら、なんとなく胸のあたりが熱くなるのを感じていた。その後も学問には全く身が入らず、中空に目を這《は》わせているようであった。

「終吉、何をぼーっとしている」

松陰が芳とともに部屋に戻って行ってしまったので、この日の講義は慎齋が行っていた。

「あっ、いや」

「終吉お前、芳殿に惚れたんじゃないのか」

その声とともに、一斉に学舎が笑いに包まれた。

「なんだよ、そんなことないや」

「おい終吉、顔が赤くなっているぞ」

学舎の中でも体の大きい男がはやし立てた。

「変なこと言うな」

「やめろ」

終吉が、その男に殴りかかろうとしたとき、ちょうど愼齋が終吉の横に行って、振り上げた右腕を捕った。終吉の隣にいる茂兵衛は、体を張って二人の間に入って止めようとした。

「辰吉《たつきち》、いいかげんなことを言うな」

「なんだよ、愼齋先生まで、ちょっと揶揄っただけだろう」

辰吉といわれた門弟は、不貞腐《ふてくさ》れて言ったが、それでもそのままそこにいた。

愼齋、辰吉、そして終吉と茂兵衛、この四人を見回し、そして辰吉を厳しい目でにらみつけた阿璘は、凛とした声で、さらりと言った。

「孔子曰。君子有三畏。畏天命。畏大人。畏聖人之言。小人不知天命。而不畏也。狎大人。侮聖人之言。（孔子曰く、君子に三畏《さんい》あり。天命を畏《おそ》れ、大人《だいじん》を畏れ、聖人の言を畏る。小人は天命を知らずして畏れざるなり。大人に狎《な》れ、聖人の言を侮《あなど》る。）」

「まだガキの学者先生は、なんだか小難しいことを言いやがって。束になってかかってくる気なのか」

辰吉は、別に何をしたわけでもない阿璘に食って掛かった。

「辰吉さん、ここは学問の場です。論語の一節を言って何が悪いのですか」

阿璘も気丈に対応した。阿璘の目の力は、松陰でさえも強いと認めなければならないほどである。辰吉のような者にはその力を返すことはできない。そのうえ、阿璘の言っていることは正論である。どのように反応してよいかわからないのである。

「辰吉お前、身体ばっかり大きくなって、もしかして阿璘の言ったことがわからないのか」

慎齋が驚いたように言うと、今度は辰吉に向けて学舎が笑いに包まれた。

「お前ら、俺のことを笑いやがったな」

ドスの利いた声で辰吉が言うと、慎齋が、軽く辰吉の頭を叩いた。

「論語の李氏第十六くらい、そろそろ覚えろよ」

慎齋が言うと、また大きな笑いが学舎を包んだ。しかし、今度は笑いの後、何人かは慌てて論語を開いていた。阿璘の言葉の意味が分からなかった者も少なくなかったのであろう。

「なんだよ、みんなで俺のことを笑いやがって」

辰吉は、今度は腕を組んでそのまま座り込んでしまった。

「おい終吉、辰吉がわからないみたいだから、今阿璘が言ったことの意味を教えてやれ」

「えっ、俺がですか」

「お前が赤い顔をしていたからこうなったんだ。辰吉に教えてやれ」

慎齋は、まだ興奮している終吉の方に向かって、落ち着かせる意味もあって言った。

「いや、その」

「終吉、お前も論語がわからんのか」

また学舎内に笑いが起こる。しかし、次は自分ではないかというように他の門弟たちも徐々に目を伏せ、慎齋と目が合わないようにしていたため、笑い声が小さくなってくる。

「ならば、茂兵衛、お前はどうだ」

「いや、あの、慎齋先生、ついさっきまで覚えていましたが、今このような状況でつい忘れてしまいました」

「見苦しい言い訳などするな」

慎齋は、呆れたように言った。

「孔子曰く、諸君は三つのことを尊敬してほしい。不可知な神秘力である天命、有徳の大人、経書に記された超人的な聖人の言葉の三つだ。ところが世の中にはうつけ者があって、天命の存在を知らぬから尊敬もしない。有徳の大人をからかい、聖人の教えを鼻であしらう、ということだ。つまり、人に恋心を抱いたり、あるいは、あこがれたり、そういう尊い神秘の力を笑いの種にするのは、有徳の大人をからかうものであると、阿璘はそう教えてくれたのだ。お前らは、それくらいもわからないのか」

学舎の中は、静かになってしまった。確かに、芳が来たことでなんとなく色めき立った。しかし、そのことで色めき立ったからといって、揶揄ったり、人の心情をとやかく言ったりするものではない。

「先生」

慎齋がうまくまとめようとすると、阿璘がまた声を上げた。

「子曰、由之瑟、奚爲於丘之門。門人不敬子路。子曰、由也升堂矣。未入於室也。

（子曰く、由《ゆう》の瑟《しつ》、奚《なん》為《す》れぞ丘《きゅう》の門に於いてせん。門人子路《しろ》を敬《けい》せず。子曰く、「由《ゆう》は堂に升《のぼ》れり。未だ室に入らざる也。）」

今度は、慎齋が赤い顔をした。

「おい、阿璘、なんて言ったんだ」

茂兵衛が阿璘に尋ねた。

「論語から先進第十一という、慎齋先生にちょうど良い言葉がありましたので」

「内容は」

「いや、孔子様の弟子の子路が琴を弾いたのですが、孔子様はそんなにうまくないと揶揄ってしまったのです。そうしたら、そこにいる人が皆が子路のことを尊敬しなくなってしまったので、孔子様は、慌てて彼はかなり上達しているのだが、もう少し上に行かないと達人のレベルにはならないと、訂正したのです」

「要するに、慎齋先生は、本当は論語もできるはずの終吉や辰吉を揶揄っていたのではないか、と言ったのか」

茂兵衛は、あきれ顔で言った。

「まあ、実際そこまで学問ができるわけではないけれど、阿璘に言われるとちょっといい感じだな」

辰吉がそういうと、なんとなくその場が和んで、学舎がほっとした温かい笑いに包まれるようになった。

まさか慎齋先生を諌《いさ》めるのも、論語の中の言葉をそのまま使うなどとは思っていなかったのである。そのように思ってみれば、先生であるはずの慎齋も阿璘に言われてしまうと、なんとなくばつが悪いような顔をしている。阿璘と他の人の学問の知識やその応用力など、すべてが違うことが明らかであった。

「いや、ここは学舎ですから」

阿璘はにっこり笑うと、学舎内が落ち着いたのを見て机の上に「大学」を開いた。学舎にいた他の門弟たちは皆感心して阿璘を見ていたが、阿璘は一人、もう別世界で本を読んでいるかのように、周囲の音にはまったく反応することはなかった。慎斎も阿璘の力には驚くしかなかった。


「阿璘、助かったよ。ありがとう」

夕方になって、安養寺に集まった終吉と茂兵衛は、鐘楼の角に三人並んで座って話していた。

「何が」

阿璘は、全く気にしないというよりは、何事もなかったかのように答えた。

「いや、論語の一節をあんな風に使えるとは思わなかったよ」

茂兵衛も感心したように言った。

「塾の中で論語の話をしただけですから。特に終吉殿や茂兵衛殿がお礼を言うような話ではありません。それよりも、体を張って終吉殿をかばった茂兵衛殿の方がはるかに素晴らしいかと思います」

「いや、そうではない。あのように争いの真ん中で論語の言葉を言うと、争いが止まる。学問の力は非常に素晴らしいのではないか。あそこで阿璘の言葉がなければあの辰吉に殴られていたに違いない。もしかしたら後ろから終吉にも挟まれて、両方から殴られていたかもしれないのだ」

茂兵衛は、真剣に訴えていたが、当の当事者である終吉は上の空であった。

「終吉、お前の話をしているんだぞ」

しかし、それ以上の言葉にはならなかった。そこに、安養寺の住職の円覚と松陰そして芳が現れたのである。

「おお、元気な三人がいるではないか」

円覚は、いつもこの境内で遊んでいる三人を見てうれしそうにしていた。

「円覚殿、この三人がご迷惑をおかけしていませんか」

「松陰殿、そりゃ子供が遊んでいるのですから、少し元気が余り過ぎてしまうこともありますよ」

そういうと円覚は、傍らにある石の塊を笑いながら見せた。先日、阿璘が上から飛び降りるのを真似して、体の大きい茂兵衛が登り、崩して壊してしまった石燈籠の残骸である。

「それは困りましたな。おい、茂兵衛」

「はい」

茂兵衛は、慌てて鐘楼から飛び降りると、松陰の前に行って、直立不動の姿勢をとって立った。

「松陰殿、良いのです。形あるもの、いつかは壊れます。川の流れと同じ。とどまっているように見えて、何一つ動かないものはありません。この燈籠とて同じこと。たまたま燈籠から魂が抜け躯《むくろ》となった時に、茂兵衛殿がいただけのことです。お叱りなさるな」

「円覚殿にそう言われては、なかなか言いづらいな」

松陰は、そう言うとにっこり笑って、それでも真ん中に厳しい響きを残しながら茂兵衛に言った。

「このように、何かあれば必ず私に言いに来なさい。今日のこともそうであろう」

「今日のこと」

「辰吉と終吉のことだ。終吉本人では言いにくかろう。それならば、年長の茂兵衛が代わりに言いに来るくらいのことがあってもよいのではないか」

「何かおありになったのでしょうか」

円覚が心配そうに言った。芳はその会話の時に、ずっと松陰に手をつながれていた。その姿を、なんとなく赤い顔をして終吉が見ている。阿璘は何か楽しそうにその風景を俯瞰しているように見ていた。阿璘の見るところ、芳は、まだ終吉の気持ちについては全く気付いていないようであるし、また、本当はかなり活発な女性なのに、本日は緊張してあまり動きがないように見える。

「いや、終吉が松山成羽《なりわ》の辰吉と事を構えたというのです」

「ほう、どうなりました」

円覚は、騒動というよりは、辰吉と終吉の争いがどうなり、そしてどうやって終わったのか、そして、そのような状況でここに三人が座っていることに興味を持った。喧嘩をした後ならば、終吉はあざの一つもあるはずであるし、また、茂兵衛と阿璘が平気な顔をしてここに座っていられるはずがない。しかし、円覚の知る辰吉はすでに大人であったし、またかなり強い。それをどのように抑え込んだのか。興味のあるところである。

「いや、慎齋とここにいる茂兵衛が間に入ったときいているのですが」

「しかし、辰吉といえば銅鉱山夫の親方の息子で、かなり体力もあるし、体も大きい。普通ならば、このようなところで学問を学ぶような人物ではないのではないか」

中国山地の一帯は、古くから砂鉄や銅などの鉱石の産地であり、現在の岡山県の銅鉱山は、現在観光地になっている笹畝《ささうね》坑道などを含め大同二年（西暦八〇七年）に発見されたと記載があるほどである。また、砂鉄の産地でもあり、古くから山を掘り崩しては谷川で採取する「鉄穴《かんな》流し」の方法で、砂鉄が採られていた。その砂鉄を、「たたら製鉄」で玉鋼《たまはがね》になり全国に流通していた。この辺の銅や鉄は戦国時代に尼子氏や毛利氏、宇喜多氏などの争奪戦が激しかった。江戸時代は初期に一時成羽藩の所有になっていたが、江戸中期以降は天領として経営され、銅や鉄は明治時代に至るまでの特産品であった。

円覚が聞いた話の通りで、辰吉は銅鉱山夫の子供であり武士ではないし、また地域も天領であって新見藩ではない。しかし、辰吉の父の意向で、銅鉱山夫を束ねる親方ならば郡代や代官とやり合わなければならず、多少は学問が必要である。当然に天領だからといって江戸の昌平黌に入れてくれるわけもなく、噂を聞き付けて、わざわざ新見の丸川松陰に頭を下げてきたのだ。松陰は、辰吉が暴力を振るわないようにするという条件を付けて入学を許した経緯がある。それでも、やはり気性が荒いところは隠すことができないし、また身分も違うので、なんとなく孤立してしまう傾向にあるのだ。

「まあ、本日も条件通り暴力をふるったわけではないので多少の暴言は大目に見ることにしたのだが、慎齋に聞いても、何が原因かわからないのですよ」

「ほう、終吉に聞いてみればよいではないですか」

しかし、終吉はすでに心ここにあらずで、穴が開くほど、芳のことを見ていた。また、芳の方もそれほどまんざらではないようで、終吉の視線に笑顔で応えている。

「終吉、何があったのだ」

茂兵衛は話したさそうではあったが、何も話すことができない。

「力抜山兮氣蓋世　（力は山を抜き　気は世を蓋う）
時不利兮騅不逝　（時利あらずして　騅逝かず）
騅不逝兮可奈何　（騅の逝かざる　如何すべき）

虞兮虞兮奈若何　（虞や虞や　若を如何せん）」

阿璘は、いきなり漢詩を謡いだしたのである。

「ほう、史記の垓下《がいか》の歌だね。で、項羽の相手は誰かね」

「慎斎先生も言いづらかったと思います」

阿璘はそれだけ言って、またにっこりと笑った。

「松陰殿、本人同士がいては阿璘も言いづらいでしょう」

円覚はそういうと高い声で笑った。松陰は、手をつないでいる芳の顔を見た。芳は全くわかっていない雰囲気である。円覚の笑い声で、恋愛などに疎い松陰もやっとわかったようであった。

「芳、その三人と遊んでいらっしゃい。日が暮れる前に思誠館に戻ってくること。よいね。終吉、思誠館まで芳を送ってくれるからね」

「は、はい」

終吉は、ずっと芳を見ていて、松陰と円覚の会話などはほとんど上の空であった。それが突然声を掛けられ、そのうえ芳を思誠館まで送れと言われたのである。心臓が口から飛び出るほど驚いた。

「しかし松陰殿、よく芳殿をここに連れてこられましたな」

「ああ、まあ、悲しみが癒えればよいがね。それこそもう一度あちらで話しませぬか」

松陰はそう言うと芳を置いて、円覚と二人で本堂の方に戻っていった。松陰は安養寺での阿璘の様子を聞きに来たのであった。そこで芳と終吉との話を初めて聞いたのである。

「芳殿は、今まで何の学問を」

「私は何もしていません」

「そうですか。我々と遊ぶのはどのような遊びがよろしいでしょう」

「遊ぶよりも、学問を教えてほしいです」

やっと松陰先生にお墨付きをもらったかのような感じで、夢見心地であった終吉は、芳のこの一言で頭から冷や水をかけられたような感じになってしまった。思誠館にいるからといって、誰もが学問ができるわけではないし、ここに一緒にいる阿璘には到底かなうものではない。

「ここにいる竹原終吉殿は、芳殿にちょうど良くわかりやすい説明ができます。また終吉殿が忙しいときは茂兵衛殿や私も教えますので、ぜひ学問を一緒に学びましょう。そうですね茂兵衛殿、終吉殿」

「あ、ああ、そうだ。私が教えよう」

「ありがとうございます」

茂兵衛は、笑いをこらえるのに必死であった。それでも、終吉と芳は、なんとなくままごとのように「小学」を学び始めることになったのである。

5　若原

あの日以来、芳も安養寺の境内に来て学ぶようになった。もちろん塾のような学び方ではなく、遊びながら学んでいるようなものである。それでも竹原終吉にとっては非常にうれしい時間であった。一目惚れの女性に自分の知識を教え、そしてその女性が自分のことを信頼してくれることが、なんとなくうれしかった。まるで源氏物語の中で、紫上《むらさきのうえ》を幼いころから見染め、自分の好みの女性に育ててゆく光源氏になったかのような気分である。そのうえ、茂兵衛も阿璘もそれを手伝ってくれていたのである。

茂兵衛は、意外と風流心があるらしく、芳が勉強に飽きた時は、境内の庭に咲く花などを見て、芳に一つ一つ教えていた。花の名前や種類だけではなく、その植物の由来やまつわるエピソードなども詳しく教えていた。四書五経の世界だけではないところで、誰もがこのように何か得意分野があった。男三人で遊んでいるときは、そんなことは全く気が付かないし、そのような話はしなかったが、しかし、芳のような女性がいると、草花のことをわかりやすく芳に伝えていることが多くなった。

茂兵衛などを見ていると、阿璘は、自分自身が勉学以外何も知らないと思ってしまうことがあった。終吉は、様々な武士の世界のことを知っていたし、茂兵衛は植物や虫などに非常に詳しい。また、海なども阿璘は全く見たことがなかった。学問ができること、それは思誠館の中では、非常に役に立つことであったし、褒められることでもあった。しかし、学問ができても思誠館から一歩出てしまうと、自分は何の役にも立たないのではないか。あの粗暴な辰吉でさえも、炭鉱や鉱石のことに関しては詳しいし、また腕っぷしも強い。それに比べて自分は何ができるのであろうか。学問とせいぜい字がきれいに書けるくらいで、他に何の取柄もないのではないか。

芳と茂兵衛や終吉が話している姿を見ると、なんとなく自分は何のために役に立つのだろうかと考えてしまう。そして、妹の美知は自分に何を気付かせるために死んでしまったのか、そんなことを考えてしまうことがあった。


「竹原終吉殿はいらっしゃいますか」

ある秋の日、思誠館の掃除は辰吉たちが行っていた。そのために、三人は学舎が終わった後、安養寺に集まっていた。芳は何か用事があるらしく思誠館から出てこなかった。緊張が解けたのか、芳も学問ばかりではなく、遊びにも加わるようになっていた。意外と芳は気が強く剣術遊びなどでも、背の高い茂兵衛に挑みかかるほどであった。しかし、この日は芳もいないので、三人で遊んでいた。そんな時に、安養寺の門の方から慎齋の声が聞こえたのである。慎齋が安養寺に三人を呼びに来たのは珍しい。

「はい、こちらに」

阿璘は、境内の庭にある柿の木から取った柿を頬張りながら鐘楼に腰掛けていた。慎齋が目の前に来ると、終吉はサッと木から飛び降りた。この辺の運動神経は、阿璘に比べてもはるかに素晴らしいものを持っている。

阿璘、茂兵衛、終吉の三人を見ていると、人間というものは本当に得手不得手の違いがたくさんあるのだと感じざるを得ない。学問と記憶力の阿璘、運動神経と明るさの終吉、まとめ役で話し上手、動植物の知識に詳しい茂兵衛。いずれも未完ではあるが、すべてに素晴らしい素質がある。将来三人ともこの能力が大きく役に立つこともあるのではないか。

子供というのは、そのような全く違う資質の人々が仲良く一緒に遊ぶことができる素晴らしい生き物であると慎齋は思う。大人になると同じ資質の者が集まれば優劣をつけなければ気が済まないし、違う資質の者が集まれば派閥ができてしまう。なぜ、大人の社会では子供のようにうまくゆかないのであろうか。慎齋はそんなことを考えながら、自分の前に集まってくる三人を微笑みながら見ていた。

「室《むろ》の庄屋様がお見えだぞ」

室の庄屋様とは室元右衛門《むろもとうえもん》という人物である。丸川松陰の家が新見藩領西阿智村の庄屋の家柄であり、清水茂兵衛の実家などと懇意にしていて、玉島などの開拓をしていたが、その一族の多くは中津井村の庄屋で、多くの血縁ができていた。その意味では、室元右衛門は丸川松陰との遠縁ということが言えるのかもしれない。また、清水茂兵衛や竹原終吉とも遠縁にあたるということになる。

しかし、それ以上にこの二人、つまり元右衛門と松陰が親しくしているのは、やはり学問の道の繋がりであった。

室《むろ》家は、もともとは鎌倉時代に武家として栄え熊谷直実《くまがいなおざね》と姻戚関係にあったと伝えられている。その後この地区に豪族として定着した室家は、戦国時代に宇喜多《うきた》氏の家臣として活躍した。しかし、関ケ原の戦いで宇喜多氏が改易されると、室家は丸川松陰の地元である中津井村で酒造を行う大店になっていた。そして室元右衛門の曽祖父は医師として大坂・江戸で活躍し、その子供が新井白石の推薦で幕府の儒学者となった室鳩巣《むろきゅうそう》である。

室鳩巣といえば、八代将軍徳川吉宗の行った享保の改革を補佐した学者でもあるし、また、この幕末になると芝居や歌舞伎で有名になった「仮名手本忠臣蔵」で赤穂浪士を擁護した学者としても有名である。そのためこの地域では赤穂浪士の芝居をやると、浪士が吉良邸に討ち入った後、江戸城中で室鳩巣が荻生徂徠《おぎゅうそらい》と論戦をする場面で、もう一度盛り上がるほどであった。当然に、備中国では「幕府御用の学者の家柄」として、また、「赤穂浪士を擁護した人情派の学者の家柄」として、学問の世界だけではなく、地元では有名であったのだ。

阿璘にとっても、また、茂兵衛にとっても、いや学問に疎い辰吉であっても、この地域では憧れの人物の一人であることは間違いがない。一度は将軍、いや殿様の前で議論をし、赤穂浪士のような義士を自分の弁説と学問で救ってみたいと考え、夢見る人は少なくなかったのである。

その室家の子孫である元右衛門が、思誠館に来ているというのである。阿璘はぜひ会ってみたい、何か話をしてみたいと思ったのである。

「慎齋様、私もご一緒してかまいませぬか」

「もちろんだ。元右衛門殿は松陰先生とは昵懇《じっこん》の仲であるし、また元右衛門殿のような方に会う機会は少ないから、このような時に話をするのが良いと思うよ」

阿璘は、にっこりと笑うと、慌てて着崩れた着物を直した。芳と一緒に学ばないで遊んでいる日は、木登りなどをしているので当然に着物が乱れ、襟や裾がずれてしまっている。それを直して裾の土埃を手ではたくだけではあったが、遊んでいる真っ最中の阿璘にとっては精いっぱいの身だしなみであることに間違いはない。腕白の子供が外で遊んでいる最中に、いきなり客人が来れば、それが精一杯というものである。慎齋は、それでもまだ気にしている阿璘の手を引いた。

「おう、終吉。丸川先生の下でゆっくりと学んでいるかね」

思誠館の客間で丸川松陰の横に対座している男が終吉に声を掛けた。

「室の庄屋様、お久しゅうございます」

「硬い挨拶は良い。そうですな、松陰殿」

松陰は何も言わず微笑み、そして小さくうなずいた。本来ならば礼節を教えるのが儒学朱子学の場であるが、必ずしも全て態度に表す必要はない。心の中に礼節が入っていればいいのである。まして や客人がそれで良いと言うのであれば、それを妨げる理由はない。

「松陰先生は、教え方が上手ですから、さぞかし良い勉強になるでしょう」

室元右衛門の横にいる竹原終吉の父が、口を開いた。終吉の父竹原龍達《りゅうたる》は、かなり強そうな名前をしているが、実に温厚な農村の好々爺という感じであった。一応腰に脇差を帯びているので、郷士であることがわかるが、あまり学問などの道に勤しんでいたようには見えない。

「終吉殿は、なかなか頑張っていますよ。今は、私の娘の芳にも少し教えていただいております」

ちょうど、客人にお茶を運んできた芳に向かって、松陰はそんなことを言った。

「それはいい。他人に教えるのは、しっかりと理解していないとできないですからね」

室元右衛門は、そのように言って感心したように終吉を見ていた。

「そういえば茂兵衛はどうした」

「こちらに」

清水茂兵衛の父である多利助《たりすけ》も横にいる。清水家は、もともとは源平の時代この辺りまで進出した木曾義仲の子孫であると伝わる。戦国時代には、毛利家に仕え備中高松城を守り羽柴秀吉の軍勢を迎え撃った清水宗治の一族であると伝わる。阿璘の家と同じように、当主宗治が切腹したのち、毛利家が関ケ原の戦いで領地が縮小し、その時にここに残ったと伝わる。それ以降、郷士として中津井村の庄屋を続けているのである。茂兵衛の父である清水多利助は、分家に分かれていた庄屋の家を一つにまとめ、かなり大きな庄屋になっていた。それと同時に、この時期にしては珍しく、松山成羽の鉱山廃水の検査などを行い、その下流域の病気の根絶などに動いていた。その意味では辰吉と清水茂兵衛は、親の代では対立する状況にあったのである。

そういえば、庭を掃除しているはずの辰吉は、姿を消している。いや、松陰か慎齋に帰るように言われたのに違いない。この日は室元右衛門や清水多利助が、鉱山の調査をし、その結果の報告を新見藩に提出したついでに、思誠館に立ち寄ったということのようである。それならば、鉱山の話などを辰吉に聞かれてもよくないし、また痛くない腹を探られても面白くない。その代わり、芳がお茶出しなどを手伝うために、この日は安養寺に来ることができなかったのだ。

「茂兵衛殿はなかなか優秀で、それもお父上の多利助殿と同じで、やはり薬草や植物のことに明るいので、学問の方もその方面での理解が進んでいるようです」

「そうですか」

「うちの芳も、茂兵衛殿に草花のことを教えて頂くばかりか、それにまつわる説話なども聞かせて頂いているようで、いつも楽しそうにしております」

「いやいや、松陰先生のお役にまで立てているとは、ありがたいことでございます」

清水多利助は、そのように言うと、もう秋であるのに必死に扇子を動かした。かなり大きな体をしているので、秋の涼しさの中でも、一人汗をかいている。背が高くスラっとしている茂兵衛とは対照的で、なかなか面白い。

「この度はどのような御用で」

「いや、ここ思誠館には、松陰先生と昔語りなどをしに来たところです。特に仕事などはございません」

「もちろん、私や多利助殿は、子供の顔を見に来たというのもありますが」

そう言うと、竹原龍達は、その人懐っこい丸顔をくしゃくしゃにして笑った。

「まあ、せっかく芳が入れてきたお茶ですから、お上がり下さい」

室元右衛門などは、雑談しながらお茶を飲み始めた。

「少しよろしいでしょうか。こちらにいるのが、竹原終吉殿や清水茂兵衛殿と仲が良く、いつも一緒にいる西方の阿璘殿です」

慎斎が阿璘を客間の中に引き入れた。体格がそんなに大きくない阿璘は、終吉や茂兵衛とそんなに齢は変わらないものの、見た目ではかなり小さく見える。いや、見方によっては女性の芳よりも小さく見えるのではないか。もう青年というように見える二人に比べて幼子としか見えない。

「おお、こんなに幼いうちから学んでいるのか。偉いなあ」

竹原龍達は、素直にそう言った。

「なかなか利発そうではないか」

清水多利助も、自分の子供の友人と聞いて少し興味を持ったようである。

「阿璘と申したな」

「はい」

学者の家柄で名を馳せている室元右衛門は、大きな目をギロッと動かした。そして、顎に手を当てると、考え込む風にして意地悪そうな低い声で阿璘に問いかけた。

「その方のような幼い子供が、このような時期から学問など学んでなんとする」

意地悪な質問である。

自分が連れて来ている庄屋の子供たちと団欒しているときに、仲間以外の子供を紹介されるということは、つまり、その子が優秀だということを意味する。室元右衛門にしてみれば、自分たちをバカにされて気を悪くしたのかもしれない。だいたい、芳に教えているといっても簡単なことを教えているのに過ぎないし、また草花のことを語っているといっても大した内容ではない。当然に、今までの会話は松陰のリップサービスに他ならないことは百も承知である。しかし、それよりも小さい子供が出てきて、竹原や清水がお世辞を言っているのがあまり面白くないことは間違いないのである。

もちろん、慎齋も松陰も、そのような気持ちがあって阿璘を紹介したのではない。どちらかといえば、終吉や茂兵衛の仲良しの友達を紹介したのに過ぎない。つまり、思誠館での生活を二人の父親に教えてあげようと思っただけである。しかし、元右衛門はそのような受け取り方はしなかったのだ。

一方、阿璘には元右衛門の気持ちなどはわからない。また学問ができるからといって大人の世界に生きているわけではないので、大人の事情も分かるものではない。もちろん松陰に習っているのであるから、このような席であっても松陰の考え方に近い。つまり、元右衛門の考え方を理解できなくても仕方がない。大人の見栄や大人のプライドなどはまだ理解できなかった。

しかし、阿璘は幼く純粋なだけに、元右衛門の言葉の中にある微かな悪意を敏感に感じ取ってしまったのである。そしてそれを阿璘は、自分を試している言葉と受け取った。悪意というか試験、そのように感じたのである。そして、自分の中で最も難しく、そして高度に勉強しているということがわかる表現で答えたのである。

「治国平天下」

「なにっ」

元右衛門は、さすがに言葉を失った。いや、腰を抜かすほど驚いたのである。まさか、このような言葉を、松陰や慎齋以外の思誠館の門弟から聞くとは思っていなかったのである。当然に、終吉や茂兵衛などは眼中になく、それよりも幼い子供などは、まだ読み・書き・算盤の程度しか習っていないと見下していたのである。そんな目の前の幼い子供から、このような言葉が出てくるとは全く思わなかったのである。

治国平天下とは、「国をうまく治め、天下を平和にすること」という意味である。もちろんそのように答えればよいのであるが、この言葉は朱子学の教本「大学《だいがく》」の最重要部分なのである。普通、朱子学を学ぶ場合「四書五経《ししょごきょう》」という言い方をする。四書は「論語《ろんご》」「大学」「中庸《ちゅうよう》」「孟子《もうし》」、五経《ごきょう》は「易経《えききょう》」「書経《しょきょう》」「詩経《しきょう》」「礼記《らいき》」「春秋《しゅんじゅう》」をいい、これらを学ぶことで、学問をなすとされていたのである。

普通、阿璘などの子供が勉強をするときには、その前に「小学《しょうがく》」という入門書を学ぶのである。安養寺で芳が終吉から習っているのも、この「小学」である。元右衛門は小学くらいの内容で、目の前の幼い子供が何か生意気なことを言えば、ここで少し高くなった鼻をへし折り、学問の奥の深さを言うつもりであった。しかし、その子供から四書五経の中の「大学」の言葉が出てきてしまったのである。つまり、目の前の幼い子供はすでに四書を暗唱しているということなのだ。これではとても、自分が連れてきた庄屋の子供たちが敵う相手ではない。いや、それどころか、多少学問の道にある父親たちであっても太刀打ちできるような相手ではないのである。

「元右衛門殿、終吉殿も茂兵衛殿も、阿璘殿同様勉学に勤しみ、また遊びにも精を出しておられます。ご安心を」

まだ次の問いがあるのではないかと構えている阿璘を気遣い、またこれ以上雰囲気がおかしくなるのを恐れ、松陰は元右衛門の次の言葉を遮ったのであった。いや、それ以上に気を使わなければならないのは元右衛門の後ろにいる竹原龍達や清水多利助たちだ。元右衛門もわかっている通り、竹原や清水の父親たちは、それほど学問を積み重ねているわけではないので、阿璘が今言った言葉の意味なども解らず、またその言葉が大学の一節であることも気付かない。当然に、元右衛門が何を驚いているのかもわかっていないと思われる。今ならば何もわからないままで話が終わるが、このまま問答が進み、終吉や茂兵衛に話が及んでは、この場がしらけてしまう。また大学まで知識がない二人の父親に恥をかかせてしまう結果になるかもしれないのである。松陰はその雰囲気を敏感に読み取って、この場を引き受けたのである。逆に言えば、それだけ阿璘の答えは完璧で非の打ちどころのない答えであったのだ。

「あ、いや、さすが松陰殿の教えであると感心致した」

元右衛門も松陰と同じことに気付いていた。いや、それ以上に自分がいかに失礼な質問をしたのかを恥じるしかなかった。

慎斎は頃合いを計って、子供たちを客間から外に出した。その後、元右衛門が松陰の思誠館を後にするのは夕陽も傾き影が長くなってからのことであった。それまで阿璘だけではなく終吉や茂兵衛も客間に呼ばれることはなかった。

「阿璘、すごいなあ」

「どうしましたか、突然」

室元右衛門の来訪から一か月くらい経った頃、芳がまた用事で安養寺に遊びに来ることのできない日があった。

夕方、いつものように三人で安養寺の境内でひとしきり遊び、腰を掛けて水を飲んでいると、いきなり終吉がそのようなことを言い出した。

「いやこの前、うちの父のところに室の庄屋様が来て、阿璘のことをえらく褒めていたよ」

「そうですか」

終吉は、片思いをしている芳の前では、阿璘を褒める気はなかった。仄《ほの》かな恋心は、いつの間にか終吉に、親しい友人でありながら自分よりも学問の世界で優秀な阿璘に対して、敵わないまでもライバル心を持つようになっていた。いや、芳の前では、自分の方ができる男を演じていたかったという方が正しいのかもしれない。この日は芳がいないので、終吉が素直に阿璘を褒めたのである。

「いや、うちの父もそう言っていたよ。室の庄屋様が阿璘のことをすごいと言っていたそうだ。あれは龍の生まれ変わりだと」

茂兵衛も全く悪びれずに阿璘を褒めた。実際に、室元右衛門は、中津井村に帰っても、「思誠館に阿璘という神童がいる」と様々なところで言っているようであった。その噂は、新見の町でも徐々に広まりつつあった。しかし、阿璘は、噂などはまったく気にならなかった。

「それで、うちの御本家、新見藩の若原家が一度夕飯に招待したいということなんだ」

「茂兵衛殿はご一緒ですか」

「もちろん三人でだ」

終吉は、自分でもそれくらいは気が利くと自慢気な表情を見せた。

終吉は思誠館入学当初、さすがに自分が塾の中で一番の秀才になれるなどというような思い上がった考えはなかった。自分の性格上、それほど勉強が好きではないし、また、ゆっくりと本を読むなどということは退屈で仕方がなかった。

しかも、普通は年齢順または入塾順で物事が決まると思っていた。ある意味で学問の時間と年齢に、その知識の量や問答の強さは比例すると思っていたのである。当然に、阿璘のような年下に学問で負けるなどとは全く思っていなかった。

ところが、実際に阿璘のような人物が出てくると、その考え方は全く変った。初めのうちはそれでも納得できずに、海の話など阿璘が知らないことを自慢して悦に入っていたこともあった。しかし、清水茂兵衛にたしなめられて、小さなことで自慢しても敵わないことを感じてきたのだ。そう、まさに月とスッポンとはこのことで、いくら勉強しても、全く阿璘に歯が立たない。いや、そもそも対抗する気力も出てこないくらいの差があることしかわからなかった。やはりスッポンの甲羅はいくら磨いても月のように光輝くことはないと自覚するようになったのである。

普通であれば、そのような相手がいれば、対抗して何とか相手を潰してやろうと意地悪な考えになる。しかし、阿璘は性格も悪くないし、また阿璘に理解を示す茂兵衛のような存在があることで、全く敵対的に思うようなことはなかった。それどころか、阿璘のことを自分の弟のように思い、わからないところは素直に聞く、そして阿璘が苦手なことは引き受けるというような良い関係になっていたのである。

芳が仲間に入ってからも、その関係は全く崩れることはなかった。いや芳に学問を教えることを通して、阿璘の学問のすごさが身に染みてきたのである。そして、芳に教えているときに、芳の鋭い質問に戸惑っても、自分を立ててうまく答えてくれる阿璘に感謝しているくらいであった。阿璘がそのように振る舞ってくれるので、片思い相手の芳の前では、阿璘よりも自分の方が学問について詳しいようなふりができていたのである。

室の庄屋様が来て、「治国平天下」の一節を聞いてから、とても自分には敵わない、いや、足下にも及ばない遠い存在であることを改めて認識してしまった。一緒に遊んでいても、何となしに遠慮してしまっている自分がいた。そして、新見で部屋を貸してくれている、御本家の若原の家でも、阿璘の話題になるたびに肩身が狭い思いになっていたのだ。そろそろ中津井に帰ろうか、でも芳から離れるのはつらい、そんな事が考えるでもなく頭の中に浮かぶようになった時、下宿先の御本家の当主である若原彦之丞《わかはらひこのじょう》から、阿璘にぜひ会ってみたい、終吉が阿璘の友である事を誇りに思うと褒められたのである。

その時、自分から茂兵衛の同行の事もお願いできたのだ。現代で言えば普通にあることでも、この時代は、御本家と分家、武士と郷士、藩の直参と地下《じげ》、そして家長と居候、全く異なる身分があって、話をするどころか顔を見るのも恐れ多い相手に、褒められたうえでものを頼まれたというのは、終吉にとって自慢できることであったのだ。

「それでは早速、松陰先生の許可を取りに伺いましょう」

「そうだな」

これも現代とはかなり異なる風習かもしれない。

講義が終わった後の遊び時間、それも、夕飯を食べに行くというのでも、いちいち藩校の督学である松陰の許可がいるのだ。いや、そのようなことをしない人も少なくなかったであろう。しかし、そもそもまだ元服もしていない、それも身分の低い家の子供が、藩の武士の家に伺うということは、その後何か失礼があれば大変な事件になる。場合によっては御手討ちや無礼討ちもありうる時代だ。その時に、子供たちを預かっている藩校の責任者が知らなかったでは済まされない。そこで、子供たちだけで遊ぶ以外は、すべて許可を必要としていたのである。

松陰への許可伺いも終吉が行った。三人で並んでいながらも、話したのは終吉だけであった。

「若原彦之丞様ならば問題ないであろう。行ってきなさい」

「若原家は、武門の家柄にございます。あまり無礼なことがあれば、容赦なく切り捨てられます。先生からも、そのようにご注意ください」

丸川慎齋は、松陰の前に座っている三人を見て、横から口を出した。

「そうだな。こういう時は相手の家柄などを考えるべきであろうな。若原彦之丞様のところに行くときの注意をしなければならないのだな」

「よろしくお願いいたします」

新見藩一万八千石の家臣の中では、八十石取りの武士の家は、それほど下級武士というわけではない。ちなみに、この時代の有名人で言えば、西郷隆盛も十数石、後に日本の第二代首相になる黒田清隆に至っては四石しかなかったと伝わる。それに比べれば、若原家は格が上の中級の武家であった。そんな若原家の屋敷は、新見陣屋からほど近い四間道の先にあった。江戸の旗本屋敷ほど大きなものではないし、商家のような見世店があるわけでもないものの、それなりの格式の屋敷であった。また、城の近く、それもメインの通りに屋敷を構えているということでも、階級がわかるというものである。

そんな若原家は、大名関家にとって常に先鋒の一角を任される武門に誉れ高い家柄であった。学問というよりは槍働きを中心にした家柄であり、礼儀作法に厳しいとされる。今の当主彦之丞も厳しい人物で、礼を失することがあれば藩主であっても木刀で殴りつけるほどの一徹漢であるという。

「ということだから、君たちのような子供であれば、失礼なことをするとその場で無礼討ち、まあ、よくても木刀で殴られるくらいは覚悟しておいた方が良いな。まあ、少し脅せばそんなところであろう」

松陰は笑顔でそういうと、紹介状を書いてくれた。

「そなたが阿璘殿か。いつも終吉がお世話になっております」

若原家のそんなに広くない客間に通された阿璘と茂兵衛は、床の間を背にして座る当主若原彦之丞に深々と頭を下げられた。彦之丞は、ちょうど阿璘の父五郎吉と同じくらいの年回りであろうか。日々武芸で鍛えているのか、胸板も厚く、腕も太い。

「は、はい」

普段、外で遊んでばかりいる腕白坊主には、このような時に失礼にならない作法などはあまりよくわからない。すでに、丸川松陰と慎斎にかなり脅されてきているのである。長く話せば、すぐに礼法を知らないことがばれてしまう。三人とも、短くこう答える以外には声を発することができなかった。

しばらく、三人と若原彦之丞にほんの少し間ができた。彦之丞は、三人がこの短い言葉のほかに「お招きいただきまして」とか「何の御用でしょうか」とか、何か言葉が繋がるのであろうと想像して待ってしまったのである。しかし、三人の口はなかなか開かない。よほど緊張しているのか、茂兵衛は少し震えているようだ。

「もう少し楽にしてはどうか」

彦之丞は、なるべく柔らかい笑顔をつくった。しかし、三人にとってはその笑顔の方がかえって怖かった。普段厳しい人は、笑顔をつくっても何か厳しいものが体全体から漂ってくるものである。そして笑顔をつくるだけに、かえってその厳しさが際立ってしまう。

「あ、は、はい」

阿璘は緊張から、喉の渇きを覚えた。武道の経験がない阿璘にとって、対面して厳しさを感じる経験はほとんどない。母の梶が小さい頃、学問だけでなく遊びたいとわがままを言うと、最も怖かった。それ以降、松陰先生も安養寺の円覚和尚もみな優しい人ばかりである。真の厳しさを目の当たりにすることはほとんどなかった。武士とはこういうものか、阿璘はそのように感じて、口の中に出てくる熱いものを飲み込んだ。

その阿璘以上に緊張していたのは茂兵衛であった。清水茂兵衛は、少なくとも三人の中では最も年上であるし、またそのような外見である。しかし、残念ながら作法や礼法などは全くわかっていない。どちらかといえば、最も幼い阿璘が一番頼りになる存在だ。しかし、若原彦之丞が最も年長である自分に何かを期待しているという視線を感じるのである。この辺りの名家であり、天下人羽柴秀吉と互角に戦った清水宗治の子孫、そのようなプライドだけはあるが実力が伴っていないのである。そしてそのような名家の血は、自分に対する期待だけは、敏感に感じ取ってしまうのである。

茂兵衛は、結局期待されながらもそれに伴う実力がなく、そして阿璘と彦之丞の間に挟まれる形になって、背筋を伸ばしたまま指一本動かせない状態になってしまった。伸ばした背中に、冷たい汗が一筋流れてゆく。

「終吉、いつもこれ程皆は緊張しているのか」

「いや、そのようなことはないのですが」

終吉もなんとなく緊張してしまう。同じ屋根の下に下宿しているのだが、陣屋に上っている彦之丞と目を合わせることはない。そのうえ、いつも厳しく終吉自身が苦手としていた。ましてや、芳とのことなどは、ここでは口に出すことができないのに、茂兵衛も阿璘も知っている。何かの弾みで、芳のことが出てしまえば、あとで呼び出されて何を言われるか心配である。普段の様子など、とても話せるはずがない。

神童といわれた子供たちはどのように対応するのか、少しの沈黙を若原彦之丞が楽しんで、三人にとっては、どうしてよいかわからない地獄のような時間であった。こういう時は学問や頭の良さではなく、経験がものをいうのである。

「失礼いたします」

そんな時に、美しい声とともに、襖が音もなく開いた。

「粗茶にございます」

まだ幼い子供、女性である。三人には緊張を解きほぐしてくれる「救いの女神」に見えた。少女は、まず年長者の清水茂兵衛の前に進むと、ちょこんと座り、恭しく頭を下げ、持ってきたお茶を出した。その作法は、阿璘と同じ年くらいのわりには、しっかりとしている。

「失礼いたします」

少女は、次に阿璘の前に座ると、そっとお茶を出した。そして恭しく頭を下げると、阿璘の方に向いて、にっこりと笑顔をつくった。

……かわいい……。

阿璘は、その笑顔を見ると、急に顔が赤くなり、そして、汗が流れた。芳が学舎に来た時の終吉と全く同じだ。阿璘にとっての、これが初恋ではなかったか。それまでも街の中で女性はいくらでも見ている。西方にも女の子がいなかったわけではない。しかし、阿璘自身も幼かったことから、ときめきを感じたことはなかった。

「さあ、どうぞお召し上がりください」

ひな祭りのお人形が、そのまま動き出したような真っ白な肌。そして客人を招いているから薄く紅を指しているかのような唇。表現通り「烏《からす》の濡れ羽色」という黒い髪。そしてその髪の色に勝るとも劣らないつぶらな瞳。「どうぞ」と言って少女が顔を上げた時、そのつぶらな瞳が阿璘の心を射抜いていた。

体を動かしていないのに胸が痛くなり、鼓動が少女にも聞かれてしまうのではないかと思うくらいに阿璘を内側から叩いていた。直前まで若原彦之丞から感じた本物の武士の居住まいに緊張していただけに、その緊張と別な感情が交錯して何をしていいのかわからなかった。ただ徐々に顔が熱くなり、そして一筋でしかなかった汗が、背中全体を濡らすほどになっていた。

阿璘がどうしてよいかわからないうちに、少女は若原彦之丞に、いつも使っているであろう、三人とは異なる形の湯呑でお茶を出した。阿璘には、その優雅な振る舞いが、非常に女性らしく美しく見えた。蝶が舞うように、とまではいかないまでも、美しい人形に魂が入っているかのようであった。

「さあ、冷めないうちに」

どのようにしてよいかわからない茂兵衛が、肘で阿璘をつついた。しかし、阿璘はそれでやっと気が付いたような感じであった。

「おおっ、なんだよ」

阿璘はまるで若原彦之丞の家の中にいることを忘れてしまったかのように、声を発すると、そのまま茂兵衛を一瞥《いちべつ》し、そして片手で湯呑をつかむとグイっと飲み干してしまった。

「阿璘、おい。あっ、失礼します。頂戴いたします」

普段の冷静な阿璘からは全く想像できない行動に戸惑いながら、茂兵衛は、彦之丞の方に向き直ると、しっかりと両手を膝の上にのせて頭を下げたのちに、両手で湯呑を手に取って一口お茶を飲んだ。終吉も、茂兵衛に合わせて、一礼するとお茶を一口飲んだ。さすがに、頼りにしていたはずの阿璘のような不作法な真似はできない。

二人の振る舞いを見てもそれに気づくような様子のない阿璘は、もうすでに襖の向こうに行ってしまった人形のような少女がまた入って来るかもしれないと、今置かれている状況も理解できなくなっていた。自分の鼓動を抑えられないような経験は初めてであり、熱病に侵されてしまったかのようであった。普段まじめな人ほど、このような時の動揺は抑えられない。

「いや、お茶の飲み方にも様々個性があってよいものですな」

そんな阿璘や茂兵衛を見ながら、彦之丞はなぜか微笑みを湛えていた。

「阿璘殿は、うちの娘が気になりますか」

「娘って、若原様のお嬢さんですか」

何も言えない阿璘に代わり、茂兵衛が驚きの口を開いた。

「はい、若原家はそんなに裕福ではないので贅沢はできません。それに、この竹原終吉のような出来の悪いのを居候させておかなければならないので、うちの娘にお茶出しくらいはさせないといけませんん」

「そうなのですか」

「武士といって、みんなが裕福なわけではないし、殿さまのような生活をしているわけではない。自分たちでできることは自分たちで行う。これが本来の武士の姿であるし、武家の家の者の務めでもある」

「おっしゃる通りです」

阿璘はやっとこの会話を聞いて、持ち前の落ち着きを取り戻した。

若原彦之丞は、急に赤くなってしまった阿璘を見て、阿璘が自分の娘に特別な感情を抱いたのであろうことはわかった。しかし、子供のころの一目惚れなどは少なからずあることだし、すぐに忘れてしまうものでもある。ただ、そんな阿璘の姿に若いころの自身や友人の片思いなどのことを思い出して、微笑ましく思ったのである。

一方、彦之丞にとっては自分の娘のことである。将来が有望な人と娶《めあ》わせたい。もちろん、まだ元服前のことであるから、そのまま祝言ということにはならないであろう。しかし、それでもお互いが刺激し合うならば、将来有望な男の方が良い。丸川松陰がどんなに推薦していようと、また巷で神童と噂になっていようと、自分で確かめるまでは心を許すわけにはいかない。また、その神童といわれている阿璘は、農民の子でしかない。よほど人物を見極めなければならない。彦之丞にしてみれば、阿璘を見ることによって自分の娘を嫁がせるというのではなく、阿璘のような近隣で評判の男児がどのようなことを言うのか、またその友人たちはどれくらい優秀なのか、そして、そのような人物を見て、周囲はどのように反応するのか、そうしたことの方が重要であった。

「茂兵衛殿は、学問はお好きかな」

「私はあまり学問が得意な方ではありませんが、学ぶことは好きです。ただそれ以上に、学んだことを終吉殿や阿璘殿とお話ししていることの方が楽しいと思います」

彦之丞の興味は、阿璘自身よりも、阿璘の友人である茂兵衛にあった。そのため、しばらくは阿璘が全くそこにいないかのように、茂兵衛に話しかけた。茂兵衛は、形だけでも脇差を差していたし、お茶の飲み方も、受け答えもしっかりしているように見えた。

阿璘は、自分が無視されていると感じていた。しかし、それは不名誉なことではなく、阿璘にとってはあの襖がもう一度開いて、あの少女が入ってくるのではないかという想像を巡らせる時間にしかならなかった。襖の向こうにあの少女がいると思うと、どうしても鼓動が高くなっていった。彦之丞と茂兵衛の会話などは、全く耳に入らなかったし、それを聞かなくても話が振り向けられればすぐに答えられるものでしかないと思えた。

そんな阿璘を見て、終吉は別な意味でドキドキしていた。阿璘の姿は、思誠館に芳が現れた時の終吉自身と全く同じなのである。そのことに彦之丞が気付いたらどのようになるのか、そして自分が呼ばれて何を言われるのか、そのことで頭がいっぱいになっていた。

「おい、進《すすむ》。お茶を持っていらっしゃい。阿璘殿がまだ喉が渇いておられるようだ」

彦之丞は、茂兵衛との会話を中断して奥に声を掛けた。その顔は、にっこりと笑い、そして阿璘の方に視線が向けられていた。終吉は、すでに彦之丞が阿璘の気持ちに気付いていると思って、少し俯いた。お茶を飲み干したいくらい緊張しているのは、終吉も同じなのである。

……進、というのが少女の名前か……

阿璘は、襖が開いて進が入ってくるのを待っていた。もう一度あのかわいらしい人形のような少女の姿を見たい。緊張で、喉が詰まってしまうほど渇いていた。

「はい。失礼いたします」

先ほどと全く変わらない可憐《かれん》な姿。阿璘はときめいた。あまりにも鼓動が高くなりすぎて、そのまま止まってしまうのではないかと思うほどであった。自然と顔が火照ったように熱くなっていった。自分の心を鎮めようと、自然と手は握りしめ、そしてじっとりと汗が出てきていた。

「どうぞ」

俯いたままの阿璘の目には、進の白魚が泳いでいるかのような美しい指先だけが映ったが、顔を上げることはできなかった。いや、いま顔を見れば、そのまま気を失ってしまうかもしれなかった。赤い着物の裾には、まるで金糸のような黄色の糸で打ち出の小槌が描かれている。妙にその小槌だけが印象に残った。

「阿璘殿、次は阿璘殿に伺おうか」

彦之丞は、また赤くなってしまっている阿璘に声を掛けた。いや、わざと進をもう一度入らせ、動揺させてから声を掛けたのである。そのようにして混乱した時にどうするのか、その方が興味があった。

「は、はいっ」

どこから出ているかわからないような、裏返った声が出てしまった。

「面白い」

少女は袖を口元に持っていって笑った。まだ襖の閉まる音は聞こえていなかった。いや今は終吉の湯呑にお茶を注いでいるところだ。不覚にも、阿璘は進のその姿を見てしまった。笑われたことには、男子ならば恥に思って怒らなければならないことなのかもしれない。しかし、その笑顔を見ることができただけで阿璘は何か幸せな気分になった。

「さて、阿璘殿は学問についてどう思うか」

「はい、学問は、学ぶことそのものだけではなく、その学問を使うこと、実践することこそ重要であり、単に、覚えること、暗唱することが学問であるとは思っておりません」

さすがに学問のことになれば、茂兵衛などよりははっきりと答えることができた。しかし、この時は進という少女に自分の力を見せることが最も重要であり、自分のできる最も良い答えをいつも以上に凛とした声で答えていた。目の端に移る少女の表情は、先ほど笑った相手がここまでの答えをするほどの人なのかと驚いた表情をしているし、茂兵衛も終吉も息をのむほど素晴らしい答えであった。阿璘はその表情を見て、悦に入った。

その瞬間から安養寺の部屋に帰るまで阿璘には全く記憶がない。何か必死であったのかもしれない。しかし、緊張していただけに普段よりもはるかに良い答えがしっかりとできていたのではないか。そういえば、安養寺の前で別れ際に茂兵衛が、「今日はすごかったな、あんなに勉強しているとは思わなかった」などといって肩をポンと叩いて行った。布団の中に入って、阿璘はなぜか笑いが止まらなかった。目を瞑《つむ》ると、進の可憐《かれん》な姿が瞼《まぶた》の奥に浮かび、ひとりでに顔がほころんで幸せな気分になっていったのであった。

6　恋路

阿璘が進と出会って五年の月日が経っていた。

若原彦之丞は、よほど茂兵衛と阿璘が気に入ったのか、その後事あるごとに茂兵衛と阿璘を自邸に招いて大学や論語などの話をした。このころは年号というものはあまり使われなかったが、年号は文化から文政に代わり、後に「化政文化」といわれる町人文化が花盛りになっていた。新見のような田舎町にも、江戸の化政文化の潮流が流れ着き、庶民一人ひとりにまで浸透してくるのはこの頃である。

化政文化とは、元禄の時代のような上流階級の華やかさではなく、町人の中小企業の職人などが刹那的な享楽を求めているような特徴がある文化であった。洒落本《しゃれぼん》・黄表紙《きびょうし》・人情本などの文学が流行し、物事を科学的・実証的にとらえようとする批判精神は、儒学・国学・洋学などの学問・思想を発達させた。当然に、新見藩でも文学や芝居が流行し、また、多くの庶民が読み書きを習い、本を読み詩吟をたしなみ、そして優秀な人は学問を志した。

「茂兵衛殿、阿璘殿、学問というのはどうしても机上のものになりやすい。以前阿璘殿が学問について答えた通り、これからは藩の問題などに当てはめられないかどうか、伺いたいのであるが、よいか」

相変わらず威厳のある若原彦之丞は、科学主義、実証主義が流行する化政文化の潮流に乗り、学問をどのようにして実践学にするのかということを茂兵衛、終吉そして阿璘に尋ねるようになっていた。もちろん、思誠館であっても松陰からそのようなことを学んでいたが、彦之丞からの話はより実践的なものであった。そのほとんどは他の藩の話や過去の事件などを尋ねていたのであるが、中には、その時新見藩で発生し、若原が担当していた事件などもあったようである。

「先日の話は、まさに論語の話と同じであったな」

「ああ、『政を問う』というやつな。子曰く、『食を足し、兵を足し、民之を信にす』というものだ」

阿璘は簡単に答えた。

「そうそう、俺でもわかるよ。まず兵を無くし、食べ物がなくなっても民信無くんば立たずってやつだ」

終吉は自慢げに答えた。芳がヒーローを見ているような憧れの目で終吉を見ている。こちらの恋路はうまくいっているようだ。

「しかし、兵がなくなるというのは武士がいなくなるということだろう」

茂兵衛が当たり前のことを言った。

「そうだね。ならば兵が田を耕し、農民が槍を持てばよいのですよ」

阿璘はこともなげに言った。武士しか戦わないこともおかしいいし、また、その武士は畑作業を行わないこともおかしかった。両者が両方をやればよい。

このように茂兵衛、終吉、そして阿璘は彦之丞との交流を深めた。阿璘たちも、実際に「学問は何のためにするのか」ということを改めて考え直していたところであった。そのために、彦之丞からの質問は、当然に自分たちの勉強にもなっていた。若原家に呼ばれないときでも、安養寺で勉強をしたり、芳に様々なことを教えたりしていたが、そのような時でも彦之丞からの質問に対する答えで、三人、または芳を入れて四人で話すことも少なくなかったのである。

この時期には、少し年長の茂兵衛や終吉はすでに元服を考えなければならない年齢になっていた。阿璘とは異なり、仮にも「竹原」「清水」という苗字を持つ郷士であった。普段は腰に大小の刀をさすようなことはなくても、正装をすれば脇差を帯びることが礼儀であったし、また実家に帰って野良作業をしていたとしても、いざとなれば槍を持って戦わなければならない身分なのである。元服をすれば家業に精を出さなければならない。そのような人々にとっては、家業に役に立たないならば、学問といえども「道楽」でしかないのである。

彼らは学問を、そして思誠館における友人関係を続けるために、学問を実践学にし、家業や地域の役に立つためにはどうしたらよいかを考えていたのだ。そのようなときに、彦之丞の問いかけは、実際の新見藩での事件を題材にしているために、ありがたいものであったのだ。

「本日もお疲れさまでした」

帰り際、客人である阿璘たちが玄関に立つと、必ず勝手口から進がちょこちょこと毬《まり》が弾むように走ってきた。

江戸時代、まだ男女があまり自由に歩くような時代ではなく、田舎町では江戸などよりも古い考えが多かった。その中で、若原彦之丞も、そして終吉や茂兵衛も、阿璘と進の二人の間を何となく気にしていた。当初より、阿璘のような農民の子供に差別的な目を向けていて、そのような態度は全く崩していなかった。彦之丞は、愛娘である進を、しかるべき家に嫁がせるつもりであった。しかし、進が阿璘に魅かれていることも気付いており、彦之丞は進にその気持ちを止めることもしなかった。いやむしろ、彦之丞自身が徐々に阿璘に引き込まれてゆくような感覚を持っていたのである。

何か特別なことがあったわけではない。阿璘や茂兵衛が玄関の前で呼ばれたときと退出するときに、進が出てきて、挨拶をするだけの事である。五歳から思誠館に入り学問しかしていない阿璘にとって、どんなに好意を持っていてもそれ以上どうしてよいかわからないし、また松山藩下の西方村の貧農の息子が、新見藩の武士の娘に声などかけてよいものか、ましてや手紙などを書いてよいものかというように自問自答をしているうちに月日が過ぎてしまっていた。

この時代、女性の方から男性に言葉を掛けるなどということははしたないと考えられていた。ましてや武士の娘である進が、いくら地元で有名な神童とはいえ、一般的な挨拶以外に声を掛けることなどは許されなかったのである。時期的にも化政文化で刹那的な享楽が新見の町にも流行しているようなときに、女性が男性に声を掛けるなどということは、たちまち噂になり町に住めなくなるような雰囲気になりかねなかったのである。

「あ、いつもありがとうございます」

阿璘は、味も素っ気もない返事しかできなかった。

「おい、もう少し何かあるだろう」

いつもやさしくまとめている茂兵衛も、さすがに男女の仲ということになるとどうしていいかわからない。もうお互い体つきも大人になっているのに、心はいつまでも初めて会った時のままである。茂兵衛もそんな状態を傍で見ているのはつらかった。

「あ、いや」

阿璘はそういうと、そのままくるりと背を向けて俯きながら足早に門をくぐっていった。それでも進は、いつまでも玄関の横に立って、角を回って見えなくなった阿璘の背中を追っていたのである。若原家に下宿している終吉は、阿璘が見えなくなるまで玄関に立ち、そしていつも小さなため息をついて母屋に戻る進の姿を見て、自分まで悲しいような、寂しいような気分になった。また、阿璘と一緒にいる時間が終わってしまった、そんな進の心の声が終吉の耳元で聞こえたような気がしたのである。

「阿璘と進殿は何とかしなきゃダメだろう」

いつものように茂兵衛と終吉は、安養寺の境内に集まっていた。境内には紫陽花《あじさい》がちょうど見ごろになっていて、可憐な鞠のような水色の花をつけていた。この日、阿璘は松陰先生のお供で安養寺からすぐ近くの新見の陣屋にある藩主関長輝公のもとに出向いていた。阿璘がいなくても、芳は終吉に学問を習いにやってくる。それまで終吉と茂兵衛の二人は、いつものように鐘楼の石段に腰かけていた。

「あんな、寂しそうな阿璘を見るのは耐えられないんだ」

「ああ、俺もそうだ」

終吉は、足元に転がった石を軽く放り投げながらそういった。

「進お嬢様が、毎回毎回、若原家を出てゆく阿璘を見えなくなるまで見送っていて、そして、ため息をつくんだ。そして、嬉しそうでもあり、寂しそうでもあり、そんな表情を袖で隠して勝手口へ入ってゆく。そんな姿を見ると、なんだか胸が押しつぶされそうな感じになるんだ」

「なんだ、進殿もそうなのか」

「阿璘は、俯いて帰ってから何かあるのか」

「いや、でも、いつも四間道の端っこのえびす神社に何かをお参りしてから、やっと顔を表に上げて帰るんだ。一度聞いたことがあるんだが、口を全く開かなかった。阿璘一人では、どうにもならないことがあるのではないか」

新見の四間道とは、現在も残されている新見の城下の目抜き通りだ。茂兵衛の話によれば、阿璘はこの四間道は俯いて歩き、そして、安養寺側、つまり四間道の反対側の端にあるえびす神社まで行って、そこで間をおいて安養寺に戻るということである。なぜ四間道では俯いて顔を隠しているのか。

「もしかして、以前からたまに阿璘が言っている身分のことではないか」

終吉はそういうと、自分の腰に帯びている小さな刀を誇示するように叩いた。改めて言うまでもないが、終吉は「竹原」、茂兵衛は「清水」、そして、ここにもう少ししたら学問を習いに来る芳でさえも「丸川」という苗字を許された武家である。しかし、阿璘は御家再興を目指しているといえども、今は貧農の子供で武士の階級にはない。

「そうか。阿璘は、自分の身分が低いことを気にしていて、武家屋の敷多い四間道では若原家から出た後顔を隠して歩いているということか」

終吉の言葉に、茂兵衛はなんとなく納得できるものがあった。すべてを口には出さなかったが、自分の好きな女性がいる若原の家の玄関から、神童ともてはやされていたとしても、身分の低い者が頻繁に出入りすれば、狭い町の中ですぐに噂になってしまう。丸川松陰が道楽で貧農の子に学問を教えている、などと悪い噂を聞くこともある。若原の家に対して、そのようなことが言われないように、阿璘なりに気を使っているのに違いない。とはいえ、それならば勝手口や裏門から出ればよいのだが、客人として招いている人を勝手口から出したとなれば、やはり若原家の名折れである。結局、足早に顔を隠して立ち去るしかない。身分とは、この当時かくも堅苦しく難しいものであったのだ。

「では、嬉しそうで、そして見送るときにはため息をつく進殿を見て、若原彦之丞様は、何と思っておられるのか」

茂兵衛は、終吉に聞いた。結局、進と阿璘のことは、若原彦之丞がどのように考え、阿璘を受け入れるかにかかっている。この時代、現在の日本と違って交際や結婚はすべて「家と家の繋がり」と考えられていた。そのために、家長といわれる当主が交際を許すか許さないかにかかっているのである。ましてや結婚というようなことは、新郎新婦の家が親族になるということを意味していた。それだけに家長が許さなければ交際も許されないということになる。

当時の常識から考えれば、武士の男が、身分の低い女性を手に入れるということは特に問題がなかった。女性は器量などもあり、また高級な武士になれば妻妾を持つことも特に禁じられているわけではなかったからだ。現在、当時の家系図を見ても、多くの場合、女性の名前までが書かれていることが少ないのは、このような事情によるものである。しかし、逆に女性の身分が高く、男性の身分が低いという例は少ない。かなり昔になるが、江戸の大奥で絵島という御年寄（奥女中）が歌舞伎役者との密会を疑われ、大きな事件になったことがあった。しかし、そのような事件が芝居などで取り上げられることになると、なおさら男性の身分ということには世の中がうるさくなっていたのである。

そのようなスキャンダルではなくても、男性の身分によって生活レベルなども決まる。つまり、嫁に出す家にとっては、孫が幸せになるかどうかということが男性の身分によって決まってしまうのである。もちろん、自分がその面倒を見るほど余裕がある家ならば、娘のわがままを聞いて許すということがあったかもしれないが、どうしても娘がそのような身分の低い家に嫁ぐ場合は、勘当し、縁を切ってから嫁に出すというようなことも行われていたのである。

茂兵衛は、彦之丞がどのような考えなのかが気になったのである。

「若原の御当主様は、阿璘殿を進殿の良い勉強相手というような感じで考えているけれども、恋仲になるとか、縁談とかは全く考えていないようなんだ」

「やはり」

「先日も進お嬢様を呼んで、将来大橋様の御嫡男殿はどうかとか、そういうことを言っておられた」

「なに。なんでそんなことを」

「いや、茂兵衛殿、それどころではない。若原の御当主様は、せめて清水茂兵衛殿はどうかと。あの茂兵衛殿は今はぱっとしないが、血筋をたどれば毛利家の中で随一と言われ、備中高松城で毛利家と家臣を守るために命を捨てた勇将清水宗治の縁続きである。せめてあのような家柄がよいのではないかと」

「パッとしない私を引き合いに出したのか」

茂兵衛は少し色をなした。自分たちがこれだけ気にしているのに、彦之丞が気付いていないはずがない。それなのに、本人の気持ちを無視して他の家との関係を言うというのはどういうことなのであろうか。ましてや茂兵衛自身をその引き合いに出すなど、もってのほかである。

茂兵衛も終吉も、何か胸の中に込み上げてくるものを感じた。しかし、自分たちでは何もできないこともよくわかっている。自分たちには、彦之丞を説得するような弁舌もなければ、それを支援してくれるような人もいない。ただこのようにして、安養寺の境内で文句を言うしか能がないのである。彦之丞に対する不満よりも、はるかに大きく、自分たちの無力さに怒りが込み上げてきた。

……ポチャン……

茂兵衛は、やり場のない怒りを何とか収めようと、足元の石を池に投げた。何もしないでいたら、どうかなってしまいそうであった。本堂の中からは、かすかに線香の馨《かぐわ》しい匂いが流れてきて、円覚住職の読経が聞こえてくる。二人は何も言わず、ただその読経を聞いて落ち着くしかなかった。

「今日は何を話していたの。あれ、阿璘殿は」

安養寺の門の方から芳が入ってきた。何かいつもと雰囲気が違うことを敏感に感じ取った芳は、なるべくいつもと同じように明るく振る舞った。この二人の雰囲気にのまれてはいけない。何か本能的にそのように思ったのである。

「いや、何でもない」

終吉も努めて平静を装った。茂兵衛は、自分の感情を抑えることができないと思ったのか、池の方に植物を見に行ってしまった。

「終吉殿、私、嘘つきは嫌いでございます」

芳はいきなりそのように言うと、終吉を睨みつけた。

「う、嘘などついてございません」

終吉は、なぜ芳がいきなり怒ってしまったのか、全く理解ができなかった。今まで阿璘と進のことを心配していたが、芳の様子を見る限り、それどころではない。

「それも嘘でございましょう。嘘と隠し事をする方は信用できません」

「い、いや、何を申されているのか」

「ではなぜ、ここに茂兵衛殿がいらっしゃりませぬのか。なぜ私のところから逃げるように池の方に行ってしまわれたのか」

「いや、それは」

終吉にしてみれば、阿璘の恋路のことは安易に話せることではなかった。そもそも、他人のことなどを気にしている場合ではなく、自分自身が今目の前にいる芳との間で何もできずにいるのである。

「芳殿」

「キャッ」

ずっと終吉の方を睨んでいた芳は、自分の後ろに茂兵衛が近付いていることに全く気付いていなかった。思わず悲鳴を上げて終吉の方に飛びのいた拍子で、終吉の腕の中に飛び込んだような形になってしまった。

思わぬ形で抱きしめてしまった終吉も、そして長々と「小学」をやさしく教えてくれる終吉に好意を持ち始めていた芳も、頬を赤らめてしまった。

「な、何をするのでございます。茂兵衛殿」

「いやいや、驚かすつもりなどは」

茂兵衛はそういうと笑いながら左手を開いた。そこにはオシロイバナといわれる種類の種がいくつか入っていた。

「これは」

「オシロイバナの種です」

そういうと、茂兵衛は近くでその種を割り、そして白い粉を出して、茂兵衛自身の手の甲につけた。

「こうやって、白粉《おしろい》の代わりにするのです。昔は、これが本当にお化粧の道具であったようです。ご存じありませんでしたか」

興味深そうに見たのち、ふと、終吉の方に振り返った。たった今、体が触れ合ってたくましい終吉を感じた芳は、終吉と目が合うと、また慌てて俯いて顔を赤らめた。そして、まだ石の上に残る白い粉を頬に塗った。

「どう、ですか。私のオシロイ」

終吉は、ただ黙って芳に見とれていた。たった今、自分の腕の中に飛び込んできた柔らかいものが、自分の好きな女性であると改めて感じたのであった。今までは、少女、いや子供としか思えていなかった芳のことを、初めて年頃の女性と意識したのである。終吉自身、目は泳ぎ、言葉に詰まってしまった。

「いや、お似合いですよ。でも、学問と同じでもう少し練習が必要かもしれませんね」

何も言えなくなっている終吉に代わり、茂兵衛が答えた。

「そんな……」

何か遊ばれているようで、急に照れ臭くなってしまった芳は、軽く茂兵衛を小突いた。その一つ一つのしぐさが、改めて終吉には女性を感じさせた。

「ところで芳殿、終吉殿と何をお話しだったのですか」

「いや、今日はいつもと雰囲気が違うので、何かあったのかと尋ねたのに、終吉殿は何もないなどと白々しく私に嘘をつくのです」

「そうですか。では私からお話ししましょう」

「茂兵衛殿、話してしまっていいのですか」

茂兵衛があっさりと阿璘のことを話そうとしていることに、終吉は驚いて慌てて止めに入った。

「終吉殿、こういう時は女性の気持ちも聞いてみた方がよいのではないでしょうか」

茂兵衛は、笑顔で言うと、オシロイバナの種を懐紙に包んで芳に渡した。芳は、大事そうにそれを帯に挟み、そして茂兵衛と話ができるように少し距離を置いた。いつの間にか読経が終わったのか、本堂から読経と木魚の音がしなくなっていた。

「実は、阿璘殿に好きな女性ができたのです」

「へえ、そうなの。誰、お相手は誰なの」

芳は、たった今、自分の仄かな恋心に気付いたところなのに、他人の恋路の方が気になるらしい。他人の恋路の行方が気になるのは、今も昔も、そして年齢の上下も関係なく、日本人女性の特徴であるようだ。

「いや、その前に伺いたいのですが、自分の好きな男性の身分が低い場合、芳殿はどのように思われますか」

芳は、なぜか自分のことであるかのように本気で悩んでいる感じだ。芳の頬には、先ほど指で付けたオシロイバナの種の粉が指の動いた通りに円を描いている。悩むたびに、その円が長くなったり楕円になったりして、もう一つの真っ白な口が動いているようである。ちょっと横を見ると、終吉も真剣なまなざしで芳を見ている。

「そのような質問をするということは、阿璘殿のお相手は身分の高い女性なのですね」

「いや、そういうわけではないかもしれませんが、しかし、そこの家の方がそのような身分を気にする方ということでよいのではないでしょうか」

「なるほどね。そういうこともありますね」

芳は、自分が二人の男性に質問されるようなことがないので、なんとなく、自分が思誠館かどこかで教えているような気になっていた。ちょっと得意そうな顔も、終吉にとっては新鮮でうれしかった。

「うちの父は、そういう身分とかは関係ないと考えている人だから、全く問題はないと思います。でも、そのようなことを気にする父だったら、どうするかな。もっと単純に、身分とか、そういう問題ではなく、私が好きになった男性を父が嫌いだったらどうするかということでよいのでしょ」

「そうですね。親御さんが親しくお話しするのもよくないと思っている場合、女性はどのように考えるのかということです」

「普通なら親に従うということなんでしょうけど、私はそんなの嫌だな」

「そうだよね」

なぜか自分のことのように思えてしまった終吉は、芳の受け答えに強く同意した。そのタイミングがあまりにも絶妙なので茂兵衛はついつい笑いが出てしまう。

「ならば、どうしたらよいでしょう」

「わからない。でも」

「でも、なに」

「わからないときはわかる人に聞けばいい。父上がそういつも言っています」

「では松陰先生に」

「いや、そういうことは円覚和尚に聞きましょう」

芳はそう言うと本堂の方へ歩いて行ってしまった。

「そうですか。阿璘がそんなことになっていましたか」

円覚和尚は、優しそうな目を三人に向けてそう言った。後ろの仏像と見間違うかのような優しい顔である。

「そうなんです。わたしたちではどうにもできないので、何か仏の知恵を授けてもらえればと思ってまいりました」

「いやいや、拙僧では何の役にも立ちませんが」

円覚はそう言うと、奥に一度戻ってお茶を入れてきた。

「ただ一つ言えるのは、誰一人として、そこにいる人の不幸を望む人はいないということです。若原彦之丞様は立派な方です。そして愛情のあふれる方です。ですから、一人娘の進殿のことでも、進殿が最も幸せになる道を選びなさると思います」

「それは、進お嬢様が阿璘と一緒にならない方が幸せであるということでしょうか」

円覚は、急に話し始めた終吉の方にゆっくり向くと、湯気が消えかけているお茶を一口すすった。

「そうは言っておりません。阿璘殿は、頭は良いし、学もある。ただ、彦之丞様はそれだけでは足りないとお考えなのかもしれないですね」

「やはり、家柄ということでしょうか」

茂兵衛は、心配そうに言った。

「清水殿、人間というのは家柄だけで決まるものではありません。阿璘のすばらしさが、家柄を超えるものであればよいことです。ただし、そのことを彦之丞様が知ることが必要ではないでしょうか。そして、進殿が彦之丞様が反対をしても阿璘のことを好きでいられる勇気があるか、そこが重要ではないかと思います」

「なるほど」

「お聞かせいただいたところ、どうも皆さんは進殿にも彦之丞殿にも本心を伺っていないようですね。まずは本人の心の内を聞いてみる必要があるのではないでしょうか。阿璘殿には私が今晩にでも聞いてみましょう。それより彦之丞殿と進殿には、しっかりと聞いていただかないとなりませんね」

円覚は、落ち着いて三人に伝えた。

「このようなことは、周囲の思い込みで進めてはなりません。何事も本人の心と御仏の御導きであると存じます。いかがでしょう。本人の心がわかってから、またここで相談しませんか」

茂兵衛は納得した。

「芳殿もご協力願えますか」

「もちろん。女の子同士で話をした方が良いかもしれませんから」

三人は納得してうなずいた。

7　対決

「進様、お久しぶりです」

新見の町で買い物をしている進を見つけ、芳は近寄っていった。

「あら、芳様」

「ねえ、最近、思誠館の三人がたまに若原様のところに行っているでしょ」

「ええ、まあ。三人というか、終吉さんは我が家に下宿しているので、来ていただいているのは二人なのですが」

確かに進の言う通り、竹原終吉は若原家に下宿しているので呼ばれているというよりは家に帰っているということでしかない。

「そうね。私の父が心配しているのですが、何か失礼はないかと思って」

「ああ、そんなことは全くないようですよ。詳しくはわかりませんが」

二人は四間道の中を抜けて、高梁川の河原の方へ歩いて行った。芳にしてみれば、なるべく阿璘がいない方、つまり安養寺の反対の方に進を連れ出したつもりだ。四間道の反対側には金谷橋と、その横には高瀬舟の発着場や三日市場があってかなりの賑わいである。

「ずいぶん人が出ていますね」

「今日は、高瀬舟が着く日ですから海の産物もありますので、それを父上に召し上がっていただこうと思いまして」

「それは楽しそう。ご一緒いたします」

進は、買い物籠をもって市場の方へ向かった。武士の階級の家ならば石高の高い低いにかかわらず、御用聞きが来て商品を運んでもらうのであるが、若原家では御用聞きなどを利用せず、進が買い物の役目を担っていた。彦之丞にしてみれば、そのようにして街の中を見ておくことも勉強のうちであると思っていると、終吉から以前に聞いたことがある。芳もその時から、丸川の家の買い物を芳が担うようにしていた。新見藩の武家の間では、若原家のこの風習を見習う人が多く、殿方がお役目についた時間になると、武家の娘が市場に買い物に来ていた。

今も昔も、娘が多く集まれば、買い物半分、おしゃべり半分というような感じで、町の噂話や恋の話、特にどの殿方が格好良いとか、どこの若者が将来性があるなどの話が、そこにある色とりどりの商品とともに彩りを添えていた。

「思誠館の殿方はなかなか人気があるようですね」

市場の中は思誠館の人の話でもちきりだ。

「そうですね。でも私は近くで見ているので、そこまで素晴らしいとは感じませんが」

芳が聞いていていても思誠館門弟の話が最も多い。どの武家娘も思誠館の門弟たちのことを、まるで現代の男性アイドルグループについて話しているかのようだ。

「そうですか。でも、芳様は皆さんに羨ましがられているのですよ」

「そうなんですか、進様」

「話題になっているあの人たちと一緒にいるのですから。思誠館の中のご苦労を知らない方にとっては羨ましいと思ってしまうのも無理はありません」

もちろん、そんなに広くない町の市場である。お互い顔見知りなので、芳の近くではあからさまに羨ましそうな顔はしない。

「そこの女性が噂している辰吉殿というのは、どのような方でございますか」

魚が並べられている向こう側の三人娘が、思誠館の辰吉が良いと言っているようだ。たくましい体で、袖から出た腕が筋肉の塊のようであると話している。思誠館に通っているのであるから、当然に学問にも通じ、そしていつも若者を数名従えて歩いているという。

「ただの乱暴者です。成羽の鉱山夫の親方の二代目なんですよ」

「武士ではないのですか」

進は驚いた。

「はい。確かに筋骨隆々でございますが、学問の方はそれほどでも」

二人は顔を見合わせて笑った。

「本物を知らないと、外見だけで物事を見てしまうのですね」

「終吉様に教えていただいた本の中で、そんな言葉がございました。外見だけで人を判断してはいけないというようなことだったと思います」

「芳様は、終吉さんに、学問を習っていらっしゃるのですか」

「はい、小学という本ですが、本当にやさしく教えていただいております」

「父はいつも、阿璘様の方が神童であると。終吉さんにいつもあのようになれ、阿璘様のように精進しろとおっしゃっておられます。終吉さんはその都度、生まれながらの出来が違うと言って、父に怒られているんですよ」

進は、楽しそうに芳に言った。

「清水茂兵衛殿については、彦之丞様は何かおっしゃっておられますか」

店先に並んでいる瀬戸内海から来た一夜干しを見ながら、芳は、わざと終吉から清水茂兵衛の方に話を振った。終吉よりも阿璘の方が学問の素質があることは十分にわかっていたが、彦之丞から終吉が怒られている話などは、あまり聞きたくはなかった。別に阿璘に対抗意識を持っているわけではないが、間違いなく芳は、少し怖い表情になっていたに違いない。

「父は、清水殿を高く買っているようです。実家はお医者様でもありますし、地元の庄屋でもあります。それに、学問の方もかなりできますし、何よりも年上で非常に落ち着いていらっしゃるとか」

「進様も清水殿のことをお好きでいらっしゃるの」

芳は、単刀直入に聞いた。本当は聞かなくても答えがわかっていた。進は自分では気付いていないが、会話の中で終吉と茂兵衛は「さん」「殿」と敬称をつけているが、阿璘だけは「様」といっている。それだけ、阿璘を特別視しているのだ。ただ、現代の女性たちがアイドルを語っているのと同じで、「様」ということは、憧憬《あこがれ》の念があるものの、まだ進の中で恋心にまで発展していないということであるかもしれない。

「茂兵衛殿は、いい人なんですけどね」

案の定「いい人」という答えである。単純に、いい人というのは、それ以上のことはなく、恋心にまで発展しないということを意味している。

「やはり阿璘様の方はいい感じ」

「ええ、阿璘様が父と問答しているときのあの目とあの声。あの声を聴くだけで、頼れる感じがするんです。あんな小さい体で、藩の中でも武辺者の父に立ち向かっている姿は、何か私でも役に立てることをして差し上げたい気分になるんです」

もうすっかり阿璘の虜という感じだ。周囲の女性たちも進の熱のこもった声に反応し、皆こちらを見ている。

「なんだか、周りの視線が怖くないですか」

「そうですね」

二人は急に声を潜めると、とりあえず必要な買い物をしてすぐに市場を後にした。


「突然に押しかけて申し訳ございません。先にご無礼の段お詫び申し上げます」

芳が進と阿璘について語った数日後、茂兵衛は丸川松陰の許可を得ずに、単身、若原彦之丞の家を訪れた。深々と、畳に頭をこすりつけるようにした茂兵衛を、まるで珍しい生き物でも見るような目で見ていた彦之丞は、腕を組んだまましばらくずっと動かなかった。

「清水茂兵衛殿、折り入って相談ということであるが、何か」

茂兵衛にとっては、一昼夜にも思えるほど長い沈黙の後、彦之丞はやっと茂兵衛に声を掛けた。

「若原様は、阿璘殿をどのように思っていらっしゃるのでしょうか」

茂兵衛も単刀直入に、阿璘と進とのことを話すわけにはいかない。ましてや自分の物言いが誤解されて、若原家の行きと帰りにやっと一言声を掛けるだけの二人の関係すら壊してしまうようでは元も子もないのである。

「ほう、阿璘殿をねえ。いや、将来有望で素晴らしい若者であると思っているが」

それがどうしたのか。彦之丞はそのように繋ぐ言葉をあえて飲み込んだ。普段の茂兵衛とは気迫が全く違う雰囲気に彦之丞の方が呑まれたという感じだ。普段、進を阿璘から遠ざける意味で言っていた茂兵衛殿は勇将清水宗治の子孫という言葉が、自分に刺さってくることになるとは思ってもみなかった。

「では、その素晴らしい若者には何が足りないのでしょうか」

「足りないとは。拙者はそのようなことを言った覚えはないが」

若手の有望株とベテランの棋士の差す将棋のように、お互いが手探りで、なおかつ相手の手の内を読みながらの言葉のやり取りである。息の詰まるような時が流れ、一言一句に、微妙な間合いが入った。

「それでは彦之丞様、進殿と阿璘殿を……」

それ以上、茂兵衛は言葉を繋げなかった。そのまま頭を下げたので、彦之丞の人を射抜くような視線を見ないで済んだが、しかし、背中だけでも槍で刺す勢いの視線が送られてくるのを茂兵衛は感じていた。

「終吉、どういうことだ」

客間の次の間に控えている終吉に向かい、彦之丞は大声で質した。

「ご本家様、私からもお願いします。進お嬢様を……」

終吉も、そこで言葉が留まってしまった。

進の気持ちを芳が聞いた限りでは、まだ好きという感覚ではないものの、形になっていない好意を抱いていることは確かなのである。しかし、まだ恋愛の経験もない二人にとっては、そのことをうまく彦之丞に伝える言葉がわからなかった。そのうえ、彦之丞の刺すような視線。「目で人を射殺す」という言葉がある。実際に殺すのではなく、威嚇して相手の動きを封じるということを言うのであるが、まさに、今の彦之丞はそのような視線である。

「進をどうしろというのだ」

「は、はい」

二人は背に冷たいものが伝い流れるのを感じていた。茂兵衛と終吉は、享楽的な化政文化で流行していた人情本や黄表紙本を読んでいて、下品で興味本位な男女関係の言葉は覚えてしまっているが、阿璘と進の二人の淡い感情をうまく彦之丞に説明できるような言葉は全くわからなかったのである。

一方の彦之丞も、二人がなぜ自分の前に来て進の話をしにきているのか、全くわからなかった。彦之丞にとって進は自分の娘であり、そして、まだまだ大人の女性ではない。幼い女性に恋愛の話などはないし、そもそも清水茂兵衛と進の接点などは何もないはずだ。だいたい、阿璘には、彦之丞自身が興味を寄せ、そして、新見藩の御役目に関して、竹原終吉の伝手《つて》をうまく利用して招いているのに過ぎない。阿璘と進に接点などはないはずである。しかし、目の前にいる若者二人は、進と阿璘という二人の名前を出したのだ。全く訳が分からないではないか。

「清水茂兵衛殿、だいたい貴殿はここに学問を披露しに来ているのであって、若原家の人間と親しく話すために来ているのではないと思うのだが」

「は、はい」

「しかし、ご本家様」

「終吉は黙りなさい」

彦之丞は終吉の方に向かって一喝した。その一喝で茂兵衛の心に火がついた。ここで、彦之丞の気迫に負けて、何も言えなくなってしまっては、かえって阿璘の立場が悪くなる。進も、自分の思いを阿璘に伝えることすらできなくなってしまうのである。

茂兵衛は、面を上げると意を決して彦之丞を正視した。そして一息大きく深呼吸をすると、背筋を伸ばした。ここで、彦之丞の気迫に呑まれてはいけない。茂兵衛にとっては今まで全く経験したことのない勝負に出た。

「落ち着いて聞いてください。阿璘は若原家の進お嬢様に好意を抱いております。もちろん、今まで挨拶を除いては一切親しく話したこともありません」

「それで」

「それでとは」

茂兵衛は食い下がった。目はすでに見開き、緊張から心臓の音が全身から聞こえるようであった。

「阿璘がうちの娘を好きになるのは勝手だ。だからといって、拙者に何をしろというのか。まさか進を差し出せというのではあるまいな」

「御本家様、進お嬢様も阿璘殿に好意を寄せていらっしゃいます」

一喝された終吉も、意を決して顔を上げてにじり寄った。

「なんだと」

彦之丞は、怒りから立ち上がった。そのまま冷静に座っていることなどはできない。手に持った扇子が小刻みに震えていた。

しばらく三人の間に沈黙が流れた。張り詰めた空気はそのまま、彦之丞はフーッと大きく息を吐いて再びその場に座った。心なしか息が荒くなっている。何とか落ち着きを取り戻したものの、内心はまだ動揺している。目の前にいるのが少年たちでなければ、打ち据えて成敗しているところだ。

「うちの娘の幸せは、このわしが考える。阿璘は多少優秀ではあるが、西方村の貧農の小倅《こせがれ》がうちの進を幸せにできると思うのか」

「は、はい」

「世の中きれいごとではない。身分がなければ何もできない。金がなければ子供を育てることもできない。学問が必要なことはわかるが、単に学問だけ出来ても話にならないのだ。親の脛《すね》をかじって、金の心配などせず毎日学問三昧でいられるような生活はできんのだ」

「しかし、本人の気持ちは」

「気持ちだけでは飯が食えん」

彦之丞の一喝で、茂兵衛と終吉はそれ以上とっさに言葉を繋げられなかった。

「いいか、他人の家に何か意見するときは、少なくとも自分の力で飯が食えるようになり、家族を養うようになってからにしろ。多少学問に長じているからといって何を偉そうにわしに意見しておるのだ」

「では、本人の気持ちがなくとも、身分と金さえあれば幸福になれると言われるのですか」

茂兵衛は、気持ちを奮い立たせて正座をしたままにじり寄った。

「気持ちは、後になって自分の中で折り合いを付けるものであろう。まずは家の事を考え、そして、藩の事を考え、自らの身を処するのが肝要であろう。だいたい、清水殿の御先祖であらせられる清水宗治公は自分の気持ちで腹を召されたのか。違うであろう。毛利の家の事を考え、家族を思う城中の兵やその一族を思い、そして毛利と織田が和睦した後の天下の民の事を思い、自らの事を納めて覚悟されたのではないか」

「は、はい」

「清水殿の御先祖が行った御覚悟を、茂兵衛殿が理解できぬというのは、解せぬ事ですな」

彦之丞は、わざと大仰に言った。こうすることで、茂兵衛の反論を封じたつもりであった。

「しかし……」

なおも食い下がろうとした終吉を、茂兵衛は左手でそっと制した。そして、終吉の方を見て、弱々しく首を振った。

「茂兵衛殿、どうなされた」

「いや、終吉殿やめましょう」

茂兵衛は、そう言うと彦之丞の方に向き直った。

「若原様には大変失礼致しました。神代の時より今日まで、時は流れ人の心も、人が歩む道も異なるものとなって参りました。その中で、守らねばならぬもの、変えなければならぬもの、様々あり、また、人により、その考え方は異なるものと存じます。もちろん私も先祖宗治に関しては誇りに思っておりますが、しかし、あの時と今とでは時代も違いますし、またその時の流れは戻りません。『子川《せん》上《じょう》に在りて曰く、逝《ゆ》く者は斯《か》くの如きか。昼夜を舎《お》かず』と申します。若原殿も川上に残されることのなきよう」

茂兵衛は、そう言うと一礼をしてさっと席を立った。

「茂兵衛殿、しばらく」

茂兵衛は、その場で慌てる彦之丞の方に振り返った。

「失礼いたします」

軽く立礼をして、そのまま襖を閉めた。

顔を上げた終吉は、困ったように彦之丞と茂兵衛を振り返り、そして彦之丞に頭を深く下げると、そのまま茂兵衛を追って部屋を出てしまった。

「なんなんだあいつらは」

相当に自分の考え方を否定されたような形になってしまった若原は、自分の膝を扇で思い切り叩いた、パチンという乾いた音が、空っぽの部屋の中にむなしく響いた。


「茂兵衛殿、どうする」

新見の町はまだ陽が落ち切ってなく、山の間から橙色の大きな塊が、暗い夜の帳《とばり》に負けないように、精一杯この日最後の明るさを放っていた。

「どうすると言ったって、進殿の父親があれではどうにもなるまい」

「どうにもなるまいって言って、引き下がっていいのか」

四間道の真ん中に二つの長い影が伸びて、向こうの商家の入り口にその頭が掛かっていた。商家では店じまいの準備か、表に提灯を掲げ、板戸を立てかける姿が見えた。男性ばかりではなく女性も力仕事をしている。どこの家も決められた人が手際よく仕事をしている。仕事に男も女もない。毎日同じことをやっているのであろうか手馴れている。

「あんな風に、我らも手際よく様々なことができればよいが」

なんとなく眺めながら、茂兵衛はつぶやいた。

「手際は良くないけれど、芳殿と手分けをすれば何とかなるのでは」

「そうかな」

「住職に知恵を借りよう」

「そうだな」

陽が落ち徐々に暗くなってきたが、二人の表情は心なしか明るくなってきたようだった。

「阿璘殿、阿璘殿はお戻りかな」

円覚が珍しく阿璘の部屋に入ってきた。

「円覚様、何か御用でしょうか」

思誠館から戻って、書物の整理を終え、終吉たちが来る前に少し復習をしようと文机に向かったところであった。

「書を読むところであったかな」

「いいえ、書物を片付けていただけですから大丈夫です」

「そうか、それならばよかったが、少しお使いに行ってもらえないか」

円覚はそう言うと、懐から手紙を二通出した。

「手紙を届けるのですか」

「はい、これから客人が来るので、小僧も出すわけにはいかず、人手がなくて。ちょっと高瀬舟の渡し場まで、そして、帰りに渡邊様の御屋敷の方にこれをお願いできればありがたい」

「はい、お安い御用です」

「帰りは急がぬから。渡邊様への用事を帰りに。昼はお忙しいので」

「はい、かしこまりました」

阿璘は立ち上がると、円覚から手紙を受け取った。

「阿璘、いるか」

その時、茂兵衛が入ってきた。

「茂兵衛殿、申し訳ない。ちょうど円覚和尚にお使いを頼まれてしまって」

「それならば一緒に行くよ」

「でも、終吉殿がくるのでは」

「今日は若原様の御屋敷で何かあるらしくて、少し遅くなるらしい」

「そうなんだ」

「一人で待っていても面白くないし」

茂兵衛は玄関口で立ったままそのように話していた。

「清水殿、申し訳ない。せっかくであるから、阿璘殿と一緒にお使いを頼まれてくれぬか」

「阿璘殿と街中を歩くのも面白いので行ってまいります」

「そうか。二人で行ってくれた方が心強い」

円覚は、しわの深い目でにっこり笑うと、二人を送り出した。


「今日は高瀬舟で赤穂の魚が届くはずなの」

芳は、終吉と進とともに高瀬舟の船着き場の方へ向かって四間道を歩いていた。赤穂の魚が届くというのは、江戸時代にしては珍しく一夜干しの魚が届くということだ。普段は腐らないように塩樽の中に詰められていて、塩を落とさないと食べられるものではないが、一夜干しであれば、そのまま焼いて食べられる。江戸時代、冷蔵庫などのない時代の山国の中の最大のご馳走なのである。

「御父上にも召し上がっていただきたいのです」

「赤穂の魚はいつも六枚で来ますから、丸川の家では、父、母、兄、私で二枚余るのです。進さんにもらっていただけるのであれば、もったいなくないから私もうれしいのですよ」

「いや、高級なものなので本当にありがたいです。でも……」

そういうと、進はチラッと終吉の方を見た。若原家の単なる居候であるために、高級品である海の魚などは、なかなか終吉には回らない。海に近い村からきている終吉はさぞ残念に思っているだろう。しかし、彦之丞はそのようなことを気にする人ではない。その分、進が気を使ってしまう。

「私は大丈夫です。郷《さと》に帰ればたくさん食べられますから」

終吉は、進の視線を感じて、すぐにその場を取り繕った。この日は、芳と進が話していること以上に大事な話がある。進に気を遣わせるわけにはいかないのだ。

高瀬舟の船着き場に近づくと、川下から登ってきて多くの人が船着き場に集まっていた。市場の関係者や、手紙を待つ人、乗って来る人を待つ人など、その目的は様々であったが、どの人も船の動きを目で追っていた。

「進お嬢様、そろそろ魚が上がりますので、市場の方に行きませんか」

「はい、楽しみです」

三人は、高瀬舟で自分の目当ての魚をどの魚屋が持ってゆくかを見て、その魚屋を追うように市場へ向かった。


「すごい人だな」

「はい」

阿璘は、あまり高瀬舟の方に来たことがなかった。地理的にはこの場所を知っていたが、ちょうど船が着くときに、ここにいたことは少なかった。もう何年も新見の町にいるのに、そういえば新見の町の隅々まで歩いたことがない。何年もいるといっても、初めのうちは幼かったのであまり一人で歩くことはなかったし、最近になっても学問ばかりで町中を歩くようなことは少ない。河原に一人で考え事をしに来る場合があるが、船が来るときは逆に人が多いので考え事をする時には足を向けなかった。阿璘にしてみれば船が着く時にこんなにも多くの人が来るのかと驚くほどの数である。

「この人たちはなぜここに来るのだろう」

「阿璘殿、そりゃ、荷物を待ったり、遠く海の方に行っていた人を迎えに来たり、逆に高瀬舟に手紙を預けに来たり、旅に出たり、様々ではないでしょうか」

「舟というのはそんなにすごいものなのですか」

「そりゃ、阿璘殿、船というのは、ここに無い珍しい物を一度にたくさん運んでくるのですから、それを見に来る人は多いのではないかなあ」

「舟で新見に来る人に会いに来るというならば理解できる。しかしそれならば、荷をほどく場所に人が集まるはずで、船で荷を下ろすところに集まっても仕方がないのではないか」

「なるほど」

「舟自体が珍しいというならばわかるが、しかし、いつも同じように高瀬舟が来るのであるから、この人々は何のために集まっているのかわからない」

「そうかな、少しでも早く見たい。どんな姿でここに運ばれてくるのか興味があるという人は結構多いと思うな」

阿璘は茂兵衛に船の重要性やそこに集まる人々の心を聞いた。普段の何気ない風景であり普通の人ならば全く疑問に思わないところであろう。しかし、阿璘にはまだ高瀬舟の存在が自分の中で理解できていなかったのだ。

わからないことがあれば、わかるまで聞く。それが阿璘の性格であった。学問のことならば誰か教えてくれる人がいるが、人の心ということには答えがない。学問は同じ志の人が集まって御政道に就くときのことを学ぶが、しかし、一人の個人の心の中までは教えてくれないのだ。

そのように阿璘に聞かれても、茂兵衛にははっきりしたことはわからない。日常でいつも、そのように高瀬舟が来れば人が多く集まると感覚的にわかっている茂兵衛にとっては、阿璘に改めて疑問をぶつけられて、普段いかにわからないことをそのままにしているかということを思い知らされた。何かに疑問を持つこと、それが阿璘の学びの中心である。疑問を持つから解決方法があり、そして対策ができる。回答がなくても問題点があることを自分で知ることができる、そしてその解決方法を知ることができるのである。

先日の若原家での事を思い出し、若原彦之丞に最も欠けているのがこれなのだと茂兵衛は思った。そして、この一点だけをもってしても阿璘と彦之丞は水と油のように交わることがないものなのかもしれない。水と油を交わらせるためにはどうしたらよいのか。阿璘にも解けないような謎を、茂兵衛は考えながら高瀬舟の人だかりを見ていた。

「ところで、今日、終吉殿はどうされているのでしょうか」

「終吉殿か、どうも今日は若原の家で何かあるらしいです。この辺にいるかもしれませんね」

「終吉殿と芳殿は、最近は一層仲が良くなったような感じを受けますが」

「そうだな。少し抜けている終吉殿には、芳殿のようにしっかりした女性は相性が良いですね。それもお互い信頼し合っているのが何よりもよいですよ」

「茂兵衛殿は、この高瀬舟を待つように待ち焦がれる人はいないのですか」

阿璘は、人ごみで前に進めず、人の波が引くまで円覚に頼まれた手紙を渡すのをあきらめたように、川の堤防代わりにある石垣に腰を掛けて、そのように聞いた。茂兵衛は、その声の憂い具合から、阿璘の進に対する気持ちを汲み取ることができた。

「私には、親が決めた許婚《いいなずけ》がおります。終吉殿のように、毎日のように好いた女子と街の中を歩けるのは羨ましい。もちろん、許婚なので会ったことはありませんが」

荷物が上がったのか、人の塊の一部が市場の方へ動いた。この船を利用してここに来た人は、三々五々、待ち人とともに去って行っている。

茂兵衛は、石垣の上に立っていた。阿璘は座っているので、その目線の高さが違う。打ち合わせ通り終吉と進そして芳が荷物とともに市場の方に歩いて行ったのを目線で確認した。阿璘と進をここで会わせないように気を使ったのである。

「さあ、だいぶん人が少なくなったので手紙を届けましょうか」

許婚の話はそのままにして、石段を下り、高瀬舟の船頭の方に二人で歩いて行った。

「えびす神社にお参りしませんか」

赤穂の魚の干物と赤穂名物の蛸を首尾よく手に入れることができた芳は、進をえびす神社に誘った。

「でも、女子が神社などに行っては穢《けが》れてしまうのではないでしょうか」

「神社が穢れる、そんなことはないですよ」

女性は穢れているというような意識が強い時代である。井戸の水でも、男性よりも女性が先に触ったり飲んだりということは許されない風潮があった。風呂でも女性が先に入ってしまうと、そのお湯はすべて抜いて掃除をし直して再度お湯をわかすというようなこともあったのだ。

そのような「女性は穢れている」という考え方は、明治時代から昭和初期が最も強く言われていて、江戸時代それも化政文化の時はかなり緩やかであったといわれている。神社などにおいては、お祭りの時に女性が入ることも禁じられていなかったし、巫女《みこ》などの存在もあったので、それほど厳しくはなかった。一方寺であれば、「不犯」などの戒律があり、現在でも、厳しい寺院では女性が華美な服装で入ることを禁じる場所がある。その代わり、尼寺のように女性専用の寺が用意されていた。しかし、神社はそこまで厳しくなかったはずである。

一般の家ではそのように、社会的な禁忌しか教えないし、また、家庭で教えなくても街の中で自然と教えていたと思われる。しかし、武家では、それもまだ子供でこれから様々なしきたりを覚える時期は、まずは最も厳しく教え、その後これは例外というように教えることが当時の教育であった。若原の家は、家長彦之丞が古い考え方を持っていることから、そのような教育を強く推し進めていたようである。当然に、芳のように開明的な考え方とは全く異なっていた。茂兵衛が抱いていた彦之丞の時代的なズレというのは、このようなところにも表れていたのかもしれない。

「でも、父上は天照大御神は女の神様だから、女子が行くと嫉妬してしまい神社の神様がお怒りになるといつも申しております。」

進は困ったような顔をしながら、終吉の方を向いた。父彦之丞の教えを一緒にしてもらい、芳を逆に説得して欲しかったのだ。しかし、終吉は、盥《たらい》の中から逃げようとしている蛸と格闘していて、二人の女性の話にまで気が回らないようだ。進が振り返っても、進の方に視線を向けることなく、肩から掛けた干物が滑稽に揺れていた。

「進様、恵比須様は狩衣姿で、右手に釣り竿を持ち、左脇に鯛を抱える男の神様ですよ。もともと日本の神様でもありませんし」

「そうなんですか」

「はい、父丸川松陰から聞いていますから間違いありませんよ。海の向こうからやってくる海神で、漁業の神様、水の神様なんです。ですからよい魚が入った時は恵比須様にお礼を言いに行かないと」

進は芳の知識の豊富さに驚いた。新見藩の英知である丸川松陰の娘だけある。

「それならば、えびす神社ならば、お参りに行ってもいいのですね」

「もちろんですよ。山の中のこのような場所で、海の魚が入ったら漁業の神様にお礼に行かないと、次にいつ食べることができるかわかりませんから」

「では、ご一緒させていただきます」

笑顔で言うと進は、芳について四間道の高瀬舟と反対側の端にあるえびす神社にお参りに入った。えびす神社の鳥居をくぐると、そこには若者が二人いた。

「あっ」

鳥居をくぐった瞬間に、進が小さな声を上げた。神社の境内にいる二人の若者は、進の方へ顔を向けた。

「進殿」

「阿璘様」

拝殿の前の阿璘と、鳥居をくぐったところの進との間で時間が止まった。二人の影はかなり長くなり、頭の部分は新見陣屋の山の木々の影に隠れて見えなくなってしまった。

「恵比須様にお参りしましょ」

気まずくなる直前の絶妙な時を見計らって、芳が進の手を引いた。

「終吉さんは」

「大丈夫です。蛸と戦っております」

「もう、終吉さん早くして、先に行きますよ」

芳は、そのまま二人で拝殿の前に行くと、お参りをした。阿璘は、拝殿の前を二人に譲ると、少し熱に浮かされたかのような顔で、二人の女性を見ていた。

「阿璘殿」

ただ魂が抜けたように立っている阿璘を、茂兵衛が引っ張って、境内の中ほどの方に移動した。

「阿璘殿は、ここで芳殿を待っていてください。もうじき暗くなりますから、芳殿を思誠館に帰して安養寺に戻ってください。私は、一足先に円覚和尚に手紙の報告をしてまいります」

そう言うと、茂兵衛は阿璘が言葉を返す間もなく、そのままえびす神社を出て行ってしまった。

「阿璘殿、ちょうどいい、蛸が。私は進お嬢様をお連れするので」

終吉はそう言うと、顔を阿璘に近づけた。

「阿璘、進様と二人だからうまくやれよ。少し離れているから」

「おい、終吉殿」

終吉はまた蛸を相手にして阿璘を無視した。

お参りが終わると、芳と終吉は神社から少し離れたところに行ってしまい、えびす神社の拝殿の前に二人が残された。現代の男女と違い、手をつなぐことも肌に触れることもない。二人は近くにある石に腰かけて、普段から相手のことをお互いどのように思っているのか、そして、これからどうしたいのか、二人の夢や、二人の将来、そして今までの楽しかったことや、悲しかったことなど、さまざまなことを話した。夕陽が徐々に傾いて、二人の頬を赤く染めていた。互いに、この人は本当にいい人だと思っていたし、また自分のことを好きでいてくれるということを嬉しく思った。二人は夕暮れの人影が消えた境内で、終吉と芳が戻ってくるまでずっと語り合っていた。

8　梶

「西方の阿璘殿はいらっしゃるか」

　文政元年（一八一八年）も押し迫った冬の寒い日であった。思誠館の池には薄い氷が張っていて、その上にうっすらと雪が積もった朝であった。思誠館から見える山々は、すべて頂が白く、木々は緑を失い黒い枝を残して寒さを演出していた。そんな中、よほど急いで来たのか、肩を上下に動かし、思誠館の玄関先で、大釜で湯を炊いているように白い息が途切れる前に次を吐き出しながら、やっとの思いでその男は言った。

「どちら様ですか」

「ああ、すみません。西方村の五郎吉さんのところの手代で、茂作《もさく》と申します」

　茂作と名乗る男は、玄関先で敷居をまたぐこともなく、そこに立ったままであった。よほど走って来たのか、雪景色の寒さの中でも、額からは汗が流れ、体全体からもうっすらと白い湯気が立ち上っている。

「まあ、お入りください。いかがいたしました」

　慎齋は玄関を降りると、茂作を玄関の内側に招き入れ、上がりに腰掛けさせた。芳が心配そうに少し覗いていたが、すぐにぬるめのお茶を持ってきて、茂作の横に置いた。

「西方の五郎吉さんからです……梶さんが危篤で……」

　茂作はそれだけ言うと、芳が持ってきたお茶を少し眺め、懐からお世辞にもきれいとはいえない手拭いを出すと、それで手が直接触れないように湯呑を包んで、お茶を飲んだ。当時は、武家が好意で出したお茶でも、細心の注意を持って触れたものである。この茂作という男は、そのようなことができる男なのであろう。

茂作が落ち着いたのを見ると、そのまま玄関に待たせておいて、慎齋は学舎に向かった。

「失礼します」

「なんだ、慎齋」

学舎では、松陰が講義をしているところであった。普段、学舎で講義をしている最中に割って入るようなことは慎まなければならぬことである。しかし慎齋は一礼すると、そのまま茂作の持ってきた手紙ともいえないような一片の紙片を松陰に渡し、一礼をしてそのまま廊下で待った。

「皆、少しここで本を読んでおいてほしい。阿璘はこちらに」

阿璘を廊下に呼び出すと、松陰は懐から路銀を懐紙に包んで渡した。

「松陰先生、これは」

松陰は何も言わず、先ほど慎齋が持ってきた紙片を見せた。

「母が……」

「これを路銀にして、すぐに西方に戻りなさい」

「よろしいのでしょうか」

「儒学を学ぶ者が孝を実践できずにどうする」

阿璘は、松陰に促されるまま冷たい廊下の上をそのまま玄関の方へ行くと、取るものもとりあえず茂作の横に立った。慎齋は寒くないように蓑や笠を手渡し、また芳は病で伏せている梶に栄養がつくようにと、台所にある食材をいくつか風呂敷に包んで茂作に持たせた。

「母が」

当の本人である阿璘は、松陰や慎齋に従って、まるで魂の抜けた人形のように、茫然《ぼうぜん》としていた。

何かといえば気に掛けてくれる母、手紙を書いてくれた母、何でもないことを知らせてくれた母。今の自分があるのは母が文字を手ほどきし、そして学ぶことを教えてくれたからである。危篤ということで何かしなければならないのに、なぜか体は全く動かず、気ばかりが焦り、そして頭の中では、母の笑顔ばかりが浮かんでは消えていった。

「阿璘、何をしておる」

玄関先でいつまでも動けないでいる阿璘に対し、珍しく松陰が声を荒げた。そして阿璘に近寄ると、いきなり頬を張った。

パチン。

阿璘の首が大きく右を向いてしまうほどの力の強さであった。玄関に立っている茂作はすぐに止めに入ろうとしたが、手を少し上げたまま固まってしまった。慎齋も芳も何もすることができず、そのまま固まったように動けなかった。ただそこにいる全員の鼓動の音が、頬を張った音よりも大きく響いた。

もう思誠館で丸川松陰に付いて、十年に近い月日がたっていたが、幼少の頃、遊んでいて書物を汚してしまった時以来何年ぶりで頬を叩かれたのである。阿璘は、自分の身に何が起こったのか全く分からないまま、無意識に左手で左の頬を支え、そして松陰の方に向き直った。少し開いた口からは、玄関が開けたままになっている寒さのためか、少し白い吐息が漏れた。

「阿璘」

その声は学舎の方にまで響き、何人もの門徒が玄関にまで出てきた。普通ならばその門徒を学舎に戻さなければならない慎齋も、その場の空気に圧されて、何もできずにたたずんでいた。

「まだわからぬか」

「はい」

「何のために学問をしておる」

「はい、天下のためでございます」

その瞬間、もう一度松陰の右手が大きく阿璘の頬を張った。今度は、阿璘がその場にしゃがみこんでしまったほどの強さである。慌てた茂兵衛と終吉が駆け寄ろうと門徒の集団から抜け出たが、慎齋が襟首を掴んでそれを引き留めた。玄関にしゃがみこんだ阿璘に、茂作が何も言わずに手を差し伸べていた。何か西方村の人々の美しい心が見えたような気がした。

なぜ阿璘の頬を張ったのか、松陰が何に怒っているのか、松陰と阿璘の二人以外、このことはわかるまい。息子である慎齋もこのように激しい松陰を見たことはなかったし、また、このように二度も叩く父を見たことはなかった。

「わからぬか、このたわけが」

「はい、教えてください」

「もう一度言う。家族、それも自分の親に孝を示せぬ者が天下を語る資格があるのか」

「はい、しかし、学問の場を離れるのはいかがなものかと」

「馬鹿者」

次はさすがに松陰は叩かなかった。しかし、その目には光るものが浮かんできていた。

学問の道を志す。それは非常に素晴らしいことであり、阿璘のように五歳の幼いうちから自分のところに来て学んでいるような子供は少ない。もう我が子か孫のように思うほど、阿璘のことを愛おしく思っていた。しかし、そのために学問ばかりになってしまい、人の情や親への孝行ということを自分は教えてこなかったのではないか。もしかしたら、人間としては欠陥のある心を作ってしまったのではないか。松陰は自分の教え方が間違っていたのではないかと深い後悔の念にさいなまれていた。阿璘をたたく自分の手の痛みが、自分の頬を叩いているように感じ、そしてその音が、松陰自身の脳天に響いた。

「お前の母だぞ、阿璘。今まで学んできた孝を尽くせ。それが学問を実践するということだ。実際に生かせない学問ならば捨ててしまえ、わかったか」

阿璘は、やっと頭の中で話がつながったような感じがした。初めは母が危篤と聞いて自分が茫然としてしまったので、学問の方に頭が向かなかったことを怒られていると思っていた。松陰の思いとは全く逆の方に頭が働いていたのである。しかし、それが馬鹿者ものと怒鳴られ、松陰の目の光るものを見たとき、やっと、自分の受け取り方が逆で、松陰は母のところに見舞いに帰るように言っていることがわかったのである。そしてそのことがわかった瞬間に、突然視界がぼやけ阿璘の頬を涙が流れていった。今まで学問を志すために、ずっとどこか奥の方にしまっていた母への思い、そして感情が、一気に涙とともにあふれ出てきた。

「では、しばらくお暇をいただきます」

松陰は、深くうなずいて阿璘を送り出した。

阿璘と茂作の二人旅である。昔、母の梶と二人で歩いた道ではなく、うっすらと積もる雪の中を佐伏川沿いに山を越えた。現在で言えば新見から岡山県の県道七八号線に入りその後佐伏川沿いに側道に入る道だ。距離的にはこれが最も近い。冬は山賊や追剥《おいはぎ》の類《たぐい》も山の中にはいないし、また男二人であれば、特に問題はない。時間がかかる表道よりも、裏道で距離が短く早く着く方を選んだのだ。

阿璘は、少しでも早く母の顔が見たかった。今まで何年間も忘れていた、いや、本当は絶対に忘れられないのにもかかわらず、学問のために必死に忘れるようにしていた母への思いが、急に爆発して、学問も何もなく、梶の子供としての阿璘を包み込んだ。周辺の雪景色も、少し凍りかけた佐伏川も阿璘には関係なかった。走れば走るほど自分の口から出る白い息に、母の顔が浮かんでは、空の方に上っていった。

「阿璘、もう少し待って」

茂作は、少ない時間で往復しているのであるから大変である。新見の思誠館に朝につくということは、西方村を夜中に出てきているのである。父五郎吉がそのようなことを夜中に依頼するはずがなく、母梶の姿を見るに見かねて茂作自身の判断で新見まで来てくれたに違いない。だから五郎吉がわからない夜中のうちに出て、油売りの仕事に支障をきたさないように午前中のうちに帰るということを選んだのであろう。五郎吉というのはそういう男であるし、また母に阿璘の学問を邪魔しないようにきつく言われているのであろう。

そのようにしてまで茂作が阿璘のところに来るということは……。

阿璘の頭の中には嫌な予感しかなかった。茂作には悪いが、母に関する嫌な想像を振り払うように、阿璘には走る足を止めることはできなかった。この走っている間に奇跡が起きて母が回復し、元気な笑顔の母に会いたかった。

この時、阿璘は数え年で十四歳。いまでいえば中学一年生と同じだ。物事の分別はついているものの、それでもまだ母に甘えたい盛りだ。それでも御家再興のため、五歳のころから新見に一人で入り、丸川松陰の下で学んできた。それはすべて母の喜ぶ顔が見たいから、そして母の悲願である御家再興を果たして母を喜ばせたかったからではないか。

なぜ自分は学ぶのか。

松陰に叩かれて、やっと気づかされた。学問だけではだめだ。実践できない学問は役に立たない。そして母を大事にできない、母に恩返しができないようでは、学問をしても意味がない。学問を志した当初の目的を果たすことができないのだ。

街道沿いの木々に積もる雪、そして阿璘の吐く息、白い色は、阿璘のそのような不安に何も答えてはくれなかった。

「母上」

菜種油の商売をしているといえども、片田舎の商いでしかない。江戸や大坂の大店と地方の小さな行商とは規模も事情も違う。商人というよりは、米を作ることもままならない貧農が苦肉の策で始めた商売で、わずかな収入を得ているのに過ぎない。そのような家は、土間と囲炉裏と小さな座敷があるだけで、立て付けの悪い扉を開ければ、すぐに家全体が見渡せる、猫の額ほどの広さの家でしかない。土間には所狭しと、商売道具や農業道具が置いてある。新見で暮らしていた安養寺や思誠館のような、また何度もお邪魔している若原家のような家とは全く違うのである。

ようやく到着した阿璘は、自分の家でありながら、改めてこんなに狭い家であったかと、我が家を改めて見回した。新見に行ってから少しの間は年に数度帰ってきていたが、妹の美知が死んでからは足が遠ざかってしまっていた。自分の家なのになぜ帰ってこなかったのであろうか。土間にいくつも並べられている壺から、菜種油のにおいが鼻を突いた。普通であればあまりかぎたくない匂いなのかもしれないが、阿璘にとっては幼い時に慣れ親しんだ「家の匂い」なのである。

その匂いの壁の向こう側に、半分開いた襖があり、その奥に懐かしい母の薄い布団が見える。女性らしく赤い花柄の布団ながら、すでに年季が経っているのか、くすんで色が落ちてしまっている。

「母上様」

そこに母がいる。自分のことを最も期待し、そして阿璘の出世と御家再興を最も強く信じている母が、そこにいる。居ても立っても居られない阿璘は、草鞋を脱ぐのももどかしく、慌てて母のいる座敷に近寄った。

「阿璘」

そこにいたのは、以前の元気で肌の艶がよい母ではなかった。

「母上、どうして」

枕元に駆け寄った阿璘は、骨の上に皮が引っ付いてしまったような細い腕を握った。目の下には深いクマがあり、病に侵されていても、母であることには間違いがなかった。顔は病的に白く生気が抜けてしまっている。一目で病魔がかなり深くまで入り込んでしまっており、もう手遅れに近いのではないかと思わせる表情であった。同じ学問であるのに、なぜ自分は医術の知識がないのか。目の前の母の姿を見て、涙しか出てこなかった。

「阿璘や」

母は、体を起こすのも苦しそうにしながら、茂作の手を借りてなんとか体を起こそうとした。阿璘は、すぐに母の体を支えた。そして母の肩に几帳面に畳んである羽織をかけた。母がこのように畳めるはずがないが、茂作がこのように几帳面なはずもない。誰か他の者が来ているのであろうか。ふと阿璘は不安に思いながらも、誰かが来て看病してくれていることにはありがたく思った。

母の梶は苦しそうに深く息をすると、小さく声を出した。しかしその声は、苦しい息遣いの下で声にならず、阿璘には何を言っているのかわからなかった。阿璘は声が出ないほど弱ってしまった母に、ただ涙をするしかなかった。

「母上、何の孝行もせず申し訳ありません。こんな体になるまで無理をさせてしまい……」

阿璘はさらに涙した。もう涙で前も見えなかった。そして阿璘の言葉で母梶が急に表情を変えたことが見えなかった。

「阿璘、何を言っているの」

「はい」

「阿璘にとっての孝行は、学問を修め御家を再興することです。こんなところに帰ってきて、私の顔を見ている暇があるならば、さっさと丸川先生の下に戻って学問を修めなさい」

阿璘は驚いた。先刻まで、声も出すことのできなかった重い病の母とは思えぬ厳しい口調であった。阿璘は涙に濡れた顔を上げ、母の方に向けた。やはり涙でにじんで母の顔がよく見えない。

「母上様、しかし松陰先生にご許可をいただき母上様の……」

「松陰先生が病に伏せた私のところに参れと言われたのか」

「はい」

「馬鹿者、少し見ないうちに軟弱になってしまって。この家の多くの一族郎党が阿璘に期待していることも忘れ、一時の情で学問の道を……」

梶は興奮して話したからか、それとも病で弱った体で無理をしたのか、苦しそうにせき込んで言葉を詰まらせた。阿璘は慌てて白湯を差し出した。そして、松陰先生から預かった薬を梶に渡した。背骨が浮き出るほど細く小さく丸まった母の背中をさすりながら、湯呑を口元にもっていった。梶は白湯を一口啜《すす》り、そして改めて背筋を伸ばすと、改めて言葉をつないだ。

「阿璘、よく聞きなさい。松陰先生は病に伏せた私のもとに帰るように、親孝行するように言ったと思います。儒学を学ぶ者は孝行を実践せよ、そのように言われたのではないでしょうか。もちろん松陰先生は間違えていません」

母はそこで大きく息を吸い込むと、もう一度背筋を伸ばした。上体を起こしているだけでも、かなり苦しいに違いない。それでも阿璘に教えを伝えるとき、学問の話をするときは、そのように姿勢を正して阿璘と対座するのが梶の学問に対する心であった。そんな母を、もう何年も見ていない。しかし、阿璘はそのような母の姿を見ると、幼いころ書を教えてくれた母の姿と重なってくるのであった。そしてあの頃の健康な母の姿を思い出し、またあふれてくる涙をどうすることもできなかった。

「今の阿璘に求められていることは、孝行をすることではありません。情に流されることなく、一族郎党、そしてこの母の夢である御家再興を行うことです。この西方の家に戻り、母と話している間にも、他の思誠館の門弟や、江戸、京、大坂で学んでいる人々は学ぶことを止めることはありません。そしてそれだけ夢が遅れてしまい、母が生きている間に夢を為すことができなくなるのです。儒学の教えにある孝行は大事です。しかし、もっと大事なことを忘れてはいけないのです。わかりますね」

「はい」

「真の親孝行とは何ですか。一族の悲願を達成することではありませんか。一族の望み、そしてこの母の命を懸けた願いを蔑《ないがし》ろにして、このようなところで油を売り、多くの人々に追い抜かされ、世の中が荒廃することを見過ごすことが、あなたにとって孝行をすることなのですか」

「母上様」

「私のところに来て涙を流すような孝行などはいりません。一刻も早く丸川先生の元に戻り、学問を修め、御家を再興し、それを私の墓前に報告なさい」

「それは……」

阿璘は言葉を失った。すでに母は死ぬ覚悟ができている。もう自分の先が長くないならば、阿璘に無駄に時間を使わせることなく、その将来を期待しながら死んでゆく。そのような気持ちになっているのであろう。母のそのような覚悟はよくわかる。もちろん、まだ幼く母の病状などがわからない弟の平人《へいじん》を残すことも心残りであろう。そのような自分の感情をすべて抑えて、阿璘を学舎に戻そうとしているのだ。

阿璘はこれが母との最期の会話になることもよくわかっていた。それだけに、今は母の元を離れることができない。それでも母のその覚悟を変えさせるような言葉などは見つからない。何か言葉を繋いで、少しでも母の近くにいたい、しかしそのような感情すらも、母に否定されてしまっているのである。ただただ涙があふれ、骨と皮ばかりになった母の背中をさすった。

「阿璘、泣いている暇があるならば、すぐに立って丸川先生の下に戻りなさい。私のことなどは心配しなくてよろしいのです。さっさと帰りなさい」

そう言うと、母はその渾身の力を振り絞り、右手を大きく上げて阿璘の頬を叩いた。阿璘は全く痛く感じなかったが、その心には頬の痛さ以上に深く痛みが残った。昔のように気丈にふるまいながらも、か細くなってしまった母の掌を見て、また涙があふれた。親ならばこんなに弱っているのに、そして少しでも長く息子の成長した姿を見たいはずなのに、その子を励まし、そして叱咤して学問に向かわせる母の気持ちはいかがなものか。親になった事のない阿璘には、計り知れないものであった。しかし、その母の姿は深く心の中に残った。両手をついた板の間には涙が頬を伝って落ち、小さな水たまりが徐々に広がっていた。

傍らでは、まだ四歳にしかならない弟の平人が、お手玉で一人遊びをしている。平人が育っていて医者になっていれば、どんなに気が楽であったか。土間で立ち尽くしている茂作に、平人をお願いするしかない。父の五郎吉は商いで出ているのか、阿璘が帰ってきてから全く顔を出さなかった。

「母上、必ずお家再興を報告に参ります」

「それでよろしい。母のことなど思い出さず、ゆめゆめ一時の感情に流されぬように」

「はい」

「阿璘、立派に、そして自分の分をわきまえて頑張りなさい」

母も泣いていた。泣きながら阿璘の背中に向かって手を合わせ、そして阿璘の流した涙の跡を何度も何度も、愛おしそうに指でなぞっていた。

阿璘を新見に連れて行った時、梶は絹掛の滝の不動明王に鬼になると誓った。それは、病に侵され、もう会えないとわかっている今も同じ思いである。

幼いころから阿璘に対しては厳しい母であった。論語の朗読ができれば褒められ、間違えれば厳しく折檻された。それでも、その母の厳しさが阿璘には深い愛情に感じられていた。その母の願いは、母のそばに阿璘がいることではなく、休まずに阿璘が学問を修めることであった。阿璘はそれを理解し、母の言い付け通り一時の感情に流されてはいけないと思い直して、実家を後にした。

十日ほどたった後、母が死んだという知らせが入った。阿璘はただ泣き崩れた。先日、母の姿を見た時、その覚悟はできていた。しかし、どんなに覚悟ができていても、その母の死は受け入れられるものではなかった。

「阿璘殿」

松陰は、母が何を言ったのかもすべて聞いていた。無理に母に会いに行かせたが、それが母の思いに適わなかったことも知っていた。学問に関する考え方はいくつもあるが、その考え方の違いは、松陰には理解できた。死の間際に、孝行を尽くさせることも儒学の倫《みち》、また、一族の夢を託されて、情を断ち切って前に進むのもまた学問の倫なのである。

「阿璘、学問は万能ではない。学問を修めても阿璘の母を救うことはできなかった。しかし、学問を修めること、そして世を治めることで母の思いを遂げることはできる」

「先生、母を救えないこの学問で私は天下を平らかにし、そして母の悲願である御家再興を遂げることができるのでしょうか」

泣いて、泣いて、泣き疲れて、それでも母の最期の言葉、一時の情に流されずに学問を修めよという言葉が頭を離れなかった。

「梶殿が、そのように考えていたかはわからない。しかし、いずれにせよ、学問を続けて修めることこそ、もっとも重要ではないか。いや、何事も一つのことを究めること、そして成果を修めることをもって道ができてゆくのではないかと、この丸川松陰は思う。梶殿は阿璘殿を信じた。そして阿璘殿が学問を修めることを信じた。その阿璘殿が学問の道を信じなければ、何事もなすことができないのではないか」

「はい」

阿璘は安養寺に戻り、母のためにささやかな供養を円覚にお願いした。円覚も快くその思いに応えてくれ、焼香を上げさせてくれた。母もいない、戒名も位牌もない簡単な葬式であったが、松陰も慎齋も、そして終吉や茂兵衛、芳まで来てくれた。線香の煙が大きく白く上がり、母のもとへ急いだ時のように、その白い煙の中に、母の厳しさの中に優しさのこもった笑顔が浮かんでは天に昇って消えていった。

9　五郎吉

「阿璘を返してもらいたい」

いつものように安養寺から思誠館に行ってみると、朝から思誠館が喧騒に包まれていた。何があったのかと人垣の間から覗いてみると、思誠館の玄関から、西方の実家で嗅いだ懐かしい菜種油の匂いがした。玄関の傍らには、油壺が置いてあるのが見える。間違いなく父と茂作である。

阿璘にとって、父は苦手な存在であった。いや、苦手というよりは、いつの間にか父が何を考えているかよくわからなくなってきていた。もちろん、父からも御家再興の期待は受けていたし、阿璘もそれは感じることができる。幼いころは、父が若い頃に学んだ話をし、書物の読み方を習ったものだった。また、再興する山田の家に関しては、誰よりも誇らしげにそして楽しそうに話をしていた。丸に吉の字の家紋の由来も父から聞いた話である。

しかし、父にしてみれば、阿璘に期待するということは、今の自分では無理ということを認めることになる。息子に越される父親というのは、当時も現在も親子の間であまりよい感情を生むものではない。父の方が優位に立っている間は良いのであるが、息子が父を超えるようになると、次第に息子に対してライバル心に似た歪んだ感情が出てくるようになる。世の倫理観から父の方が上であるという感覚が、いつの間にか父であるはずの自分の方が息子よりも劣っているということを自覚し、そしてそれが許せなくなる感情が芽生えてくるのである。

五郎吉もその例外ではなかった。五郎吉は、阿璘に期待する母の梶を見ながら、梶の思うようにさせておきながらも、あまり良い思いはしていなかったようである。だからといってこれまで阿璘の学問を邪魔するようなことはなかった。しいて言えば、母であった梶のように、自分を犠牲にし、自分の命を懸けて阿璘の学問に期待していたのではなく、自分の生活が楽になるのであれば、先行投資として阿璘の学費を出し続けたということでしかない。実際には腹を痛めて子供を産んだことのない、すべての男親の宿命のようなものなのかもしれない。

五郎吉の妻であり阿璘の母である梶が亡くなった今、五郎吉の商売も忙しくなり、そして、身の回りの事もできなくなり、学問にかける費用も無駄にできる状況ではなくなってしまった。また、まだ幼く手のかかる平人もいる。五郎吉の性格からすれば、当然に阿璘を家に戻して家業を手伝わせるというようなことを考えるに違いない。阿璘は、そのようなことを思いながら玄関を入るに入れないでいた。今まで新見まで油の商売で来ているのに、阿璘のいる思誠館にはまったく足を向けなかった五郎吉が来ているというのは、阿璘にとって嫌な予感しかしなかった。

「五郎吉殿、そのように言われましても」

声の感じからすれば、対応しているのは慎斎先生の方である。このような事務的なものは、すべて慎斎が取り仕切ることになっている。しかし、慎斎では五郎吉の剣幕に勝てるような気はしない。

「阿璘様」

思誠館では朝から喧騒が響き、何事であろうかと野次馬が集まってきていた。その人垣に紛れ、入るか入らないか躊躇している阿璘は、いきなり後ろから声を掛けられて、大きな声を上げそうになった。慌てて口を両手で抑えたほどだ。こんなところで父五郎吉に声を聴かれれば、慎斎先生が対応していることなど構わず、強引に連れて帰ったであろう。驚いて後ろを振り返ると、そこにはにっこり笑う進の姿があった。

「神妙なお顔をしていらっしゃいますね」

このような時に、進の笑顔は何よりも阿璘を勇気づける。

「いや……」

阿璘が何かを言おうとすると、進は人差し指を自分の口元に持ってゆき、声を出さないように、その仕草で伝えると、阿璘の手を取って四間道の方に歩き出した。

「阿璘様、えびす神社に行きましょう」

「えびす神社ですか」

阿璘は戸惑った顔を見せた。自分のことで慎斎先生、そしてこれから松陰先生もたぶん苦労することになり、また、思誠館そのものが大変なことになろうとしている。それなのに、その当事者である自分が思誠館から逃げ出してよいのであろうか。

「いや、私はこれより講義の時間です」

「阿璘様、でも、この雰囲気では講義はなさそうですよ」

そうだ、松陰先生も慎齋先生も父五郎吉の対応で追われてしまうであろう。また自分自身は、その渦中の人物である。場合によっては、その喧騒の場に呼び出されて講義を受けることはできないかもしれない。その場が収まった後でも、友人たちに何があったのか聞かれ、勉強に集中出来る状況ではないことが予想される。その意味では、今は進とえびす神社に行くことが有用な策であろう。

「阿璘様、いかがでございますか」

それにしても、女子というものは何とも変わり身の早いものである。つい先日までお互いに好意はあったものの、あいさつ以外に声を掛けることは全くなかったにもかかわらず、一度えびす神社で話をした後は、進の方から積極的に阿璘のところに来るようになった。いつの間にか思誠館が終わった後、安養寺の境内に集まる人数が一人増え、五人になっていたのである。

しかし、茂兵衛が若原彦之丞に意見をしてから、茂兵衛と阿璘が彦之丞の屋敷に呼ばれることは全くなくなってしまった。彦之丞は、茂兵衛の言い様を不快に思っただけでなく、阿璘と進が近づくことを望んではいないようであった。しかし、進はそのような彦之丞の気持ちとは全く関係なく、芳と約束があるといって家を抜け出ては、阿璘と語り合っていたのである。

この日も朝からどのように言って出てきたのか、あるいは、父彦之丞が城に出仕していることをよいことに抜け出てきたのかはよくわからないが、朝から思誠館の前の人垣に紛れていたのである。

「わかりました。この様子では講義もないでしょうから、えびす神社までご一緒しましょう」

「うれしい。朝から阿璘様と一緒なんて」

黄色地に小さな花柄模様の着物を着ている。これは、思誠館の前で阿璘の目を引くつもりで派手な色に地味な柄の着物を選んだのであろうか。本来ならば声を掛けることもできないかもしれない午前中に、自分の姿を一目でも見てもらいたいという女心であろう。そのように考えれば、進にとって五郎吉の出現は好都合であったのかもしれない。阿璘がよく思っていない内容でも、立場が変われば感覚が全く異なる。阿璘は進の横を歩いて、えびす神社に向かいながらそんなことを考えていた。

「五郎吉殿、こちらへ」

慎齋では五郎吉の剣幕に押されて話さねばならぬことも話すことができなくなってしまうのではないかと案じ、松陰が玄関に出てきた。玄関で五郎吉に挨拶をすると、慎齋とともに五郎吉を奥の自室に招いた。もちろん、この日の講義は休みにし、門弟をすべて思誠館から追い出した。門弟に、余計な話を聞かせたくはなかったし、阿璘にここにいて欲しくもなかった。

「松陰先生、あなたが素晴らしい先生なことはよくわかる。しかし、学問というのは、菜種油の商いを継ぐ阿璘にとっては何の役にも立たない道楽に過ぎない。こっちも商売が大変だし、そろそろ阿璘に商売を覚えさせたいのだ。いいかげん、阿璘を返してもらえませんかね」

奥の間に通された五郎吉は、座りもせず松陰を見下ろして、不遜で無礼な物言いを始めた。そもそも、五郎吉や梶が頼んで五歳から阿璘を引き受けて育ててもらっているのである。阿璘を返すとか、そういった話ではない。それにもかかわらず、まるで子供が拉致されたかのような言い草であった。

しかし、松陰は動じなかった。

「五郎吉殿、おっしゃることはごもっとも。我らは阿璘殿をかどわかしたわけでもなければ、阿璘殿に何かやらせて我々が利益を得ているわけでもありません。阿璘殿の考えで、御家に戻られるというのであれば、お引き止めはいたしません」

松陰がそう言うと、五郎吉は安心したような顔をした。座布団にドカッと腰を下ろすと、油にまみれた手でそこに出されていた饅頭を頬張り、お茶を飲み干した。もう話は終わったかのような感じで、顎で阿璘を呼び戻すように慎齋の方に指図する始末である。

「五郎吉殿、平人殿でしたか。まだ幼い子供を残して、妻に先立たれてはさぞかし大変でしょう」

「大変さを理解しているなら、こうやって時を無駄にしているのがもったいないのだが」

「まあ、そう慌てなさるな。せっかくお越しいただいたのだ。誰か、お茶とお饅頭のお代わりをお持ちして」

松陰はそう言うと、奥にある文箱から紙の束を持ってきた。書物とは違って誰かが紙に書いた文のようである。少し時間がたっているものもあるのか、紙の端が少し黄ばんでいるものもある。

松陰が、五郎吉に背を向けて一つ一つそれを確認している間、芳がお茶とお饅頭を持ってきた。五郎吉は何か言いたげな目で芳を見たが、芳は、阿璘からあまり良くない印象を聞いていたので同情と侮蔑の入り混じった目で五郎吉の言葉を遮った。

「ところで五郎吉殿、あなたの悲願は御家、山田家の再興であると伺っておりましたが」

松陰は、紙の束を開いて一つ一つ確認しながら、わざと芳にも聞こえるように言った。

「ああ、そうだ」

二杯目の少し熱めのお茶を飲みながら、五郎吉は不機嫌そうに答えた。芳の視線が何か心に刺さったようである。

「商売に戻して、どのように阿璘に家を再興させるおつもりですか」

穏やかな松陰の問いかけに対して、五郎吉は色をなして再び立ち上がった。立ち上がった勢いで、まだ半ば残っていたお茶が畳の上に広がり、そして間に沁みて入っていった。芳は慌ててそれを拭おうとしたが、傍らに座る慎齋に袖を掴まれて止められてしまった。慎齋には、次の展開が見えていたに違いない。

「何を言い出す。お前には関係ない。さっさと、阿璘をここに連れてこないか」

その粗暴な物言いに、さすがに丸川松陰といえども、堪忍袋の緒が切れた。思誠館の督学という立場は当然に、新見藩の士分である。腰には小さいながらも脇差を帯びている。松陰はその脇差を抜くと、五郎吉の前に突き立てた。きらりと光った刃は、しっかりと五郎吉を捉えていた。

「俺を斬るのか」

五郎吉も全く怯《ひる》まない。

「五郎吉殿、いやしくも新見藩の士分にある私の前で、立ったまま話をするのは無礼であろう」

確かにその通りだ。五郎吉は、渋々でも座らないわけにはいかなかった。多少乱暴なところはあっても、五郎吉も御家再興を期待されて育ってきている。元は武家の出であり、当然に、礼儀もわかっていれば、分もわきまえている。今度はおとなしく腰を落とすと座布団を外してその場に座った。

「これを見てくれませぬか」

松陰は、脇差を畳に突き立てたまま五郎吉の前に座ると、先ほど取り出した紙の束を見せた。そこには流麗な文字で漢詩が記されている。五郎吉も、しばらく商売などで書や漢詩の世界から遠ざかっていたが、その素質は十分にある男だ。手に取ってみると次第にその詩の中に自分が引き込まれていった。

「この詩は」

五郎吉は、しばらく読んだ後、一言つぶやいた。

「阿璘殿の手でございます。阿璘が十一の時に作った初めての詩『得家宋』です。阿璘殿は神童です。このまま学問の道を進ませれば、必ず山田家を再興するでしょう。それどころか、この天下に名を轟《とどろ》かせるようになるでしょう」

「松陰先生、あの子はそんなにすごいのか」

五郎吉は毒気を抜かれたような感じで言った。すでに憤怒の形相は五郎吉から抜けていた。

「はい、これほどの天分に恵まれた子は他には知らないし、江戸にいた時分であっても見たことはありません。阿璘殿こそは、学問をするためにこの世に生まれ、天下を助けるために生きてきているのだと思っております。梶殿は、そのことをよくおわかりでした。だからこそ、自ら死が近いことを知っても、学問のために私の元に戻らせたのではないでしょうか」

そこまで言うと、ゆっくりと畳に刺さった脇差を腰に収めた。五郎吉の表情をみて、これ以上粗暴なことはしないとを確信したのであった。


「やっぱり、ここだったか」

終吉と茂兵衛は、えびす神社の鳥居をくぐると、そこにいる阿璘と進を見てそう言った。

「茂兵衛殿、父は、思誠館はどうなっておりますか」

「さあ、まあ。我々は今日一日休みになった。それどころか学舎から追い出されたってわけよ」

「まあ、たまに休みもいいものだよ」

終吉もそのように言って笑っていた。江戸時代の日本は、現在のように七曜制ではない。そのために土日が休みというようなことはなく、基本的に不定期休みであった。それでも職人などは三勤一休や四勤一休で体を休めていたが、大店の店などは交代で休みを取っていたために、盆と正月以外はすべて営業をする店がほとんどであった。思誠館も同じで、門弟の学力によって休みが調整できるようになっていたが、多くの門弟が毎日休みなく通っていた。終吉や茂兵衛は、かなり慣れてきていたので休みなしで通っていたために、彼らにとっては久しぶりの息抜きである。

「ところで、こんなところで何をしていたのだ」

茂兵衛は、進と阿璘に言った。

「思誠館の前に行ったのですが、人だかりができていて今日は学ぶことができないと思いましたので、ちょっと抜け出して」

「阿璘様のお父上が来ていらっしゃったので、阿璘様を遠ざけようと」

進は必死に阿璘をかばった。

「進殿、そんなに阿璘殿のことをかばわなくてもよくわかっていますよ。逆にあの場に阿璘殿がいなかった方がよかったと思っております」

「で、父はどのような話をしていましたか」

阿璘は心配そうに二人に尋ねた。自分は、その場にいなかったので何があったのかよくわからない。しかし、母と違って父は阿璘が学問の道に進むことをあまり快く思っていない。そのために、父が連れ戻しに来たのであろうと予想はできた。問題は、そこで松陰先生に失礼なことを言っていなかったかどうか。

「すごい剣幕でしたよ」

終吉は、そんな阿璘の心をわからず、大げさに言った。

「やはり、母がいないとだめなのか」

阿璘は深いため息をついた。

「阿璘様のお母上様は、そんなに素晴らしい方だったのですか」

「はい、今私がこのようにしているのは母のおかげであると思っております。書の手習いも学問の手ほどきも、すべて母から教えていただきました」

「素晴らしいお母上様だったのですね」

「はい」

阿璘は涙を流した。自分では母の死を克服したつもりでも、母のことを思い出すたびにいろいろなことが脳裏を巡ってくる。思い出の後に浮かぶのは、後悔ばかりであった。

「会ってみたかったな。阿璘様のお母上様」

少し間をおいて、進は一言そう言った。

「進お嬢様、それは難しかったかもしれませんね」

終吉が言った。

「どうして」

「そりゃ、危篤の知らせを受けて阿璘殿が西方の実家に戻ったら、病身の私などは気にせず学問に戻れ、と言って追い返されたのですから」

「それはすごいお方ですね」

「だから、進嬢様のような方が行ったら、どんな剣幕で怒られていたことか」

「終吉」

茂兵衛は終吉をたしなめた。

「いや清水殿、終吉様は素晴らしいことを言いました」

泣き濡れている阿璘の顔を見ながら、進は自信を持って言った。

「なぜなら、それだけ阿璘様のお母上様は阿璘様の才能を幼いころからおわかりになっておられたのです。阿璘様の最も良い理解者であったと思いますし、離れていても誰よりも阿璘様のことをわかっていらっしゃる方であったと思います。お母上様には阿璘様の将来の素晴らしいお姿が見えていたはず。病身の自分の前で悲しい顔をしている阿璘様を見るのではなく、立派な姿の将来の阿璘様の姿を胸にしまって……」

進はそこで口を閉じた。旅立ちたかった、または死にたかった、そう言いたかったが、阿璘の顔を見てそれ以上の言葉を繋げられなかったのだ。

「そういうものですか」

茂兵衛が冷静に言った。そう答えることによって、進が言葉を繋がなかった心をうまく汲み取り、なおかつ終吉にふざけた物言いをさせないためである。

「はい。皆様男性とは違い、女性は殿方に自分の思いを託し、そしてそれを支えることに喜びを感じます。お母上様はそのような女性であったと思います。お母上様から阿璘様がどう見えていたのか。本当にお聞きしたかった。きっといろんなお話が聞けたと思います」

「進お嬢様、河原の方へ行きませんか」

「いいですね」

　このままここにいても阿璘の喪失感が増すばかりであるし、進の想像が止まらなくなるだけである。阿璘が涙を拭うと、四人は、四間道を高梁川の方へ歩いた。

「阿璘ではないか」

　四間道の途中、ちょうど油の行商で店から出てきた五郎吉と四人が出くわしてしまった。

「お父上」

「さあ、帰るぞ」

　五郎吉は、油の行商道具を傍にいる茂作に持たせると、ずかずかと近寄ってきた。

「阿璘殿、逃げろ」

　茂兵衛は五郎吉と阿璘の間に割って入ったが、しかし、五郎吉の剣幕に押されてしまったのか、阿璘は全く動けなかった。終吉も進も全く動くことができないし、周囲の人も遠巻きに見ているだけである。

　五郎吉は、簡単に茂兵衛を払いのけると、そのまま阿璘の胸ぐらをつかんだ。あまり体が大きくない阿璘は、胸ぐらを掴まれて足が浮いてしまう。

「さっきは松陰先生の気迫に後れを取ってしまったが、やはりお前はこんなところにいるべきではない。だいたい、学問などしないでこんなところで遊び歩いているではないか」

　五郎吉は唾を飛ばしながら阿璘を面罵した。阿璘は金縛りにあったように、何も言えないで全く無抵抗である。

「おい、阿璘、正気が入っているのか」

阿璘の胸ぐらを放すと、いきなり阿璘の頬を力いっぱい張った。阿璘はそのまま倒れてしまったが、それでも全く抵抗する気配がない。

「やめてください」

進が阿璘に覆いかぶさるように、阿璘と五郎吉の間に入った。

「なんだ小娘」

進は、阿璘を守ったまま五郎吉を睨んだ。

「おっさん、何してんだ」

その進なのか、阿璘なのか、どちらかに挙げた手を後ろから掴むものがあった。

「誰だ」

「思誠館の辰吉だ」

五郎吉よりも一回り辰吉の方が体が大きい。五郎吉は右腕を掴まれたまま、全く動けなくなってしまっている。辰吉の周りには、取り巻きとも思える数名の若い男がいて、周辺の人がこちらに来ないように威嚇をしている。かなり緊迫した雰囲気だ。

「だから何だ、親子の問題に口をはさむな」

「なんだと、おっさん。思誠館の門弟は家族も同然。仲間の阿璘が仲間じゃない輩に公衆の面前で殴られているのを見て放ってはおけない質《たち》でね」

辰吉は、五郎吉の腕を器用にひねり上げると、そのまま手を離した。さすがに阿璘の父親を殴る気にはなれない。ただそのようにして手を離すと、五郎吉はバランスを失って前によろけて転んだ。

「無礼者」

やっと体を起こすと、五郎吉は向き直って辰吉に向かって叫んだ。しかし、相手の体つきから、五郎吉ではとても勝てそうにないことは一目瞭然である。少し遠巻きに、睨んだ。

「なんだと、おっさん。お前の妻が阿璘を勉強させようと努力し、その中で理想を形にする途中で亡くなってしまい、本来ならばお前がそれを後押しするのが筋だろう。それがなんだ、松陰先生のところまでくだを巻きに来て、阿璘をそのままにすると約束したのに、本人の顔を見たら、いきなり連れて帰ると約束を反故にするってのか。他人の理想も夢もすべて踏みにじり、松陰先生との約束も反故にするような最低の無礼者が他の者に何を言っているのだ。新見にはお前のような野郎はいらねえんだよ」

松陰先生との約束を反故にする。そう言った瞬間に、取り巻いていた野次馬たちからはひそひそと五郎吉を非難する声が聞こえてきた。

「なんなんだ。覚えてろよ」

五郎吉は辰吉を一瞥すると、そのまま立ち去った。茂作が油の道具を持って、そのまま小走りについていった。

「大丈夫か」

辰吉は近寄ると、右手を差し出した。

「ああ、ありがとう」

阿璘は、右手を出したが、辰吉は、阿璘の右手を払うと進の方に手を差し伸べた。

「阿璘、お前。女子が先だろう」

固まっていた茂兵衛と終吉が近寄ってきた。

「辰吉さん、先ほど松陰先生と阿璘の父が約束したと言っていましたが」

「ああ、さっきのおっさんは、松陰先生に阿璘をこのまま学ばせるのだと言っていたよ。まあ、松陰先生の気迫の方が上だっただけだけどな」

「気迫」

「そうよ、喧嘩するときは気迫で負けちゃいけねえや。だいたい、気迫に大きく差があればさっきみたいに喧嘩にならないで相手が下がる。やっても勝てない喧嘩はしねえしな。ほら、孫子かなんかに書いてあったろ。彼を知り己を知れば百戦殆《あやう》からず、だったっけ。知るって、その中には兵力や武力だけではなく、気迫も入っていると思うんだよな。まあ、阿璘みたいに何もしないで突っ立ってちゃ、どっちみちだめだけどな」

　そう言うと辰吉は進の方に向き直った。

「お嬢さん、あんたいい度胸してるね。武家の娘なんて、みんなひ弱だと思っていたけど、なかなか筋のいい娘さんだ。鉱山夫の倅の俺には釣り合わねえが、阿璘みたいな将来有望な奴にはちょうどいい感じだよな」

　にやっと辰吉は笑うと、そのまま右手を高く上げて去って行った。

「辰吉さん、どこに」

「今日は休みだろ」

　辰吉が見えなくなった後、阿璘は進と別れ、思誠館に戻った。辰吉の言っていた松陰先生と五郎吉のやり取りが気になったのだ。

外は冬、昼に近くなってくると、陽の光が雪に反射して障子をいつもよりも明るく照らす。障子の上の方から徐々に明るくなってくる。松陰はお茶を飲みながらゆっくりとその明るさを見上げた。

「どこへ行っておられた」

思誠館の松陰の自室、先ほど五郎吉が座っていた場所に、阿璘は座っていた。客人ではないので座布団はない。座った場所の少し先にお茶のこぼれた染みがある。ここでどんなやり取りがあったかはわからないが、五郎吉が何らかの失礼な行為をしたことは容易に想像がついた。

「はい、えびす神社に行って参りました」

「ほう、えびす神社に」

松陰は娘の芳から全てを聞いている。えびす神社といえば、進と会っていたに違いない。しかし、松陰はそのことを覚られないように話を続けた。

「先ほど、阿璘殿の父上が来ておられた」

「はい、失礼があったと思い、お詫び申し上げます」

阿璘も四間道で五郎吉と会ったことや辰吉と話したことなどは全く出さなかった。お互いに、相手の手の内を知っていて、知らないふりをしながらのやり取りである。

「で、阿璘殿はどうされる」

「どう、とは」

「ここで学ぶことを続けられますか。それとも父上のお申し付け通り、家に帰り家業を継がれますか」

なぜこれを聞くのだろうか。阿璘は少し疑問に思った。

「松陰先生、私はこのまま学びを続けて道を究めたいと思っております」

「それならばよい」

「よろしくお願いします」

「しかし、一つだけ覚えておいてもらいたいことがある。実は、五郎吉殿に家業を継がせたいと言われたのだ。梶殿が亡くなられ、かなり家計も家の中の仕事も厳しいと思う。この件、私にも学問を続けることが正しいのか、あるいは、家業を継ぐべきなのか、どちらが正しいのかよくわからない」

「先生、そのように言われましても」

「私は、梶殿が危篤の時に、儒学にあるように孝行を実践せよと言って、阿璘を西方に向かわせた。しかし、その梶殿は、そのようなことをせずに帰れ、西方に戻る間を惜しんで学び、早く御家を再興して一族の夢を果たせと言った。そして今回は、一族の夢をあきらめさせて五郎吉殿を助けよ、つまり、孝行せよと言う。家だけではなく人によってその考え方が全く異なるのだ。では、阿璘、本人であるそなたはどのように考える」

「どのようにと言われましても」

「一族の悲願か、家族への孝行か。つまり、公か私か」

　松陰は厳しい目をしていた。本人もわからない。公に尽くすことがよいとは限らない。家族に孝行を尽くせない人が、公のことを考えられるはずがないし、孝行を尽くせない人が儒学を実践できるとも思えない。しかし、孝行ばかりを見ていては、近い将来、身近な問題ばかりになってしまい、国が滅んでしまう。すべての人が孝行ばかりであっては、国が滅び結局、国全体として孝行ができなくなってしまう。

武士などの身分は、そのようにならないように、生活をする糧は藩が支給する。しかし、阿璘のように、優秀で国を済《すく》う能力がある者が、その糧が出ない場合は、孝行を優先すべきか国を優先すべきか。少なくとも、この時代の備中松山藩にも新見藩にも阿璘のような状況を解決するよい制度はないのである。

「母の見ていた未来のように、公を、学問を優先すべきだと思います」

阿璘は間を置かず、きっぱりと答えた。

「私のように非力な者は、油の商売などは向いていないでしょう。人は、それぞれ得意なところを活かして、国の役に立つ。国の役に立って家族を支えることこそ、本来の姿であると思います」

「うむ。それならば、阿璘は阿璘自身の道として進みなさい」

「はい」

阿璘の頭の上からやっと厚い雲が消えていった気がした。

これで、阿璘がやっと落ち着いて学問の道を進めると思った矢先のことであった。やっと春になって、様々な冬の出来事を過去のこととして笑えるようになった頃であった。すでに新見陣屋のある城山に桜が散り遅れた薄桜色と、これから勢いを増す若い葉桜の薄い緑が混ざってきていた。また、西方から茂作が安養寺に訪ねてきた。

「阿璘殿、実は」

今回は、用があるとだけであったので、その日の午後に安養寺に来たのだ。すでに講義の時間が終わっていたので、あまり大きな騒ぎにはならなかった。円覚も、茂作だけであれば阿璘をかばい立てすることはない。また阿璘も、茂作一人であればあまり警戒する必要もない。

「茂作さん、どうされました」

「五郎吉殿が再婚されました」

茂作の口から出た言葉は、実に意外な言葉であった。夫婦仲がそんなによかったかどうか、西方の家に一緒に住んでいたわけではない阿璘にとって、そのことはよくわからない。しかし、まだ母の一周忌も終わっていない、喪も明けていない時に再婚というのはいったいどういうことであろうか。

「再婚、つまり他の女を家に上げたということですか」

「はい、梶さんの喪が明けるまでは待つべきだと言ったのですが」

茂作も、阿璘の反応が先にわかっているかのような感じであった。

「それが当然であると思います」

「しかし、五郎吉さんは、是が非でもと申しまして」

阿璘に近い感覚の茂作だけに、なかなか言いづらそうである。

「怒りませんから、父はなんと申していたか教えてくれませぬか」

「はい、祝言を上げるから戻って来いと」

まさか、母の喪も明けていない間に、別な女を家に上げ、その上祝言をやるから戻って来いとは。つい先日、自分に家業を継ぐために戻れといって新見の街で騒ぎを起こしたばかりである。まさか、何かの策略ではあるまいが、しかし、簡単に戻れるわけがない。

「茂作さん。ありがとうございます。わざわざここまで来ていただいてありがとうございます。しかし、今回は家には戻りません。それゆえ、父によろしくお伝えください」

茂作にそのように言うと、阿璘は安養寺の門をくぐり、そのまま高梁川の方に走っていった。

「阿璘殿」

少し時間をおいて、松陰が河原に来た。円覚から、茂作が安養寺に来たこと、そしてその後阿璘が思い詰めたように出ていったことを聞いたのだった。松陰はなんとなく心配になり、少し考えた末に思誠館を出て来た。娘の芳などに聞いて、嬉しいことがあれば、えびす神社に、そして何か悩みがある時は高梁川の河原に来るという阿璘の癖をわかっていた。

案の定、阿璘は河原の少し大きめな石に腰かけて、ゆっくりと流れる川の流れをボーッと見ていた。ここにいるということは、西方から茂作がもたらした知らせが彼にとって歓迎するようなものではないことを示している。

「あっ、先生」

「どうした。何か考え事をしているようであるが」

松陰も、そのまま近くの大きな石に腰を掛けた。

「先ほど、茂作さんが安養寺に来て、父が母の喪が明けることを待たず再婚したとのことを知らせてくれました。そのまま祝言に出よというのですが、さすがにお断りしてしまいました」

円覚は、そういえば再婚とか何か聞こえたと言っていた。もちろん、茂作が話しているもので、そんなにしっかりとは聞いていたわけではない。しかし円覚は、そのままますべてを知らせてくれていたので、松陰も、もしかしたらとは思っていた。阿璘にとって心の支えである母の死。西方の実家には母がいたときの何かが残っているに違いない。しかし、その母がいたという痕跡は、すべて新しい女性に消されてしまうのではないかという思いがあるのだ。その絶望的な思いは、母の死以上に阿璘を傷付けていることがわかった。

「父は、母を消し去ってしまうのでしょうか」

「阿璘殿、そうであろうか」

「父を信じることができません」

阿璘は、松陰が横にいるのも構わず、足元の石を川に投げた。高梁川に石が吸い込まれ、いくつかの波紋を作った後、また何事もなかったかのように流れていった。

「五歳の弟君がおられる。見る人もいなければ、どうにもならなかったのではないかな」

「いえ、私が母の顔を見に戻った時も父は顔を出しませんでした」

阿璘はまた、川に何かを残したいと思ってか石を投げた。また同じように波紋が残り、そして川は元に持ってしまう。

「この川のように、一生懸命に身を立てても何事もなかったように母も忘れられてしまうのでしょうか」

いくつかの石を投げても、川は少し波紋を残して元の姿に戻ってしまう。父にとって母も、そして、時間が経てば自分の中でも、この川のように母のことをなかったかのようにしてしまうのであろうか。人間とはそんなに空しいもので、そして、死んでしまってはそのあと何もなくなってしまうものであろうか。

「阿璘殿は何のためにここにいる。母は阿璘殿に何を望んだ。父はそなたに何を託した」

松陰は、阿璘の気持ちは痛いほどよくわかった。阿璘が何を恐れ、何を気にしているのか。阿璘のやさしさや、阿璘の母への思いがどれほど強いのかということも、よくわかる。ただ阿璘自身にそれを悟らせなければならない。わざと、阿璘には疑問の形で問いかけたのだ。

阿璘は、何も答えずしばらく黙った。松陰を相手にして話すときは四書五経などの書物からの引用ではなく、すべて自分の言葉で話さなければならないことが二人の間の決まりだ。そうでなければ、書物の上の会話にしかならないので、現実に阿璘の身の上に起きた事件とは離れてしまい、本当に思っていることを伝えることができなくなってしまうからである。阿璘が心の中のことを吐露する機会がないことを気にかけ、松陰が数年前に阿璘との間で決めたことである。そのため、阿璘は自分の気持ちを整理して松陰に言わなければならない。

では、自分はどんな気持ちなのか。

阿璘自身は母の影響が大きかった。自分が遊びたい気持ちや、くじけそうな辛さを我慢して学問に打ち込むことができたのも、母の支えがあったからだ。しかし、その母が死んでしまった。もう、優しい言葉を掛けられることも、また、愛のこもった叱責を受けることもない。温かい手紙を受け取ることがなくなってしまい、自分は何のために学問をするのかわからなくなってしまった。そして、もう一人自分のことを期待しているはずの父五郎吉は、母の遺志を継いで自分に学問を求めるどころか、自分の都合で学問の道をあきらめさせようとした。そして、松陰先生に諌められて阿璘を家に戻すことをやっと諦めた。しかし、今度は母の喪が明けるのを待たず、他の女を連れ込んで再婚である。母を失った悲しみと、母を裏切った父への憎しみ、そして新しい女性に母の痕跡を消されてしまうという恐怖しかない。

「阿璘殿、五郎吉殿にも生活もあれば、家のこともある。以前から申しているように公と私、その双方をうまくやらなければならない。人間は、その二つの狭間で常にどちらを取るかということを悩みながら前に進む。五郎吉殿は家長だ。家長は家を守らなければならない。天下国家が滅びる前に家を滅ぼしてはならない。しかし、五郎吉殿が外に出るためには、家を守る者がなければならぬ。その者を迎えたのではないか」

「はい」

「頭では理解できるが、心では納得できないというような表情であるな」

「はい、先生のおっしゃる通りです」

「阿璘殿はまだ、家を任されたことがない。だから五郎吉殿の気持ちは完全にはわからないであろう。五郎吉殿には五郎吉殿の苦悩の道があり、その先での結論であろう。その結論を五郎吉殿の立場を理解していない我々が非難することはよくないのではないか。まずは相手を理解しようとすること、そして、そのことが阿璘自身を成長させてくれるということを考えねばならない。そのうえで、非難するのであれば非難するということではないかな」

「そうかもしれません。しかし、そうであるならば、先生は祝言に出るべきだとおっしゃられますか」

「まさか。それは五郎吉殿が、阿璘殿の気持ちを慮らなければならないはずであろう。自分ではできないから、茂作殿を使いに寄越したのではないか」

「はい」

　阿璘は、松陰と話している間に徐々に落ち着いてきた。そもそもこのような感情を得られるのは、父と母が育ててくれたお陰ではないか。そしてその父は、少なくとも母が生きている間は、自分が学問をすることを許してくれ、生活費も切り詰めて学費に回してくれていたのだ。そして今も、一度連れ戻そうとしたがそれでも考え直して何とかしてくれている。では自分は何ができるのか……。

「父は私を生み、母は私を育て、天は私を育み、地は私を住まわせてくれました。しかし、私は何故生まれたのかいまだにその道を見つけることができていません。私は世を救うための仕事をなすために生まれたのでしょうか。母はそう期待していました。しかしこの仕事を成し遂げることは難しく、私にもできるかどうかはわかりません。母を失い、父との間に今の自分の考え方に違いができてしまい、私は何もせずただここにいて、何もしないまま死んでゆくのではないかと考えています。そのような自分が不甲斐なく、寂しく思います」

「阿璘殿、もっと素直に自分の感情を吐き出してみてはいかがか」

松陰は優しく言った。自分は師であるから、どうしても何か結論を付けさせるようにしてしまっている。終吉や茂兵衛に言うように、そして、父や母に言っていたように、もっと自分を出してもらいたい。松陰はそう思った。いや、感情を出せないような人間にしてしまったのかもしれないという後悔もあった。

「私は他人に、おまえは考えすぎると、よく言われます。しかし、私はここに新見に来てずっと孤独でした。苦しいとき、悩みを打ち明けられる友もいないし父や母の話を聞くこともできません。今まで自分をすべて出し、喜怒哀楽をさらけ出したことがありませんし、どうやってそれを出してよいかもわからないのです。そのような私が父や母のご恩に報いることはできるのでしょうか」

松陰はにっこりと笑って阿璘の肩に手を置いた。

「阿璘殿との約束を破るとしよう。陽気の発するところ、石もまた透る。精神一到何事か成らざらん。こういう時にこそ、学問の言葉を実践すべきなのではないかな」

松陰は笑った。書物の言葉を使わないという約束を破られた阿璘は深くうなずいた。松陰は子供に戻って、阿璘の足元の少し大きめな石を拾い、そして高梁川に向かって投げた。

ドボン。

少し大きめな音がして、川に波紋が残ったが、それもすぐに消えてしまった。松陰は何も言わなかったが、石の大きさや音の大きさではなく、川は必ず波紋を消してしまうということを、それでも波を立てなければ何も起きないということを教えたかったのだ。

後日、この時の思いを阿璘は『述懐』という漢詩にまとめた。

父兮生我母育我　天兮覆吾地載吾
身爲男兒宜自思　茶茶寧與草木枯
慷慨難成済世業　蹉跎不奈隙駒驅
幽愁倚柱獨呻吟　知我者言我念深
流水不停人易老　鬱鬱無縁啓胸襟
生育覆載眞罔極　不識何時報此心

（現代語訳）
父母は私を生育し、天地は私を覆載《ふうさい》してくれる。
だから男児として生まれた身なればこう思うべきなのだ、どうして茫然として草木の枯れると同じくしようか、と。

心は昂ぶるばかりで済世《さいせい》の事業は成し難く、志を得ないまま月日はあっという間に過ぎてゆく。深き憂いを柱の陰で独り呻吟《しんぎん》すれば、私を知る者はいう、考えすぎなのだ、と。

だが水の流れは止まらず人の老いもまた待つことはない、それを思うと私の心は鬱蒼《うっそう》として沈んでしまうのだ。

でも天地万物の本質は真に極まり無し、されば自然とこの心に報いる時がくるのだろう。

二人が投げた石が、高梁川に大きな波紋を作り、きらきらと冬の陽の光が空気の中に散った。川だけではなく、空にも波紋を出すことができる。阿璘はこの時のことを忘れなかった。

第二章　備中松山の山田安五郎

1　再会

安五郎《やすごろう》は、久しぶりに新見に来ていた。

阿璘は、母の亡くなった翌年の文政二年（一八一九年）の正月も安養寺と思誠館で過ごし、また十五歳になっての儀式、今でいう成人式のような儀式も思誠館で行ってもらった。当時農民には武士のような元服式はなかった。しかし阿璘は御家再興を目指す元武士の家であり、また丸川松陰のやさしさもあって、正式ではないが元服式に近いことをしてもらっていたのである。阿璘はこの時「安五郎」と名乗ることにした。父五郎吉から「五郎」を、そして天下の安寧を祈り「安」という字を使った。

安五郎と名乗るようになったその年の七月、この年は例年よりも暑く、書物の上に汗が落ちてゆき、文字がにじむような気候であった。蝉の鳴き声がうるさく、とても学問をする者にとって集中できるような夏ではなかった。

そのような時に、西方からまた茂作が走ってきた。

父の五郎吉が亡くなったというのである。母梶を失って気落ちをしたのか、あるいは、平人と義母近《ちか》との関係などで無理をしたのか、梶を追うように父も死んでしまった。西方の家には、ほとんど面識のない義母の近と、六歳の弟平人だけが残されてしまった。梶が死んだ時は、一度は連れ戻しに来た五郎吉であったが、それでも考え直して、安五郎の将来に非常に期待し、お家再興を夢見ていた。五郎吉は、わずかな田畑と菜種油の家業を自分の弟の辰蔵《たつぞう》に継がせ、安五郎はそのまま丸川先生の下で学問に励むように遺言を残していた。遺産を三等分して、辰蔵と近、そして安五郎に分け、安五郎の学問の道に支障がないように配慮していたのである。しかし、辰蔵は体が弱く事業ができるような人物ではなかったのである。このままでは辰蔵の寿命が短くなってしまうし、平人も失われてしまう。御家を再興する前に、御家がなくなってしまう危機なのだ。安五郎は、弟平人のこともあり、丸川松陰に事情を話して思誠館を辞去し、五郎吉の家業を継いでいたのである。

あれから一年経つ。

一年くらいでは新見の町は全く変わるはずがない。しかし、安五郎には久しぶりに来る新見の町は全く違う景色に見えてしまうのである。街並みが変わったように見えるのは、思誠館の門弟から松山藩西方の油売りになって、自分の見る目が変わってしまっているからである。

阿璘から安五郎に名前が変わっただけではなく、住む場所も新見の安養寺から西方の自宅に変わり、そして書物を持つ手には商売道具の油桶を持つようになり、文字よりも数字を追うようになってしまっていた。もちろん、「阿璘」と名乗っていた時代と安五郎と名乗るようになってからの今の自分とで、何かが変わったわけではない。学問の道を閉じてしまったわけではないし、書物も捨ててしまったわけではない。しかし、安養寺から毎日思誠館に通っていた自分と、稼業の油売りを継いで書物を読む時間もなく、日々の生活に追われている今の自分とでは全く異なる人物であり、日々に疲れてしまっている時は、自分自身のゆくべき道を見失っているようなこともあったのである。そのような現実に妥協してしまっている自分が、あの時の自分とは違う景色を見せているのである。

自分の環境や自分の見る目が変わると、見えてくる景色も変わる。

この日は、父が亡くなった昨年と同じ、暑い夏の日であった。

「ちょっと、寄ってみるかな」

安五郎は、前とは違った景色に見えている新見の街並みを懐かしく思って歩いた。あの当時は稚児髷の若々しい格好をしていたために、野良着で油桶を担いでいる自分が歩いていても、当時の「阿璘」が歩いていると思う人はほとんどいない。安五郎は懐かしい気持ち半分、そして自分のことを気付いてくれない、まるで浦島太郎のような寂しい気分が半分で、昔のなじみを訪ねてみようと思ったのである。

自分の油桶の中に入っている菜種油は、そんなに質が良いものであるというような感覚はなかった。油を搾るのにまだ自分なりに納得できるものができていない。探求心の強い安五郎にとっては、まだ納得のできるものではなかったのである。それだけに全く知らない家に行って口八丁手八丁で油を買ってもらえるとも思わなかった。しかし、このまま持って帰るのも重たいので、せめて知り合いの所に無料で引き取ってもらおうなどと考えたのである。

稼業を継いで、最も苦労したのは、学問の道と油を作る製造の道、そして、それを売る商売の道と三つの道をすべて極めなければならないということだ。そしてその三つの道は、全く違う方向の道である。新見で思誠館に通って、学問のことだけを考えていればよかった時とは全く違う。自分の中の違う才能を三つ使わなければならないことが最も苦労した。特に、学問では文字や理解力が試されたが、商売の道では数字やそろばんの能力、そして、菜種油を作るということは体力と忍耐力である。毎日体のすべてを使わなければならないというような感じで、休まる時がない。

油というのは、アブラナといわれる菜種を一度蒸し、それを圧搾して油をとるのであるが、それは安五郎にとっては経験したことのないような体力仕事である。多くの人が褌《ふんどし》一つになり、全体重をかけて圧搾機の上に乗る。そうしてやっと菜種から油が搾れるのである。これも、ただ乗っているだけでは駄目である。大の大人が数人で褌一つになって体重をかけるのであるが、安五郎のように非力な者がただ体重をかけているだけではだめで、様々なコツが必要なのだ。それを頭でわかっていてもなかなか体で会得することはできない。

またコツをつかんだところで、それが毎回うまくゆくとは限らないのである。当然に自分では納得いかない品ができてしまう。学問の世界ならば、納得がいかなければ何度でもやり直しがきくが、菜種油はそうはいかない。

納得いかない商品であっても、それを売って金にしなければ生活ができなくなってしまうのである。「自分が納得いかない商品でも、笑顔で売らなければならない」。これも安五郎にとっては大きな心の負担であった。決して嘘を言うというわけではない。自分が納得していないというだけで、商品としてはそんなに問題があるわけではない。その納得していないというのも、少なくしか搾れないだけで、品質にそんなに違いはないのだ。それでも、自分で納得できない商品を売るということは、心に大きな負担となった。つまり自分を偽るということになってしまうのだ。安五郎にとって、自分を偽らなければならない商いの道が最も苦しいものであった。

そして、父五郎吉はどう思っていたのだろうか。安五郎はそう思うことがあった。父五郎吉はこのような重労働をしながら、子供のころからお家再興を目指して学んでいたという。そのお家再興の道の象徴ともいえる筆と書物を置き、菜種油の製造の道、そして商業の道を歩んだのである。なれない道、自分の本分とは異なる道を進むこと、そのことを自分に納得させることはかなり大変なことであった。いつしか、父は御家再興を自分の手で成し遂げることをあきらめ、子である自分に託したのである。そして、重労働と学問の両立はできないということを誰よりもよくわかっていたのだ。

その父はあえて安五郎に商売のことを教えず、学問だけに専念させてくれていたのである。母の梶も父を手伝いながら農業も行い、そして、弟の平人も育てていたとなれば、寿命が短くなっても仕方がない。それでも自分が見舞いに行けば、その苦労は何も言わず、学問に専念するように言ってくれていたのである。そして、その母が死んだ時、五郎吉が松陰先生のところにきて、連れ戻そうとした。当然に母の分まで一人で引き受けていては体がもたないと思っていたのではないか。そのように父の立場になってみれば、あの時の父の思いがわかる気がする。

安五郎はこのように迷いながら西方の家を継いだ。初めのうちは仕事を終えて家に戻っても書物を開く間もなく泥のように眠ってしまっていた。そのうち徐々に慣れてきて商売に行ったり、少し本を開いたりすることができるようになっていたが、とても新見にまで商売に出るなどということはできなかった。そのようにしているうちに、挨拶くらいは行かなくてはと思いながらもあっという間に一年が経ってしまったのである。

安五郎にしてみれば、なぜ多くの人は学問の道に進まないか、思誠館にいる時は疑問であった。しかし、いざ自分が商いや農業をやってみると、「やらない」のではなく「できない」、もっといえば「やりたくても学ぶ余裕がない」ということがよくわかるのである。父五郎吉も、このようにして御家再興の道の望みを失ったこと、そして、母梶が、現実の生活苦でお家再興を断念させないようにと、自分を新見に行かせてくれたこと、そして、母がその分の苦労を背負い込み、病に倒れて命を縮めたことなど、自分がやってみてなんとなくわかるのである。

やっと体力もついてきて、新しい生活にも慣れてきた。菜種油の製造も商売も、そして学問も誠実に行っていれば悪いようにはならない。商いは自分を偽るところはあるが、それでも菜種油を買う人にとって役に立てば、それが良いことなのである。

本来であれば、まず思誠館の丸川松陰先生のところに行かなければならないところである。しかし、一年間もご無沙汰してしまい、手紙も書いていない自分を省みると、今更行けるようなものではない。また、稼業の商売のこととはいえ、自分を偽って生きているということにも後ろめたいものを感じていた。今は、学問をおろそかにしている自分が入って行っていいものであろうか。かえって松陰先生の気を悪くしてしまうのではないか。それが最も心配であった。安五郎は、まずは十年間部屋を貸してくれていた安養寺に入った。

「おお、阿璘ではないか」

安養寺の住職である円覚は、安五郎を、まるで我が子を迎えるようにやさしく受け入れてくれた。今は単なる油売りの商人でしかない。当然に玄関口に入れてもらうことさえ難しい。本来は勝手口に行って、それも油などは汚れてしまうので、家の中に入らずに、その家の油桶をもらって、軒下で油を量り売りするのが通常だ。

円覚は、勝手口で油を安五郎から買うと、そのまま玄関に回し、客人として安五郎を迎え入れた。

「和尚様、お久しゅうございます」

出された座布団を汚さないように、それをよけて座る安五郎に、円覚は無理やり座布団を勧めた。

「いやいや、阿璘殿、いや、確か安五郎殿と名前を変えられたのですね。なんと懐かしい」

「和尚様、阿璘で構いません。それにしても、あの頃は何とも長くお世話になりました」

「挨拶などはよいから、まずは座布団にお座りなさい」

「いえ、本日は油売りの途中で着物も体も汚れておりますので……」

円覚はそれを聞くと、一度奥に入って薄くなった古い座布団を持って入ってきた。

「この座布団ならば座れるかな」

なんと懐かしい、安五郎がまだ阿璘と名乗り、そして、ここ安養寺に一間を借りて勉強をしていたころに使っていた座布団である。十年も使っているので、座布団の端はほつれ、ところどころに落ちなくなった墨の跡や、食事の時に何かを落としたシミが残っている。

そこまでされてしまうと、安五郎は座布団を使わないわけにはいかない。一度立ち上がって懐かしい座布団を受け取ると、まるで子供のころの自分に出会ったように胸が熱くなった。

「和尚様、まだこれを」

「捨てられるわけがありますまい。安五郎殿がいつ戻ってきてもよいように、部屋もそして文机もそのまま残してあります」

「そんな」

「まあ、気を使って遠慮してしまう安五郎殿に心配を掛けないように言えば、安五郎殿が出て行かれてから、この安養寺に新しい客人が来ないので、道具を新しくする機会がなくて」

本当は捨てる気など全くないのに、円覚は半分照れ隠しのようにそのようなことを言った。安五郎は久しぶりに自分の居場所に戻ったような居心地のよさと、そして円覚和尚の心配りに感謝した。まるで時間が戻ったように昔を思い出し、子供のころに戻ったように思えてきていた。

「そういえば、安五郎殿が西方に戻った後、清水茂兵衛殿も思誠館を出られて津久井の郷に戻られました。医者を継がれるということで」

「そうですか」

「竹原終吉殿は、もちろんそのまま。若原様の御屋敷におります。最近では中間《ちゅうげん》としてご活躍が多くなり、思誠館に通われるのは少なくなったようです」

「終吉殿はまだいるのですね」

「ええ。相変わらずお元気ですよ。でも茂兵衛殿も安五郎殿もいらっしゃらないので、なかなか境内には姿を見せてくれません。それにしても、いつもここの庭や境内で遊んでいましたね」

円覚はまだ一年前の話でしかないのに、もう何十年も昔の話であるかのように話した。もう湯気が上らなくなったお茶をそっと飲むと、少し開いている障子の間に目をやった。改めて見てみると、そこから意外と境内の様子がよく見える。安五郎は、子供の頃、円覚がずっと口も出さずに見守っていてくれたのだと感じた。自分は、一人でここにいたわけではない。多くの人の温かい支えがあったことを、改めて円覚に教えてもらったように思った。

その後安五郎は、一年間何をしていたのか、油売りの大変さや、搾油作業のコツなどを円覚に話を聞かせた。円覚は安五郎の話をただ頷きながら、話を聞いてくれていた。安五郎にとって、自分の苦労話などをする機会はほとんどない。しかし、誰かに愚痴を聞いてもらいたいと思うようなこともあって、話が止まらなかった。

「道を変える。または二つの道を歩むということは本当に大変なことです。普通は、二足の草鞋という言葉を使いますが、草鞋を変えるということは道を変えるということで、元の道は閉じてしまうということになる。しかし、安五郎殿が目指しているのは、二足の草鞋を履く、つまり極める道を二つ持たなければならないということです。単に二つではなく、正しくはその二つの道が刺激し合って、より深く学べるようになります」

「はい、油を売っていても、また、お客様と会話をしていても、学問をしていたころの知識や、あるいは、学問について終吉殿や茂兵衛殿と話していたことを思い出します」

「そうやって、人の行うことは全てが繋がっています。生き物だけではなく仕事や道も輪廻のように回っているのではないかと、拙僧はそのように考えております」

「はい、肝に銘じます」

「それに、学問の世界でも学問だけで終わらせるのではなく、生活や行動に活かすことができなければ意味がない。松陰先生は、そのように考えていらっしゃる」

「はい、松陰先生のお考えも、思誠館を離れて自分で違う道を歩んでみると、よくわかります」

「ところで、松陰先生には、もう、お会いしたのかな」

「いえ、このような身なりになり、少し恥ずかしく思い……」

「それはいけませんね。安養寺よりも先に、思誠館に行かなければなりませんでしょう」

「いや、しかし」

「恥ずかしがることはありません。松陰先生が最も重要と思っている学問を生活や商いに活かすこと、それをすでに実践しているのです。その報告をすることも重要な学問と思いますよ」

「はい」

安五郎は、円覚に背を押されるような感じで、やっと思誠館に行ってもよいのかもしれないと思うようになった。安五郎とて、松陰先生の顔を見たいことに変わりはない。円覚は、そのような安五郎の心を早めに掴んでいたのかもしれない。

「一番初めに安五郎殿が母上様と一緒に来られた時、明日にすればよいと言ったにもかかわらず、そのまま母上様に連れられて思誠館に行かれたのを思い出します。今日はお母上様がいらっしゃいませんから、私がお連れしましょう」

円覚は笑顔でそういうと、すぐに立ち上がって、目と鼻の先であった思誠館まで一緒に行ってくれたのである。


「ごめんください。松陰先生はいらっしゃいますかな」

円覚は、安五郎を伴って思誠館に来ると、普通に玄関から入った。商売人になって、勝手口に向かう癖がついた安五郎の袖を掴み、その玄関の横に油売りの道具を下ろさせると、自分は玄関の中に入っていったのである。

安五郎は、ここに来ても阿璘に戻ることもできず、玄関の敷居をまたぐこともできず、ただ何もすることなく、軒下に立っていた。暑い夏のことである、夕方とはいえ、噴き出してくる汗を油にまみれた手拭いで拭いながら、周辺を見渡した、蝉の声が夕方の喧騒をかき消すほど大きくなり、昼に撒いているはずの打ち水がすっかり乾いて、日陰のところにだけ、まるで世の中も自分も変わってしまっているのに、かつての阿璘であった時代にしがみついている自分自身のような小さなシミを作っていた。

「住職ご自身がいらっしゃるとは、どうされました。お呼びいただければ伺いますのに」

「いやいや、間違って安養寺に届いたものがあるので、まあ、松陰殿の顔も見たいし、ついでもあって、ちょっと寄せてもらいました」

そういうと、円覚は少し玄関の横の方を振り返る仕草をした。松陰は、何かあるのかと思い、素足のまま出てきた。

「あ、阿璘。阿璘ではないか」

安五郎は、自分の姿を見回して恥ずかしく思い、少し隠れるような仕草をした。

「阿璘殿、なぜ入ってこない」

「申し訳ありません」

安五郎は、その場で土下座をした。松陰は何が起きたのか全くわからず、きょとんとした目で円覚の方を見た。円覚も困ったような表情をして静かに言った。

「松陰殿、安五郎殿は自分が、家業である油売りを継いだことで学問の道を少し休んで、松陰殿の期待を裏切ったと思っておられるようでな。それで安養寺に迷い込んで来たようで」

円覚はあたかも「阿璘」という届け物が、自分のところに間違って来てしまったかのように言った。円覚にしてみれば、そのように言うことによって、安五郎が思誠館を避けていたと誤解されないように気を使ったのだ。

さすがに新見藩の重鎮である円覚と松陰の間では、このような物言いだけで、全てが伝わったようである。松陰は何も言わず安五郎の傍らにしゃがむと、軽く安五郎の肩を叩いた。

「阿璘殿」

「先生申し訳ありません。今は学ぶこともしておりませんし、先生にあれだけ教えていただいた学問の道も全く深めておりません。いまや西方の郷の油屋にございますれば、ここ思誠館の敷居をまたぐことも、先生に顔を合わすこともできぬと」

「何を言っておる。昨年の今頃、阿璘殿は行ってきますと言って出て行ったのだ。どんな身になろうと何をしていようと、ただいまと言って戻ってくるのが普通であろう。そして自分の身の上に何があったか、そして私と共に学んだことの何が活かせて、何を活かすことができなかったのか、その経験を語りながら、互いに学ぶことこそ学問ではないのか」

松陰は、うれし涙で頬を濡らしながら安五郎の手を取って立たせた。安五郎も何か恥ずかしく思いながらも、松陰に促されるままに玄関に歩みを進めた。

「ああ、松陰殿」

円覚は、わざと二人の雰囲気を壊すような声で言った。このまま感動のご対面でもよいのであるが、それは、松陰と安五郎の師弟関係にとって、まだ隔たりがあるということを円覚は傍で見ていてよくわかっていた。お互いの日常に戻すことこそ、もっとも重要なのではないか、そのように思った円覚の気遣いである。

「松陰殿、まあ、西方の安五郎の油は、それは品質が良く、格安で、拙僧には思誠館の学問の香りがするように思うのであるが、その油も受け取ってくだされ。それも受け取ってくれぬと、この円覚、次の用事に向かえないのでな」

「おうおう、住職殿、そんなに素晴らしい油があったのか。ちょうど、夜半に書を読むのに良い油を探していたところである。良いことを教えてくださった。きっと買って、その学問の香りを楽しむことにしよう」

「そうされるとよい。どうもあの油で灯りをとると、安養寺の仏様も喜ぶようでな。善哉《よきかな》、善哉」

円覚は、感動の対面をしている二人を見届けると、そのまま思誠館の門をくぐって出ていった。

「さあ、油を買うよりも先に、いや油は誰かに任せて、戻ってまいれ」

松陰は、先に玄関に入ると、安五郎が入ってくるのを待った。ほんの二、三歩のことである。しかし、それでも二人にとっては重要な「帰ってくる」という儀式なのである。

「た、ただいま戻りました」

「それでよい、それでよい」

松陰はそう言うと、安五郎を思誠館の奥にある自室に招き入れた。

「阿璘殿、いや、安五郎殿」

「先生、阿璘のままでお願いいたします」

十年前には母梶と二人で、やはり安養寺からここに来て、今と同じところに座っていたことを松陰は懐かしく思い出した。

「誰か、お茶を」

「はい」

芳がお茶を持って入ってきた。玄関でひと騒ぎあっただけに、安五郎が戻ってきたことはわかっていた。

慎齋は指導の中、門弟に学んでいるように言って、安五郎の持ってきた油桶を勝手口に自ら移し、そして思誠館の油桶にそのすべてを入れた。慎齋は何も言わなかったが、安五郎の油をすべて購入したのである。帰りの荷が軽くなるように、そして、少しでも生活の足しになるように、半紙に「有朋自遠方来、不亦楽乎（朋有り遠方より来たる、亦た楽しからずや）」と書いて、中に一両もの大金を包んでいた。

「阿璘殿。すっかりたくましくなられましたね」

「いや、学ぶ時間がなく、恥ずかしい限りです」

芳は、にっこり笑ってお茶を出すと、そのまま奥に入り勝手口から走って外に出て行って竹原終吉に知らせるために走った。

「いや、阿璘殿一年間、ご苦労様でした」

「いえ、一年もご無沙汰してしまい、大変申し訳ありません」

阿璘が思誠館に通っていた十年間、いろいろなことがあった。

今では安五郎という立派な大人になった阿璘の学問が深まり、神童と言われるようになったことも、また、妹や母や父を亡くして悲しみや寂しさと戦ったことも、すべて昨日のことのように思える。清水茂兵衛や竹原終吉などと遊びすぎて松陰が叱ったこともあったし、室元右衛門に何故学ぶかと聞かれて大人びた答えをしたのも、ここだ。

十年前とは異なり、今は隣には母の梶はいない。この一年の間に、親友でいつも助けてくれていた清水茂兵衛も津久井に戻ってしまった。たった一年間といえども様々なことが変わり、そして、その時は二度と戻らない。何もかもが懐かしい。でもその懐かしいという思いは、実はもう元には戻らない時間を感じていることでもある。

「本当に、お久しゅうございます」

安五郎は様々な過ぎ去った時のことを思い言葉にした。その言葉に、松陰も深くうなずくものの次の言葉が出ない。

昔、幼い姿でりりしく超然と座り、字を書けばつばなのようなかわいい手で龍が躍るような文字を書いていた子供が、目の前に立派な大人として座っている。松陰が将来の天下を託せる人物と見込んだ男だ。油売りの姿をしていても、また、しばらく学問の道から遠ざかっていても、その目を見ればすべてがわかる。十年の月日は消えるものではない。松陰はそのように信じていた。

「おかえり。阿璘」

「先生、今はすでに私は学問の道にありません。菜種油と毎日戦い、そして礼記も大学もなく、恥じ入るばかりでございます」

なぜこの子にこんな苦労をさせているのか、そして、学問を続けることができないということで、ここまで苦しませなければならないのか。最も期待して、そして手をかけた阿璘がそのような状況に身をやつしていることに、松陰自身が情けない思いになった。しかし、思誠館の門弟ではないので、奨学金などを使うこともできないし、松山藩の西方に住んでいる安五郎を、簡単に召し抱えるわけにもいかない。松陰には今のような幕藩体制では、そして身分がわかれている状態では何もできないことをわかっていた。

しばらく、二人とも語ることができなかった。二人を包む空気だけが、十年の時を遡り、そして、十年先の未来を二人に見せていた。

「申し訳ないのは、この松陰の方だ」

空気が時間の旅を終えて戻ってきたところで、松陰は何か長旅を終えたような感じで安五郎に話しかけた。

「自分の孫のような阿璘に、そのような苦労をさせている自分が情けない。私から言えることは、商いをしていても、また畑仕事をしていても、学問の道が閉ざされるものではないと思っている。しかし、今阿璘殿はそれができぬと悩んでいる。私の教えが足りないのか、あるいは、学問を特別なものとしてしまったのか。私の不徳の至りで、その犠牲に阿璘がなってしまっている。そのことが口惜しい」

「先生」

「いや、先生と呼ばないでくれ。阿璘殿。いまは阿璘殿に何も教えていない。また、学問の道を進ませてあげられてもいない。このような私は、阿璘殿に先生と呼ばれることはできないではないか。そのうえ、阿璘殿自身に思誠館の門をくぐりにくくしてしまっている。これでは、学問で人を救うことなどできぬではないか」

安五郎は悲しんだ。自分が学問の道を進めていないことが、松陰先生まで苦しめているとは思わなかった。安五郎も松陰も、お互いの優しさがお互いを苦しめているということを初めて知った。

「では先生、私が時間を見つけて学べばよいのでしょうか」

「時を見つけ、学ぶ心があればいつでも人間は学べるものである。そう心得よ。そのことを教えなければならなかった」

「はい」

「阿璘殿、よいか。人生はすべてが学びだ。阿璘の売っている油であっても、それを作るのに様々な学びがある。そしてそれを売ることにも学びがある。四書五経ばかりが道を教えてくれるものではない。油作りも人との会話も、全てから学ぶことができる。むしろ、そのようなところから学んでこそ、そして相手に学びを与えてこそ、真の学問である。そうでなければ、学問などは理屈っぽい偏屈な者の道楽と言われても何の反論もできない」

「はい」

「阿璘殿、学問というのは初めこそ書物で学ぶものと思う。論語にあるように、十五にして学問を志す時は、何を学んでいいかわからない。だから学び方の模範を示さなければならぬ。それが、小学であり、四書五経である。しかし、三十にして立つ時もずっと書物を前に座ったままでよいというものではない。立たなければならぬ。しかし、その後は惑わず、天命を知り、他の言うことを理解し、そして心のままに動いても、人の道を踏み外さないようにならなければならぬ。つまり、いつまでも書物から学んでいてはならぬ。初めのうちは書物から学ぶ、しかし、書物で学ぶ時を過ぎれば、何から学ぶかではなく、生活をしている中で何を学ぶか、ということであろう。その最も大事なことを、今こそ阿璘殿に学んでもらいたい」

「はい」

安五郎は、やっと松陰の言っていることが理解できた。そう、何も書物を読まなくても、また書物を読む時間を無理して作らなくてもよい。そうではなく、やるべきことをやって、その中で学ぶことが重要である。いや、生活の中で学びを得ること、学ぶべきことを作ることが最も重要なのである。

「阿璘殿、商いの道の中で学問を活かしなさい。そして、商いの経験で得たものを、自らの学問の中に取り込んで考えなさい。それが本当の学問の姿なのではないか。そうやって、武士だけではなく一人一人すべての人が学問の素養を身に付け、そして生活から学べるようになってこそ、武士はしっかりと政をできるようになる。国を治めることができるようになるのです。民を知りなさい」

「はい、そう心得ます」

「ゆめゆめ道を見失うでない。道に求められる人物になれ」

「はい」

安五郎は、それ以上何も言わなかった。

今まで思誠館で松陰から様々なことを学んできた。しかし、松陰から「道に求められる人物」という言葉が出たのは初めてであった。そして国を治めるということも松陰の口から改めて出たのである。民を知ること、民が学問の素養をつけること、それが国を治めることの真意である。幕府や大名が素晴らしい政治を執るだけではなく、その政治の影響を受ける民こそが、幕府や大名が何をしているかを理解する必要がある。上と下が一体化してこそ素晴らしい政になる。

今までは、ただなんとなく書物や机の上で学ぶだけでよかった。しかし商売や生活の中に学問を活かしてこそ、そして生活の中から学ぶことこそ本物の「学問の道」になるのである。松陰は学問は学ぶことではなく、学問を得て国を治めることが本来の目的であることを教えようとしていたのだ。そして、その国を治めることは、誰もが学ぶことが大事なのだ。それは油売りになった安五郎とて同じことなのである。

安五郎はもっと、深く学問のことを聞きたかった。生活の中から学ぶということは、並大抵のことではない。毎日の忙しさに流されるだけではなく、意識して毎日を過ごし、そして、その毎日の中から常に何かを学ばなければならないということなのである。その学び方や、学んで得る方法を安五郎は松陰に聞きたかった。今まであればその場で聞いて、物事を明らかにしていた。しかし、今はそのことを聞いてはいけない雰囲気が漂っていた。いや、聞きづらいのではなく、わからないことを残せば、またここにきて松陰先生の教えを受けることができる。そして、自分でやってみてからでなければ聞いても意味がないとも思ったのである。

「油売りになったからといって、天下を語っていけないことはない。戦国の昔、斎藤道三という武将がいた。油売りから美濃一国の国主となった男だ。学問の道ではないが、しかし、自分で道を切り開いた人物であることには変わりはない。阿璘殿には、そのように自分で道を切り開いてほしい」

松陰はそう言うと、自分の扇子を安五郎に渡した。

「これで、今生の別れではない」

松陰は、自分に言い聞かせるように言った。目には薄く光るものが浮かんでいた。十年間で、松陰も老いたのか、最近涙もろくなってきている。父も母も失った安五郎ではあるが、父と母の老いた姿は見ていない。人が年を重ねるというのはこういうことなのかと、自分でも驚くほど感情的にならず冷静に松陰のことを見ていた。

山に囲まれた新見は、陽が山に隠れるのが早い。すでに、山の間に陽が落ちたのか、外はゆっくりと暗闇に覆われてきていた。また来ることを約束し玄関に立った安五郎を、空になった油桶と一両を包んだ半紙を持った慎齋が待っていた。慎齋の影が長く伸びて、松陰の部屋をのぞいているようになっていた。

2　進

あまりのなつかしさに、松陰のところでゆっくりしすぎてしまった。

翌日は、午後の予定しかない。行商の予定なので行かなければ顧客を失ってしまうので、なんとしても明け方までには戻って、自分が行かなければならない。もちろん安五郎自身が行かなければならないというものではなく、難しければ茂作が代わってくれるが、安五郎はなるべく自分で行って、早く顧客との間に信頼関係を作りたかった。

「阿璘殿」

思誠館の門をくぐると、そこには芳が待っていた。夕方であるからもう思誠館の中で手伝いをしなければならないはずだ。それとも、今日は自分が来ているから、松陰先生から特に許しを得ているのかもしれない。

「待っていらっしゃったんですか」

「はい、少したくましくなった阿璘殿と、もう少しお話ししたくて」

安五郎はその声とともに、二の腕に芳の視線を感じた。思誠館で学んでいた時は、それこそ書物や筆よりも重いものなどは持ったことがない。しかし、油を売るようになってからはそのようなことは言っていられない。油を搾るだけでも、すべての体重をかけてやらなければならないし、毎日油桶を天秤の両側に吊るし、肩からは斜めに道具やお釣り銭を持って歩かなければならない。思誠館に通っていた時とは全く違ってしまっていた。

「いや、見ていただいてわかるように、すっかり、学問をする体ではなくなりました」

「昔の辰吉さんみたい。でも辰吉さんもしっかりと学んでおられましたよ」

辰吉。天領成羽の鉱山の出で、思誠館に通っていた少し年上の門弟である。そのような育ちであったから、外見は筋骨隆々で粗暴に感じたが、何か温かいものを感じる人物であった。

「今の私も辰吉さんみたいに粗暴に見えますか」

「まさか、阿璘殿は頭もよいし、心も優しいし。でも、辰吉さんも優しい人でしたよ」

さすがは松陰の娘である。人をよく見ている。

「ところで、終吉さんは」

「阿璘殿が来ていると教えたのですが、若原家の中間の仕事が忙しくて」

「そうですか。また来ますから」

安五郎は非常に残念そうに、寂しさをたたえた笑みを浮かべた。

「急いで帰られますか」

芳は、その寂しい笑みに何かを感じた。安五郎が口に出せない、それでも本当は会いたい人がいることを芳は知っていた。夕方、今ならばその人がいるかもしれない。

「阿璘殿の商売繁盛のために、えびす神社に行きませんか」

「あ、ああ」

「だって、西方の村には、えびすさんとかいないのでしょ」

確かにそうだ。西方は、松山藩の中でも農村地帯である。ましてや山の奥であるために、商売の神様や漁業の神様を祀る必要はない。当然にえびす神社などは、一部お札のような感じで家の中に貼っているところはあっても、祠のようなものはない。

「そうですね。農村なので恵比須様はいません」

「そうでしょ。お参りにちょっと行っても、そんなに時間がかかるわけでもないし、ね」

芳は、なんとなく離れがたそうに、訴えた。一年前までは安養寺の境内で終吉が小学を教えていた。まるで兄弟のような芳と、安五郎自身離れがたい気持ちを感じていた。少しくらい大丈夫かな。明日の仕事は茂作に任せてもよいし。新見は山に囲まれているので日が落ちるのは早い。だから思っている刻限よりも早いはずというような、自分自身に対する言い訳も手伝った。

「わかりました。では本当にお参りだけ」

「よかった」

もし、妹の美知が生きていたら、こんな感じであったのかもしれない。安五郎はそんなことを思いながら、えびす神社へ向かった。

安五郎にとって、妹の美知との記憶はほとんどない。幼い時から一人で新見に来てしまったために、妹の美知だけではなく、家族みんなの記憶が薄い。それだけに、ここ新見にいて終吉や茂兵衛、そして芳といった兄弟のような仲間との記憶は、西方に戻って仕事をすることよりも大事であったかもしれない。


四間道の入り口までは思誠館からすぐだ。そんな家族同然の仲間のことを思い出す前に、鳥居の前に着いてしまった。鳥居をくぐると、拝殿の前で、紺の着物の若い女性が一生懸命祈っている。安五郎は、少し間をおいて、その女性の後ろで自分の順を待った。

「阿璘様、阿璘様ではありませぬか」

お参りの順番を待っている安五郎に、お参りを終えて振り返った女性と目が合った。その女性は、たった一年ですっかり大人の女性になった若原進であったのだ。

「進様」

先に口を開いたのは芳であった。

「あ、あの、芳様」

「やっぱり進様は、ここに来ていらっしゃったのね」

そう言われて進は少し俯くと、頬を赤らめた。えびす神社に来ていることを多くの人に知られたくない、知られてしまうと恥ずかしいと思うような風情を進は感じているのではないか。

「進殿」

安五郎も、進の顔を見ただけで頬を赤らめた。

安五郎にとっては、忘れたくても忘れられない、しかし、忘れなければならない人であった。しかしどうしても忘れられないので、若原家のある四間道には近づかなかったのだ。いや、一年間新見に来なかった理由も進を忘れられなかったからかもしれない。そうたやすく忘れられないのが恋心というものである。

新見にいる間は、まだ幼かったこともあって、話などをしていた。それでも、化政文化の真っただ中、洒落本や黄表紙本といった男女の仲を取りざたする色恋の本が流行している頃で、身分の離れた若い男女が親しくしていれば、当然に様々な噂になりかねない。安養寺の円覚住職や思誠館の丸川松陰のおかげで噂になることはなかった。しかし、その身分違いの恋は、進の父若原彦之丞には認められないものであった。進は、近いうちに他の位の高い武士の子弟と祝言を上げることが決まっているかのような状況であった。安五郎は、どんなに恋焦がれていても、進をあきらめるしかなかった。

ちょうど新見を離れることもあり、何とか忘れてしまおうと思っていた。しかし、その進が、それも以前より美しくなって目の前にいるのである。新見の夕陽が見せた幻ではないか。安五郎はそのように思った。

「私をお忘れでございますか」

美しい女性である。少し落ち着いた紺色の服を着て、いかにも武家の娘らしく、帯に小柄を差している。

「進でございます」

安五郎は進を見た瞬間に、昔の自分、つまり思誠館に通っていた時の自分に戻っていたかのような錯覚を覚えていた。しかし、今の自分は違う。学問を極め天下を救うことを夢見ていた思誠館門弟ではなく、単なる一介の油売りなのである。油汚れの多い粗末な着物である。自分の汚れた手や油の臭いが染みついた自分自身の体に、改めて恥ずかしくなっていた。紺の落ち着いた着物で武家の娘の姿をした進と、今の自分とでは全く釣り合わず、身分に差がありすぎるのだ。目の前にいる気品のある女性に、自分はなんと声を掛ければよいのであろうか。進の言葉が遠い時間を超えた「阿璘」にしか話しかけていないような気がして、なんと返してよいかわからなかった。

「ねえねえ、進様。阿璘殿、油売りになってたくましくなられたよね」

「芳様、本当ね。昔の阿璘様もよかったけれど、このようにたくましい阿璘様も素敵です」

「でもね、進様、さっきまで父とずっと対等に話していたんですよ」

「松陰先生と対等に話せるなんて、やはり阿璘様ですね。体はたくましくなられて、松陰先生と話す内容は全く変わっていないなんて、素晴らしいことです」

進が笑っている。自分のことを話して笑っているのである。笑われているというような感覚よりも、進を喜ばせているというような感じに思えるのは何故なのであろう。たくましいという言葉は、今まで自分では全く覚えがなかったが、進と芳を喜ばせているのである。

「阿璘様、阿璘様と会えて本当に嬉しゅうございます」

「い、いや、私も……」

「阿璘様が西方に戻られてから毎日、えびす神社にお参りした甲斐がありました」

進は、屈託のない笑顔で安五郎に笑いかけた。現代であれば、進の方から安五郎の胸に飛び込んでいたかも知れない。しかし、当時の男女でそのようなことはない。それでも親しく話しているだけで、この二人の仲が良いことは誰にでもわかることである。

「それは……」

安五郎は、嬉しさを無理に隠すように俯いてしまった。

「阿璘殿は鈍いなあ。思誠館では女心は教えないのですか」

芳は、まるで自分が教える立場になったことを誇示するかのように、腰に手を当てて、安五郎に向かって言葉を繋いだ。

「本当に、阿璘殿は、全くわかっていない。進様は、毎日毎日、雨の日も雪の日も、もう一度阿璘殿に会いたいと、えびす神社に願をかけておられたのですよ」

「えっ」

安五郎は驚いた。なにか、見えない手で大きく背中を叩かれたような気がした。

「はい。もう一度阿璘様とお話がしたい、恵比須様にそのように毎日お祈りしていたのです。そして今日、やっとこのようにお姿を拝見することができました」

進は、お茶を出してくれた時と同じ屈託のない笑顔で安五郎を見つめた。

「なぜ、恵比須様に」

「忘れたのですか、阿璘殿は。昔、阿璘殿と進様の仲を取り持つため清水茂兵衛と竹原終吉と、そしてこの丸川芳は、女子が神社にお参りに行くなんて許されないと信じていた若原進お嬢様に、恵比須様は他の神様と違って男の神様だから嫉妬されないし、唐天竺から来た神様だから女子がお参りしても問題ないんだと諭して、ここえびす神社にお連れして、阿璘殿にお引き合わせしたのですよ。進お嬢様は、そのことを一年間覚えていて、毎日夕方になるとこのえびす神社に阿璘様にもう一度会いたいと……」

「もういいですよ、芳様。そんな風に言われると恥ずかしゅうございます」

芝居、講談のような語り口をしている芳の名調子を、進はさすがに耐えきれずに止めた。女子二人は、目の前にいる安五郎のことなのに、何か他人事のように話していた。それは、安五郎が昔のような姿ではなく、何か別人であるかのような錯覚を持っていたのかもしれない。それだけ二人の頭の中にある阿璘と、目の前にいる安五郎の姿が変わっていたということである。

「今では、このように油屋になってしまっています。以前のように学問を行っていた時とは、変わってしまいました」

「でも、私の中では阿璘様はいつまでも阿璘様でしょ」

進は、安五郎の言葉を少し厳しい言葉で打ち消した。進は、何か弱気で、自分を卑下している安五郎の姿を見たくなかった。誰に問われても物怖じしない、理路整然とわかりやすく道を説く阿璘が好きであった。父彦之丞の前で頭を下げ、何か言われても適当にごまかして帰るような新見藩の侍ばかり見ていた進にとって、安五郎が彦之丞の問いに対して、すべて真正面から受け答えする姿は、初めて父を超える男性が出てきたという憧れでもあった。そして、その父を学問で打ち負かせるほどの力がある阿璘が、自分のことを好きでいてくれるということを、本当に幸せであると思っていたのである。

そんな安五郎が、身分とか、卑しい商人とか、言ってほしくなかった。進から見れば、今は何か違う経験をしているかのような感じでしかなく、安五郎の中の本質は全く変わっていない、そう信じたかった。そして、それを打ち消す全てのことは、それが安五郎自身の言葉であっても遮りたかったのである。いつまでも自分の中の阿璘でいてほしい。外見は別にして、弱音を吐くように変わってしまった安五郎は見たくない。進はそう感じていた。

一方の安五郎も言葉を失っていた。

安五郎の記憶では、若原の家に行っても、進は全く話すことはなく、お茶を出す時と、帰りに勝手口から門まで出てきて挨拶をするだけであった。それもにっこり笑って頭を下げるだけなのだ。その後、えびす神社で会うようになっても、あまり多くを話すことはなかった。そう、多く話をする進は安五郎の記憶にはなかったのである。そんなに何も話すことのない進が、自分の言葉を遮って否定したのである。それも油屋になってしまった自分のことを全く考えず、今の自分を通して、常に昔のままの自分を見ていてくれているのである。

「しかし、進殿は武家の娘さんです。私は貧農で、菜種油を売っている卑しい家柄に育っております。あまりにも身分が違います」

「そうかしら」

進は安五郎が油桶を持っていることなどまったく気にしない感じであった。

「それでは、阿璘様は、お茶を差し上げていた進のことを蔑んでおられましたか」

「まさか」

「でも、お茶を運ぶ役目を仰せつかっていました。他人のために物を運んだり売ったりするのが、そんなに悪いことなのですか」

「いや、そのようなことはございません」

「では、何故阿璘様は油を売っていると身分が低く、進はお茶を運んでいても身分が高いのですか」

安五郎は言葉に詰まった。今まで、そのような事を考えた事がなかったのでどのように答えたらよいのか、いや、どう考えるべきかもわからなかった。進の言う言葉は身分などは一切関係がないということである。身分や職業などを気にしているのは自分だけなのかもしれない。それでも、ここ一年の安五郎の生活では簡単に油を売るようになってしまった自堕落とも思える生活を超えて、昔に戻ることはできなかった。

えびす神社の木々に潜む蝉たちが、一斉に安五郎を嘲笑《あざわら》うように鳴き始めたように感じた。そう、安五郎は、毎日油商売をしていて、何か最も大事なことを忘れてしまっていたのではないか。蝉たちは、そんなことも気付かない安五郎を嘲笑っているのではないか。安五郎は焦った。焦って、進の問いに答えを探すことができなかった。

「阿璘様は、つい先日まで父と、君主や民とか語っていたではありませぬか。それならば、阿璘様が油桶を持つと身分が低くなり、進が武家娘の姿だと突然阿璘様に近付けなくなる理由を教えて下さい」

安五郎は、黙っていた。ただ、答えられない自分が情けなく俯いているしかなかった。えびす神社の石畳が、その模様までわかるほど目に入ってくる。蝉の鳴き声の中に消えて入ってしまいたい。進の問いに答えられないことで、松陰先生の言った本当の学問の姿が見えたような気がする。進のように特に学んでいない人にわかりやすく丁寧に答えることができなければ、自分一人で学問を修めても、意味がないのではないか。

進も信じられない思いであった。父彦之丞の無理難題な問いにすべて答えていた阿璘の姿しか記憶になかった。それが油売りをしてしまうと、なぜこんなに話をしなくなってしまったのか。進が納得するような答えが、しっかりと返ってくるものと信じていただけに、悲しむとか、信じられないというよりも、驚きの方が大きく進の心に響いた。

「進様。そんな感じでいいのではないですか」

「でも、芳様。あの阿璘様が、私の問いに答えられなくなっているなんて信じられないでしょ。父の問いには、すべて答えていたのよ」

「進様、阿璘殿は答えないのではなく、答えたくないのかもしれませんよ」

芳は進の肩に手を置いてそのように言って、落ち着かせた。このままでは大声を出しかねない。三人でこのような所にいたなどと噂になっては、後々若原彦之丞に何を言われるかわからない。

「答えたくないってどういうことですか」

「まあ、進様。大きく息を吸って。そして大きく吐いて」

芳がようやく進を落ち着かせたとき、鳥居の方から声がした。

「お嬢様」

「終吉さん」

振り返ると、すっかり武家の中間の姿になった竹原終吉である。

「あっ、あれ、阿璘、いや今は安五郎だったか」

「終吉殿」

「懐かしい。全く顔を見せないから……」

「何言ってんのよ。阿璘殿が思誠館にいらっしゃったときに、お茶を出して、その足ですぐに終吉さんに知らせてあげようと思ったのに、なんだか用事でいないというから」

「ごめん、今日は大西屋で会合があったものだから。旦那様の言い付けでそっちに行っていたんだよ」

芳に完全に尻に敷かれた感じの終吉である。このやり取りの限りでは、二人はうまく付き合いが続いているようである。

「それにしても懐かしいな」

「ああ、阿璘殿はずいぶんとたくましくなって」

終吉は二の腕を見せると、そこを軽くたたいた。腕に筋肉が付いたというようなことを意味しているのであろう。

「いや、油を搾るのはかなり力がいるんだよ」

「俺なんかは、走り回ってばかりだから、足はいい感じになったけど、腕はなあ」

「剣術か何かはしていないのか」

「中間仕事にヤットウはいらないよ。まあ、やっても意味ないけどな」

一応腰に小さい脇差を帯びているものの、全く抜いた気配もない。四人はしばらく他愛のない話をしていた。

「阿璘様」

進はその他愛のない話も関係がないように、少し厳しめな言葉で言った。

「なぜ、私の問いに答えないのですか」

「進様、そんなに……」

芳は止めようとしたが、安五郎はその芳を制して頭を下げた。

「進様、申し訳ありません」

安五郎は、進には全く勝てないということを悟っていた。いや、身分のことなどは、自分でも全く答えが見つからなかった。当時、身分制を否定することはできない。しかし幕末であり、その身分制が徐々に崩れてきていることも確かだ。だから、本来ならば答えを言うことはできる。そのように時代の流れなどを考えて、学問の見地から答えることは、そんなに難しいことではないのかもしれなかった。

しかし、進の問いに対する答えは、武士と自分が同じと答えれば、進の身分を落としてしまうことになる。それは若原の家の教えを根本から覆す結果になってしまい、進を否定することになってしまうのである。一方、身分制があるということは、進が毎日会いたいと、嘘でもいいからそのように思ってくれていた心を否定することになってしまう。進の気持ちを考えれば、そのようなことを言うこともできない。進の家を否定することも進の心も否定することも、安五郎には、できるはずがなかったのである。

安五郎は、そのような思いから頭を下げることしかできなかった。頭を下げて、改めて進の顔を見た。進は、いきなり謝った安五郎を、何が起きたかわからないという様子で見ていた。「鳩が豆鉄砲を食らったような」という表現にぴったりするような表情であった。普通ならばそのまま笑ってしまうところかもしれないが、自分の進に対する恋慕の心が答えることを拒んだ申し訳なさ、そして、学問に関する新たな気付き、何よりも進に対する自分の心などが複雑に安五郎の感情を取り巻き、何もできないままその顔を見ていた。

いつの間にか、何気なく進の顔を見ていると、進の黒く大きな瞳に徐々に吸い込まれるような錯覚に陥っていた。このまま見つめている姿を他人に見られたらどう思われるか、そのようなことを考えながらも、目を離すことができない。

「阿璘様、もっと学問を重ねて、私のわからないところを答えられるようにしていただけますか」

「もちろんです」

進が声を出してくれたおかげで、安五郎は何か呪縛のようなものから解かれた気がした。

「それまでは必ず、会いに来て下さいね」

「しかし、身分が」

「それは、私と阿璘様には関係ありません」

進は終吉と芳を見て、にっこり笑うとうなずいた。この三人は、安五郎が新見を離れ、そして茂兵衛もいなくなってから、様々なことをしていたのに違いない。安五郎は、なんとなく自分もその仲間の中に戻ったような感じがして、心の中に温かさを感じた。

陽はかなり陰ってきて、鳥居の影が長く伸び、えびす神社を飛び出していた。

「それならば、次回はこのえびす神社の鳥居の中で一緒にお話ししましょう」

「はい、必ず」

蝉がひとしきり大きな声で鳴いて、その後の四人の会話を消してしまっていた。

3　辰吉

終吉や芳そして進と、えびす神社で再会できたことは安五郎にとって非常の多くのことを学べる良い機会となった。一年間忘れようとしていた進と会えたこと、そして親友といえる終吉と言葉を交わせたこと、しばらく油売りばかりで志を見失っていた自分に、何か大きな活力を与えてくれた契機であったことは言うまでもない。

それだけでなく、自分の学びの浅はかさを思い知らされた時間でもあった。学問をもとに、様々なことを考え、国を良くしようと考えていたが、その結果、身分というものにとらわれ、進の質問にも答えられない自分の姿を見つけることができた。

「身分とは一体何なのだ」

えびす神社を出てから、進と芳は若原家の方へ向かって行った。また会って、次こそ身分についてしっかりと答えるということを約束したのだ。

そして、安五郎と終吉は二人でもう少し昔語りをしていた。

「難しい問題だね。俺なんて考えたこともないよ」

終吉は、全く他人事のように言った。

「終吉殿。例えば、将軍様の世継様と終吉殿と、生まれた時には何が違うのであろう」

「それは親が違うんだよ」

「確かに」

「親が違えば、育て方が違う。だから当然に、物事の考え方が違うのではないかな」

「ふむ」

終吉は、自分よりも頭がよく、いつも物事や学問を教えてもらっていた安五郎に、このように教えることが好きであった。何か自分が偉くなったような気分になってしまい、ついつい、何か誇らしい気持ちになる。小さいころ、安養寺の境内で、安五郎が知らない海の話をして悦に入っていた時と似ている。いや本質は全く変わっていないのかもしれない。

「蛙の子は蛙。オタマジャクシは、小さいころナマズに似ていてもナマズにはなれないんだよ」

あまりにも絶妙な例えに、安五郎はついつい笑ってしまった。

「確かにそうだ。しかし、世の中の言葉には鳶が鷹を生むというものもある」

「なるほど、確かにそんな言葉があるな」

「つまり、鷹として生まれてきた鳶を、鳶として扱っていいのか」

「では安五郎殿、その生まれてきた生き物が鷹か鳶かはどうやって見分ける。雛は同じ雛でしかない。大人になってからしか見分けられぬのだ」

終吉が言うことはもっともなのである。当時は義務教育があるわけでもない。そのために、生まれながら大名・商人・農民それぞれの子供は育ち方も全く異なるのだ。そしてその子供を、まだ言葉も話すことのできない赤子のうちに、鳶か鷹を見分けることなどは難しい。いや、難しいというのではなく、そこに選ばれる赤子で全く異なることになってしまうのである。

しかし、では今のままでよいのか。そもそも、身分とはどういうものなのか。四書五経には、為政者とはどうあるべきかは書いているし、その人間がどのようなことをすべきかは書いてあるが、どの子が、赤子のうちに見て王にふさわしい素質を身に付けているかを見分ける方法は全く書いていない。つまり、安五郎も終吉も全く学んだことはないのである。

「では、身分がなくなったらどうなるのであろうか」

安五郎は考え方を変えた。身分が必要なものならば、逆に身分がなくなれば、どうなるのか。何か不都合があるのか。それとも何もないのであろうか。

「なるほど、それは今の農民が武士の生活を送るということだよね」

「そうなる」

「当然に、武士や街の生活の方が豊かなように見える。実際はその中の人間関係とか、狭いところに多くの人がいるから、かえって上下関係とか、まあ、ご主人様と中間とかもかなり大変なんだけど、そんなことは農村からは見えないから、農民がみな街に来たがるようになる。そうなれば、農業をする人はいなくなり、そしてすぐに飢饉がくることになるのではないかな。そして物の取り合いが起き、それがひどくなって戦になれば、農民が戦わなければならなくなる。身分がなくなるのはいいことばかりではない。そのような悪い面も出てくるのではないか」

「悪い面ばかり言っていては良くないのではないか、終吉殿」

「安五郎殿、では、生まれながらに違うものを考えてみよう。例えば男と女子《おなご》だ。これが生まれた時には、裸なのでわかるが、そうでなければわからないではないか。では人としては同じであるからといって、同じようにしてしまってよいのであろうか。もちろん、人として同じことは同じようにすればよい。食べるものなどはそれでよいのではないか。しかし、女子はやはり家事を行い、将来子を産み育ててもらい家を守ってもらわなければならぬ。女子であっても有能な剣士もいるが、それは一部の例外でしかなかろう」

「おなご……か」

安五郎には進、終吉には芳、と好いた女性がいる。うまくいっているかどうか、その状況は違うが、魅かれ合っているということには変わりはない。しかし、同時に終吉と安五郎との間にあるような友情とは全く異なる感情である。そして、それは身分とも違い、生まれながらにして違うものである。

「安五郎殿、歩きながらにしないか」

悩み始めると、答えが得られるまで何時も動かなくなる安五郎である。しかし、思誠館の時と異なり、中間である終吉も、西方に戻らなければならない安五郎も、いつまでもいるわけにはいかない。

「ああ、そうだな」

安五郎は、自分が考えこんだらいつまでも動かない性格であるということを自分で忘れていた。それほど、ここ一年考えるという行為をしてこなかったのだ。いや、初めのうちはそれでも何とかしようとしていたのであるが、慣れない仕事ばかりで、考えている間に寝てしまうことが多かったのかもしれない。

えびす神社の石畳を、終吉の雪駄《せった》のこすれる音が心地よい。安五郎は道中用での草鞋《わらじ》で少し底が厚くなっているので、あまり音がしない。何かこういうところにも、今話題にしていた身分ということが表れているのかもしれない。思誠館に通っていた時とは異なり、服装や履物や身に着けている小物などが気になるようになっていた。それが成長なのかどうか、その身なりによって油の話をしていい相手かどうかを決めるという、商売に関する知恵なのかはわからないが、確かに学問をしていた時とは異なる自分がここにいるような気がした。

そんなことを考えながら四間道に差し掛かった。

「おうおう、油売りと武家の丁稚《でっち》さんよう」

高梁川の方から酔っ払った四、五人の男が歩いてくる。腰に刀を差していないので、町人であることはわかるが、揃いの法被《はっぴ》を肩に担いで、かなりのご機嫌で、周辺が酒臭い。夕方なので、まだ人通りも多いが、それでも皆が敬遠して遠巻きに歩いている。

「相手にするな」

終吉は、小声で安五郎に言った。安五郎は身分とか女子とか、そういうことを考えながら歩いていたので、その声も耳に入らないのか、終吉に肩を叩かれてやっと我に返ったようである。その時には、その酔っ払いの男たちに囲まれていた。肉体労働者であろうか、日焼けした黒い肌が、より一層腕の筋肉の凹凸を浮き彫りにしていた。そんな男たちが壁のように二人を囲んでしまったのである。

周辺には、徐々に野次馬が囲むようになっていた。注目は、この中の唯一刀を帯びている終吉が刀を抜くかどうかである。周囲の者たちは囃《はや》し立てるように何か騒いでいるが、酔っ払いの男たちがじろりとにらむと、野次馬たちも黙ってしまった。

「おおっ、お侍さんの丁稚小僧。刀に手をかけたな。斬れるもんなら斬ってみろよ」

終吉は何かあった時の守りと思い、刀に軽く手を当てたが、そこを見とがめてかえって酔っ払いたちが強気に出た。

「おい、喧嘩売ってんのか。武士だからって偉そうにしてんじゃねえぞ」

「そうだ、武士なんか俺らが働かなきゃ何も食えないじゃねえか」

酔っ払いたちは、囃し立てた。こうやって刀を抜かせ、そして少しでも傷を負えば、高い賠償金を取るというゆすり商売に違いない。終吉は必死に耐えた。

「おうおう、こんな出来損ないの油なんか売るんじゃねえよ」

中の一人は、終吉が動かないのを見て、安五郎の空の油桶を蹴飛ばした。

「お前、よくも安五郎の道具を」

終吉は刀、といっても本当に小さな刀を抜いた。安五郎も、油桶がなくなった天秤棒を持って立ち上がった。もうこれ以上は何もしないわけにはいかない。一年間油を搾油して、体がたくましくなったとはいえ、もともと喧嘩などはしたことがない。それに相手は五人、野次馬の中にも彼らの仲間がいるかもしれないし、また便乗してくる者もいるかもしれない。

「おう、おう、なんか面白そうじゃねえか」

刀を抜いて対峙している終吉の横に、やはり酒臭い男が野次馬の人垣から出てきて、その刀を持った腕をがっしりと握った。そして、もう一つの手で軽々と刀を取ると、元通りに終吉のさやに収めた。

これから喧嘩が始まると思った野次馬たちは、何も言わず息を呑んで見ているしかなかった。

「なんだお前は」

囲んでいた酔っ払いの中の威勢のよさそうな若者が、前に出てきた。

するとと後から来た、終吉の方に立った酔っ払いが三人出てきて、その威勢のいい若者の前に立った。威勢が良かった若者は、威勢に負けたのか、少し下がっていった。

「なんだお前ら」

「中丸の、俺とやる気か」

野次馬の中から、転がった安五郎の桶を持ちながら見慣れた顔が出てきた。自然と野次馬からは、「おお」という声が出ている。

「お前、成羽の辰吉」

中丸と言われた男たちの中でも、親方格が奥から出てきた。

「辰吉、こいつらと何の関係があるんだ。それとも通りがかりで、俺たちとやる気か」

中丸と言われた男は、笑いを浮かべながら前に出てきた。それに合わせて、取り巻きの若い衆が腕まくりをしている。

野次馬の中でも武士に反感を持つ者は、中丸という男の登場で一層盛り上がった。

「中丸、いや刑部の友蔵さんよ。この二人のこと知らんのか。学問や知性とは縁がないとは思っていたが、ここまでとは思わなかったよ」

「なんだと」

「友蔵、いや、このチンピラ入れて中丸と言ってやった方がいいか。この二人は、単なる奉公人と油売りじゃねえんだよ。去年まで藩校思誠館で神童として知られた阿璘と終吉だよ」

周辺の野次馬の中から、ため息に似た声が漏れた。野次馬の人垣の雰囲気が急に変わり、その多くが終吉と安五郎に靡《なび》いたようである。

「その神童君と、成羽の落ちこぼれが何の関係があるんだ」

「何言ってんだ。この辰吉様は思誠館の元門徒だったんだよ。そしてこの二人と兄弟みたいなもんだ。で、あえて言うが、兄弟をやられたらどうするかはわかってんだろうな」

辰吉はひときわ大きく、そしてドスの効いた声で言った。今度は、辰吉の方の若い衆が腕まくりをして友蔵に詰め寄った。中には、安五郎に会釈して、天秤棒を借りた者までいる。

野次馬たちは、そのドスの効いた啖呵《たんか》を聞いて、拍手喝采となり、歓声が上がった。

「そういうことなら、ここは引き下がっておくことにしようか」

友蔵は、状況が不利と思ったのか、そのまま若い衆をまとめて引き揚げていった。喧嘩かと思った血気盛んな若者たちは、しぶしぶ中丸について歩いて行ってしまった。野次馬は容赦なく友蔵たちに罵声を浴びせた。


「阿璘、大丈夫か」

たった今、強面の男たちに啖呵を切っていたとは思えない優しい顔で、辰吉は油桶を持ってきた。安五郎は力が抜けたような様子で、その場に座り込んでしまった。終吉は、しばらく刀の柄を握ったまま固まっていた。

「辰吉殿」

「たまたま今日は新見の大西屋というところで会合をしていたんだ。この辺の鉱山の会合でね。最近、会合に出ているると、阿璘がいたらどんなに楽で、短く終わるかと、毎回思ってるんだ」

徐々に野次馬が消えていった。

「いや、助かりました」

安五郎は、やっと辰吉にその言葉を言った。

「今日は、油の行商かい」

「はい。たまには、思誠館や安養寺に挨拶も兼ねてと思いまして」

緊張が解けた安五郎は、何を言っているか自分でもよくわかっていなかった。終吉も、表情は柔らかくなったが、筋肉がこわばってしまったのか刀の柄から手が離れなかった。

「おい、吉兵衛、お前は少しは品がいいから、竹原終吉殿を、若原様のお屋敷まで送ってこい。ちゃんと、会合の後までお世話になりましたと挨拶するんだぞ」

「へい、その後追いかけます」

「おう」

吉兵衛といわれた若者は、終吉の肩を叩いて終吉を連れて行った。

「さて、阿璘殿」

「いや、安五郎と名前を変えまして」

「そうか安五郎殿か。俺なんかずっと辰吉のままだよ」

辰吉は、何事もなかったように笑った。

「いや、別に阿璘のままでも」

「いや、ちゃんと安五郎殿といわなきゃならないな。で、安五郎殿はまだ思誠館の門弟なのかい」

「いえ、西方の実家を継ぎました。去年父が死んだので」

「そうか、それは変なこと思い出させて悪かったなあ。俺はな……」

聞けば、元々成羽の鉱山の仕事をしている父に言われ、お上のお触書などを読めるように寺子屋に通わされたが、乱暴が過ぎて寺子屋から追い出されてしまった。そこで辰吉の父は、もっと学問のにおいがするところならばおとなしくなると思って、親元を離れて思誠館に通うようにしたのであった。その時に松山藩から神童が来ているといわれ、何度も引き合いに出されて、腹が立ったり、感心したりであったと言うのだ。

それだけに思誠館の時分は、安五郎に対してついつい辛く当たったり、バカにしたりしてしまったという。辰吉の中でいつか安五郎を助けて、自分に「ありがとう」といわせるのが夢であったという。

「まあ安五郎殿は、今考えると松山藩のそして、苗字のない我々の宝だった。腹が立っていたのも、年下の安五郎殿への憧れとか嫉妬だったかもしれないな」

なにか懐かしそうに辰吉は言った。

辰吉の手下たちは、辰吉のそのような言葉を聞いて、改めて目の前にいる油売りを見直すように眺めた。

「そうですか。私がお礼を言うという夢は叶いましたね」

安五郎は笑っていった。先ほどのお礼は、本当に心から出たものだ。

「そうだ。今日はいい日だ。ところで、いつまで油桶持ってるんだ。おい、佐吉、思誠館の神童、安五郎先生のお荷物をお持ちしないか」

「へい」

佐吉と呼ばれた男は、安五郎の油桶を軽々と担ぐと、そのまま軽い足取りで歩いた。

「ところで、今日の会合はどんなものだったのですか」

「金や銀の鉱山はすべてお上の天領になっている。しかし、我々がやっているような鉄や銅なんかの鉱山は、松山藩や新見藩のお預けになり、たまに郡代様が見回りに来るんだ。鉱山をやっている奴なんざ、藩のお触れとお上のお触れ両方を気にしなきゃなんない。そこで、郡代様や代官様が来たときは、鉱山の寄り合いが集まってうまくやるんだ」

「うまく、やるんですか」

　商売人になってまだ間もない安五郎には、辰吉の言っている意味がよくわからなかった。安五郎は専ら学問の世界にいたので、世の中の埃をかぶっていないということであろう。でも、興味はあるようだがそのようなことよりも、学問に基づく正義感の方が先に立ってしまうであろう。辰吉は、思誠館にいたころの安五郎の雰囲気からそれを察した。

「そうか、阿璘は、いや安五郎殿はそういうことはわからないんだな。まあ、うまい酒を飲ませて、場合によってはそれ以上のおもてなしをして、そして機嫌よく帰ってもらう。鉱山のことやお上に納める取り立てのことなどはあまり深くわからないようにしてしまうということだ」

　辰吉はなんとなく言葉を濁した。代官を接待しながら自分たちもおいしい目に遭っていたのであろう。

「それでさっきの人々も」

「ああ、中丸か。あれは新見藩預かりの刑部鉱山の友蔵って、あまりいけすかない野郎だ。あいつの鉱山のところには、四角い黒の枠の中に丸が書いてあるから、みんな中丸といってるんだ。まあ、商売の屋号みたいなもんだよ。あそこの鉱山は鉛を出しているから鉄砲玉なんか作ってて、お上に近いから態度がでかい。だからすぐに喧嘩になるんだが、今まで俺たちが負けたことはないんだ」

「まあ、態度はでかいけど弱いからすぐに逃げて行っちまいますがね」

油桶を担いだ佐吉が、自分たちの方が強いとばかりに言った。周りの男たちは皆笑っていたし、安心した安五郎も一緒に笑った。そのまま、皆一緒に松山に向かって歩いて行った。帰る方向は同じである。

一人で西方まで歩くのと、大勢で歩くのは、全く違う。

「ところで、お礼を言ったついでに」

「ほう、あの神童の阿璘殿が俺に聞きたいって。皆、聞いたか」

「はい、親方。すごいですね」

辰吉は、わざと神童であった時の阿璘という名前を使った。あの神童に、自分が教える時が来るなどとは全く思っていなかったのだ。

佐吉は、追従《ついしょう》なのか本気なのかよくわからない誉め言葉を口にした。

「それで、安五郎殿、ご質問は何かな」

松陰の真似である。

「いや、身分というのは何故あるのでしょうか」

「身分ね。そりゃ、あった方がおさまりがいいのではないかな」

「おさまり、ですか」

「そう。こっちが偉い、こっちが従う。そういう順序みたいのは、決まっていた方がすべてのものが通りやすい。皆がお触れを出してしまっては、なにも治まらないだろう」

「はい」

「お役目なんだよ。お侍さんは、その役目をする。油売りは油売りの役目、そして親方は親方の役目があり、手下には手下の役目がある。それを決めていて、誰かが見ていて、その役目ではないなと思ったら、変えていけばいいのではないか」

「途中で変えるのですか」

「ああ、力の無い者が人斬り包丁を差していても仕方ないだろう。だから中丸の連中でも勝てそうな刀を差した終吉を見て絡んだのだ。役目をしっかりとこなすために、人は努力しなきゃならないのではないかな。人の上に立つものはこういう役目ということは、思誠館でたくさん学んだんだよ」

「なるほど」

「で、親が子供に様々教えるし、子供は親を見て育つ。だから、親方の子は親方になるし、武士の子は武士になる。それで、その役目をできなかったら、変わる。そういうもんでいいんじゃないのかな」

「いや、勉強になります」

安五郎は素直に言った。何か、今まで気付かなかったもう一つのこと、身分は変われば良いという簡単なことを、辰吉は、自分の経験や鉱山夫としての日常の中から教えてくれた。

昼に、松陰先生が何から学ぶかではなく、その時にあるものから何を学ぶかである、といったことは、こういうことであったのかもしれない。辰吉が粗暴であったというようなことで偏見を持っていては、このような教えを得ることはできなかったはずだ。そして、これで、次に進に会った時に伝える答えに大きく近づいたのではないかと思った。

「ところで、この桶の中の油、俺に売ってくれないか」

辰吉は真顔で言った。ちょうど西方と成羽で道が分かれるところである。

「油を。今日はもう空ですが」

「ああ、鉱山の穴の中では油が、まあ灯りが必要なんだ。どうせなら、これから神童の阿璘様のところで買おうと思う」

「それはありがたいが、なかなか油を作るのが大変で」

「それならば、うちの鉱山の奴が暇な時に手伝わせるよ。まあ、毎日というわけにはいかないけどな。それに、鉄、そう鉄で搾ってみたらどうか」

辰吉は、いきなりそのようなことを言い出した。

「鉄で」

「ああ、松陰先生が言っていただろう。何でも新しいことを試してみなければならないと。そういうもんだと思う。学問を活かさないと」

「そうですね。しかし鉄では重たくなってしまいませんか」

「そうだな。今まで木で搾っていたことはよく知っている。しかし、木で油を搾ると、木が油を吸ってしまう。それならば鉄を伸ばして木に貼って、木が吸い取ってしまう分も搾ってみたらどうだ。俺も意外と頭いいんじゃないか。何しろ、身分について神童の阿璘様に教えてしまうくらいだからな」

辰吉は、さも自分が安五郎よりも役に立つことを思いついたと言わんばかりの得意げな顔をしている。安五郎は今まで搾油機に鉄を使うことなど全く考えていなかった。だから辰吉の思っている通りに、その案が素晴らしいのである。その辰吉の顔は、すでに丑三つ時となっている真っ暗な中で、これから上ってくる朝日のように輝いている。安五郎が思い付かなかったことを思い付いたのが、よほどうれしかったのであろう。

「これ、油の代金だ。持って行け」

「いや、今日は何もありませんから」

「ならば明日、いや、明後日の油代の先払いだ。持って行け」

辰吉は、懐の金をすべて出して安五郎に渡した。

「これは多すぎます」

「気にするな。何しろ、お上とうまくやった後の残り金だよ。持っていてもどうせ博奕《ばくち》か何かに使ってしまうんだ。それなら、鉄で搾った油をに使った方が良い。それでいい。明日佐吉を搾油の手伝いに行かせるからそれでいいだろ」

「あ、はい」

「安五郎殿、商売人ならば金をもらったら、ありがとうございますだろ」

「はい、いや、ありがとうございます」

「今日は神童の阿璘に教えたし、その阿璘に二回もありがとうといわれた。なんていい日だ。こんなにいい日は二度と来ないかもしれないぞ」

辰吉は、何かすごく満足した感じであった。周りの若い衆も皆楽しそうである。

分かれ道で辰吉や若い衆たちは、皆大きく手を振って歩いて行った。安五郎は、一か月分の売り上げをはるかに超える金を懐に暗闇の中にいつまでもたたずんでいた。

4　人売

明けて文政四年（一八二一年）。現在と異なり日本は数え年の風習があった。数え年とは、毎年一月一日に全員が一歳年齢を増すという考え方である。この年の正月で、安五郎は数え年で十七歳になっていた。現在で言えばまだ満十六歳であるが、江戸時代では立派な青年である。農民であるために、正式な元服のようなものはないが、思誠館を退出するときに、安養寺で済ませている。すでに立派な大人である。

江戸時代、当然に成人の規定などはなく、また現代の日本のように法律で結婚できる年齢を決めているわけではない。要するに、安五郎もすでに結婚してもおかしくはない年齢になっていた。

「どうだ、隣村のおみよちゃんは。働き者で、気立てが良いというぞ」

叔父の辰蔵は、たまにそんな話を持ってきた。油売りをして、いつまでも独り身でいるわけにもいかない。家のことは何一つしないのであるが、なぜか実家の体裁ばかりを気にするつまらない男であった。

「叔父上、そのようなことばかり言われても困ります」

実際にすでに「大人」であり、商売をして自分で生計を立てているので、叔父であっても辰蔵に何かを言われるような筋合いはなかった。また父の五郎吉や母の梶ならば、そのようなことは言うはずがない。父母ならば、安五郎が学問の道を究め、天下に名を轟かせて山田家の御家再興することを望むに決まっているし、また、その邪魔になることはするはずがない。母の梶が死んだ際、一時五郎吉は学問をやめさせて安五郎を家に戻そうとした。しかし、それは何も知らなかった五郎吉が安五郎の学業に関して疑問を抱いていたためであり、才能がないのであれば早く家業である油売りを継がせるつもりであったに違いない。そのために、丸川松陰から学業の進み具合を聞いておとなしく引き下がっているのである。それだけ期待している安五郎に、油売りをさせているだけではなく、学問に理解のない嫁を貰って、子供をつくり、これ以上の負担を掛けることなどを強いることはなかったに違いない。

しかし、辰蔵という叔父は、病弱で普段何もやることがなかったために、他人の家のことばかりを気にして、その噂話やおせっかいを生き甲斐にしていた。厳格で、山田家に誇りを持っていた父五郎吉とは全く違う叔父にさすがに不満を隠せないし、また、その叔父の考えることは全く理解ができなかったのである。

「安五郎、いつまでも独り身で、油売りばかりしていては、世間体が悪いではないか。それとも男色の気でもあるのか」

一応、五郎吉の弟である。辰蔵も文字は読めるようだ。そのために、黄表紙本や人情本ばかり読んでいて、全く仕事などはしない。毎日、父五郎吉の残した遺産と妻の畑作業で命をつないでいるのだ。それでも、何か仕事をしようとしているのでもなく、全く何もしようとしない。そもそも、この辰蔵という叔父からは、病弱であるということを言い訳にした怠け癖と甘えしか見えてこないのである。

しかし、儒学を学んだ安五郎にとっては、そのような叔父であっても年長者であるので無視もできない。親など目上の人は敬う。これが儒教の教えであり、秩序の根源なのである。煩わしいと思っても、そのことを顔に出すわけにもいかない。

「まさか、男色の気があるなど、あろうはずがないではないですか。叔父上がそのようなことを言えば、それを真に受ける人が出てきてしまいます」

「そうか、ならばこの叔父が勧める女性に会ってみるとかはないのか」

安五郎は助けを求めるように、義母の近の方を見た。

もともと無口な近とは、まだ、あまり打ち解けて話をする関係ではないが、それでも特に難しい関係でもなかった。近は、何も父五郎吉が不義密通をしていたわけではないし、また、母の梶の存在を消すために来たわけでもない。近は母の親戚であり、当時、その家から嫁いだ女性が早くに亡くなり子供などの世話ができない場合、その縁者の中から独身の女性や出戻りの女性が選ばれて、半ば強制的にその家に入れられることがあった。特に身分の高い家柄の場合は家の中の女性の役割が少なくなく、家の事を潤滑に進めるため、縁者の女性が犠牲になったのである。

義母である近もこの時代の犠牲になった女性である。そもそも母梶は旧山田家に梶の実家から嫁いできただけではなく、二つの家を結び付け、山田家を発展させるために来ていたのである。しかし、その途中に梶が亡くなってしまった。梶の実家からすれば「最後まで役目を全うできない女性を送ってしまった」ということになり、その代わりの女性である近を送ってきたのだ。もちろん、このような制度には女性蔑視・男尊女卑などの批判があるが、当時の農村では自分の田畑を引き継ぐことを中心とした家を基盤とした制度であり、個人を把握して治める機能が政治にも経済にもなかった状況では、ある程度仕方がなかったのかもしれない。

義母の近は、そのことをよくわかっていた。本来は五郎吉が亡くなった時に実家に帰るという選択もあったに違いない。しかし、幼い平人が残されている状態で、それを置いて実家に帰るわけにもいかなかったのではないか。

「義母様も、叔父上に何か言って下さらないでしょうか」

安五郎は、近がそのような立場で家にいることもよくわかっていた。しかし、逆にその立場をわきまえすぎていたのと、安五郎から見たら、どうしても母梶と比べてしまい、学問への理解がないことが非常に不満であった。しかし、やはり安五郎は義母である目上の人を粗末に扱うことはできなかった。

「そう言われましてもねえ」

近は、まだ七歳の平人が走り回っている姿を見ると、何とも言えないという雰囲気で首を横に振るしかなかった。

「ほら、近殿も特に反対されぬではないか」

「はあ」

安五郎は深呼吸すると、覚悟を決めるしかなかった。何しろ御家再興などは眼中にない二人なのである。しかし、それを全く無視することもできず、おみよと会うだけは会っておこうということにせざるを得なかった。


「みよといいます」

二人が会うといえども、当時の西方に現代のような喫茶店などがあるはずがない。津々川の河原、お地蔵さまがある祠の横の土手に安五郎が座っていると、頬の赤い黒い瞳の大きな少女が辰蔵に連れられて現れた。一緒に来た大人の女性は、みよの母親であろうか。心配そうに見ている女性が、辰蔵の後ろに隠れるように立っていた。

「叔父上」

「安五郎、あとはゆっくり。我々はその辺にいるから」

「は、はい」

「おみよも、気に入られるようにしなさい」

「はい」

安五郎は、何かがおかしいと思った。ただその違和感は、安五郎自身が学問ばかりをしていて、女性と付き合うことが少なかったために、はっきりとその正体を知ることはできなかった。

「おみよ殿は、いくつになられた」

「はい、今年十一になります」

女の子でありながら、男の人のおさがりを仕立て直したものであるのか、縞木綿の少し大きめな着物を着ている。継ぎ接ぎが少なく、肘や膝の部分ではない所が擦れている。大柄な男性が着ていたものであったのだろう。

「十一ですか」

「はい、もう立派な大人でございます」

そのように答えるように言われたか、上目遣いで必死に話しているようだ。安五郎はその場に座ると、近くの大きめな石の上に、おみよを座らせた。当時でも十一であれば少し早いが、結婚をしてもおかしな年回りではない。しかし、まだ幼さが残るおみよには違和感を覚える。それほどみよはまだ子供であった。

「この花は何だかわかりますか」

その河原に咲く水仙の花を一輪手に取って、みよに渡した。

「きれい」

「水仙という花です」

「よく見ますが、名前は初めて聞きました」

そんなはずはない、と思ったが、まあ、そうやって幼く演じて喜ばせるように、叔父に言われたのかもしれない。

「『仙人は、天にあるを天仙、地にあるを地仙、水にあるを水仙』という唐の言い伝えがあります。この花のきれいな姿と柔らかい香りが、まるで『仙人』のようだという言い伝えから水仙といわれるようになったと聞きます」

これは、植物に詳しかった清水茂兵衛の受け売りである。まさか医術を志している清水茂兵衛の知識が、このようなところで役に立つとは全く思っていなかった。何が役に立つかわからない。何から学ぶかではなく、その場にあるものから何を学ぶかが肝要と松陰先生が言っていたことを思い出す。

「へえ、水仙というのは仙人のお花なんですね」

みよは、そう言うとその花びらに顔を近づけて仙人の香りを味わった。おみよの家の近くにも咲いている花である。しかし、その花の由来や名前を聞けば、また違った感じになるものである。

「みよは、もっともっと、そのようなことを知りたいです」

「学ぶことは面白いですか」

「学ぶ……それは何でしょうか」

みよは、普通に育った農家の娘である。それだけに、畑作業のことや家事の手伝いに関しては詳しいのかもしれない。しかし、学ぶということは全くわかっていないのである。安五郎には衝撃であった。幼い時から学ぶことが日常であった安五郎にとって、学ぶということ自体がわからない人がいるなどと思わなかったのである。そして、そのような人が祝言を上げる前提で、このようなところで男性と会っているのである。このまま自分が良しとすれば、二人の間に子供ができてしまう。そうすれば、学ぶことを知らない親に育てられた子供ができてしまう。その子供は、学ぶということ自体が何だかわからないということになってしまう。

ましてや化政文化の世の中、学問は実際の生活に役に立たない道楽であるというように言われてしまっている。その学問を活かして、国を統べるとは一体どのようなことなのか。

もちろん、学ばないということではない。みよであっても言葉を学んでいるからこのように会話ができるのである。しかし、学ぶということを知らなければ、学ばせるということもよくわからない。そして、学ぶ喜びもわからず、子供が学ぶことによって得られる喜びも理解できないのである。

それでも、安五郎はみよと会ってよかったと思った。いや、自分に気づかせてくれたということに感謝した。そしてぜひ、みよにも学ぶ喜び、知ることの喜びを知ってもらいたいと、そう思ったのである。

「おみよさんに、いろいろと教えられるように、私も様々学んでおきますね」

「本当に、うれしいです」

みよは、毎日畑仕事を手伝っているのか、日焼けした褐色の顔から、白い歯をのぞかせた。まだ幼いが健康的な体は、まるで、山々を駆け巡る小鹿のようである。その日焼けした肌が健康そうな肉付きをより一層際立たせる。

……違うな……

安五郎はそう思った。おみよの笑顔を見た瞬間に頭をよぎったのは、新見藩にいるはずの若原進であった。あの抜けるような白い肌、そして、あまり白い歯を見せない笑い方。身分の違いは、未だにわからないものの、やはり、生まれ育つ場所が異なると、ここまで女性というのは違うものなのか。自分には、やはり進の方がよい。他の女性と会うことで、進の良さや育った環境の近さがより深く自分の心に刻み込まれた感じだ。

「おみよさん、これを差し上げます」

少しの沈黙の後、安五郎はおもむろに懐からお守り袋を取り出した。安養寺の出しているお守り袋だ。以前、円覚にもらったものである。

何か二人の目の前にある津々川が、新見の高梁川に見えてきた。川の流れをずっと見ていていてもよいのであるが、それではおみよが困るであろう。緊張をしているのか、ずっと付き合って川の流れを見ているおみよが、何か違った意味で愛おしく感じた。

「これは」

「私が幼いころに暮らしていました新見にある安養寺のお守り袋です」

「そんなに大事なものを」

「いや、私はまた新見に行った時にもらってまいります」

みよは、紫色のお守り袋を両手で持って、穴が開くように見ている。何か文字が書いてあるわけではない。でも、そこに金糸で刺繍されている模様が、みよには珍しかった。いや、この地方では光る糸などは、お坊様かお殿様しか持てないものであると思っていた。

「本当によいのですか」

「もちろん」

みよは、黒く引き込まれるような目がなくなってしまうかのような笑顔を作り、嬉しそうにお守り袋を懐にしまった。

「大事にします」

みよはお礼を言って、母の待つ方に走って行った。

「どうでしたか、おみよちゃんは」

なにか意味ありげににやにやしながら、辰蔵が戻ってきた。

「どうって、別に。いい娘さんですよ」

「では祝言に」

「まさか。まだ手も握っておりません」

河原の土手の向こうの方に、母親と思われる女性と、みよが何か楽しそうに歩いてゆく姿が見えた。

「手も握らなかったのか」

「はい、何も初めて会って、いきなりそのようなことをしないでも」

「気に入らなかったのか」

何か、早急に決めなければならない事情でもあるのか、辰蔵はやけに気色ばんでいる。

「叔父上、何かあるのですか」

「いや別に」

そのように問い詰められると、慌てて背を向けて否定する。何かあるのであろう。でも別段何かあるというのが、自分に関係があるものではない。また辰蔵の都合で祝言を上げるわけではない。五郎吉が生きているわけではないので、我が家と相手の家との関係が何かあるわけではない。それだけに叔父の何か意味ありげな態度が気になった。

「本当に何もないのですか」

「で、次に会う約束はなかったのか」

「縁があれば約束などなくてもまた会いましょう」

「なんだそれは」

「もう一度聞きますが、本当に何もないのですか」

「ないよ」

辰蔵は、くるりと背を向けると、そのまま立ち去って行った。何かあるのかもしれない。しかし、あまり好きではない辰蔵を追いかけてまで問いただすことはしなかった。

その後、しばらくは何もなかった。安五郎も毎日菜種油を作り、そして売る生活を続けていた。

「お邪魔します。今日もまた油搾るのを手伝いに来ました」

あの日から、不定期に辰吉のところから数名来るようになっていた。あの時に、油桶と天秤棒を持って西方まで歩いてきた縁で、佐吉がいつも若い衆を引き連れてきていた。

「ありがとうございます」

家の横に搾油の作業場がある。この搾油の作業場も、佐吉たちが数日かけて作ってくれたものである。辰吉がそこまでやれと命じたのか、あるいは佐吉が気を効かせてやってくれたのかはわからなかったが、安五郎一人ではとてもできないものを作ってくれたのである。

「鉄製の搾り機もできましたよ」

鉄製といっても、油を搾る部分に使われた木の周りに、薄い鉄板を張り合わせたものだ。それだけでも、木が油を吸うことが少なくなり、今までに比べて搾油量が変わっていた。

「いつもすみません」

近がお茶をもって搾油場の方にやってきた。今までは、もっと狭い家の土間でやっていた作業が、佐吉が来たことで全く変わってきたのだ。平人もその作業を見に来た。

「平人も来たね。はい、お土産」

佐吉は子供が好きなのか、いつも何かお土産といっては、子供が喜ぶおもちゃを持ってきた。平人は大きな声でありがとうと言うと、すぐに作業場から外に出て竹トンボを飛ばしに行った。

「お前ら、ちゃんとやっておけよ。親方の鉱山の中で使う油だからな」

「へい」

三人の男が褌一つになって、油を仕込み始めた。

「佐吉の兄貴はどうするんで」

三人の中でも最も若い伊助が、当然佐吉もやるものと思っていた風に言った。

「何言ってんだ、思誠館の神童様の弟君だぞ、一人で遊ばせて怪我させるわけにはいかないではないか」

佐吉はそう言い残すと、そのまま作業小屋を出て行った。

「なんだよ兄貴」

伊助は、あからさまに不満そうな声を出した。鉱山労働の若い衆たちでも、油を搾る作業はかなりの重労働なのである。

「まあ、仕方ないよ。安五郎さんの弟さんに気に入られているのは兄貴だけなんだから」

若い衆の中で佐吉に年の近い正蔵は、ブツブツ言いながら、それでもさぼれば辰吉から雷が落ちるので、仕方なく作業に取り掛かった。近は、若い衆のために、手拭を用意し、冷たい水を水瓶一杯に運んできた。何度も何度も水桶をもって往復する近の姿に、若い衆は自然と自分たちも頑張らなければというように思っていた。

しばらくして、近所の行商から戻った安五郎は、作業小屋の前の広場で平人とともに遊ぶ佐吉を見つけた。

「平人、遊んでもらっているのか」

「うん、佐吉のお兄ちゃん、竹トンボ飛ばすのがうまいんだ」

「そうか」

油桶を下ろすと佐吉に目であいさつしながら、安五郎は作業場の中に入っていった。何か事故があれば、辰吉に申し訳ない。その間、近は佐吉を入れた五人分のご飯を用意しているのか、母屋から青い空に向かって湯気が二柱天に上り、そして空の上で一つになって消えていった。何か絵の中にいるような気分になる。

「ご苦労さまです」

「これは、安五郎先生。行商ですか」

「はい、すっかりお世話になってしまって」

「いいえ、お構いなく。こっちはやっておきますから」

「頭《かしら》には、安五郎さんに力仕事はさせるなと言われていますから」

若い衆は、先ほどまで佐吉に不平を言っていたのとは異なり、皆にこにこしながら安五郎に挨拶をした。若い衆は辰吉にはもちろん、その辰吉が尊敬する安五郎に本当に信頼を寄せていた。

安五郎は辰吉のところに行くと、その都度油を売りながら、若い衆たちに文字や学問を教えていた。もちろん学問とはいえ、幼いころ安養寺の境内で終吉が芳に教えていた小学か、せいぜい論語の素読までのことである。しかし、暗い穴の中で掘り出すことばかりであった彼らに、何か違う刺激を与えたことは間違いない。そして、徐々に彼らの中には文字が読め、書物に興味を持つ者が現れてきていた。

彼らの親方である辰吉も、思誠館の元門弟である。学問ができる仲間ができれば、幕府や藩のやりたいことも先回りしてわかるようになるし、役人と対峙しても負けなくなってくる。そのようなことを考えれば、安五郎は辰吉にとって強い味方であった。そのため、若い衆に安五郎に敬意を持つように教えていたのである。

「いや、油の仕事は私の仕事ですから」

「そんなこと言って、ここで作業させたらあっしらが怒られますよ」

安五郎が来たところで少し休憩なのか、若い衆は褌姿のまま搾油機から降りてきて、近の入れてくれた水を飲んだ。

「では佐吉さんのところに行ってきます」

「へい」

外では佐吉が草笛を吹いて平人に聞かせていた。

「お兄ちゃん、どうやって音を出すの」

平人も真似して音を出したいようであるが、それほど簡単なものではない。

「平人、あまり困らすのではないぞ」

安五郎の姿を見て、佐吉は慌てて草笛をしまった。

「ところで安五郎殿。隣の津々村のおみよちゃん。安五郎殿は知ってましたよね」

佐吉は、そのことを言っていいのか悪いのか、安五郎の表情をうかがいながら慎重に言った。

「あ、ああ、知っているというほどではありません。叔父の辰蔵が一度引き合わせてくれました」

「そうですか。いや、どんなご関係かなと思って」

何か隠している。安五郎は直感した。

「隠さずに教えてください」

「いや、先ほど、人買いに連れられて高梁川の方に行ったので、たぶんこれから高瀬舟で大坂か京の都か、あるいは江戸の岡場所に運ばれるんだろうと」

「なに、ちょっとここを頼む」

安五郎は、そう言い残すとそのまま走り出していた。

別に、隣の津々村のみよなど、好きなわけではない。しかし、自分に縁のあった女性が、岡場所と言われる女郎屋に送りになるというのはあまり良い話ではない。また会う約束をしたものの、そのままになっていた。それが実現せぬまま、二度と会えないかもしれない所に送られてしまうとは。そもそもみよはまだ十一である。そんな少女を売るなんて良いはずがない。

辰蔵はそのようなことは何も言っていなかったではないか。幼くして家族から離れて新見にいた安五郎、そして、その新見にいる間に父にも母にも先立たれてしまった安五郎にとって、家族に売られてしまい離れ離れになってしまう寂しさは、自分のことのようにわかるのである。

津々川と高梁川とが合流した少し下流、ちょうど現在のＪＲ方谷駅があるあたりに、高瀬舟の船着き場があった。

「おみよさん」

そこには、近郷の少女たちが一か所に集められ、野盗とも思えるような身なりの粗暴そうな男が数名で囲んでいる。よく見れば、逃げないように少女たちは手を縛られ、また腰に縄を回して数珠つなぎになっているではないか。

「なんだ、お前は」

「よいではないですか。逃がすわけではあるまいし。船が着くまでくらい見逃しておくんなさいよ」

乱暴そうな男が出てきたときに、その横から声を掛けたのが、なんと叔父の辰蔵であった。安五郎は全く信じられないという目で辰蔵をにらんだ後、みよに駆け寄った。辰蔵とその乱暴そうな男の関係はわからないが、しかし、声を掛けてくれたおかげで少し話ができるようだ。

「おみよさん、なんで」

「最近お米ができなくて、それでうちにお金がなくて。だからみよがお金を稼いで、お父っちゃんとお母っちゃんを楽させてあげないと」

「でも……でも」

上流から、高瀬舟が徐々に大きくなってきている。あの船が着くまでにみよに何を言ってあげればよいのか。まったくその言葉が見つからない。

「いいの、おみよは。安五郎さんとちょっとでも一緒にいることができたし」

そういうと、みよは懐からお守り袋を取り出した。あの安養寺のお守り袋だ。

「それは」

「安五郎さんから頂いた大事なもの。これを見て、そして水仙の花を見たら、安五郎さんを思い出しますね」

次の言葉が出る前に、粗暴そうな男が、安五郎を蹴飛ばした。

「そこまでだ、船だ」

少女たちは立たされると、牛や馬を引き立てるように、高瀬舟に乗せられた。

「叔父上、これはどういうことですか」

安五郎は胸倉に掴みかからんばかりに辰蔵に詰め寄った。

「そりゃ、安五郎がおみよちゃんと祝言を上げるなら、生活も安定するから何とかなるが、そうでなきゃ、家には生活があるんだ、しかたがあるまい」

「それにしても」

「おみよちゃんのところは、六人兄弟なんだ。こうでもしなければ、家族を養うこともできなきゃ、みんな飢えて死んでしまう。おみよちゃんだって、殺されるわけでもあるまい。世の中はそんなもんなんだよ。安五郎。お前があの時……まあいいや」

辰蔵はそう言うと、乱暴な男たちとともに舟に乗った。

高瀬舟は、無情にも高梁川の下流の方へと出て行った。これから、どのようなことがあるのかも知れない無邪気な笑顔のみよと、そして何か意味ありげに不敵な笑みを浮かべる辰蔵を、安五郎は舟が見えなくなるまで見送っていた。

「こんな、こんなことが許されていいはずがない。絶対、絶対に変えてやる」

今はまだ自分に力がないことを知っている安五郎は、ただ涙して地を蹴った。

5　祝言

津々村のみよが連れて行かれてしまってから、叔父の辰蔵は西方の家に姿を見せなくなった。

人の噂では辰蔵が娘を選び、大坂の人買いに引き渡しているという。辰蔵は、近在ではあまり評判が良くなかった。もっともそれが本業ではないが、病弱で何もすることがなく毎日暇を持て余していると、そのような悪い誘いに乗ってしまうのかもしれない。

「五郎吉さんが生きていた頃は、辰蔵さんを気味悪く思っていても、そうは言わなかったんだよ」

珍しく近が安五郎に様々なことを話してくれた。近在でも辰蔵がそのようなことをしていたために、後添えで来た近でさえ周囲にあまり顔向けができなかったようだ。しかし、安五郎が戻ってきてから成羽鉱山の若い衆が来て、安五郎の所に搾油の作業場もでき、油の品質も良くなってきていた。

そのうえ、近から聞いて初めて知ったが、佐吉たちは西方に来るたびに通りがかりの家々の困りごとの相談に乗り、田畑を手伝い、そして、道を掃除してゆくのだそうだ。

「安五郎さんに比べて、辰蔵さんはねえと、そんな風に言われていたのですよ」

近は、しみじみ語った。安五郎は、近が苦労しながらも様々なことを見ていてくれていることがありがたかった。しかし近とは、まだ何となく心の中のわだかまりは解けないので自分からは、気恥ずかしくてなかなか話し出せなかった。

「五郎吉さんも梶さんも、安五郎さんには学問の道を究めて御家を再興してもらいたいと思っていたんです。私がこの家に入ったからといって遠慮することはございません。ぜひ学問をお続けください。せっかく、成羽の皆さんが来てくださるのです。ご厚意に甘えて、御家を再興して大きく恩返しなさってはいかがでしょうか。その時は、辰蔵さんが迷惑かけた分も近在の皆さんに施してあげてください」

「あ、ありがとうございます」

安五郎は、そう言うのがやっとだった。

翌日から、安五郎はまた書物を読むことを再開した。安養寺から持ち帰って、家の片隅で埃をかぶっていた行李《こうり》から、何度も読み重ねた書物を取り出した。幼少の頃に来ていた着物などは色褪せていたが、書物だけは汚れもなく、思誠館に通っていた時のままの姿で安五郎を迎えた。

幸い、辰吉が鉱山の中の油を大量に買ってくれているおかげで、経済的にも困ることがなくなっていた。何よりも重労働の搾油を、佐吉や正蔵や伊助といった辰吉のところの若い衆が手伝ってくれるようになったので、時間的にも体力的にも余裕が出てきていた。昼は行商に行き、夕方から夜にかけては書物を読む。そんな生活がまた戻ってきた。そして、行商に行くときも懐に書を忍ばせ、ちょっと木陰で休む時に読むようになっていた

「また、書物を読むことを始めました」

月に一度は、新見の町に入り、思誠館と安養寺には必ず立ち寄るようにしていた。あまりの嬉しさに安五郎はちょっと得意げであった。

「安五郎殿、なぜ再び書物を読まれるようになられたのかな」

安養寺の円覚は、小僧に油を任せて安五郎を呼び止めた。

「なぜって。それは書物が好きだからです」

「安五郎殿、嘘はいけませぬな」

「嘘とは」

円覚は、いつも優しそうな目をしながら、鋭い言葉で安五郎を責めた。

「もちろん、拙僧にはわかりません。しかし、単に生活に余裕ができたから書を読めるようになったという話ではないように見えます」

「なぜそのように思われますか」

「声に憂いがあります。また、書物は何のために読むのか、以前の阿璘殿ならばそのことを最もよく知っておりました。書物を読む目的も言わず、読むようになったとだけ言うのは、何か不自然にございます。書物を読まねばならぬ事情があり、そして書物をより深く読んで今の世の中を変えようと思っていらっしゃる。まあ、この少し呆けてきた拙僧の思い違いかもしれませんが」

優しい言葉ではあるが、しかし、五歳の時から十年間、安五郎の子供時代にずっと生活を見てくれた親同然の人の言葉である。安五郎の性格もよくわかっていれば、癖も知り尽くしている。そのような人に物事を隠すことなどできはしない。

「円覚和尚、全くおっしゃる通りです。実は……」

安五郎は、書物を読める喜びだけではない、複雑な感情をそのまま言葉にした。そしてみよが人買いによって連れて行かれた話をした。別に、みよのことを好きであったわけではない。しかし、一度会ったまだ幼い娘が、手や腰に縄を打たれて牛や馬のように連れて行かれる姿は、どうしても自分の中で納得できるものではなかった。

新見にいるときは、そのようなことは全く考えなかった。そして、この町の高瀬舟は、常に珍しい物や新しい物が届く「希望」であった。しかし、その高瀬舟が少女の未来を奪う絶望の船になって下流へ向かうなど、安五郎の中では許されるものではなかったのである。何とかして、このような世の中を変えなければならない。安五郎は、淡々と、それでいて意志を強くして、そのことを円覚に伝えた。

「安五郎殿の学業は、まだまだ道半ば、いや、まだ山の麓、これから道を歩く一歩をやっと踏み出したところです」

「はい、全くその通りです。まだまだ力不足です」

「なぜ、まだ力不足なのであろうか。安五郎殿はどう思われますか」

「はい、私の力が至らぬからではないでしょうか」

「それだけであろうか」

円覚は、さらに安五郎に問うた。

「それだけといいますと」

「学問だけで物事が変わるのか。では、そのみよという少女の家が学問をしていたら、生活が豊かになったのか」

安五郎は何も答えなかった。学問があれば、生活が改善できるというものではないのだ。そのことは、油売りをするという今の生活になって、安五郎自身が最もよくわかっていた。

「拙僧も思う。皆が仏の道を究めて悟りを開けば幸福になるのではないか。そのため、まず自分が悟りを開くことを考え、このように安養寺にて仏に仕えているのだ。しかし、一向に悟りを開く人も仏の道を目指す人も増えてこない。この安養寺とて、武士や商人の庇護がなければ何もできません。そして、何よりも拙僧円覚自身が、いまだに悟ることができぬ」

「和尚様」

「のぼせ上がるな、安五郎」

円覚は、いきなり大声で安五郎を叱りつけた。安五郎にとって、懐かしい円覚の叱責である。手が出るわけではない。相手をゆっくりと諭し、そして最後に喝を入れる、それが円覚の叱り方である。

「安五郎、一人で何とでもなると思うな。多くの人が一緒にならなければ何もできぬ。国を変える、国を治める、それは大事なことである。しかし、治められる側のこともわからねば何事も変わらぬ。松陰殿は、そのことをよくわかっていらっしゃるから、単なる机の上の学問ではなく人々の生活を見るように指導しておられる。机の上の学問は一人でできる。しかし、社会を変えるのは一人ではできぬのだ」

「はい、肝に銘じます」

円覚は、そう言うと袂から紫に金糸の刺繍の入ったお守り袋を安五郎に渡した。

「何か困ったことがあれば、そのお守り袋を見て、おみよという少女を思い出すがよい。その時の無念、小さくなる高瀬舟を思い出し、そしてそのようなことが起きないように自らは何ができるか、よく考えよ。よいな」

円覚はそう言うと、勝手口から本堂の方に戻っていった。

油商売をやるようになってから、いつの間にか一人ですべてを行うということが身に付いていた。しかし、実際には、一人でできることなどは少ない。学問を修めても、それが領民に受け入れられなければ何の意味もないのである。改めて、学問の難しさを、松陰ならぬ円覚に教えてもらった気がする。

西方に戻って安五郎が最も感じたのは「叱ってくれる人の存在」である。叱ってくれる人がいることがどんなにありがたいことか。叱ってくれる人がいない、色よい言葉で近寄ってくる人ばかりであると、裏でみよのような事が起きてしまうのである。

円覚は、そのようなことまで安五郎に気付かせてくれたのである。


「ちょうどよかった。終吉殿が来ているのだよ」

円覚のところに寄った後、すぐ前の思誠館に立ち寄った。いつものように慎斎が笑顔で迎えてくれ、そして安五郎の油桶を預かって行った。通常の商いならば油桶ごと預けてしまうとごまかされる恐れがある。しかし、安養寺と思誠館はそのような心配はない。

「終吉殿が来ているのですか」

「ああ、終吉殿も会いたがっていたぞ」

慎斎は、そう促すと安五郎を玄関から招き入れた。勝手口に回る必要はない。油売りになろうと、思誠館の安五郎に対する扱いは門弟であった時と何ら変わりなく、温かく迎えてくれた。

「先生、お久しゅうございます」

「おうおう、安五郎殿か。ちょうどよいところに来られた」

松陰の部屋に入ると、松陰の前に終吉がかなりかしこまって、窮屈そうに座っていた。若原家の中間となっているので、背中に大きく若原家の家紋の入った上掛けを着ている。そして、その横には芳が座らされていた。しかし、芳は安五郎の姿を見るとすぐにその場を外した。安五郎は、その芳の座る場所を開けて、少し離れて座った。座る時に何気なく畳に手をついたところ、心なしか畳が湿っているような気がする。猛暑ともいえるほどの暑い夏の日である。もちろん長時間座っていれば、畳が湿ってしまうこともあるだろう。しかし、部屋の雰囲気を見れば暑さだけではないようである。

「安五郎、一カ月ぶりかね」

「はい、先生。毎回油を買っていただき、このように奥にまで通していただいてありがとうございます」

「いやいや、こちらも質の良い油で助かっているところだ。なんでも、辰吉殿と協力して質の良い油を作っていると聞いているが」

「はい、辰吉さんのところで出ました鉄を使って油を搾る道具を作りましたところ、それが非常によく、搾れる油の量も増えてございます」

「鉄で絞るなど、ここで教えた学問にはないが、辰吉殿と安五郎殿の付き合いは、まさに『子曰、君子周而不比、小人比而不周』（子曰く、君子は周して比せず。小人は比して周せず）というところであろうな」

「ありがとうございます。ただ私は、君子ではございませんので」

「いや君子、まあ、仁徳のある人を目指す。辰吉殿はそのことを見ているということではないか」

松陰は満足そうに言った。

芳がお茶を持って入ってきた。慎齋は、他の生徒の講義を受け持っているのであろう。松陰・終吉・安五郎、そして、自分の前にお茶を置いて、芳も元居た場所に座った。

「ところで阿璘殿。異なことを聞くが、この二人お似合いと思わぬか」

松陰は、突然そのようなことを言った。あえて安五郎を阿璘と呼ぶのは、松陰の私的なことや家族のことを話す時に限られていた。

「終吉殿と芳殿ですか」

安五郎は驚いた顔をした。終吉と芳が好き合っていることはよく知っている。しかし、その話が松陰から出るとは全く思っていなかった。松陰が二人を呼んで、この話をしていたのであれば、芳の座っていた畳が少し湿っていたのもわかる。しかし、終吉も芳も否定できるようなものではない。そもそも否定するのではなく、本当にお似合いなのである。

「あ、はい、確かに良いお二人と思いますが」

「阿璘殿、私もそろそろ歳だし、孫の顔も見たい。芳は歳をとってからの子供でかわいいから、ついつい相手を選んでしまうが、終吉殿ならば悪くないと思っているのだ」

「お父さん、揶揄《からか》うのはやめてください」

芳は顔を真っ赤にして怒った。しかし、真剣に怒っているのではなく何か照れ隠しのような感じだ。

「どうして。父である私が二人の仲を喜んでいるのだから、悪くないではないか。のう、阿璘殿」

「はい、良いことと思います」

安五郎も同意せざるを得ない。二人のことは、ずいぶん前から知っている。しかし、そのことを松陰までが肯定するとは思っていなかった。

「しかしなぜ突然に、終吉殿と芳殿の話をなされたのでしょうか」

「いや、先日街を歩いていたら、二人で並んで歩いているのが見えたので、物陰から少し様子を見ていたのだが、よく考えると芳も年頃であるし、仲が良かった清水茂兵衛殿も、この前、地元の郷士の女性と祝言を上げたという」

「先生、そう言われましても私、まだ若原家の中間でしかなく、祝言などという話は早すぎるかと」

「終吉殿」

終吉が否定をすると、その終吉を気遣う芳。これでは隠しているのか、松陰に認めてほしいと言っているのかよくわからない。

「では、どうすればよいのか」

「いえ、それは」

「私から、若原彦之丞殿に言えばよいのかな」

松陰は、何でもないことのように言った。彦之丞は終吉や安五郎から見て怖い相手であっても、松陰から見れば新見藩で、お互いに役目をもって藩に仕えている身である。

「は、はい」

「終吉殿、二人でどこぞへ行っていることを知らないと思っておるのか。この前も何か届け物があった時に、そのまま芳と出て行ったではないか。えびす神社で待ち合わせて歩いてゆくのを見ていたのだぞ」

「まさか、いや、うまく隠していたんだけどな」

終吉も芳も顔を真っ赤にして慌てた。もう見られていたのでは隠しても仕方がない。またこの場で一回を否定しても、他にも見られているかもしれないのだ。

安五郎もやっと納得した。若原家の中間として町中を走り回っていれば、自然と、藩校の思誠館に来ることも少なくない。そんな中で、松陰も何か気付いて、二人の仲が怪しいと思ったのであろう。もしかしたら、本人ではなく慎齋などが後をつけたのかもしれない。

もちろん年頃の男と女であり、終吉も、安五郎ほどではないが、それなりに学問の心得もある。また、郷士とはいえ苗字帯刀が許されている家柄だ。元々郷士で開拓などをしていた丸川家と釣り合わないことはない。この時代は、家という考え方が非常に重くのしかかってきており、家長の許しがなければ、結婚などはできない世の中であった。松陰は、あえて安五郎がいる前で、二人の仲を認め、二人の付き合いを認めたのである。

「阿璘殿、どうだ、ここまで見て二人はお似合いであると思うが」

「はい、先生がそこまでおっしゃるのであれば、終吉殿と芳殿であれば、良い夫婦になると思います」

安五郎も、やっとしっかりと答えることができた。何か、のどに刺さった魚の骨が取れたかのようなすっきりした気分だ。今まで隠していたことが、期せずして松陰の行動によって認められた感じだ。

「そうと決まれば、若原殿に挨拶に行かねばなるまい」

「父上、気が早いです」

今度は、芳が慌てた。

「いや、善は急げと申す。少なくとも、二人に目をかけてほしいと言うのに、時を置く必要もないだろう」

「まさに、『子路《しろ》、聞くこと有りて、未だ之《これ》を行うこと能《あた》わざれば、唯聞くあらんことを恐る』というものですね」

「公治長第五の十四」

安五郎が言えば、すぐに終吉が反応する。芳は、そのような二人の息の合った会話から、改めて終吉に惚れ直した感じだ。先ほどとは違う、あこがれの人に出会ったかのような女性の喜びから出る輝きを見せた。

「二人とも、ここは思誠館だが、今は講義の時間ではないぞ」

松陰も笑った。

「ところで、阿璘殿は、どうかな」

「どうといいますと」

「よい女子は見付けたかな」

終吉が何か言い出しそうになったが、安五郎はそれをきつい目で制すと、軽く首を横に振った。安五郎にすれば、これから終吉と芳のことで若原彦之丞に会う松陰に、それ以上の負担をかけることは望まなかった。終吉も自分のことだけではなく、彦之丞から娘の進まで取り上げてしまうことを松陰に言わせるのは良くないと気付いたので、その安五郎の制止に素直に従った。

「商売が忙しくて、まだそこまでの余裕はございません」

松陰は、少し困ったような顔をしながら、団扇《うちわ》で風を仰いだ。盆地に位置する新見の熱苦しい風は、団扇で仰いでもままならない。庭に水を打ったり、瓜を食べたりしていても、一向に涼しくならない。軒先につるした風鈴が、唯一涼しげな音を立てているだけである。

「学問よりも先に、子供を残さねばなるまい」

「はい。しかし、まだ先でもよいかと思います」

「そうかな」

「はい、松陰先生も、お歳を召されてから芳さまをお生みになっておりますので、私もそれからでよいかと思います」

「しかし、それでは学問がなかなか生きないぞ。いろいろと考えられよ」

自分のことを言われると、なかなか反論しにくいものである。松陰は、また少しせわしなく団扇を動かした。

「終吉殿も、なかなかやるなあ」

思誠館を出て、安五郎と終吉はそのまま街を歩いた。芳は、思誠館に残って松陰先生の世話をすると言っていた。何か親子の会話があるのであろう。油桶の中身はほとんどなくなっていたが、まだ少し残っている。暑いのは当たり前で、二人で話しながら暑さを忘れようというのである。

「照れるなあ」

「松陰先生が簡単に認めてくれてよかったではないか」

「ああ、でも旦那様の方が問題だから」

「それも松陰先生が何とかしてくれる」

一つの関門を無事に抜けることができれば、何か一つ肩の荷が下りたような気がして、気持ち的に楽になったようだ。

「おかげさまで、旦那様にも松陰先生にもお許しをもらって、芳殿と会うことができるようになる」

「それにしても、松陰先生は子供を作れとおっしゃっていた。あれは私だけに言った言葉ではあるまい」

「あの時は芳殿も赤い顔をしていたもんなぁ」

終吉は、そんな芳のことをかわいいと思っている。男性とはそのようなものである。

「これで祝言も近いだろう」

「さすがにまだだろう。やっと公に一緒にいて良いと、今日安五郎殿の前でお許しが出たところなんだよ。気が早すぎる」

「でも、それまでも会っていたんだろ」

「ああ。安五郎殿と進お嬢様よりはね。まあ、そちらは一月に一度だから」

「おい」

今度は安五郎が照れる番だった。進との関係はそのように発展的なものではない。何よりも身分差があり、お互いに好きでいても認めてもらえないような状況でもあった。もちろん、松陰にお願いすれば何とかしてくれたかもしれない。しかし、松陰にそのようなことを頼めるはずはないし、また、そのようなことを頼んで、若原家と思誠館の間がおかしくなることは、安五郎の望むところではない。そもそもその二つの家の関係を悪くしてしまえば、隣にいる終吉が最も悲しい思いをするのである。

「そろそろ。えびす神社に行く刻限だろ」

「ああ」

終吉は、えびす神社についてきた。もちろん若原の家に入る時には、終吉が一緒にいた方が入りやすい。なにか買い物に中間を伴って行っていたという方が彦之丞の目をごまかしやすいのである。

「お嬢様」

四間道に繋がる鳥居から進が姿を現したのは、それからすぐのことであった。

「安五郎様、いつも来てくださってありがとうございます」

この日は、進の雰囲気が何か違った。こんなに暑いのに何か青ざめた表情をしているのは、重い病か、あるいは何か困ったことがあったに違いない。しかし、横で先ほど関係を認められた終吉がいるために、その話がなかなかできない。

「お嬢様、この終吉、丸川松陰先生に芳殿とのことを認めていただきました」

それは良かったですね、と終吉はそう言って喜んでもらえると思っていた。そして、なかなか前に進もうとしない安五郎の背を大きく押したつもりであった。しかし、進はまじまじと終吉の顔を見ると、そのまま大きな目の端から涙をぽろぽろと落とし始めた。全く予想をしていなかった進の表情に、安五郎も終吉も戸惑ってしまった。

「私はあっちに……」

「いいえ、終吉さんもいてください」

何か必死に叫ぶような声である。いつも冷静で、落ち着いた武家の娘であるはずの進がこんなに取り乱しているのは見たことがない。終吉にしてみれば二人の邪魔はしたくないが、しかし、本家のお嬢様にそのように言われてしまえば、動くわけにもいかない。だいたい、自分の言葉が、進に最後の一撃を与えてしまったのである。何が良くなかったのか全くわからない終吉は、何をしてよいかわからないままその場に立ち尽くした。

「どうなさいました」

安五郎は一歩近寄って、進に優しく声を掛けた。

「ねえ、進をさらってください」

いつものように大きな瞳の中に、安五郎は吸い込まれるような錯覚を感じながら、進の口から出てきた言葉を反芻《はんすう》した。えびす神社のすべての音が消え、完全に時間が止まったかに思えた。まさか「さらって」ほしいと言ったのか。それはこのまま西方に連れて帰ってほしいということなのか。

なぜか突然、安五郎はみよのことを思い出した。みよも、縄でつながれて高瀬舟に乗りながら、自分をさらってほしいと願っていたのであろうか。安五郎は懐に手を入れ、先ほど円覚からもらったお守り袋を握りしめた。ここで何もしなければ、みよも、そして進までも自分の無力で不幸にしてしまう。学問でもどうにもならず、身分でもどうにもならない。自分はどうしたらよいのだ。安五郎は、進の涙を見ながら自問自答した。

「な、何があったのですか」

息が詰まりそうになりながら、安五郎はやっとのことで声を出した。

「父が」

そういうと、進はその場で泣き崩れてしまった。まるで子供のように涙を流し、声にならない声を上げて泣いていた。終吉は慌てて手拭を出すと、少し広げてその中でもきれいなところを器用に表に出して、進に手渡した。涙を拭いてほしいという意味合いであることは明らかであったが、進はそのままその手拭いで顔を覆ってしまった。涙を流し取り乱している自分を、安五郎にも、そして終吉にも、恵比須様にもみられたくはなかった。

「進殿」

それでも安五郎は、進を抱き寄せるどころか、手を握るのさえためらっていた。身分の差というだけではない。自分の手が今日も行商で油にまみれていた。

戦国の昔の斎藤道三のように、永楽銭の穴の中を通して油を売るような芸はとてもできない。どうしても、手のあちこちに油がついて黒くなってしまい進の着物を汚してしまうかもしれない。このような時に、自らが不器用であることを呪うしかない。またこのような時に限って、進は美しい黄色の召し物を着ているのである。

逆に、進は安五郎に抱きしめてほしかった、黄色の着物が汚れることなど全くいとわなかった。それどころか、安五郎の汚れた手で自分自身を汚してほしかった。油を売ることを商売にしている安五郎の臭いを染み込ませ、二度と竹原の家に戻れないようにしてもらいたかった。そして、その汚れとともに、武家の娘としての身分も消してもらいたかった。

このような時に、安五郎の妙に行儀がよく、そして気を遣う性格がもどかしく思えた。そして、なぜこのような人を好きになってしまったのか、そのことがかえって悲しみを深くした。

「父が、許婚を決めてまいりました」

「えっ」

先に声を出したのは終吉であった。いや、あまりのことに安五郎は声も出なかった。彦之丞は、安五郎とのことなど認めていない。そもそも、娘を武家ではない農民のところに嫁に出せるなどとは全く考えていなかった。安五郎は確かに優秀ではあるが、しかし、そのことで将来が変わるわけでもない。そして収入も安定しない貧農の家へ娘を出せば、それでも初めのうちはよいかもしれないが、しかし、そのうち子供が生まれ先立つものがなくなり、そして不幸に見舞われることになる。少なくとも彦之丞はそのように考えていた。

その彦之丞に対して反論をするために、進は安五郎に身分のことを聞いていたのだ。安五郎もそのことがよくわかっていた。そしてその回答が自分と進のことであるだけに、答えることに躊躇してしまっていたのである。

その答えを伸ばしていたことが、進を苦しめている。自分の身分が低いと蔑まれ、彦之丞に罵倒されるのは何とも思わなかったが、進がそのことで悲しむことは見ていられなかった。

「お相手は」

終吉は、恐る恐る聞いた。

「家老大橋様のご関係筋と父が言っております」

あまりのことに声が出ない。相手は新見藩の家老の一族である。もちろん、新見藩主関家の本家筋の家である、戦国時代の森武蔵守以来の名家である。今の安五郎が対抗できるような相手ではないし、またそのような気を起こさせるようなものではなかった。普通に考えれば、大橋家の方が、はるかに良いに決まっているのである。

「でも、でも、阿璘様。私は阿璘様とともに暮らしとうございます。でも、父には逆らえません。ぜひ、この私をさらってください」

風が吹いた。蝉が一斉に鳴くのをやめ、えびす神社の木々がゴーッと音を立てて揺れた。

自分たちのことをわかって、えびす神社の神がそのように動かしたのではないか。安五郎には、そのように感じられた。終吉がいることも構わず、安五郎は汚い油まみれの手で進を抱きよせた。

進も、やっとの思いで巣に戻った小鳥のように、安五郎の胸の中に顔をうずめた。安五郎の胸に顔をうずめたのはこれが初めてであった。安五郎の少し汗臭い、そして、思誠館に通っていた時に比べてたくましくなった胸板は、進が思っているよりも温かかった。その温かさに、進は初めて本当の幸せを感じた。もしかしたら、この時が最も進にとって幸せであったかもしれない。頭の簪《かんざし》が揺れて、そこに神が宿っているかのように、きらきらと光った。

「しようがないなあ。俺がさらってやるよ」

いきなり終吉が言った。しばらくこのまま二人の時間にしてあげたかったが、長い時間それを許してもいられなかった。誰か来るかもしれない。そして彦之丞が大橋家の縁者との縁談を持ってきているのに、安五郎と進がこのようなところで抱き合っているのを見られては大変なことになる。このような時に何か笑える気の利いた話ができればよいが、急には思いつくものではない。

「何を言い出すんだ」

さすがの安五郎も進の体を離していった。

「終吉殿は、芳様とご一緒になられるのではありませんか」

あまりの意外な言葉に、せっかく幸せを感じていた進も、終吉の方に向き直った。

「馬鹿だなあ。本当に阿璘殿は、昔から四書五経はすごくよくできていたが、普段の生活のことや人の心のこと、世間のことは全くわからないから困るよ」

そういえば、このように三人で話していた時、必ず清水茂兵衛が間に入ってとりなしてくれていた。社会的な常識は、終吉の方がある。その調整をうまく行っていたのが茂兵衛であった。

「だいたい、今日は久々に松陰先生のところに伺ったから、今、進様がいなくなれば、安五郎がさらったとわかってしまう。当然に彦之丞様は、安五郎のいる西方に、進お嬢様を返せと押しかけるであろう」

「そうだな」

「父上ならば、そうかもしれません」

進も父彦之丞の気性をよく知っているだけに、終吉の言うことはわかっていた。

「でも、俺がさらったとなったらどうなる。中間である俺ならば、何か別の用事で外に出て、そして、そのままどこかで進お嬢様と落ち合って、西方にお連れすることができる。そして西方に届けた後、俺は松陰先生のところで匿《かくま》ってもらう」

「そのまま芳殿と一緒になるということか」

策略めいたことを言っても、終吉である。ちゃっかり、自分のことも計算に入れているのである。

進は、やっと笑った。安五郎と同じことを思って、終吉のやさしさと、そのちゃっかりした性格が可笑《おか》しかったのであろう。

「でも、それでは終吉殿が困るのではないか」

「まあ、若原様の家には戻れないだろう。でも、思誠館で使ってもらうことはできる。俺だって、一応学問の道を志したわけだし、安五郎殿ほどではないにしても、それなりに四書五経を語れるというものだ。それに俺はここに残って、若原様が西方に行きそうなときは、すぐに知らせに走らねばならぬ」

もう笑うしかなかった。三人は、さっきまでの絶望的な思いを忘れたように笑った。

「そこまで言うならば、終吉に何か策があるのであろう」

「ないよ」

「えっ」

進も安五郎も驚いた。何か名案があるわけでもない。でも、自分が進をさらって安五郎のもとに連れて行くというのである。

「ありがとう。策がなくても頼むしかなさそうだな」

「いや、阿璘にいや、安五郎殿に頼まれたよ。彦之丞様に阿璘殿を連れて来いといわれた時も嬉しかったが、その阿璘殿に頼りにされるというのも良いものなんだなあ」

終吉は悦に入って喜んだ。まるで、あの時の辰吉のようである。

「進殿、またお会いできますね」

「ちょっと終吉殿には不安ですが、でも大丈夫です。一人でも安五郎様のいる西方に参ります」

終吉のおかげで、なにか大きな希望が生まれたような気がした。

それから、一月くらい経った頃であろうか。暑さが少し和らいだ季節になった。

「ここが、安五郎さんのお宅かな」

佐吉らが搾油をしていると、母屋の方に丸川慎齋が入ってきた。

「はいはい、どちら様でしょうか」

近は土間の小上がりに煎餅のように薄くなった座布団を出し、そして慌てて白湯を出した。少々お待ちくださいといって、近は作業場の方へ行ってしまった。

まさかこんなところに安五郎が暮らしているとは思えないほどの、貧相な家である。この西方の郷では平均的か少し良い家なのであろうが、新見の思誠館に比べれば、とてもとても人が満足に暮らせるような場所には思えない。

「慎齋先生」

安五郎は要領を得ない近の案内では何だかわからず、褌一つで作業をしていた状態の上に、着物と下帯を巻いただけの格好で入ってきた。訪ねてきたのが丸川慎齋先生であったとは思わなかったのである。

「いや、今日はちょっと立ち寄っただけです。届け物があって」

「届け物ですか」

「はい、かなり重要なものだから、私が自ら届けに上がったのです」

慎齋が自ら来たということは、よほど何かあるのか。そしてその届け物とは何か。

「さあ」

立て付けの悪い引き戸を開けると、そこには終吉と芳、そして若原進が立っていた。それに、成羽の辰吉までいたのである。

「親方」

慌てたのは、安五郎だけではない。搾油している佐吉や伊助たちも、まさか今日、自分たちの親方である辰吉が、西方に来るなどと思っていなかった。そういえば、辰吉は昨日、新見に行くから鉱山採掘は休みにすると言って、佐吉たちは搾油を手伝いに来ていたのだ。

「佐吉、お前は作業場で搾油しておけ。用があったら呼ぶ」

「はいっ」

佐吉と正蔵と伊助は、脱兎が飛び跳ねるがごとく母屋から出ると、慌てて作業場に入ってしまった。そして、普段ならば作業をしながら扉は開けるはずなのに、まるで鬼ヶ島から来た鬼から隠れるように扉を閉めてしまった。

「進殿」

「さらわれて参りました。私が届け物です」

赤い着物に旅装束で立ち尽くしている。家の中に入っていいかもわからない。いや、若原邸しか知らない進にとって、このあまりにもみすぼらしい、倒れそうな家が本当に人の住む家なのかも疑わしかった。しかし、自ら進んでさらわれてきたのである。

「どういうことですか」

「聞きたいのはこちらの方だ。安五郎殿」

慎齋は、あらかた終吉たちから話を聞いているようではあった、しかし、安五郎から直接話を聞きたいと思っていたのである。

「いや、先日思誠館にお邪魔した時に、終吉殿と芳殿の話を伺いまして」

「そんな話はよい。いや、父松陰は、なぜあの時に言わなかったとかなり怒っておったぞ」

確かに、あの時に言っておけばこのようなことにはならなかった。すでに、松陰も知るところとなっており、松陰から若原彦之丞のところにも話が伝わっているということに他ならない。

「だいたい、事前にいろいろ言ってくれないと。俺と終吉で進殿を乗せた駕籠《かご》を担ぐのは大変だったのだぞ」

辰吉は、それでもまんざらではないように、ちょっと自慢気に言った。

「親方が直接駕籠を担いだのですか」

「当たり前だ。松陰先生から手紙をもらって、そのうえ安五郎殿の大事な品物をさらって届けるといったら、他の若い衆なんかに任せられるか」

言葉はきついが、終始笑顔である。

「いや、こんなところで油を搾りながら学んでいるのか」

「お恥ずかしい限りです」

慎齋は、家の奥にある書見台と行燈を見て言った。このようなところで、平人のような幼い子もいて、その中で学問の道を目指すのは大変なことであろう。

「こちらがお母上ですか」

「義理の母で近と申します」

近にしてみれば、いきなり何があったかわからないが、立派な人々が現れ女性を連れてきたのだ。

「お義母様ですか。私、今日から、ここに住まわせていただけますでしょうか」

進は、少しはにかんだ表情で、頬を赤く染めた。

「あんたにこんな粗末な家、住まわせられぬでしょう」

近は何のことかというような目で、農家ではまず見ない白い肌の娘を見た。いかにも武家娘という姿は、とても田舎の農村には似合わない。

「そう思ってこれも持ってきたよ」

辰吉は別に畳を四枚持ってきた。

「これで不足ならば、新しい家を建ててやるよ」

「辰吉さん、西方の皆さんに嫉妬されてしまいます」

「ほんに、それは困るのう」

近もそう言って笑いを誘った。

「彦之丞様は大丈夫でございますか」

安五郎は、心配そうに慎斎に聞いた。

「それは父が、いや、松陰先生がしっかりとやってくださっています。まあ、ここをいきなり新見藩の侍が襲撃することはないでしょう。しかし……」

慎斎は、そう言うとにやりと笑った。

「進殿を泣かせるようなことがあったら、彦之丞様だけではなく、この辰吉や松陰先生も皆で押しかけ安五郎殿を責めると思いますよ」

「それは大変だ」

「俺もそうだから」

「なによ」

安五郎の後に終吉と芳が言葉をつなぎ、安五郎は笑った。

「進殿、武家の家とは違い、大変であると思いますが、本当に大丈夫ですか」

「覚悟はできています。よろしくお願いいたします」
この日、父若原彦之丞の決めた許婚から逃げて、進は苗字も家柄も身分も捨てて安五郎のところに来た。若い夫婦の門出を、多くの人が祝ったのである。

6　異国備

備中松山城は、現在の岡山県高梁市にある臥牛山の四つの峰に跨る典型的な山城である。もともとは仁治元年（一二四〇年）、当時備中国有漢《うかん》郷の地頭、秋庭三郎重信が築いたと伝わる。安五郎の先祖山田大和守重弘が源範頼に従って、英賀郡の領地を頂き佐井田城を築いてから五十年後ということになる。その後、戦国時代には毛利の武将小早川隆景が領し、関ケ原の戦いで毛利が周防と長門に減封された後に、松山城は小堀氏、池田氏、水谷氏、安藤氏、石川氏と城主を変えながらも備中の要の城としての地位を維持し、延享元年（一七四四年）から板倉家が五万石で治める松山藩の藩都となっている。現在でも山の上に立つ天守閣や城郭建造物は美しく残され、条件があえば雲海の上に浮かぶ「天空の城郭」として、観光客の目と心を楽しませるには十分であり、城郭ファンにも人気の高い山城である。

時の藩主板倉勝職《かつつね》は、文化元年（一八〇四年）に父の死後、松山板倉家六代藩主となった人物である。板倉家の祖である板倉勝重《かつしげ》は、三河以来の譜代の臣で、家康から内政や民生において最も信頼のおける人物として、家康が駿府に移れば駿府町奉行に、そして江戸に移れば江戸町奉行としてその手腕を振るった人物である。

板倉勝重の御政道は、物事の模範として「板倉政要」として後世に伝わっている。現在「大岡政談」として伝わる三方一両損の逸話なども、ほぼ似た話が「板倉政要」に収められており、大岡政談がそれを模範にしたのか、あるいは大岡忠相が板倉勝重の政治を真似したのかといわれるほどである。それほど、板倉勝重の政治は人情と道理にかなった政治であり、戦国時代から江戸時代の初期で、浪人がまだ多く血の気の多い城下町をうまく収めたのである。その人徳と内政は朝廷でも重視され、従四位下侍従という冠位を受けることができた。現在でも、備中松山城下に勝重・重宗《しげむね》父子の霊を祀った八重籬神社《やえがきじんじゃ》が建立され近隣の人々の崇敬を集めている。

しかし、この時代の藩主板倉勝職は、先祖と比較するのは失礼なほど優秀な人物ではなく、どちらかといえば暗愚と評されている。三河以来の譜代の地位にある板倉家に胡坐《あぐら》をかいてしまい、藩政においては奢侈《しゃし》に流れ、淫らな行為を重ねて藩財政を悪化させていた。藩内でもあまり評判は良くなく、領民は重税に悩まされていた。

みよの父が金に困って、みよが人買いに買われてしまったのも、この板倉勝職の暗愚な政治による重税のためであったが、そのことはまだ安五郎の知るところではない。勝職の治世においては、松山藩下において珍しいことではなく、そのような事態に領民も不満を持ちながら慣れてしまっていたところがあった。

「昨年、水戸様のところの大津浜にエゲレスの船が来て、日本人を殺して食おうとしたらしい。怖いことですなあ」

「いや、それは大変なことですな」

文政七年（一八二四年）水戸藩領大津浜（現在の茨城県大津町）にイギリスの捕鯨船が近づき、

十二人の水夫が上陸してきた。水夫たちは真水と野菜の不足から壊血病にかかってしまい、やむなく上陸したのである。しかし、これが水戸には「人を殺しに来た」と伝わり、水戸藩校弘道館の藤田幽《ゆう》谷《こく》は、国を守るために外国人を征伐すべしと考えた。そして息子で、後に水戸藩主徳川斉昭の懐刀といわれ、橋本左内や西郷隆盛、山内容堂など幕末の志士に大きく影響を与える当時十九歳の藤田東《とう》湖《こ》に、「異人を斬ってこい。そして裁きを待て」といったと伝わる。その藤田東湖が若者を集めて水戸の大津浜に着いた時は、水戸藩はイギリス人に食料と水を与えて船に戻した後であったので、刃傷沙汰にはならなかったが、このことから藤田幽谷・東湖親子の思想は、大きく攘夷論に傾くことになり、水戸脱藩浪士が様々な事件を起こすことになる。もちろんこれから後の話だ。

「そのようなことがあったのでは、この板倉も備えなければなりませぬな」

江戸城内の雁間《がんのま》に詰めていた板倉勝職は、他の人が何も言わない間に、そのように意気込んで話をした。

「さすがは三河以来の板倉殿ですな。その意気は素晴らしい。ただ、板倉殿の領国は山の中で、なかなか異国船は現れないと思いますが」

詰め所にいる多くの大名や旗本からは失笑が漏れた。

「何がおかしいのじゃ」

「いやいや、よいのですよ。ぜひ、領国に戻られたら西国の大名に先駆けてやっていただきたいものですな」

そう言いつつ、陰では多くの人々の笑いの種になっていた。

板倉勝職が、参勤交代明けで松山に戻って数カ月が経った。板倉家は譜代でありながら、勝職の評判があまり良くなかったので、老中などの役職も期待されていなかった。よって江戸に留まる理由はあまりなく、地元に戻ってくることができた。一方、幕府はこの時に大津浜事件を受けて「異国船打ち払い令」を出した。当然にすべての藩、特に、海に面している藩に厳しく命じたのである。板倉勝職は、その幕府の命を受けて近隣の藩を松山に呼び、指導しようとしたのである。

「いや、恐ろしいことですな」

岡山藩の池田斉政の家老土倉一昌が、まるで人ごとのように声を上げた。

いかに大藩といえども、外様の池田家にしてみれば譜代の板倉家からの呼び出しであるから、それなりに尊重しなければならない。そこで、鳥取藩家老池田之昌の三男であり、血筋も悪くない土倉を寄越したのだ。もちろん池田家にも異国船打ち払い令のお触れが来ているので松山に来る必要はない。土倉にしてみれば、板倉勝職の話の進め方なども面白くなく、内容も知っていて新しいこともないので、どうしても勝職を見下した態度になってしまう。何とか気持ちを抑えて出た言葉がこの一言である。

「まあまあ、土倉殿。江戸からのお話ですからもう少し話を聞きましょう」

新見藩の大橋伊代守が声を上げた。土倉は、大橋の方を一瞥するが、その後ろに、この辺では名高い儒学者である丸川松陰が座っているのを見て、それ以上の口を慎んだ。

丸川松陰は岡山藩でも名が通っており、藩校閑谷学校でも丸川松陰を招聘したほどである。この頃は、大名や家老などの会合の中に、松陰のように高名な学者が呼ばれることが少なくなかった。学者は常識的な判断を下し、藩に忠誠的な話よりも先に、学問に忠実な話をすると信じられていた。学者であるから、決定権はないものの、政治的な事情がなければ高名な学者の言に従った方が無難という判断もあったのであろう。日本は今も昔も、権威者に対する扱いや認識は変わっていないのである。

この場において、岡山藩の士倉はまさか高名な丸川松陰自身がこの場に来るとは思っていなかった。これ以上板倉をばかにした発言をし、松陰に何か小言を言われては岡山藩の恥になってしまう。

「では、板倉殿、続きをお願いいたします」

「それでは、薩摩藩においても……」

あまり優秀ではない人物の話は長い。同じことを何度も話し、またその話が脈絡もない方向に飛んでしまって、結局何を言おうとしているかわからないような場合が少なくない。まさに板倉勝職がその典型であった。そこに参加している備中国の多くの大名や家老は、皆飽き飽きしていた。中には、欠伸《あくび》をしているものも出てきていたが、それでも丸川松陰はしっかりと勝職の話を聞いていた。松陰が姿勢を崩さずに聞いている以上、他の者も姿勢を崩したり不満の色を見せたりはできない。欠伸は仕方がないにしてもさすがに眠って船をこいでいるような者もいなかった。おかげで、勝職は悦に入って話していた。

近隣の藩といっても、多くは池田家の支藩か新見藩などの小藩である。中には美作国の津山藩のように海に接していない藩もある。木下家の足守藩などもあり、異国船打ち払いといえども、船が来ない藩もあるのだ。その中で延々と海と船の話をしているのである。多くの参加者が早く終わらないかと、障子の外を眺めたりし始めた。また、話をしている場所も悪かった。臥牛山山頂にある松山城であれば、山の上であるから風が通り涼しかったかもしれないが、多くの人に山を登らせるのは不便であるということから山麓の「御根小屋」といわれる御殿でこれらの会合は行っている。普段の政務もこの「御根小屋」で行っていて、勝職自身、ほとんど松山城に上ったことはなく、山の上の城は見上げるだけの飾りとなってしまっていた。町中の程よい暖かさは自然と睡魔に襲われる結果になるのである。

「ということであるから、瀬戸内に異国船が来た場合は、速やかに打ち払うことを幕府より申し受けてまいった次第である」

「かしこまりました」

参加者のほとんどが話を聞いていない中で、ずっと姿勢を崩さずに聞いていた丸川松陰だけが声を上げた。土倉一昌は、とうとう眠ってしまい、船をこいでいる始末である。

「おお、松陰殿、わかっていただけたか」

「はい、かしこまってございます。しかと藩主関備前守成煥《しげあきら》に伝えます」

松陰が畳に両手をついて頭を下げると、土倉をはじめ他の者も、皆はじかれたように頭を下げた。寝ていたのでなんだかわからないが、松陰が良いと言っていればそれでよいのではないか。何か重要なことは、後になって新見藩に聞けばよいのである。

「ところで松陰殿」

頭を下げたので、このまま帰ることができると思った多くの参加者は、勝職が松陰を呼び止めたのでがっかりした表情を浮かべた。まだ話が続くのか。

「はい」

「新見藩の貴殿に聞くのはあまり良いことではないが、こと異国船にかかわることであり各藩協力せねばなるまい。そこで、この松山藩に良い人物を紹介いただきたい。貴殿の思誠館にこの松山藩にふさわしい人物はおらぬであろうか」

勝職は、本当に困った声で尋ねた。

「板倉殿は、少し遊びが過ぎるからではござらぬか。まず、それをお控えあれば、財政も良くなりましょうほどに」

話を聞いていた土倉は、嫌味たっぷりに声を掛けた。この土倉という人物は、勝職を下に見ているだけでなく、よほど嫌っているのであろう。それに、この近隣では岡山藩の閑谷学校の方が格も高いし、良い人材を輩出しているという自負があった。それだけに、新見藩の丸川松陰に声を掛けたことに、土倉は不満を持ったのである。

一方の勝職も岡山藩を嫌っていた。確かに、藩祖池田輝政公以来の雄藩であり、閑谷学校はこの当時でも素晴らしい教育施設であった。しかし勝職にとっては、この土倉が最も嫌いな人物である。また、譜代板倉家としては、雄藩といえども外様大名に頭を下げるのはプライドが許さなかった。それならば、学者として高名な丸川に対する方が頭を下げやすい。

そのような気持ちから、勝職は土倉一昌の方を一瞥すると、その言葉を完全に無視し、丸川の方に向き直って言葉を繋いだ。

「いや、岡山の閑谷学校もあるのだが、あそこよりも丸川先生の方が信用できますからな」

勝職は、わざと土倉に聞こえるように言った。丸川松陰は、一瞬この二人の無意味な格の争いに眉間にしわを寄せた。しかし、そのような無意味な争いを無視し、自分のやれる範囲のことを言うことにした。

「さすれば、数年前まで新見の思誠館に、松山藩から来た神童がおりまして。子供の頃から大学の言葉をそのまま暗唱するほどでございました」

松陰はもう一つ野望があった。その野望を遂げる絶好の機会であることは間違いがない。

「ほう、そのような子が松山に」

「子といっても、今は、二十を超えていると思われます。まだ粗削りではございますが、また学問をさせれば、きっと板倉様のお役に立つものと思われます。もしかすれば、この松陰よりも優秀かもしれません」

「ほう、して、どこの御子弟か」

板倉勝職にしてみれば、当然にそのような学問の素質のある子どもは、自分の臣下の武家の子供に違いないと思っていた。少なくとも郷士であると思ったのである。自分が今まで見てきた者やその子弟には、丸川松陰が認めるような人は思い当たらない。自分の知らない下級武士の子供が、何か無理をして隣の藩の藩校に行ったのではないか、それくらいに考えていたのである。

「いや、農民の子でございます。名は安五郎」

「農民、だから苗字がないのか」

「はい、今は西方の郷で菜種油を売ってございます」

「菜種油をのう」

勝職は、どうも気が進まなかった。自分が農民に何かを習う。そのようなことは譜代大名としてのプライドが許さなかった。

「板倉殿には農民の若者がお似合いではないか。酒色に溺れ遊んでばかりいないで、土を耕してしっかり働けということでござるよ」

土倉は下品に笑いながら言った。

「土倉殿、岡山池田家の御家中では、人を見ずに、職や住む場所で人の価値をお決めになるのであろうか。真実を知ることもなく、伝聞と思い込みで物事を判断しているようでは、板倉様の言われる通り、閑谷学校も今後人材を輩出するのは難しいかもしれませぬな。そういえば岡山の藩祖池田輝政公は、農民出身の羽柴秀吉公に仕えていたはずですが、時が経ち、雄藩の扶持を長く頂いていると、そのようなことを忘れてしまわれるのであろうか」

松陰は、凛とした声で、広間全体に響き渡るように言った。この松陰の言葉に、土倉も黙るしかない。松陰の言う通り、その人物も知らず、身分と住む場所で物事を判断していては、良い人材などは見つからないのである。

「そんなに素晴らしい人物でございますか」

足守藩主の木下利徳《としのり》である。この人物は伊勢国、津の藩主藤堂高嶷《とうどうたかさと》の子であり、木下家を継いでいる。津の藤堂家は初代藤堂高虎から人材と機転で家を栄えさせる家であったため、優秀な人材、それも農民出身で「安価」な買い物をすることができるのであれば、すぐにその話に興味を持つ。

「それは」

「板倉殿に興味がおありでないならば、ぜひ木下家で」

「人物と学業に関しては、この松陰が我が子慎齋よりも頼りにできると思っております。この松陰も多くを知るものではありませんが、しかし、私の見る限り京の都にも江戸の昌平黌にもあれだけの人材はおりますまい。禄があり、生活に余裕ができ、そして学問を深めれば、きっと幕府や朝廷においても引けを取らぬ天下一の学者になり、天下を統べる術を心得ましょう」

松陰は胸を張って言った。その勢いに、土倉一昌も何も言えなくなっていた。その場にいた者はみな松陰の勢いに押されたのと同時に、安五郎に興味を持ったのである。それは板倉勝職も変わりがない。

「そんな人物がおるのか。それも松山藩の西方に」

勝職は、あえて松山藩の西方と言うことによって、他の藩の人々が口を出すことを制した。

「はい、私などは安五郎が自分の息子であればどんなに誇らしいことかと常々思っております。我が息子慎齋では、とてもかないません」

「一度、連れてきてはくれぬかな」

板倉勝職は、丸川松陰にそのように言った。本来ならばお願いできる立場ではない。丸川松陰は新見藩の藩士であり、松山藩の勝職が直接命令し依頼できる筋合いではないのだ。そこを曲げてお願いする立場であるのに、なぜか頭が高い。大名だから、譜代だからといろいろ理由はあるが、しかし、やはりこの人物の特性なのであろう。

「板倉様には申し訳ございませぬが、松山藩の藩主のところに、松山藩の西方の人材を新見藩の者が連れて行くことはできません。ぜひ、ご自身でお探しください」

「私からも、そのようにお願い申し上げます」

新見藩家老の大橋伊代守も合わせて頭を下げた。頭を先に下げられては、板倉もこれ以上言うことはできない。しぶしぶ丸川松陰の言葉を、そのまま聞き入れるしかなかった。実は、勝職自身、今までに「西方村」などというところに入ったことがない。どこにあるかもわからなかったのである。

「丸川殿、新見に戻るところで、その西方の郷に寄ってみませぬか」

松山からの帰りに、大橋伊予守が言い始めた。

「丸川殿の言われた神童、この機会にぜひ会ってみたい」

「それは……」

新見から松山まで大橋一人であれば、数騎の馬で連れとともに行くことになる。しかし、今回は丸川松陰が一緒なので、駕籠と付き人の十数名の集団である。この時は、大橋伊予守が駕籠から降りて、丸川松陰の乗る駕籠の横を歩いた。そうしないと駕籠二つでは会話ができない。

「何か不都合でも」

「西方は閑静な農村であれば、いきなり多くの、それも新見藩の武士が押し掛けては迷惑ではないかと」

「季節は秋。まあ稲刈りには少し早いが、それでも稲穂が揃っているのはなかなか壮観であろう。侍が多くて迷惑ならば、彼らを村の入り口に待たせて、我々二人だけでも行きませぬか」

簡単に「はい」といえばいい話であるし、それができないわけではない。松陰が行けば安五郎は喜ぶに決まっている。しかし、相手が大橋伊予守であるために慎重にしなければならない。今、安五郎と一緒にいるのは若原進である。進は大橋伊予守の縁者と許嫁であったものを、断って安五郎のところに嫁いでいるのである。進と大橋伊予守がこんなところで顔を合わせたら、どのようなことになるのであろうか。

「丸川殿、何か不都合でもおありか」

「まさか」

「ではせっかくです。松陰先生がご推薦の神童に会いに行くことにしましょう」

松陰は深呼吸するしかなかった。何かあれば腹を切ればよい。何しろ、大橋家との縁を棒に振られ怒り心頭の若原彦之丞を収めたのである。その代わり、松陰自身、娘の芳を若原家に入れ、そして終吉を若原家の養子にするように仕向けたのである。そのようなことをすべて行ったのは松陰である。当然、今回のことの責任はすべて松陰にある。

まだ、身分を飛び越えて農家に武家の娘が嫁ぐのは時代が早かったのかもしれない。早くに妻を亡くしてしまった彦之丞にとって、娘の進が家からいなくなってしまうのは、何か心の中に穴が開いたような気がしているに違いない。その彦之丞のところに芳が入って何とか収まっているが、これで大橋伊予守が藩に戻って進のことを言い始めれば、また何が起きるかわからないではないか。丸川は、駕籠の中で腰にある脇差をそっと抜き、そしてその不気味な光を確認すると、また元の鞘に収めた。

「こんなところに住んでいるのか」

「はい。しかし、これは新見の藩内でも農業地帯なれば似たようなものでございます」

大橋伊予守にしてみれば、思ったよりも貧相な家であった。

「なにか御用ですか」

ちょうど外に出て椎茸を干していた近が近寄ってきた。

「あ、いや。安五郎殿の居宅でござるか」

身なりの立派な武士、それも近よりも年齢が上とみられる格の高そうな武士が二人、後ろには、結局ついてきてしまった二人の若い侍を連れてきている。

「あの、うちの安五郎が何か悪いことでもしましたでしょうか」

近は、すっかり捕物にでも来たと思って怯えてしまった。

「安五郎殿は、悪いことをするような方ではございますまい」

松陰は、なるべく警戒心を与えないような笑顔で言った。

「進さん」

「はい」

かなり張りのある若い声が母屋の中から響き、そこから色の白い女性が出てきた。

「あっ」

松陰は、ついつい声を上げた。

「松陰先生」

「進さん、こちらが松陰先生」

近は、松陰に初めて会う。思誠館とのやり取りはすべて五郎吉と梶が行っていたために、近は新見に行ったことが一度もない。当然に松陰に会うことは全くなかったのである。

「はい、お義母様。こちらが丸川松陰先生でございます。先生、お久しゅうございます」

女性でありながら何か力仕事をしていたのか、腕をまくり、裾を少し上げて、多少はだけてしまっていることなどは全く気にする風でもない。顔には、煤《すす》が少し付いているところを見ると、火をおこしていたのかもしれない。

「進、何か聞いたことがあるような」

大橋伊予守も何か気付いたように怪訝な顔をした。しかし、まさか目の前にいる、武家娘が半分農家の娘に変身してしまったような女性が、自分の縁者の嫁になるはずであった女性とは全く思わなかった。

　松陰は慌てて話題を変えた。このまま進まで気付いてしまったら収拾がつかなくなる。せめて安五郎が戻るまでは何事もなかったようにしたい。

「お義母様ということは、近殿ですね。私が思誠館の丸川です。ところで安五郎殿はどちらかにお出かけでしょうか」

「はい、今日は成羽の鉱山に油を売りに行きました」

「朝から行っているので、そろそろ帰るかと思います」

　近に続いて進が言葉を繋いだ。

「伊予守殿、どうされますか」

　松陰は、ここであきらめてくれることを望んだ。安五郎であれば、当然に、大橋のことを見て、何か違うことを考えるに違いない。本人たちが何も気付かないうちに、早くここから逃げ出したかった。

「せっかくです、丸川殿。ここで待たせてもらいませんか」

「こんな狭い家に、お武家様が待てるような場所はございませんが」

　近は心配そうに言った。

「いや、構いません。家の中で都合が悪いならば、この辺で待たせていただきましょう」

「いえいえ、家の中も汚れておりますれば、お召し物が汚れてしまいます」

　進は、さすがに武家娘と思えるような物腰も柔らかく、上品な話し方で対応した。

「それならばかまいません。では家の中に寄せてもらいましょう。丸川殿」

「あ、はい」

伊予守はそう言うと、進の案内で母屋へ向かった。丸川もそれについてゆくしかなかった。場合によっては義理の父娘になっていたかもしれない二人である。農家のボロ着と一万八千石の大名家の筆頭家老の着物は全く異なる。しかし、歩いている風格は全く変わらない。もしかすると進ならば大橋伊予守の家に嫁いでもうまくやっていたかもしれない。松陰は、ふとそう思った。

近は、進に任せてしまったのか、そのまま椎茸を干すことを続けた。二人の若い侍は、そのまま手持ち無沙汰にそこにいるのも面白くないのか、近の椎茸干しを手伝い始めていた。本来、そのようなことをする必要はないのだが、近、進、この二人には何か手伝ってあげたくなるような不思議な雰囲気がある。

「これはいい。風の通りもいいし、外から見るよりも使いやすそうだ」

伊予守は、小上がりに出された精いっぱい上等な座布団に腰を下ろした。

「いえ、お武家様のところとは大違いでございます」

先ほど進が腕まくりをして裾を上げていたのは、竃《かまど》でお湯を焚いていたからなのであろう。竃の中ではまだ薪に火が点いたままだ。その中から器用にお湯を掬《すく》い、急須でしっかりとお茶をいれて、伊予守と松陰に差し出した。

「なかなか、いいお茶ですな」

お茶を飲みながら家の中を見回した伊予守は、その部屋の片隅に書見台があるのを見届けた。確かに、このような中でも書物を読んでいる。松陰の言う通りの人物なのかもしれない。

「あの横にある長持の横にある印は、安五郎殿の屋号であるかな」

「家紋にございます」

進は、伊予守と同じ方向に目を向け、かなり掠《かす》れてはいるものの、黒の長持の側面に丸に吉の字の家紋を見て、自信をもって答えた。

「家紋」

「はい、あまり詳しくはお家の恥になりますので、お話しできませんが、安五郎の家は、以前武家の棟梁として、戦国よりも前には城を持って、この地を治めていた家柄にございます。その時の名残で長持が残してございます」

「なるほど。丸川殿、知っておられたか」

「はい、様々な不幸が重なり、現在はこのように身をやつしておられるが、学問をもって御家再興をされるということ。また、この丸川が見たところ、江戸や京を探しても、あれだけの人材はいますまい」

「なぜこのようなところで油を売っている」

「それは、伊予守様も含めて、家柄や武士の身分ばかりを重んじられ、そして世間体を気にしておられるために、農地や街の商人の中にいる逸材まで目が回らぬためかと思います」

「確かにそのようなことがあるかもしれぬ。身分と血筋に胡坐をかいている板倉様のような方もいれば、安五郎殿のように、苦労しながらでも学問の道を究めんとする者もいる。それを見分けることが最も肝要であろうな」

ちょうどそこに、安五郎が帰ってきた。

「松陰先生、お待たせいたしました。ご用事があれば新見まで参上いたしますのに」

安五郎は、土間の片隅に油桶を置くと、そのまま土間に膝をつき、頭を下げた。

「いやいや、松山の城に用事があって通りかかったから少し寄せてもらったのだ。ところで辰吉殿のところに行っていたとか。辰吉殿は達者か」

「はい、成羽の鉱山でご活躍にございまして、鉱山内の灯り油を私から買っていただけますので、生活も安定してございます。これも松陰先生の取り持っていただいたご縁と感謝しております」

「徳は孤ならずだな」

「はい」

伊予守は、一つ一つの言葉のやり取りに目を見張った。先ほどの近の言葉とは全く異なり、ここにいる進も、そして目の前で膝をついて話している安五郎も、新見藩の若い侍よりもしっかりとした受け答えをしている。何か、この青年と話をしてみたい。強くそのような衝動に突き動かされていた。

「少しよろしいか」

「はい」

「先ほど松山の御根小屋にて、異国船の襲来に備えるように板倉勝職公より申し付けられ、備中国全体で協力するように申された。しかし、新見などは海を持たず、何をしてよいやらわからぬが、安五郎殿ならばなんとされる」

安五郎は、まだ名前も名乗っていない高貴そうなお武家様に対してどうしてよいやらわからず、丸川松陰に助けを求めるような目を向けた。

「安五郎殿、答えてくだされ」

視線での訴えに、このような言葉で答えた。

「では、松陰先生からの許しが出ましたので、私の思うところを申させていただきます。確かに新見藩は海はございません。異国は船で攻めてまいりますので、海がなければ直接の被害はありませんし、また、新見にまで異国が攻めてくるということは、海辺の藩がすべて負けてしまい、陸上の戦闘があるということになります」

「なるほど、しかし、そのようになる前に対処しなければならぬな」

「はい、そうであれば、やることは三つです。噂に聞いたことですから私はよく存じませぬが、文化年間にありました長崎での異国船事件（フェートン号事件）などを見れば、船にある大砲《おおづつ》に負けぬ大筒を作らねばなりませぬし、その大筒を使った動きで戦わなければなりません。そのためには、海に接していない藩は、協力をするという前提であれば、大筒を作り海辺の藩に貸し出すこと、農業を振興し異国と戦う藩に兵糧を渡す準備をすること、そして、海辺の藩が負けてしまい異国が陸上を攻めてきたときに戦えるように、兵を整えることと思います」

「なるほど」

「そしてその三つを行うために、藩の財政を立て直し、規律を整えることが大事と思われます」

伊予守は深くうなずいた。まさにその通りなのである。しかし、それが藩のわがままやメンツによってできないでいるのだ。

「では、その財政を立て直すためにはいかがいたす」

「藩によって異なるかと存じ上げます」

「なぜ」

「立地も特産もすべて違う場所において、同じ方策が有効とは思えませぬ」

「では、それを何として知るか」

「民に聞くべきと存じます」

伊予守は、その言葉に深く唸った。藩の家老ともなれば確かに藩の政治ばかりを見て、民の方に目を向けていない。しかし、国を守るとは何か、それは民と土地を守ることである。政とは、当然に民を治めることであるはずが、いつの間にか民が勝手に治まっていて自分たちは民を修めることをしていなかった。民を見ていないから、何をしているかわからず、財政が悪化してもその藩の特徴を見ることができないのである。

安五郎にそのことを指摘されてしまった。それは、そのまま自分たち武士の階級と庶民が乖離しているということなのである。伊予守は深呼吸をして進の入れたお茶を飲むと、いきなり話題を変えた。

「安五郎殿、それだけ才覚がありながら、このようなところで油を売っていて、それでよいのか」

「蔬食《そし》を飯《く》らひ水を飲み、肱《ひじ》を曲げて之を枕とするも、楽しみも亦其の中に在り、と、松陰先生より習っております」

論語の中の言葉を使って、簡単に答えた。

伊予守は、にっこり笑うと立ち上がった。

「丸川殿、素晴らしい。このような人材が、新見にいないのが残念だ。進殿がとられても、これでは文句が言えまい」

「伊予守様」

松陰は言葉を失った。

「あなた様はいったい……」

進も横でずっと話を聞いていたが、最後の伊予守の言葉に驚いた。

「拙者か。問われなかったから言わなかった。まあこちらが名乗るまで問わないしきたりもその通りであろう。本当に素晴らしい。拙者は新見藩筆頭家老、大橋伊予守である。いや、一族の縁者がここにいらっしゃる若原家のお嬢様をもらえるはずであったが、ここにいる安五郎殿にとられた間抜けな家の男でございます」

「いやいや」

松陰も大橋伊予守が途中で気づいているのに違いないと思っていた。このまま何か話があるのかと、ひやひやしながら二人の会話を聞いていたのである。

「これは、知らぬこととはいえ申し訳ないことを」

「いや、安五郎殿の方が将来がある。この大橋伊予、安五郎殿の活躍を期待しておる。安五郎殿が新見藩の者ならば、すぐにでも登用し新見藩士として迎え入れるところである。私からも板倉様に推挙しておくことにしよう」

そういうと、進の方に向き直った。

「しかし、この上品で素晴らしいお嬢様を一族に迎えられなかったのは残念だ。大橋の家としては、安五郎殿の父上の方が厳しさがあったということであろう。進殿の父君にも、そのように伝えておくことにしよう。それにしても誠に結構なお茶であった」

大橋伊予守は、そう言うと、そのまま立ち去った。丸川松陰も胸を撫で下ろして安五郎の家を後にした。

「松陰先生、緊張していたみたいね」

「ああ、まあ。でも大橋様に許されたのだから、良かったのかもしれない」

「そうですね。私が安五郎様を選んだのは間違っていなかったということなんですね」

二人は抱き合って喜んだ。

大橋伊守の使った湯呑の下には、いつの間にか小判が二人の間で輝いていた。

7　仕官

文政の世もすでに十年になっていた。少し話は前後するかもしれないが、ここ数年で安五郎の家はかなり様変わりしていた。

まず何よりも、妻である進が家に来たことである。進は、武家の娘でありながら、自分なりに農業と油売りの二つの家を切り盛りすることに頑張っていた。また進は、けなげに良く働いた。この辺にはいない武家の娘であり、そのうえ若くて色白で雛人形からそのまま抜け出したような美人が来たとなれば、周辺の農家は、初めのうちこそ、近所から興味本位で進を見に来た。うまくいかないときは陰口もあったし、やはり武家の娘に対する嫉妬などの込められた心無い噂話も多く囁《ささや》かれた。そもそもこの地域では、租税の取り立て以外で武士が来ることもない。その意味では、武士というだけで現代で言う税務署や警察の署員のように、なるべく関わり合いたくない人々であったのだ。そのような世界からいきなり入ってきた小娘に対して、何か村の中に異物が入ってきたかのような感覚で見られていたことは間違いなかった。

「何もわからないんです。よろしくお願いします。教えてください」

いじめのような、西方の村社会の中で、進が頭を下げることは少なくなかった。しかし、そのように素直に若い娘が頑張っている姿を見れば、村の社会も徐々に打ち解けてくる。

「しょうがないねえ進さんは。侍の家では教えてくれなかったのかい」

村社会というのは、どの世界でもリーダー格のような人がいる。ここ西方の郷では、庄屋の夫人の茜がその存在であった。現代でもママ友といわれる小集団の中で、リーダー格の女性がいて、そこに取り巻きが出来てくるようになる。この時代の中では、便利な道具がないだけに、すべてのことに直接顔を合わせて話さなければならない。そして身分がしっかりしているので、庄屋など、日常の中で階層が高いところの女性がいつの間にかリーダー格に収まるようになっていた。

「教えてあげるから、ちょっといらっしゃい」

進は、庄屋の家に行って茜に教えてもらうことが多くなった。いつの間にか、西方の郷で取れる食材のおいしい料理の仕方や、西方で皆が着ている着物の繕い方なども茜に教えてもらうようになっていた。徐々に村社会の中に進がなじんできて、いつの間にか進が漬けた糠漬けを近所に配るようにもなっていたのである。

また西方のような村では、まだ文字の読めない人が少なくない。女性たちの間では、何かお触書などが出てくれれば、進に読んでもらわなければならない状態であったのだ。

「このお触書、読んでくれる」

「はい、ここにはこんなことが書かれています」

進は、そのようなことを頼まれても嫌な顔もせず、多くの人にその内容を読んで聞かせた。

「進さんは文字が読めていいねえ」

「それでお役に立ててうれしいです」

進は自慢するわけでもなく、にっこりと笑って言った。

「進さんは、新見の武家の家の娘さんだから、いろいろわからないことがあるかもしれんけど、よろしくお願いいします」

義母の近も、そうやって陰で進を手伝って回った。この村のことをよく知っている近は、進が村でどのように見られているか、どのように対応するかを一生懸命教えていたのである。

女性の関係よりも、顕著に変わったのは、村の男性たちであった。

「お近さんいるかい。ああ、これは進さん、どうも」

女性の関係とは違い、男性が女性を見る目はどうしてもその女性の美しさに終始する。近くに進のようなきれいな女性がいるだけで、なんとなく楽しくなるのが男の性である。しかし、進と近付きたい村の男性たちも、さすがに何の用もないのに、安五郎の家に来るわけにはいかない。自然と裏山で取れたシメジや、庭のサツマイモ、松山に行ってもらってきたお菓子などを、それも義母である近にお裾分けをするという体で、安五郎の家に来るようになっていた。

「こんなにおいしそうなシメジ、ありがとうございます。今日はこのシメジで鍋にしたら御馳走になります」

「いや、進さんが実家で食べていたものとは違うでしょう」

「まさか弥次郎様。何をおっしゃっているのでしょう。武家の住む街は、いろいろな珍しい物がありますが、弥次郎様の持って来られたような取れたて、新鮮なおいしいものは少ないんです。こちらに来て、おいしいものばかり食べて本当に嬉しいです」

「そんなに喜ばれると、なんだかこっちも嬉しくなるな」

弥次郎は、何か褒められたような感じで、喜んで帰って行った。弥次郎のような思いをする男性は少なくない。

「安五郎様、今日は、裏の弥次郎様からこんなにたくさんのヨモギを戴きました」

「弥次郎様か。様と言われたら、弥次郎さんも驚いたであろう」

「あら、皆さんに様を付けてお話しさせていただいております」

いつの間にか、農家の野良着を着るようになった進は、それでも首筋まで白い肌が浮かんで、非常に美しく見えた。安五郎は、日々西方に染まっていきながらも、上品さや可憐さを失わない進が本当に愛おしかった。進に楽をさせてあげよう、そのような気持ちで自然と商売にも身が入るようになっていった。

「今度うちの田植えなんだが、手伝ってくれるかしら」

西方の庄屋の夫人である茜からの誘いだ。

「はい、もちろんです。ただ、私は皆さんのようになれていないのでご迷惑かもしれません」

「いいのよ、あんたがいてくれると、男も手伝いに来るから」

茜は笑いながら進に言った。当日には、進が田植えに来るというのでほぼ村中の若い男達が手伝いに来ていた。泥だらけになって皆で笑う日々は、新見では体験できない時間であった。

村の人々も初めは、武家の娘という物珍しい「生き物」を見に来ていたが、一度会えば皆進の美しさと、愛想のよい笑顔に魅了され、いつの間にか進の虜になっていた。何かといえば安五郎の家に訪ねてきたり、わざわざ油壺をもって買いに来ていた。いつしか進は「西方小町」といわれるようになって西方の人々に愛される存在になっていたのである。

そんな進も、安五郎に対する態度は全く変わらなかった。

「お義母様がね、お裁縫を教えて下さったの。今度は一人で、安五郎様の着物を仕立てようと思っております。私の仕立ての着物を着ていただくのが楽しみです」

「何も教えていませんよ。もともと進さんは手先が器用ですから。何でもすぐにうまくなりますよ」

血の繋がりもなければ、身分も育ち方も全く違うが、義母である近とも進はうまくやっていた。この家に来た時は、あまり何も話さず表情も顔に出さない近との間で、それほど仲が良さそうには見えていなかったが、いつの間にか打ち解けて話すようになっていた。安五郎は感心して進を見ていた。行燈の明かりが少し色黒で俯き加減の義母と、白く明るさを振りまいている進との間をゆらゆらと揺れて見える。

丸川松陰が訪ねて来てから一月くらい経った後、松山城から呼び出しが来た。

「西方の郷の安五郎の家はここで相違ないな」

「はい」

「松山藩主板倉勝職公よりのお達しである。明後日、松山城御根小屋まで参られよ。なお、御根小屋では身分不詳の者は入城できぬゆえ、刻限よりも前に松山城下頼久寺に入ることを命ずる」

「要するに、頼久寺に行けばよいのですね」

「そうだ。頼久寺の場所がわからねば、松山の城下ならば誰も知るところ故、尋ねながら来るように。よいな」

ずいぶんと偉そうな侍である。進も新見で武家の世界にいたが、こんなに失礼な侍はあまり記憶にない。ただ、進自身が知らなかっただけで農民に対してはこのような態度をとるものが多かったのかもしれない。以前から考えている「身分」というものが、何かこのような態度になる原因なのかもしれない。

「かしこまりました」

安五郎が案内された御根小屋とは、松山藩において普段の政務を執る場所である。松山城が臥牛山の山頂にあり、政務のたびに山に上がることは効率がよくない。そのために松山城は軍事の拠点として存在した。御殿は山頂の「山城」に対し、「お城」と呼ばれ、普段板倉勝職は、この御殿において起居し、政務を行っていたのである。

この形式は戦国時代の織田信長などにもみられ、岐阜城も山頂の天守閣とは別に、金華山の麓に屋敷が整備されていた。松山城における御根小屋も、天正三年（一五七五年）に起きた戦国大名・三村元親と、毛利家の重臣小早川隆景と宇喜多直家の連合軍との戦いにおいて焼失したとの記録があるため、その時代には存在したと考えられている。

この時、安五郎が訪ねた「御根小屋」は天和三年（一六八三年）、当時の藩主水谷勝宗により完成されたものであり、上下二段に造成された構えの造りであった。なお、現在その跡地には岡山県立高梁高校がある。

安五郎を乗せた駕籠は、惣門を経て御殿坂を登り、中門を通って御殿に向かったのである。

「その方が、西方の郷の安五郎であるか」

頼久寺で身支度を整え、駕籠で御根小屋に運ばれた。罪人駕籠ではないので、何か悪いことをしたのではないとわかるが、武家駕籠に乗せられるのは乗り慣れていないためか気持ちの良いものではなかった。何か窮屈な思いをするくらいならば歩かせてくれた方が安五郎にとっては嬉しかった。そんな思いもつかの間、御根小屋に入ってすぐに通された広間では、また窮屈に頭を下げなければならなかった。

「はい、西方の在の安五郎と申します」

罪人ではないので白州ではない。しかし、武士ではないので、広間の中でも最も遠い下段にあり、座布団などもなかった。

「面を上げよ」

安五郎が見て驚いたのは、板倉勝職が横に女を侍《はべ》らせていることであった。奥方が隣にいるのならばわかるが、そうではない、いかにも遊女と思われる女性が二人、勝職を挟むようにしだれかかっている。

「殿、なんかいい男じゃない」

「巴太夫《ともえだゆう》はそう思うか」

「はい、なんだか、頭が良さそうな感じの子よ」

「私もそう思う。殿のお役に立つんじゃない」

「松葉《まつば》もそう思うか」

だらしなくゆがんだ勝職の顔は、とてもこの藩を治めている人とは思えなかった。

「安五郎殿、ここで目にしたことは他言無用にござる」

横にいる家老大石源右衛門は、そのようにきつく申し渡した。

「はい」

「ところで、新見藩の丸川松陰殿、大橋伊予守殿、足守藩主木下利徳殿から、この度の異国船の備えとして、貴殿を登用し、その知恵を用いるように推挙されておる」

「ありがたき幸せ」

「その方それほどの才がありながら、何故西方の郷で油売りなどに身をやつしておるのだ」

「はい、当家はもともと水野様の治世において郷士の格を戴いておりましたが、曽祖父山田宗左衛門益昌が、菩提寺の僧を成敗し、その罰を受けて士分を召し上げられております」

「なるほど、では、安五郎の好みで西方に在しているわけでもなく、また商売をしているわけではないと申すか」

「はい」

「では、異国船に備えて、松山は何をすべきか」

財政の再建と綱紀粛正、安五郎はそう言いたかったが、しかし目の前で繰り広げられる遊女と戯れる藩主の様子ではとても政務を執れるような状態ではない。安五郎は、慌ててその言葉を飲み込んだ。財政再建を言えば、この藩主お気に入りの巴太夫と松葉太夫を真っ先に排除しなければならないし、綱紀粛正をこの藩主の下で声高に言っても、藩士が付いてくるはずがないのである。

「人材の育成。まずはそれが肝要かと思われます」

一瞬で頭を巡らせ、そして藩主を刺激せず、家老の大石源右衛門を納得させることは、それしかなかった。

「人材の育成とな」

「はい、私自身、本来ならば松山で学ぶところ、新見の丸川松陰先生に師事いたしてございます。まずは広く人材を集め藩主勝職公のお役に立てる人材を育成することが肝要かと存じます」

「では、どのような人材が役に立つか」

「さすれば、今聞かれておりますのは異国船に備えることでございますれば、異国のことを知る人材と、この日本の国の強さを知り、より強固にする人材の双方であるかと思われます」

大石源右衛門はにやりと笑った。大石源右衛門にしてみても、横にいる遊女二人は目障りで仕方がなかった。このようであるから、松山藩が「暗愚な藩主であてにならない」と揶揄され、大坂の商人からも相手にされないのである。しかし、このように遊女を侍らせるようになったのは、嫡男がすべて早世してしまい、その寂しさを紛らわせるためであることもよくわかっていた。今まで何度も財政再建などを考えたが、全て勝職に排除されているのだ。

何か良い手はないか、そのように思っていたところで、何人か人材を見付けたが、いずれも財政再建と綱紀粛正を言って勝職から嫌われ、登用に至らなかったのである。しかし、目の前にいる安五郎は違う。その雰囲気を察し、財政再建と綱紀粛正を言わず、それでいながら藩政を改革することを提案したのである。

「殿、いかがでございましょうか」

「うむ、安五郎とやら、どのような人材を求めようか」

「はい、私も農民出身ですので、身分などは関係なく、また女子であっても優秀であれば登用すべきかと存じます」

「女子なあ」

勝職は、先程の大石源右衛門とは違った意味でにやりと笑った。今までは遊女という商売女ばかりを侍らせていた。しかし、遊女はさすがに金がかかる。武家の娘や農家の娘をいきなり連れてくるわけにもいかない。今回は「人材登用」として、女子を近づけることができるのである。

「殿、何を考えているの」

巴太夫は、そう言うと勝職の太ももをつねった。

「痛い、巴太夫、藩の人材の話であろう」

「はいはい、殿のお顔にはそんなことは書いていませんでしたよ」

淫靡《いんび》な物言いは、エスカレートするばかりである。安五郎はさすがに見ていられなく、顔を伏せた。

「もうよい。安五郎とやらを二人扶持《ににんぶち》にて召し抱える。源右衛門あとは良しなに計らえ」

そういうと、勝職はそのまま二人の遊女とともに奥に下がっていった。

大石源右衛門は、あきれたというような表情をし、深くため息を吐くと、改めて背筋を伸ばし、懐から紙を出して声を張った。

「西方の郷の安五郎。これより、松山藩に奉公し、その才覚を発揮せよ。二人扶持の俸禄を与えることとする」

「はい、ありがたき幸せ」

「まあ、あまり気張らず、な」

大石源右衛門は、そう言うと、その告げ文を広間の下段まで持ってきて安五郎に手渡した。

「これからよろしく。毎日西方から通うのは大変であろうから、たまに藩校に顔を出せばよいぞ」

大石はそう言うと軽く安五郎の肩をたたいた。

「これで、武士の仲間入り、御家再興ですね」

進は、まるで自分のことのように喜んだ。

「いや、まだ苗字帯刀を許されているわけではありませんから」

「そんな、もうこんなに頑張っていますのに」

「まだ、ちょうど終吉殿と同じような身分です」

確かに、正式な武士ではなく、武家の奉公人という感じである。

「それでも、松山藩から扶持を頂けるなんて素晴らしいではありませんか」

まだまだと卑下する安五郎に、進はそう言って励ましたつもりであった。その進の表情を見て、安五郎は奥の長持、大橋伊予守が、横に家紋が付いていると言った長持から裃《かみしも》を取り出した。

「これは何でございますか」

「昔、まだ私が幼いころ、父がこれを見せてくれたのです。ここにある丸に吉の文字が入ったもの、今は農民ですので使うことはありませんが、これこそ、我が山田家の家紋です」

進は以前に近からその話を聞いたことがあった。しかし、今まで先祖伝来と言われたその長持の中を見たことはなかった。そして、その中にある立派な裃を見て驚いた。

「今まで話していなかったが、本来この家の苗字は山田というのです」

「山田安五郎様ですね」

「そうです。私の遠い祖先は、昔まだ鎌倉に幕府のあったころ、後醍醐天皇の幕府を打ち倒す戦いに呼応して兵を挙げました。それだけ世の中が乱れていて、幕府の力が衰えていたのだと思います」

「ずいぶん昔の話ですね」

「はい、水戸様の編纂《へんさん》された『大日本史』という書の中に書いてあると聞いております」

「水戸様が」

「はい、私たちの昔のこともよくわかっていなければなりません。父母がいて、私たちがいます。そしてその父母も、我々から見て祖父母がいるのです。話を戻すと、その後醍醐天皇が一度鎌倉幕府に敗れ、隠岐島に流されてしまいます。しかし、後醍醐天皇はこの日の本の国を救うために、隠岐を抜け出し、再度兵を挙げるのです。そして京の都に攻め上る時に、我らが先祖が帝の下に馳せ参じ、後醍醐天皇をお助けしたと聞いております」

「昔はお強かったんですね」

進は、自分たちの先祖にまつわることであるのに、まるでお伽話《とぎばなし》でも聞いているかのような顔で、安五郎の話を聞いていた。

「はい、今は貧しくても、昔の山田の家は素晴らしかったのです。この、丸に吉の字の家紋は、その時の功績をたたえ、後醍醐天皇から頂戴した家紋と聞いております。この家紋をもう一度つけることが許されるまで、そして家紋に恥じない働きができるまでは、まだ御家再興とは言えないのです」

「はい、心得ました。進もそれまでは何でも我慢し、安五郎様を支えとうございます」

進は、御家再興の意味がやっと分かったような気がした。気が遠くなるような先の話のようでもあり、また、安五郎ならば、すぐそれを成し遂げてしまいそうな気もしていた。少し目を閉じれば、自分の目の前にいる人が、丸に吉の家紋の入った羽織を着て、多くの人に頼られている姿が浮かんでくるのだ。それはきっと願望だけではない。多分、現実の世界として近い将来に来る気がしていた。

「それまでは、進にも苦労を掛けますが、よろしくお願いします」

安五郎は、丁寧に裃を畳むと、また長持にしまった。進は、それに合わせて頭を下げた。安五郎に頭を下げたのか、それとも、そこに重なって見えた安五郎の先祖に向かってなのか、あるいは、その向こう側にいる後醍醐天皇になのかもわからなかった。

数日後、安五郎の家には、辰吉らが来た。

「お祝いだってな。めでたいことは良いことだ」

辰吉は大きな朱色の酒樽を持ってやってきた。後ろからは佐吉や正蔵や伊助が様々な料理を持ってやって来た。吉兵衛は、安五郎の家の前に、料理や酒を並べて、西方の郷の人々に振る舞い酒をしていた。

この西方の郷から松山藩に直接仕官する人が出てきたということは、すぐに広まった。

「進さん、おめでとう。貧乏村の庄屋だから何もできないけど」

茜は、申し訳なさそうに山菜を駕籠いっぱい持ってきた。

「庄屋さんと同じとは困ったなあ」

裏の家から来た弥次郎は、いつもシメジを持ってきていたので、何か恥ずかしそうである。

進も平人もそして義母の近も本当に嬉しそうであった。

「お祝いというから、駆け付けたぞ」

終吉と芳も駆け付けた。

「慎齋先生と松陰先生は、思誠館が忙しいのでよろしくと。それと円覚和尚も」

「皆さん元気ならばよいのです」

「それだけじゃない、もう一人」

そこには清水茂兵衛がいた。

「茂兵衛殿」

「安五郎殿となったらしいな」

「茂兵衛殿も医者になったと聞いているが」

「ああ、ちょうど円覚和尚が少し風邪を召されたというので新見に行ってみたら、阿璘が板倉様のところに仕官したというので、慌ててこっちに来てしまった。それに進殿にも会いたいからな」

「茂兵衛殿、ありがとうございます」

「進殿もすっかりここの生活が板についたみたいだな」

しかし、茂兵衛はそう言うと、少し顔を曇らせた。

「ちょっとよいか」

茂兵衛は、そのまま進の腕を掴むと脈をとった。

「進殿、正直に答えてほしいのだが、最近、食が進まないとか、食べると気持ちが悪くなるとか、そういうことはないか」

「はい、安五郎様のお手伝いで、新見にいた時とは全く違う新しいことばかりで疲れているものと思います。安五郎様には、心配をお掛けしたくないので黙っていてください」

「いや、黙っているわけにはいかない」

茂兵衛は真剣な顔をして言った。

「でも。心配をお掛けしたくないのです。そんなに深刻な病ですか」

「いや」

「でもまだ二人扶持しかいただけていませんから、茂兵衛殿にも」

「そんな金の心配などはいらぬ」

そう言うと、茂兵衛は大声を出した。

「お祝いの席に申し訳ないが。医者として言わなければならぬことがある」

それまで振る舞い酒で騒いでいた一同が急に黙った。医者としてと言えば、進が病であるということなのではないか。茜が心配そうに進に近寄って、肩を抱いた。

「なんだ茂兵衛」

「早く言え」

少し黙ったまま、周囲を見回している茂兵衛に、たまらず辰吉が声を上げた。

「このお祝いは、安五郎殿の仕官のことと思うが、今この場でそれを止めることを勧める」

「なんだと」

安五郎も何を言っているのかという目で茂兵衛を見た。

「別なお祝いだ。進殿がご懐妊している」

そこにいる全員が何を言っているかわからなかった。お祝いの席なのに、皆が黙って茂兵衛の次の言葉を待った。

「懐妊だよ。赤ちゃんが、進さんのお腹の中にいるんだ」

「ええ」

一同はあっけにとられた後、お祝いの声を上げた。

「なんだ、二重にめでたいのか」

「めでたいのは多い方がよい」

「でも、それでは酒が足りぬな」

村の人々もほとんどが集まっている中で、茂兵衛がそのようなことを言ったので、進は恥ずかしくなって顔を真っ赤にした。にこにこ笑いながら近寄ってくる茂兵衛を、進は思い切り叩いた。

「痛い、痛いですよ、進殿」

「そんなことは、まず私に小声で言ってからにしてください。恥ずかしいじゃないですか」

「でも、これから暫くは畑作業や田植えなどをされては困ります。子供が生まれるまでは少しおとなしくしていただかないと」

「どこの医者だか知らないけど、この村の人がそんなに冷たいと思ってんの」

茜も、茂兵衛のことを肘で小突いた。

「おい、終吉殿、お前らはまだか」

辰吉は、酒臭い息で、終吉と芳に近寄ると、そのようなことを言った。

「いや、それが」

「次はお前らの順番だぞ」

「何言ってんの、あんた。ごめんなさいね。うちの人は酒に酔うと誰かれ構わず絡むのよ。悪く思わないでね」

辰吉の妻である加代が来て、いきなり辰吉の首根っこを掴むと、終吉から引き離した。

「いや、ああ」

終吉は辰吉の嫁も怖そうであると、引きずられてゆく辰吉を見送った。

その日は一日、二つのお祝いで日が暮れるまで村全体が盛り上がっていた。

そういえば、いつの間にか、安五郎は酒を飲むようになっていた。それでも扶持をもらうまでは、控えめに、油売りの付き合い程度でしかなかったが、この日を境に浴びるように酒を飲むようになっていた。安五郎は酒を飲んで進の膝枕で寝ることが、もっとも幸せであると思っていた。そして膝枕をしながら徐々に大きくなってゆく進のお腹を触り、中の子供に話し掛けるのが日課のようになっていた。

「こうやって安五郎様の役に立っていることが夢のようでございます」

平人も近もいるのに、全くそれが見えない二人だけの世界になっていた。

「さあ、平人は寝ましょうね」

「もう私も大人ですから大丈夫です」

平人も十三になっていた。来年になれば、稚児髷も取れる。

「まだ大人ではありませんよ」

近は母親らしく、平人に二人から離れるように促した。

「義母上、私は先日の清水茂兵衛殿が忘れられません。ちょっと手を握っただけでお祝い事を二つに増やしてしまうのです。そして、他の家に行って病を治してしまうのです」

「はいはい、医者になるのであれば平人ももっと学ばないといけません」

「では今から」

「いいの、それでもわからない大人の世界があるんですからね」

近は笑いながら、平人と寝室に入ってゆくのが日常となった。

二人扶持をもらっているからといって、生活は楽ではない。まだ、油売りも続けていたし、また小さい田畑も耕していた。家も西方のままである。しかし、以前ほど稼業ばかりでなくてよかった。安五郎は、藩主板倉勝職の命によって松山に通い藩校に出入りするようになっていたために、安五郎が今までのように油の搾油や行商を行うことはできない。その代わり十三歳になった平人と昔からの使用人である茂作が仕事を手伝っていた。そして、辰吉は何かにつけて様子を見に来てくれているし、また辰吉の配下にいた佐吉は、辰吉の目を盗んで西方の家に来るようになっていた。

そして、そのように余裕ができてきた安五郎と進の夫婦に、待望の子供が生まれた。進に似た色白のかわいい女の子であった。名は瑳奇《さき》と名付けた。

「次は男の子を生みますね」

「いや、元気な子を産んでくれればよい。そして進が元気ならばそれでよい」

安五郎は、大仕事を終えた進を気遣った。本当に仲の良い夫婦である。西方の郷でもこの夫婦に瑳奇が生まれたこと、そしてまた一層仲が良くなった事が話題になった。

安五郎にとっては、目に入れても痛くないという表現がぴったりくる娘であった。茜や弥次郎が瑳奇を見に来るたびに、瑳奇のおもちゃが増えていった。まだ産後であまり動けない進にかわり、近が様々なことをやってくれている。このような時に、義母がいてくれるのは本当に助かることであった。安五郎は、口にこそ出さないが感謝をしていた。

そういえば、もう何年も前に死んでしまった妹の美知もこんなであった。あの時は自分の妹であり、また、自分はまだ学問の道に入って丸川松陰先生の元に行っていたところであった。そのためあまり美知のかわいさを実感はしていない。しかし今は、同じ家で、それも自分の娘だ。この子のために、そして進のためにもっと頑張らなければ、そのためには学ばなければならない。仕事をしながら、そして松山まで藩校に通いながら、寝る間も惜しんで安五郎は学んだ。

「何とかしなければ」

油売りをしながら松山で学んでいても、今のままでは苦しい生活のままである。家で進と瑳奇の笑みを見るたびに、このままではいけないと思っていた。そして、安五郎は一つの決心をする時が来たのである。

8　大塩

「進、京都に行ってこようと思う」

意を決したように、安五郎は進に打ち明けた。

「京の都へ旅ですか。進も行ってみとうございます」

進は、安五郎が藩の御用を仰せつかって、一往復してくるのであると思っていた。自分には、まだ乳飲み子の瑳奇がいるので京の都には行けない。しかし、そのうち一緒に京の華やかな街並みを安五郎と一緒に歩くことを想像した。

「それで、お帰りはいつでしょうか」

進は、油の行商で新見に行くのと同じような感覚で安五郎の話を聞いていた。ただ新見よりも遠いので、数日間かかるのではないか、そんな感じであったのだ。

「いや、京で学ぼうと思う」

「京の都ですか」

その日、松山の藩校有終館《ゆうしゅう》に家老の大石源右衛門が来たのだ。そして、思誠館の丸川松陰から手紙があり、今のままでは安五郎が田舎の優秀な人として埋没してしまうので、京の都で安五郎を学ばせようと提案してきたというのである。

「丸川松陰先生から殿に伝えていただいたらしく、丸川先生のご友人である寺島白鹿《てらしまはくろく》先生のもとで学べるようになりました。これでより大きな仕事を行えるようになり、進にも楽をさせてあげられるようになります」

進は、目の前で喜んでいる安五郎を見て、わが目を疑った。安五郎の言っていることが途中から耳に入らなくなり、何か遠くに連れていかれるような錯覚にさいなまれてしまった。

やっと一歳になった幼い瑳奇を残して、京の都へ学びに行くということである。もちろん、夫の安五郎が学問で身を立て、御家再興を目指していること、そして、その姿を見て夫を支えることに喜びを感じていた自分がいたこともよくわかっていた。しかし、まさか自分の元を離れ、自分と幼い瑳奇を西方に残して、一人で京都に行ってしまうなど思いもよらなかった。これから家族揃って楽しい毎日があると思って夢を描いていた進には、悲しみしかなかった。

行燈の炎がひときわ大きく光ったのちに、大きく揺れた。

「どうした、進。何か浮かない顔をしているが」

「はい、私は悲しゅうございます」

「悲しい、なぜ」

「なぜって、まだ瑳奇は一歳になったばかり。私は、若原の家を出てしまい、もう戻ることもできません。武家の娘が身分の違う家に嫁いできたのですから、実家の敷居を跨ぐわけにはいかないのです。それなのに、あなた様は私を置いて……」

進は泣き始めた。進は、安五郎が京都へ学びに行き、そして御家再興を目指すことこそ、もっとも重要なことであることはよくわかっていた。そして、その安五郎の御家再興への道を一緒に歩むために、様々なことを我慢しなければならない覚悟もできているつもりであった。しかし、進としては、安五郎と一緒であるから我慢できると思っていたのである。安五郎がいない留守を、それも平人や近という全く知らない人々と同じ家で、幼い瑳奇と一緒に家を守るなど不安しかなかった。

若原の家はどうだったであろうか。父、若原彦之丞は、もちろん江戸表に行くこともあったし、藩の御用で家を空けることも少なくなかった。しかし、その時も家には使用人も少なくなかったし、何よりも生まれ育った新見の町のことである。その新見とは環境も違えば、田舎町で周囲に誰もいない、店もない西方の郷に残されてしまうのである。何か困ったことがあった時に、頼るところもない。茜や弥次郎がいても、辰吉や佐吉が遊びに来ても、進の心の中の本当の孤独をわかる人はいないのだ。

「しかし、丸川先生からも、儒教という学問の根元を探り求めて来るよう言われております。京で学べば、多くの人に認められることができます。御家再興の道が……」

安五郎は、京都で学問を修めることによって御家再興が早まり、それだけ早く進や瑳奇を喜ばせることができると思っていた。それだけに進の悲しいという返事は安五郎にとっては意外であった。確かに進にしてみれば、生まれ育った町ではない西方で一人になって不安かもしれない。しかし、西方の暮らしにも慣れてきていたし、茜も弥次郎もいれば、事情を知っている終吉や芳も応援してくれるのである。そして少し我慢をすれば、御家再興を果たして武士の階級に戻り、若原の家とも元の関係に戻れるのではないか。

松陰先生の推挙により二人扶持を頂き、辰吉たちの協力によって油の商売もうまくいっているが、曾祖父のようにいつ扶持は召し上げられるかわからないし、油の商売もいつまでもうまくゆくとは限らないのである。常に自分を高め、多くの人に認められる人にならなければ、若原の家を飛び出してきた進に申し訳がないのである。

安五郎はもう一つ大きな思い違いをしていた。安五郎にとっては、自分をここまで育て、自分に読み書きを教えてくれ、最期に病魔が取りついてやせ細った母の梶が、孝行とは学問を修め御家を再興することといい、そして自分を学ばせるために丸川松陰のところに戻した記憶が鮮明に残っていた。当然に、進も同じように自分に期待していると思っていたのだ。いつの間にか進と梶を重ねてしまっている自分がいた。しかし、母の梶と進は違うのである。

これらの違いを、すべてをうまくまとめるためには、自分が納得行くように学問の道を究め、そして学問の道で国をよくするしかない。そしてそれが、以前から進が自分に行っていた「身分とは何か」の答えなのではないか。

安五郎は、大きく深呼吸をし、そして大きく息を吐いた。

そんな安五郎を見て、進は袖で涙を拭った。

「わかりました。お待ちしております」

背筋を伸ばし、その膝の上には瑳奇がすやすやと眠っていた。少し豊かになった家の囲炉裏に掛かった鍋の中には、野菜などが入っている。何気ない日常が離れてゆくことを感じていた。

「すまぬ。堪えてくれ」

「あなた様に御家再興のためと言われては仕方がありませぬ。でも、なるべく、なるべく早く戻ってきて、瑳奇に父の顔を見せてあげてください」

これからどうなるのであろうか。このような田舎家で、一人で、いや瑳奇と二人で耐えられるのであろうか。そう思うと、安五郎に心配をさせてはいけないと思いながらも安五郎の胸の中に自分の顔を埋めるしかなかった。この家に嫁いできたころには、安五郎からは汗と菜種油の臭いしかしなかったのに、いつしか行燈の煤の臭いが混じるようになっていた。

近は、襖の向こう側で二人の話を聞きながら、五郎吉や梶も幼い阿璘を新見に出した時、このように悲しんだのであろうと、隠れて涙を流していた。


「不甲斐ない」

進の悲しそうな表情に、後ろ髪を引かれる思いで京の都に来た。そして、寺島白鹿の塾の門を叩いて数カ月になる。安五郎にとって学問の上での初めての挫折を感じていた。

「学問の淵源がわからぬ」

生涯の師と仰いでいる丸川松陰からは「斯文《しぶん》には淵源（儒学の根源）がある。それを探り求めて帰ることを期待する」と詩を送られているにもかかわらず、それが全くわからないのである。

「悩んでいるようであるが」

「はい、白鹿先生。実は松陰先生より学問の淵源を探るよう申し付けられておりますが、全くわかりません」

寺島白鹿は、安永五年（一七七六年）に丹波で生まれたとされるので、安五郎が門をたたいた文政十年は五十一歳。ちょうど、安五郎が阿璘と名乗って思誠館に行った時の丸川松陰と同じ年齢である。寺島白鹿も当時では著名な学者であり、その実力は五摂家の九条家の家士となって公家の家に学問を手ほどきに行くほどであった。それだけに、武家だけではなく公家の中における儒学というものの解釈を得意とし、また、身分にとらわれることのない考え方をしていた。そのような関係から後に、御所日之御門（建春門）外に開設された学習所、後の学習院の初代講師としても名前が挙がるほどの学者であった。

「松陰先生が、若い安五郎殿に託したものでしょう。しかし、松陰先生ほどの方がわからない淵源を、我々がわかることは到底無理ではござらぬのではないか」

真剣に考えて答えているのかどうかわからない飄々《ひょうひょう》とした受け答えは、どことなく笑いを誘う。このような言い方は、公家の中であまり厳しい本音を言えず、何事もオブラートに包んだような言い方をしなければならない中での物言いである。古い京都の人の間では、かなり遠回りでどのようにも取れる言い方をし、直接的な話し方をしないが、武家の時代の公家の言葉はまさにそのような物言いの中心であった。安五郎のように、なんでも直接的に物事を表現する環境、それも、文字が読めない人の多い農村部に長くいた経験からすれば、真剣に取り合ってもらえていないのではないかと、初めのうちはかなり深く悩むほどであった。数カ月たって、やっとそのような言い方に慣れてきたものの、それでもその真意がわからないことが少なくない。

「先生、それをわかるためにはどうしたらよいでしょうか」

「さあ」

「さあではなく、ぜひ教えてください」

白鹿は、何も言わず、安五郎を一瞥すると、会話が終わったというような感じで自分の目の前の書物に目を移した。安五郎もこれ以上は何も言えない。しぶしぶ、自分の机に戻るしかなかった。

「そういえば」

しばらくして、白鹿が大声を上げた。

「はい」

「物事の真実を知る時は、一方向から見ていてはわからぬのではござらぬか」

「一方向から」

「そう、例えばこの湯呑。横から見れば四角、上から見れば丸、近くで見れば、深く掘ってある。底から見上げれば浅く盛り上がっている。学問を知るためには、学問ではないところから物を見ればよいのではないかな」

「学問ではないところから……ですか」

寺島白鹿の学問とは、いつもこのようなものである。質問に直接的に何かを答えることはない。何かヒントを与えて、そのヒントから真理に近づく道筋や方法を教えるというやり方である。公家に教えるときは、自分が教えたという実績を作るのではなく、高貴な人々が自分で気づいたというようなことが必要なのである。そしてそのためには、相手に質問された後、しばらく時間をおいて、その顔色を見ながらヒントを与える。寺島白鹿は、その教え方で安五郎に接していたのである。

しかし、学問ではないところといっても、安五郎には何のことかわからない。白鹿のことであるから、ここで何かを聞いても「さあ」としか言わないことはよくわかっていた。では、白鹿に頼ることはできない。このような時は、生涯の師である丸川松陰の行動を思い出し、それに倣うしかない。では、松陰はどのような行動をしていたのか。

「そういえば、松陰先生と円覚和尚は仲が良かった。何かあれば、いつも意気投合して話をしていたではないか」

安五郎は思い出した。自分も何か困ったことがあれば、新見へ行って円覚和尚のもとに行っていた。

「では、京都でも僧侶に話を聞いてみればよいのではないか」

江戸時代は、コンサルタントのような商売はない。この時代物事を相談するとなれば、親や師匠などを除けば、あとは落語に出てくる裏の隠居か寺の僧侶しかいない。それは学者であっても同じことであった。

「誰かよい僧侶はいないか」

「それならば、座禅の体験会があるらしい」

さすがに、寺島白鹿の私塾の門弟に聞くわけにはいかない。そのころ、ちょうど塾に出入りしていた但馬国の僧侶弘補《こうほ》という者があった。彼はどうも儒学に大変興味があるらしい。一方、安五郎は京都における仏教に興味があったので相談したのであった。

「なるほど、体験会ならば行ってみてもよいかもしれない」

「私がそこの蘭渓禅師《らんけいぜんじ》に話しておきましょう」

弘補はそういうと、期日を教えてくれた。

このことがあってから、安五郎は休みのたびに蘭渓禅師のところに座禅を組みに行くようになった。

「その方か、学問がわからぬと座禅を組みに来た者は」

「はい」

何回か座禅会に参加している時に、蘭渓から聞かれた。

「心の目を開けよ。仏の声を聴け。よいな」

「心の目ですか」

「目で見えているものは仮の姿。心の目で見る物こそ真の姿であろう。心も真実の真も同じく『シン』と読む。心こそ真実なのだ」

禅師は、そう言うと心を澄ませることを教えた。

学問も心と関係がある。しかし、それ以上のことはわからなかった。


板倉勝職から許された京都遊学は、この年の年末までであった。安五郎は、学問の上ではほとんど何も得ることがなく、心の目で見ること、心を澄まさなければ物事の真実が見えないことを蘭渓禅師に習ったところで、一度西方の家に戻った。

「おかえりなさいませ。長旅お疲れでございましたでしょう」

進は、行商に行っていた時と全く変わらない姿で安五郎を迎えた。足を洗う桶を用意し、濡らした手拭いを出した。当時の、旅から戻った人に対する通常の作法である。

京都での学問の目的を達することができず、不甲斐ないと思って帰ってきた安五郎にとっては、嫌味と思えるほどの優しい進の対応であった。そして、その進の横には、家を離れる時には首が据わっていなかった瑳奇が、いつの間にか一人で座れるようになって、自分のことを不思議そうに見上げている。

「進、戻った」

進との間には、それ以上の言葉はいらないと安五郎は思った。しかし、進としてはもっと自分を労って欲しかったのではなかったか。一人で、誰も知り合いのいない西方の家を守り、子供を育てていた。薄給とはいえ俸禄が入るが、進と近では油の行商もできない。その間、油の行商は年老いた茂作が行っていた。そのような思いがたまっていた進は、草鞋を脱いだ安五郎に背中から抱き着いた。

「あ、ああ。これ進に似合うと思って」

安五郎は、懐から手拭いで丁寧に包んだ簪《かんざし》を出した。きらきらと細工が光った。

「ありがとうございます。きれいですね。大事にします」

「ああ、あとこれ」

荷物の名から出てきたのは、京の千代紙でできた風車であった。同じ柄の千代紙もある。

「瑳奇のためにですか」

「ああ。何がよいかわからなかったので」

「本当にありがとうございます。優しい旦那様でうれしゅうございます」

背中から抱き着いた手をほどいて、進は改めて頭を下げた。

「進さんは、毎日毎日、安五郎さんの歩いて行った方向を見て、あなたの帰りを待っていたのですよ。毎日見ても帰ってくるわけないのに。毎日、安五郎さんの御膳も用意していたのです」

義母の近が囲炉裏の横でそう言った。その話を聞いた瞬間、安五郎の胸は痛んだ。

「お義母様、そんな話はいいのです。旦那様、今度はしばらく家にいらっしゃいますよね。瑳奇もこのように遊ぶようになったのです。安五郎様と遊ぶのを楽しみにしています」

平人の姿は見えない。平人は、油の行商を覚えるために、茂作について出て行っていた。冬で外は雪がちらつく中、まだ幼い平人は外で様々なことを学んでいた。

「皆に苦労を掛けました。申し訳ない。不甲斐ないことに、京の都まで行っても何も得ることができませんでした。新見の思誠館で神童などと呼ばれていても、京の都に行けば、人並み以下です」

その時、進は思い切り安五郎の頬を張った。パチンと大きな音がして、その音で進は自分のしてしまったことの大きさに驚いたようであった。

「あっ、申し訳ございません」

安五郎は、左の頬に手を当てながら、それでも怒ることなく進を見て姿勢を正した。近は安五郎が怒るのではないかと、進を庇う姿勢になっていた。いつの間にか、近と進は非常に仲の良い「親子」になっていたのである。

「でも、でも。私がどんな思いで待っていたか。それなのに」

進は、泣きだした。今は、安五郎がいる安心感、そして、いなかったときの寂しさ、昨日までの不安が一気に進を押しつぶしてしまったかのようだ。その不安の中にあっても、夫である安五郎の活躍を期待していたのに、出てきた言葉は何とも弱気な言葉であった。もちろん、一般の人々が見た成果と、安五郎自身が求めて、これくらいはできるであろうと思っていた成果とはレベルが異なるものであったかもしれない。進もそうであろうということは分かった。しかし、それでも京の都での手柄話を、嘘でもいいから聞きたかったのである。

「いや、悪いのは私だ。次に私が弱気なことを言ったら、また叩いてください」

安五郎はそう言うと、進に微笑みかけた。

それからしばらく、安五郎はまた油の行商と、たまに松山城下に行って藩校に通う生活に戻っていた。たまに、油の行商で新見へ行ったが、松陰に学問の成果を報告できなかったため難しい顔になって帰ってくるようになった。いつしか新見の行商は茂作と平人に任せるようになっていた。進は、そんな難しい顔をしている安五郎に何か役に立てることはないかと心を痛めるようになっていた。もしできるのであれば、もう一度京都に行かせて思う存分学問に打ち込んでくれた方が安五郎のためではないか。そんな安五郎を自分が引き留めてしまっているのではないか。

「安五郎様、もしご納得できていないなら」

「何が」

安五郎は、書物を読んでいるときは、進の言葉であっても丁寧な対応はしなかった。本来ならば、今は話しかけてはいけない時なのに、進は思い余って声を掛けてしまったのだ。瑳奇が寝ていて、近も平人も部屋にいない今しか話す機会はなかなかないのである。

「すみません。次に安五郎様が京都に行かれるのであれば、是非ご納得いくまで学んで頂けるように、また留守をお守りします。そう言いたかっただけです」

本を読んでいるときは、振り向きもしない安五郎が、本を閉じて進の方に向き直った。

「辛いのではないか」

「いえ、いや、辛いです。一人で、いや瑳奇と二人で待っているのは本当に辛いです。このまま安五郎様が返ってこなかったらどうしようとか、そんなことばかり考えてしまいます。でも、戻られた日に自分が不甲斐ないと言われ、それからずっと安五郎様の難しい顔を見ていることは、もっと辛いです」

安五郎はにっこり笑った。

「私はそんなに難しい顔をしていたか」

進は、小さくうなずいた。

「では、もしも板倉様から再度お許しが出たら、そうさせてもらおう。本当にそれで良いのか」

「我慢できます」

進は、固く決心したのか、真剣な顔をしながら涙を流していた。


二年後の安政十二年（一八二九年）三月、安五郎は再び板倉勝職から許しを得ることができ、京へ遊学することになった。この時、家業を任せてしまっている平人にこんな手紙を送っている。

「私が学問に励むのは、まことにやむにやまれぬものなのです。亡き父の志は継がなければなりません。そこで家を捨て、身を忘れ、家業を省みず、慈母の恩に背き、妻子の愛をなげうち、遠く学問のために家を出て、他人のあざけりをも心にかけないのです。例え力が尽きて途中で死んでも構いません」

安五郎は、平人に後を任せることができるようになったことが、少し嬉しかった。それだけに家業も任せて京都で学問に打ち込めるようになったのである。もちろん、進にも感謝の念を持っていた。

そこまでして京都に来ても、やはりまだ学問の淵源には辿り着けなかった。一回目の遊学と同じように寺島白鹿のところで学び、そして午後になると、蘭渓禅師の寺に行って禅を組む毎日であった。

このころには、同じ寺島白鹿の塾で学んでいた春日潜庵《せんあん》と仲良くなり、ともに学問の淵源を探るようになっていた。春日潜庵は、以前蘭渓禅師の座禅会を教えてくれた弘補和尚、この時は還俗して池田草庵と名乗る青年から紹介された寺島白鹿の同門の者であった。

安五郎は、この春日潜庵とともに蘭渓禅師のところで座禅を組むようになっていた。

「お前、何者だ」

安五郎と春日が寺から出ると、そこに数名の武士が立っていた。

「拙者は、久我家《こがけ》諸太夫・春日越前守仲恭の息子、春日仲襄と申す」

武士たちは、春日はどうでもよいという感じで安五郎を取り囲んだ。下手に公家の家人に手を出すと、いくら幕府の役人であるといっても後が面倒であった。そのために公家の家人はそれを名乗っただけで誰何《すいか》をするのを止めるようにしていたのである。

「私は寺島白鹿先生のところで学問を学んでおります、松山藩の安五郎と申します」

「怪しいな。何故松山藩の人間が苗字も名乗らず、身分もなく、京都で学問などできるのだ」

「いいえ、松山藩で二人扶持を頂き……」

「そのようなことは聞いていない。引き立てよ」

「ちょっと待て」

春日は必死に止めに入ったが、多勢に無勢。役人達は、そのまま安五郎に縄を打って奉行所に連れて行ってしまった。

「その方が安五郎か」

白州に出され、後ろ手に縛られたまま筵《むしろ》の上に座らされた安五郎に、縁の上から、細長い色白の顔の男が声を掛けた。

「はい」

「学問をやっていると聞くが」

「はい」

「なぜ学問をやっているのに、禅寺などにいたのだ」

「学問の淵源を求めるためです」

「ほう、学問の淵源。それならば、書を読み学べばよかろう」

「苟《まこと》に日に新た、日々に新たに、又《また》日に新たなり、と申します」

壇上の武士はニヤリと笑った。

「ほう、大学か。少しはやりおるな。では、禅までやるということは知者はこれに過ぎ、愚者は及ばずということになるのかな」

今度は安五郎がニヤリと笑う番であった。縄を打たれ白州に引き出されているのに、安五郎は、思誠館で問答をしているのと同じような楽しさを感じていた。

「中庸の一説ですね。天の命これを性と謂《い》い、性に率《したが》うこれを道と謂い、道を修むるこれを教えと謂う、ではありませぬか」

姿勢を崩さず、安五郎は答えた。まさかこのようなところで、今まで学んだことが役に立つとは思っていなかった。そして、その学問の言葉で会話ができるというのは、京に来てからなかなか体験できなかったのである。そして、その楽しみを、畳の上に座る色白の役人も同じ楽しみを味わっているようであった。それはすぐにその男の行動になって表れた。

「おい、誰か、縄を解いてやれ」

「よろしいのですか」

「ああ、なかなか学んでおる」

　一人が駆け寄って安五郎の縄を解いた。

「拙者は大坂奉行所の与力、大塩平八郎と申す。大坂東町奉行高井実徳殿が、山田奉行であったことの伝手《つて》をもって、九条家家士寺島白鹿先生に問い合わせ、学問の徒であることが明白となったため、無罪放免とする」

　大塩平八郎と名乗った男は、書記やほかの与力がいるので、沙汰として大声でそれを言うと、安五郎を近くに呼び寄せた。

「安五郎殿、貴殿のことであろう。どのくらい前であったか、新見の丸川松陰先生のところで神童阿璘と言われたのは」

「お恥ずかしゅうございます」

　まさか、大坂奉行の与力が自分のことを知っているとは思いもしなかった。

「学問の淵源と申したな」

「はい、その丸川先生から、探ってまいれと申しつかっております」

「それならば、禅ではない。あ、いや、禅も構わぬが、それだけではないのだ。」

「そう申しますと」

「まあ、ここでは言いにくいが、学問は儒学、朱子学だけではない。まずは学問が学問をもって知るべき。そして、学問で見えなくなった部分は、行いをもって知るべし」

「行いをもってですか」

「詳しいことは言えないが、いや、言ってもいいが、もう少し貴殿が学んでからが良かろう。ただ知《ち》行合一《ぎょうごういつ》、この言葉だけ覚えておかれよ」

「知行合一」

色白の大塩という男は、ニヤリと笑うと、扇子を広げ、口元を隠した。

「絶対に、寺島白鹿先生には言うな。自分で学べ」

「はい、いや、また教えを」

「そのうちにな。これ以上ここにいると、またお縄になるぞ」

大塩はそう言うと、扇子を動かして犬を追い立てるように安五郎を白洲の外に出した。

大塩平八郎は、自身「三大功績」としている弓削新左エ門の不正摘発と、切支丹摘発、破戒僧の摘発を大坂東町奉行高井実徳と組んで行っていたが。このうち破壊僧摘発は、京都奉行・奈良奉行・堺奉行などと行動を共にするようになっていた。破壊僧の摘発で寺を巡っているときに、たまたま町から安五郎が出てきてしまったのだ。

その後、大塩平八郎が京都に滞在している間、何度か安五郎は春日潜庵とともに大塩を訪ね、祇園で酒などを飲みながら大いに学問を語った。しかし、大塩は最後まで「知行合一」に関して安五郎には教えなかった。のちに春日潜庵も陽明学の道に進むのは、大塩平八郎や山田方谷の影響であることは間違いがない。

大塩と会った直後の五月、安五郎は丸川松陰に対し「天人の理をきわめ、性命の源に達し、大賢君子の境地にまでのぼることによって初めて解決できると考えた」と手紙を送っている。大塩と会ったことによって大きく学問が進んだのである。

その年の師走に安五郎が家に戻ると、すぐに板倉勝職から呼び出しがあった。学問を修めたことにより、苗字帯刀を許され、八人扶持を給せられ、中小姓格に上がり、藩校有終館会頭（教授）を命じられたのである。

「これで御家再興ですね」

進は、安五郎がやっと父母から託された一族の夢を達成できたことを、自分のことであるかのように喜んだ。しかし、それにも増して、長い間の遊学で安五郎に会えなくなるということがなくなると思ったのである。やはり、二回の京都遊学は辛かった。経済的には生活に多少の余裕があったとしても、安五郎に会えないことは辛かったのである。

「苦労かけたな。進。ありがとう」

瑳奇も何のことだかわからないが、父の顔を見て笑顔を見せるようになっていた。

まもなく、新しい年がくる。そんな冬の日に、家の中はいつもより温かかった。

9　城下

世は、安五郎が山田という苗字と帯刀を許され、正式に武士になって御家再興をしたことを祝うかのように年号が天保に変わった。正式に山田安五郎と名乗り、松山藩藩校の有終館の会頭となって人に教える立場になったのである。

天保元年（一八三〇年）、世情は「おかげ参り」というものが流行した。江戸で神符が降ったなどの神異のうわさが発端となり，各地から群衆が伊勢神宮に集団参拝したのである。伊勢神宮は、皇統を示す象徴であり、そこに群衆がゆくというのは、幕府にそれだけ力がなくなったということでもあるが、幕府もそこまで気に留めていなかった。それどころか、おかげ参りによって経済が活性化し、物流が動くようになったことから、幕府もある程度奨励していたのかもしれない。また、それまで関所などで人の出入りを管理していた体制が崩れてしまう。もちろん民衆にとっては良いことであり、観光旅行のような感じで全国的なブームとなっていたのである。

思誠館の丸川松陰も、この年に古希をとうに過ぎて六回目の年男、七十二歳になった。江戸や京都には遊学したことがあるが、死ぬ前に伊勢にお参りしたいということで、竹原終吉と清水茂兵衛を伴って西方の家に現れた。もちろん、山田安五郎にも供をお願いしたいということである。事前に慎齋先生から手紙をもらっていたが、まさか本当に松陰先生がこの家に来るとは思ってもみなかった。

「終吉さん、それに茂兵衛さんも」

昔は安養寺の木に登って遊んでいた終吉が、いつの間にか大人になり、腰に大小の刀を帯びていた。進は、あまりの変わりように笑ってしまった。

「進殿、お久しぶりです。すっかり山田家のお嫁さんになりましたね」

「はい、お久しゅうございます。もう子供もいるんですよ」

瑳奇は四歳になった。現在の満年齢で言えば、三歳になってやっと歩くようになったところである。そんな瑳奇が進に手を引かれてやってきた。

「私が見立てた赤子ですね。一番初めに見つけたのはこの茂兵衛おじさんですよ」

茂兵衛は、大きな薬箱を土間の端に置いて、瑳奇の方に近寄った。

「おお、阿璘殿の子供か」

丸川松陰は、元気に歩く瑳奇を抱き上げると目を細めた。

「先生、瑳奇と申します」

奥で旅支度をしている安五郎に代わり、進が瑳奇の紹介をした。

「この翁のことがわかるかの。そのうち、この翁が瑳奇殿にあった日本一の学者を娶《めと》らせて進ぜような」

「先生、瑳奇はまだ四歳です。許婚には早いですよ」

「でも先生、瑳奇殿が祝言を上げるまで達者でいていただければありがたいです」

終吉は、そのように言って茂兵衛の肩をたたいた。ただ茂兵衛は、何も言わなかった。自分で松陰を見立てているだけに、そんなに長くはないことはわかっていた。少なくとも長旅は、これで最後であろう。茂兵衛は一瞬暗い表情をしたが、進や終吉、何よりも松陰に覚られないようにすぐに笑顔に戻した。

「さあさあ皆さん、田舎のお饅頭ですが、いかがですか」

近がお茶をいれ、庄屋の茜の家からもらってきたお饅頭を持ってきた。

「いやいや、これは黍団子《きびだんご》ですね」

「おいしそうだ」

安五郎も、旅支度を終えて出てきたところである。

「なんだか、桃太郎みたいですね」

進は笑った。ちょうど、瑳奇に最近お伽話を聞かせているところである。備中国であるだけに、やはり桃太郎は最も有名である。

「そうか、では松陰先生から黍団子をもらわないと」

「誰が猿で雉と犬は誰かな」

「あれは、十二支から来ているから、申酉戌の順で黍団子だったな」

茂兵衛や終吉は、口々に他愛もないことを話していた。

「よし、では一番の猿は終吉殿。何よりも近くにいて娘の芳を奪っていったからな」

「はい、申《さる》です」

「次の雉は茂兵衛だ。何しろ、巣立って津久井まで飛んで行ってしまった」

「そうか、飛んで行ってしまったか」

「そして犬が阿璘殿だ。今でも学問の深淵を探して、この松陰に師事してくれている」

「いや、結局一番手が掛かるということですか」

「この間までは私と円覚和尚が手を焼いていたのだが、進殿に苦労を掛けているようになってしまったから困りものだ。でも、いつかここ掘れわんわんと、何か大きな宝を見付けるかもしれない」

「ありがとうございます」

礼を言ったのは進の方であった。そんな会話があっても、瑳奇は、松陰の膝の上で何か一人遊びに興じていた。おとなしい良い娘である。松陰は、そんな瑳奇と離れがたいような思いを持ちながら、三人を引き連れて旅に出ていった。

今回の旅は伊勢参りに行くだけである。今までのような京都に遊学に行くのとは全く異なる。それに茂兵衛も終吉も一緒だ。京都に行ってしまうときのような悲しみはなく、笑顔で送り出すことができたのである。

「いや、まさか板倉様に我々も面会が叶うとは思いませんでした」

「それどころか、池田様にも、また大坂の城代様も、まさか、こんなに多くの方々が松陰先生を迎えてくださるとは思いませんでした」

　土産話というのは尽きないものである。丸川松陰は、この時代では有名な学者であったため、元の松陰の門下生や江戸の佐藤一斎の門下生は、丸川松陰一行を温かく迎えたのであった。そのために、茂兵衛や終吉や安五郎では普通会いたくても会えないような人、または学問の世界では憧れと思うような人々と、多く会うことができたのである。この時の経験は、後に安五郎にとって貴重な経験になる。

「そうそう、津の藤堂様のお屋敷に行ったら、安五郎も有名であったな」

　茂兵衛はそんなことを言い始めた。

「あれは、足守藩の木下殿が、藤堂殿のお生まれだから、木下殿が知らせたのであろう」

　松陰は、長旅で疲れたのか、声を出すのも少し掠《かす》れていた。そういえば、茂兵衛の持つ薬箱は、心なしか数カ月前に来た時よりも軽そうに見える。

「ところで、進殿」

　その苦しそうな松陰が、また瑳奇を呼び寄せて自分の膝の上にのせると、進に声を掛けた。少ししわがれた声になっているので、進は耳を近づけないとうまく聞き取ることができなかった。

「板倉様にお願いして、引っ越すことになった」

　進は、何のことを言っているのかわからなかった。松陰が、松山かあるいはどこか他の場所に引っ越すのかとも思ったが、それならば松山藩主ではなく、新見の関の殿様になるはずだ。では誰がどこに引っ越すのであろうか。

「松陰先生が殿とお話しなさって、我が家が引っ越すことになった」

安五郎は、きょとんとして何を言っているかわからない進にそういった。

「えっ、なんですって」

「有終館の隣、松山城下本丁に引っ越す」

「いくら何でも、八人扶持のそれも有終館の会頭がいつまでも西方の郷にある油の行商の家ではよくないであろうと、松陰先生が殿に言ってくださったのですよ」

終吉は、我が事のように自慢げに言った。

「は、はい」

「藩に何かあった時に、山田安五郎を使おうとしても、あんなに辺鄙《へんぴ》なところに住んでいては困ると仰せで、板倉様も、城下へ移り住めということになりました」

この三人の会話では、常にまとめ役は茂兵衛である。ここでも最後にまとめたのは茂兵衛であった。松陰は、懐から伊勢神宮の辺りで買ってきたお手玉や歌留多を瑳奇に見せて、喜ぶ顔を見ている。好々爺という言葉はまさにこの時の松陰のためにあるのではないか。

「では引っ越しをすればよいのですか」

「私は嫌じゃ」

横で聞いていた近が田舎言葉のままで言った。

「近殿、まあ、でもこの家が無くなるわけではありませんので」

「そうか、ならばわしは平人とここに住むじゃ」

「はい、わかりました」

進も、せっかくこの西方に慣れてきたので、このまま西方に住みたいというようなわがままが通らないことはよくわかっていた。先に義母の近にそれを言われてしまったら、どうしようもない。もしも、進が自分自身も西方に残ると言えば、安五郎は許してくれるに違いない。しかし、それでは、若原の家を捨ててまで安五郎と結婚した意味がなくなってしまう。

「それにしても急ですね」

「いや、急がなくてもよい。準備ができたら引っ越そう」

松陰と終吉と茂兵衛を送り出し、進はまた忙しそうにしていた。

「進、すまぬ」

「いえ、何を言っているのですか」

「やはり、進には武家屋敷に住まわせてやりたかったのだ」

「そんな」

進の意見を聞かずに、何でも決めてしまうのが安五郎の悪い癖であった。進のことを思ってやっているのであるが、いつの間にか進を無視してしまったようになってしまう。今回の引っ越しはその安五郎でさえわからないうちに、松陰が決めてしまったようなものだ。でも進の少し困ったような表情を見ていると、安五郎は詫びずにはいられなかった。

数日後、辰吉のところからいつもの佐吉、正蔵、伊助、それに辰吉の妻である加代と佐吉の妻のみつがやってきた。引っ越しには女手も必要だし、引っ越した後の西方の家の掃除もいるであろうということで、女性が二人ついてきたのだ。正蔵と伊助はまだ所帯を持っていなかったので、辰吉の妻が来たのであった。

「これだけですか」

引っ越しの荷物は三人分の食器、そして、少しの衣類、安五郎の書物、その他は瑳奇の物ばかりであった。

「いえ、これが大事な物なんです。お義母様、安五郎様が持って行ってよいでしょうか」

進が出したのが、あの長持であった。

「山田家の家長は安五郎さんです。どうぞお持ちください」

近は、そう言った。

「進さん、この中は何が入っているのでしょう。何か割れ物とかあると、運び方に注意しなければならないんで」

この時代、食器などを運ぶには、箱に入れるか、あるいは藁で包んで運んでいた。現在であるならば、新聞紙で割れ物は包むのであるが、江戸時代に新聞紙はないので、どこにでもある藁やボロ布で包んでいた。佐吉や伊助が気にしているのはそのことである。特に、家紋の入った長持であり、家長が持つ物といえば、当然に大事なものばかりなはずだ。そんなものを傷つけたりしたら、辰吉に殺されかねない。

「実は、私も何が入っているのかわからないのです」

「では開けてみましょう」

「お義母様どうですか」

「それは安五郎さんが決めることです。私にもわかりません」

近ですら知らなかった。近は五郎吉の後妻であり、また、そのような詳しい話を聞く前に五郎吉は死んでしまったのである。

「開けてみればいい」

安五郎は、そう言うと、自分が率先して長持を開けた。長持は木でできていたが、その外側と内側に鉄板が張ってあった。後醍醐天皇の時なのか、それともその後にできたのかわからないが、かなり古いものであり、江戸時代の細工ではないことは明らかであった。

「この長持、親方にお願いして鉄板を新しくしてもらいましょう。姐さん、どうでしょう」

「ああ、そうだね。うちの人に言えば、そんなの簡単だよ。でもそれは松山の御城下に運んだあと、長持だけお借りしてやりましょうね」

辰吉の妻加代はそう言うと、一つ一つ長持の中から入っている物を出した。もちろん、傷つけないように下には加代が持参した風呂敷を敷いた。

一番上には、丸に吉の紋が入った裃が入っていた。五郎吉が何かことがあるたびに幼かった安五郎に見せて、山田家の昔のことを語った物であった。そして、その下には柄に家紋の入った脇差が入っていた。

「これは、安五郎さんの家が昔武士だったってことの証だね」

みつは横で興味深そうに見ていてそう言った。加代は黙ってその鞘を抜いて確認すると、五郎吉はたまに手入れしていたのか、中身は行き届いたものであった。

「こんな物も」

その下には桐箱に入った盃と古いお札、そして今はない山田家の祖先の守った佐井田城の絵図面、そして戦国時代の物と思われる毛利輝元や小早川隆景とやり取りした書面や書付、その下には桐箱に入っていた名のある人の手と思われる掛け軸、さらに、後醍醐天皇の御製の書かれた掛け軸、一番下には、丸に吉の字の家紋の入った幟旗が入っていた。

「本当に武士の、それも、かなり位の高い武士の家だったんだねえ」

加代は感心しながら言った。

「これなら御家再興が悲願となるのがわかります」

みつも横でうなずいた。その横で全て広げた長持の中身を見て、進が涙を流していた。

「これをお父様が見たら、私は……」

若原彦之丞が見たら何と思うであろうか。身分の差どころではない。元々は、安五郎の家の方がはるかに上の身分なのだ。それも天皇から直接認められ家紋をもらえるほどの家なのである。

「進さん、お父様もそのうちわかってもらえる時がありますよ」

佐吉は、具体的に何か考えがあって言っているわけではなかったが、何か進に声を掛けないわけにはいかなかった。

「ほら、あんたたち、もう一度丁寧に、埃とか払いながらしまって、積み込みなさい」

加代は、てきぱきと指示をした。みつは、それまで眺めていたが、加代の声にはじかれたように、立ち上がると、幟旗や裃を丁寧に畳み、食器などを箱に戻して長持の中にしまっていった。

安五郎は、進の肩に手を回すと、家の壁を見た。この二人は引っ越しの本人なのに郷愁に浸ってしまい、手が動かなかった。御家は大事だ。御家がしっかりしていればこそ、瑳奇も将来幸せになれる。しかし、安五郎自身、自分はどうなんだろうという思いが強かった。ボロボロの襖や菜種油の臭いの染みついた壁を見ながら、なんとなくそんな考えを巡らせた。

「いや、思誠館の出世頭は違うな」

佐吉は、その場を明るくするために、わざと大きな声で言うと、大八車に荷物を載せて松山城下まで運んだ。

「進さんは疲れているから」

正蔵と伊助は駕籠まで用意して、進を気遣った。進は、また生活が変わることについて神経質になっていた。しかし、佐吉や伊助など男ではそのようなことはわからない。加代はかなり姐御肌で豪快な性格ではあったが、その分女性に対する心配りは素晴らしい。瑳奇を膝の上にのせて駕籠に乗っている進を気遣いながら歩いていた。瑳奇は、駕籠に飽きたら一番なついている佐吉の横に行って、道端に生えるたんぽぽの綿毛などを飛ばしながら楽しそうに歩いていた。

松山城下本丁の邸宅は、かなり広いものであった。もともと有終館の会頭屋敷であり、その昔は藩主の御控様《おひかえさま》が住まわれていたと聞く。御控様とは、藩主や藩主の世継ぎにもしもの事があった場合、その家が継嗣がないことで取り潰されないように、予備として存在している人のことである。この時代、子が多い場合には、他の大名家などに養子に行ってしまう。そこで、養子に出さないように、御控様として隠して城下に住まわせていたことが少なくなかったのである。しかし、板倉勝職は、男の子がすべて夭折してしまったために、御控え様の家は必要がなくなって空いていたのである。そのような人が使っていた屋敷だけに、黒く塗った門は、八人扶持中小姓格では分不相応ではないかと思われる立派なものであった。

「すごい家じゃない」

周囲の武家屋敷は、どんな人が来るのか興味津々で、引っ越しの大八車が着くと、すぐに野次馬が集まった。しかし、そこに現れたのは、野良着を着た夫婦と子供、そして、鉱山人夫の法被姿の男たちであった。

「なんだ、あれは」

「どこの田舎者が迷い込んだのかしら」

そのような人込みを分けて、大石源右衛門が馬に乗ってやってきた。

「山田安五郎殿、松山にお越し、何よりです」

黒の門を開けて、山田夫婦を中に引き入れた。

「大石様まで来ているよ」

「何か、すごい方なのかしら」

近所の興味は尽きなかった。

「お武家様、荷物を入れてようございますでしょうか」

「おい、大石様は筆頭家老であらせられるぞ」

佐吉は大声で言うと、大石の従者である若い侍が慌てて出てきて、注意した。

「そんなの、鉱山夫には関係ないなあ」

佐吉は不貞腐《ふてくさ》れて、門の横で瑳奇と遊んでいた。

「おお、これは山田殿のお付きの方、申し訳ない。運び込んでくだされ」

「へい」

それを聞いて正蔵と伊助はすぐに入ろうとしたが、それを加代が制した。

「あんたたちは頭が悪いねえ。荷物を置く前に掃除が先だろ。埃の上に荷物を置くつもりかい」

「はい」

「佐吉とみつさんは掃除の手伝い。伊助と正蔵はそこで待ちながら瑳奇ちゃんのお相手。わかったね」

加代はそう言うと、襷《たすき》をかけてまるで戦に行くような意気込みで家の中に入っていった。加代は、このようなところで松山藩の侍を見返してやりたいというような気持ちもあるのだろうか。もともと武家のことがあまり好きではない加代は、こういう時に完璧な仕事をすることで見返すようにしていた。

引っ越しの作業は、その日の夕方まで続いた。

「今日は泊まっていってください」

「いいのかい、進さん」

「はい、もちろんです。今夜は皆さんがいた方が心強いですし」

「では今日はゆっくりさせていただきます」

佐吉が言うと、加代はその佐吉を呼び止めた。

「佐吉、みつ、あんたたち二人は、ここに残りなさい」

「ええ、どういうことですか」

佐吉は驚いた。残るというのは、どういうことなのか。

「これだけのお屋敷に、進さん一人で残すわけにはいかないだろう。明日からは安五郎さんは、有終館で講義をしなければならないし、進さんは近所の御挨拶とかしなきゃなんないんだ。瑳奇ちゃんの面倒はだれが見るんだい」

「は、はい」

「今までは、近さんや平人さんがいたし、茂作さんもいたよ。でもここ松山にはいないんだ。で、どうする」

「はい、誰かが助けるのが」

佐吉は口ごもった。そのことは自分が辰吉の下から離れてここに暮らすということを意味する。

「そうだよ。それに女には女がいなきゃダメな時もあるんだ。みつさん、あんたが進さんを助けなきゃなんないんだよ」

「はい、加代さんならそう言うと思いました」

みつの方は、すでに心得ているかのようであった。

「明日戻ったら、あんたらの荷物は、伊助に運ばせるから。今日から佐吉とみつは、山田家の奉公人だよ。それは辰吉の命令だからね。あんたたちが仕事をさぼったり、変な対応をして成羽の辰吉の名前を汚すんじゃないよ」

「へい」

「別れの盃は、近いうちにうちの旦那を越させるから、それでいいね」

「へい。では安五郎様、これからよろしくお願いいたします」

驚いたのは安五郎だ。

「いや、加代さん。そんな。申し訳ない」

「八人扶持でこんな立派なお屋敷にいるのに、下働きもいないようではだめだよ。うちでできるのはそんなもんだから。遠慮しないで使ってやって」

加代は、そう言うと、進が用意した酒を一気に飲み干した。

松山城下の毎日は忙しかった。

引っ越した翌日から、安五郎は有終館会頭の仕事に就かなければならなかった。板倉勝職の治世で財政が悪化しているにもかかわらず、新規で八人扶持も与えられているのである。そんなに楽はさせてもらえない。そうなれば、当然に、通ってきている門弟たちの面倒を見なければならない。安五郎の自宅にも門弟が何人も相談に来るようになっていた。また安五郎の指導は熱心であったので、門弟にお茶などを出さなければならない。加代の言うとおり、女性の奉公人がいなければとても仕事が回らない。西方村の時のように、油を搾ったり野良仕事をしたりというようなことはなかったが、その分、いつも誰かに見られているような感じがした。

進も一生懸命に近所付き合いなどをした。しかし、初めの頃に感じた松山藩の武家の人々の違和感、特に、御婦人方に感じた違和感は消えなかった。

「西方の方が良かったです」

ある日、夕餉《ゆうげ》の時に進は安五郎に言った。

「何が」

「西方ではあんなに皆で助け合っていたのに、ご城下では、皆が他の人を蹴落とそうとしているようにしか見えません。茜さんや弥次郎さんがいろいろな物を持ってきてくれたり、田植えを皆でやっていたり、体は辛い時がありましたけど、楽しかった。でも今は、皆何か他人の粗探しをしているようで、何か居心地が悪いのです」

西方は、農村である。村の人々皆で協力しなければ生活が成り立たない。しかし、松山の町は、商業と武士の町である。そのために商人であれば、表面上は良い顔をしていても、競合を蹴落としてでも利益を自分のものにしなければならないし、また、武士であれば、他を蹴落として、限られたポストに自分が入らなければ出世できないのである。松山藩の武家屋敷がなんとなく一体感を保っているのは、先祖伝来の武士たちの間に関係があり、また、その中での縁組などがあったので一体感があるのだ。安五郎のように新規で、なおかつ松山藩と関係のない家は、格好のいじめの対象にしかならなかった。それでも安五郎は、そのようなことをあまり感じなかった。いや、有終館が大変で感じる暇がなかったのだ。

一方、近所のあいさつ回りをし、そして普段は家にいて、瑳奇の遊び相手なども探さなければならない進は新見、西方、そして松山の人の違いを敏感に感じていた。家を捨てて単身出てきてしまった進にとって、毎日家にいて、近所の人々や行商の人々と付き合ってゆかなければならない、家を守る身としては、おせっかいともいえるほど助け合う西方の方が居心地が良かったのかもしれない。そして、そのような中で、今までとの違いに戸惑いながら人一倍頑張ってかえって無理をしてしまっていた。そのような現代で言うところの過大なストレスは、しだいに進の心と体を蝕《むしば》んでいったのであった。

「見ました。あの山田殿。学問はできるけれども、全く武士としての心得はないみたいですよ」

「それはそうよ。もともと卑しい油売りだったんでしょ」

「刀の中身は竹かもしれませんね。竹光《たけみつ》っていう模造品でしょ」

周囲の口さがない人々の嘲笑が毎日聞こえてきた。特に町方の加藤家の妻むつ、小泉家の妻信子、そして大店の岸商店の奥を取り仕切る陽《はる》の三人は、特に厳しく何か事あるごとに進に辛く当たり、また極端に曲解して山田家を中傷したのである。

「山田家の奥様、確か、進さんとおっしゃったかしら。新見藩の武家の出とか」

「いやいや、武家の家が貧農の油売りに娘を出すわけないじゃない」

「それはそうね……噂をすれば」

三人の中傷は遠慮会釈ない。古今東西、巷の御婦人方の井戸端会議が、街の雰囲気をよくする例がない。それは、そこに、彼女たちの嫉妬の感情が入り交じり、そして事実が歪められて広まってゆくからに他ならない。嫉妬いう感情ほど、人間関係と世の中の雰囲気を悪くするものはないのである。

特に、加藤家はもともと有終館の講師をしていた家柄であったために、今の山田安五郎に対する嫉妬は激しく、また、岸商店は広く油や醤油を商売にしていた家であったので、評判の良い安五郎の油を目の敵にしていたのである。

「気にしちゃだめですよ。奥様」

「奥様って言うのやめてください。今までみたいに進さんで」

「はい、進さん。でも、あの手合いは、世の中でまともに戦ったら勝てないから、ああやって集団になってわざと悪く言うだけですからね。加代さんなんかいたら、捕まえてひっぱたいてやるのに」

みつは、進に努めて明るい声で言った。進の表情が、暗くなってゆくのがなんとなく気がかりであった。

翌天保二年（一八三一年）二月。松山は雪に覆われていた。家の中で六歳になった瑳奇がお手玉で遊んでいた。お手玉は、みつが裁縫で余った布にそば殻を入れて作ったものだ。みつは街に買い物に出ていた。進はこのころになるとあまり街の中に出なくなっていた。やはり街の中のいわれのない誹謗中傷や悪い噂が気になってしまっていたのだ。今でいう鬱病に近い感じであったのかもしれない。少し体を休めようと、進は瑳奇がひとりで遊んでいることを確認したのちに、そのまま奥の部屋に入って横になっていた。精神的に疲れていたのか、そのまま うとうとと寝てしまったのである。

「奥様大変です」

みつの声が聞こえた。

「奥様、火事です。早く逃げてください」

「瑳奇は」

「瑳奇ちゃんは大丈夫です」

「長持」

みつは、そうやって奥に行こうとする進を制して、力ずくで外に引き出した。

「山田家の、山田家の宝が」

「大丈夫、先日辰吉の頭がしっかりと鉄で長持ちを直していますから」

「でも本が。安五郎様の本」

「本はまた手に入ります」

瑳奇の投げたお手玉が、どうなったのか。たぶん仏壇のろうそくに当たり、その炎が何かに燃え移ったのに違いない。たまたま、この日、安五郎は西方の近の様子を見に行っていたために、有終館にはいなかった。進と瑳奇を外に出した後、みつは台所に出ると水甕の水を掬っては少しでも火の回りが小さくなるようにしていた。

「奥様と瑳奇様は大丈夫か」

「あい。大丈夫だよ」

「水はいいから、奥様と瑳奇様のそばにいてくれ」

佐吉はすぐに町の火消しに援助を求めに走った。進は瑳奇の手を握ったまま燃え上がる家を見上げているだけであった。まるで人ごとのように、天に燃え上がる炎を見ていた。

「進さん、しっかりして」

「きれい」

進の口から出た言葉はそれだけだった

「えっ」

「本が燃えるのって、きれい」

何かが切れてしまったのかもしれない。みつは、少し正気を失っている進を一人にしておくわけにはいかなかった。進と瑳奇を左右の手でしっかりと抱え、目の前で燃えてゆく家をただ見ているしかなかった。

「あの中に入ったら、幸せかな」

「何言ってるのですか。進さんは瑳奇さんを連れて家から離れて」

しかし、心を病んでしまっている進は、なかなかそこを動かない。みつは二人を引き離して、家や屋根が焼け落ちてきても怪我をしない場所まで下がるしかなかった。

「大丈夫か」

佐吉が火消しを連れて戻ってくる頃には、屋敷のいたるところから炎が上がっていた。

「進さんと瑳奇さんは無事。でも」

「おい、火を消すぞ」

火消しの面々は勇敢に火に立ち向かっていた。進はあの火をきれいと言っていたこと、炎の中に入っていた方が幸せかもしれないと思っていたことを少し悔やんでいた。しかし、心の底には、この街に住んでいて、陰口の中で過ごすよりも火事の中で死んでしまった方が良かったのではないかという気がしていた。この街の婦人たちのいじめは、そこまで進の心を蝕んでいたのである。

「おかあさん」

瑳奇は、火がすべてを焼き尽くすことが怖いのか、それとも自分のお手玉が原因であるということをわかっているのか、進の手をぎゅっと握って、か細い声で言った。

「大丈夫。瑳奇のことは母が守ります」

瑳奇の声と小さな手の力が、やっと進を正気に戻した。瑳奇は進の左足にしがみついて泣いた。

火事は、山田安五郎の家の隣の有終館まで燃やし、火消しの人々の活躍でやっと収まった。進にしてみれば、梶が忌まわしい過去や誹謗中傷をすべて燃やしてくれたかのように思った。

「進さま、これは燃えていませんでした」

佐吉は、黒くなってしまった鉄の長持を持ってきた。長持は、辰吉が新たに作ったものも入れて全部で四つあった。開けてみると、中には銀色の簪が光っていた。安五郎が進に、京都遊学のお土産で買ってきたものであった。

「安五郎様。ごめんなさい」

やっと緊張の糸が切れたのか、進はその場に膝をついて、長持に顔をうずめて泣いた。

戻ってきた安五郎は、すぐに御根小屋に呼ばれ、松連寺の一室での謹慎を命じられてしまった。そして進と瑳奇は、佐吉とみつを連れて西方の家に身を寄せる結果になったのである。しかし、その方が進にとっては幸せであったのかもしれない。

第三章　陽明学という名の光と影

1　洗心洞

安五郎にとって三度目の京都遊学であった。

自宅の火事の類焼で藩校有終館も焼けてしまったので、しばらく有終館で学ぶことはできなかった。そのため、安五郎は謹慎が解けても、藩校での仕事に戻ることができなかったのである。そんな中、板倉勝職は三度目の京都遊学を許可したのである。これは、板倉勝職が安五郎だけを贔屓《ひいき》したのではなかった。安五郎と他の藩士との軋轢《あつれき》を避けるために、一度松山から安五郎を引き離したのである。もちろん、藩において学問が重要であるということを理解していたことも大きな要因である。

今回は、進も瑳奇も何も言わなかった。自分たちが安五郎の留守中に火事を起こしてしまったので、城下にいてもお役目が果たせないということがわかっていたのである。進自身が安五郎がいないことによる不安に押しつぶされてしまったことで火事を起こしてしまったので、安五郎が京都に学びに行かなければならなかったのではないか。そう思うと、引き留めたい気持ちは強くても、その言葉が出なかった。

「進さん、安心しな、俺たちで今度は火事にならない家を造ってやるから」

辰吉はにっこり笑うと、休みの人足を集め、松山城下に新しい家を建て始めた。もちろん、その隣の有終館の補修も行っていた。

板倉勝職が凡庸であり、なおかつ瀟洒《しょうしゃ》な生活をしていたおかげで、備中松山藩の財政はかなり逼迫していた。勝職にしてみれば、自分の血を分けた世継ぎもいないのに、一生懸命藩政を行う必要がないというような感覚もあったのかもしれない。生まれながら凡庸であるとか、あるいは藩政を省みないというだけではなく、何か、現実世界から逃げてしまいたいというような「刹那的」な生き方を勝職はしていたのではないか。そのために、松山藩の民はもちろん、武士たちも、苦しい生活を送らなければならなかった。しかし、そのような藩の民よりも、最も心を病んでいたのは、板倉勝職自身であったのかもしれない。

領民の苦しみとは異なり、安五郎たちにはこの藩の事情がかえって幸いした。この火事の一件でも安五郎は早めに謹慎が解けたうえ、家の再建も有終館の補修も自費でやるならば好きにしてよいと許可が出たのだ。安五郎は、家の再建のことを辰吉たちに任せることができたのである。もちろん藩の財政が苦しいので、費用はすべて安五郎の負担となったが、それでも辰吉がかなり融通してくれていた。また、不祥事をした人物が松山の城下にいることを望まないのか、家と有終館の再建が終わるまでの間は遊学してよいということになったのである。

「寂しいけれど、瑳奇を守らなければなりません」

「そうです、進。その意気です」

松山の家が火事になってから、進と瑳奇は西方の実家に戻ってきていた。心が病んでしまうような松山に借家をすることは望まなかった。そして進のところには、佐吉とみつだけでなく辰吉の妻である加代も、子供の松吉たちを連れて安五郎の実家に集まった。みつが進の心の病を佐吉や辰吉に、それとなく伝えていたのである。心配した辰吉の仲間たちも、皆で進を励ますためにやってきた。西方の安五郎の家は久々に多くの人が集まっていた。

「また西方の郷が賑やかになったねえ」

庄屋の家から茜が何かと様々な料理を持ってきた。

「本当だ、俺の椎茸もしっかり料理されているよ」

裏の弥次郎が嬉しそうに茜の持ってきた椎茸の煮付に手を伸ばした。茜は、すぐにその弥次郎の手をたたくと、皆がその光景を見て笑った。

「なんだか、毎日がお祭りみたいね」

義母の近は、朝自分の部屋から起きてくると、そう言って目を細めた。裏では茂作が薪を割る音が聞こえる。佐吉とみつも進と瑳奇と一緒に、この西方の家にしばらく住むことになった。さすがに母屋に一緒に寝るわけにはいかないので、油を搾る作業場の片隅に仮の部屋を作って住むようになった。そこに毎日、進の様子を見ることを兼ねて加代や松吉が交代でやってきていた。

「朝になったら囲炉裏の周りにみんなが寝ているから、何か楽しいねえ」

近は、文句を言うどころか、松吉と瑳奇に手伝わせながら、そこにいるみんなの朝ごはんの準備をするような毎日であった。進は、松山城下の息苦しいところから解放されたような気がした。命の洗濯とは、まさにこのことであったのかもしれない。


「大塩先生は、いらっしゃいますでしょうか」

進と瑳奇のことを心配しなくてよくなった安五郎は、松山から高瀬舟に乗って岡山まで出た。岡山で瀬戸内海を渡る船に乗り換えて大坂に向かい、そこから三十石船で淀川を上る。当時は、この道程が一般的であった。一回目と二回目の京都遊学の時は、資金が乏しいので、船は使わずすべて徒歩、そして安全な場所であれば野宿で移動していたのであるが、八人扶持になると、少し余裕ができてくるので、船で移動できるようになっていた。安五郎はその途上で大坂に立ち寄ったのであった。

「大塩先生、備中松山の安五郎にございます」

「おお、あの時の安五郎殿か。しっかり覚えていますよ。これは久しいのう」

「東町奉行所に赴きましたら、お辞めになってこちらで私塾をされていると伺いましたので、お約束もなく立ち寄らせていただきました」

このころ、大塩平八郎は大坂東町奉行所を辞め、自宅で「洗心洞《せんしんどう》」という私塾を開いていた。

「ところで、わざわざこのようなところに訪ねて来るというのは、あの時と同じようにまた捕まりに来たのか」

安五郎と大塩平八郎の出会いは、安五郎が破壊僧の摘発時に座禅の場から出てきて怪しまれたのが始まりである。その時の取り調べに当たったのが大塩平八郎であった。

「いえ、先生はあのお白州の時に、知行合一という言葉をおっしゃっておられました。そのことをぜひ教えていただきたいと思い、参上した次第でございます」

取り調べの白州で、大塩平八郎は安五郎に学問の話をした。儒学では足りないということを述べ、そして座禅まで組まなければならないほど学問に追い詰められた安五郎に知行合一ということを教えたのである。安五郎はその言葉の意味をどうしても知りたくて大塩を訪ねたのだ。

「そうか。それならば、まず」

大塩はそう言うと、奥に向かっておーいっ酒、と大きな声を上げた。すると、若い女性が徳利を二本とお猪口《ちょこ》を持ってきた。

「しのと申す。当洗心洞《せんしんどう》の奥の者だ」

「奥の者、というと」

「つまり、学問を習いながら、台所仕事や掃除などを行っているということだ」

女性は肌艶や指先を見ると、まだ若いようである。しかし、一つ一つのしぐさや身のこなしはすっかり大人びていた。人を外見で判断してはいけないのであるが、家族や親族ではなく、ただ弟子として身の回りの世話をしているというのは、様々な事情があるのではないか。年相応の雰囲気ではないことも、しのと呼ばれる女性には隠された何かがあるのかもしれない。

「安五郎殿、この女が気に入られたか」

「いえ、それは、なかなか答えにくいことでございます」

「そりゃそうだな、嫌いだと言えば女が傷つくし、好きだといえば次の展開が見えない。相手が若い女性であれば、答えに気を使わなければならない。まあ、安五郎殿はそれだけ遊び慣れてはいないということでもあるがな」

「はい、そのような遊びはほとんどしてきませんでしたので」

大塩は、少し顔を赤くして俯いている安五郎を見て大笑いをした。そして自らのお猪口に手酌で酒を注ぐと、徳利を持って安五郎にも勧めた。しのは別に酌をするわけでもなく、ただそこにいるだけである。

「安五郎殿、別に、この女を抱けと言っているわけではない。そういう時は美しい方だが自分の好みではないとか、女は心ですとか、そういった感じで答えればよい。そうすれば、少なくとも女の容姿をけなしたことにもならないし、また無理強いされることもない」

「はい、勉強させていただきます」

安五郎はそう言うと、注がれた酒に口をつけた。

「まあ、こうやって酒を飲みながら学問の話をした方が、忌憚《きたん》なく言いたいことが言えるであろう。初対面に近い関係ならば、なおさらだ。ついでに、男二人では話が込み入ってくると様々な問題が出る。顔を潰したとかそういった話になるのは良いものではない。そこで、学問のわかる女を横に置いておくことにする。まあ、それほど不細工でもなければ、うるさくもない。そう思ってここに居て話を聞くように申し付けてある。よろしいかな」

「はい。学問のわかる方でしたらありがたいです」

大塩は、そのまま酒を飲み、しばらくはお互いの近況を話した。

大塩は、自分のことを取り立て、自由にやらせてくれていた大坂東町奉行高井実徳が、御三卿の田安家の家老になるために、大坂を去ってしまったのを機に、奉行所の与力を辞め、自分のやりたい学問の塾を開いたという。しのは、洗心洞に通いながら学んでいるというが、安五郎から見ればどうしても男女の関係にあるようにしか見えない。もちろん大塩は、一見豪放磊落な性格であるために、このような場でも自由気ままに振る舞うと思っていたが、しのも全く姿勢を崩さないし、大塩も特にしのを気にする素振りはなかった。しかし、その間に漂う空気が、他のどんなことよりも多く二人の関係を教えてくれているようにも感じる。もっとも大塩の言うとおりに、学問のことはわかるらしい。

何か口をはさんだり、話に参加したりはしないものの、相槌などは全く同じなのである。まだ学問の話に辿り着かない大塩の話よりも、シンクロする二人の反応の方が安五郎には興味があった。

「さて、安五郎殿のお話も伺おうか。京の都で座禅を組んでいた時よりも、はるかにご立派になられたようであるが」

安五郎も自分のことを話した。進という女性と結婚していることや、瑳奇というかわいい子供を残してきていること、今回で三回目の京都遊学に行くこと、そして、松山藩で八人扶持になったこと、そして先日失火で火事を起こし藩校有終館も燃やしてしまい、謹慎処分になったことなども話をした。

「そりゃ大変だったなあ。でも謹慎というのはその間、本をたくさん読めるであろう」

大塩は、そう言うと立てた片膝を崩し、お猪口をしのに差し出した。しのは、おとなしく大塩の隣に座り、お猪口に酒を注いだ。その息の合ったしぐさは、やはり何かあるように感じてならない。

「本はたくさん読みましたが、どうも大塩先生のおっしゃられる言葉がうまく見つかりません。そろそろ、知行合一について教えていただきたく思います」

「まだ酔いが足りないな」

大塩はそう言うと、近くにあった少し大きめの小鉢を手に取り、その中になみなみと酒を注いで、安五郎の方に差し出した。もちろん、この酒を飲めということであることは間違いがない。安五郎は、黙ってそれを受け取ると、一気に飲み干した。しのは、それを見届けると、徳利一本を残して、奥に一旦下がった。他の徳利が空になったのであろう。

「なかなか、いける口ではないか」

「いえいえ、酒が良いので」

「灘の生一本だ、当たり前だろう」

大塩は赤ら顔で大声で言うと、安五郎に酒臭い息を吐きかけた。

その酒臭い息で、安五郎の中の何かが、プツンと音を立てて切れてしまった。いつまで経っても自分の知りたい話をしてくれない大塩に、何か得体のしれない黒い感情がむくむくと心の奥に湧き上がることを感じた。しのが奥に下がってしまったことも自制心を失った理由かもしれない。大塩の言う通り、男が二人でいるとなぜか気が荒くなるようだ。

安五郎は、それでもさすがに大塩平八郎に掴み掛かるわけにはいかなかった。これから教えを請う立場であるし、また、相手は武士であり、こちらはまだひ弱で刀も握ったこともない。この黒い感情を落ち着かせるために安五郎は、徳利を持つと、小鉢に自分でなみなみと注いでまた一気に飲み干した。

「大塩殿、さてそろそろ学問の話をしましょう」

珍しく安五郎にしては凄みのある声が出た。先生という敬称も辞めた。大塩もその雰囲気に気圧されたようである。しのがいないと、大塩も意外とおとなしかった。

「よし、学問について教えてやる。お上は儒学と朱子学しか教えない。しかし、本来学問はもっと深いものである」

そう言うと、大塩も小鉢に換えて徳利を空にした。いつのまにか、しのがもう一人女性を連れてきて、大塩の周辺を片付けさせている。大塩は真っ赤な顔に笑顔をつくりながら、姿勢を正した。やはり大塩も学者なのである。どのような時でも、学問を行うときには姿勢を正す。しのも学問を志す一人なのか、同じく姿勢を正して大塩の方に向き直った。

「学問とは、朱子学だけではないのですか」

「安五郎よ。何を言っておる。そもそも『儒学』とか『朱子学』というように学問の名前がついているということは、他の学問と区別するからであろう。ということは他にも学問はある。ということは他の学問、特に朱子学と反対側のものも学びそのうえで、全体を俯瞰しなければ、学問の世界全体はわからぬであろう」

大塩も安五郎と呼び捨てになっている。

「なるほど、それは道理でございますなあ」

「そんなこともわからないで悩んでおるのか」

「いや、その境地に達しようと思っているからこそ、座禅を組んで己の内面を研ぎ澄ませておりました。しかし、どこぞの与力がいきなりお縄にするから、困ったことになったのでございましょう」

安五郎はそう言うと大仰に笑って、また小鉢で酒を空けた。美味そうに飲む姿を見て、大塩も慌てて自分の前の小鉢を酒で満たし、そしてすぐにそれを空けた。

安五郎はなるべく丁寧な言葉を選んだが、かなり酔っているのか、語気が荒くなってきている。大層酔っていても、苦しいというのではなく、何か非常に楽しい。学ぶ、そして議論をするというのはこんなに楽しいものなのか。改めて、学ぶことの楽しさを教えてもらっているようだ。

「そりゃそうだ。学問と仏教は全く異なる。ましてや破戒僧など、訳のわからん坊主が出てきて、世情を騒がせおるではないか。だいたい、仏教は仏の世界を教えるところであって、人の世の様々なことを教えるものではない。ましてや、今の世の中の学問などは教えてくれようはずがない。だいたい、仏の世界に行ったことがない者が仏の世界のことを話しているんだから、信用なんか出来ようはずがない。宗教などというものは人を騙《だま》す戯言《たわごと》に過ぎんではないか」

仏教を「人をだます戯言」と言い切る大塩に、さすがに安五郎には、同意しかねるところがある。

このような話を新見の円覚和尚が聞いたら何と答えるのであろうか。しかし、酒の上の話として聞いている分には、特に腹が立つものでもない。円覚和尚であっても、深いしわの中に余裕のある笑みをたたえ、戯言をうまく受け流し、適当に笑いに変えて返していたであろう。そして目の前に座る大塩はそのように考えているのだな、学問と仏教の関係をそのように捉えているのだな、としか思わないであろう。安五郎は、そのようなことを思っていた。

「では、他の学問とは一体何でござろうか」

「これだよ」

大塩は、傍らから一冊の本を取り出した。

「伝習録《でんしゅうろく》」その表紙にはそのように書いてある。それほど古い本ではないようで、表紙の端が少し擦れているものの、あまり汚れていない。大塩があまり読んでいないのかあるいは何度も読んで新たに買い替えたところであろうか。

「これは」

「朱子学の先生である、朱熹《しゅき》と同じような時代に、全く違う観点から物事を捉える学者が唐《から》の国にはおったそうだ」

「その学者とは」

安五郎は前に乗り出した。最も気になるところである。ここだけは酒に酔っていても聞き逃すことはできない。

「王陽明《おうようめい》」

「オウヨウメイ」

「そうだ。それは、その王陽明の書いた本だ。もちろん写本であるが、朱子学ばかりの幕府の下ではあまり学ばれていないようで、書店に行けば余っているようだ」

「読んでもよろしいですか」

「くれてやる。しっかり学べ」

大塩は至極満足そうな顔をすると、また小鉢になみなみと酒を注いで飲んだ。安五郎も同じように自分で注いで一気に飲み干した。


そこからの記憶は全くない。その日は大塩の家の一部を塾にした洗心洞で酔いつぶれていた。小さい布団部屋で目が覚めると、部屋の片隅になぜかしのが小さく座っている。

「おはようございます」

「はい、ようお休みでございました」

「しのさんは、どうしてここに」

「はい、普段は私がこの部屋に寝泊まりしております。安五郎様のお休みになっておられる布団が私の布団でございます」

しのの布団にそのまま寝てしまって、しのは寝ていなかったのか、あるいは、畳の上に寝たのであろうか。

「それは、申し訳ない」

安五郎は慌てて布団から飛び出すと、布団のを直して部屋の隅に移った。

「いえ、そんなに気を使われなくてもよろしゅうございます。大塩先生のように……フフフ」

「私は、何か失礼なことでも」

「ゆっくりお休みでした。でも、奥様は進様とおっしゃるのですね。ずっと寝言で……」

「あ、いや」

「進様がうらやましゅうございます」

しのはそう言うと、にっこり笑って部屋を出て行った。ここに住んでいるといいながらも、部屋の隅に鏡台が一つあるだけで他に何もない、納戸といっても全く分からないような部屋であった。何か様々な事情があるのであろう。しかしその事情を聴くのもよくないことのように思えた。

大塩に深く礼を言い、その横に妻のように立っているしのには、少し恥ずかしい思いをしながら、淀川の船着き場へ向かった、懐に、大塩からもらった「伝習録」と「洗心洞箚記」があることを確認しながら三十石船で、その日のうちに京都に入った。

2　崎門

「安五郎殿も、陽明学に気が付かれましたか」

春日潜庵はそのように言った。

「これはすごい学問です。今まで学んできた中で腑に落ちなかったことが、ストンと体の中に入ってくる。潜庵殿もそのように思わぬか」

「ああ、確かにすごい。朱子学とは全く異なる。やはり、安五郎殿ならばそう思われたであろう」

それからというもの、潜庵と安五郎は二人で陽明学の研究に没頭した。もちろん、寺島白鹿の塾の中では朱子学の話をしなければならない。そのために春日潜庵と二人で時間を作り、陽明学の内容を考えるようにしていたのである。

「例えば今までの学問では、『理』と『気』というものが二つあって、『理』つまり物事の本質が形になった『気』が集まって人間になると考えていた。しかし、こっちの学問では人間は、『気』が集まっているだけではなく、『理』も一緒にできているということだ。その人間が私利私欲に染まっていなければ、理に従った行動ができる。つまり、自分の思ったように動くことこそが、世の本質であるということになる」

当時の学問は、現在の哲学のように「人間とは何でできていて、どうやって行動をするのか」ということを学ぶ学問である。そして、朱子学と陽明学では「心」つまり仁、義、礼、知、信を含む人間の本性と、情と欲とが入り混じったものがあり、それとは別に、宇宙の真理である「理」があるとされている。朱子学では、「心」は「情や欲」によって悪に侵される可能性があるとして、為政者になるためには学問の研鑽《けんさん》と静坐《せいざ》により達成した人でなければならないとしていた。しかし、陽明学では、「心」と「理」は一体化したものであり、心が私欲により曇っていなければ、心の本来のあり方が理と合致するので、心の外の物事や心の外の理はないと説いているのである。

このように、人間の行動原理がわかるから、人間を治めるための方法がわかり、そして為政者としての心構えがわかる。その人間すべてに「欲や情を捨てさせること」はできないと思う中で、どのように学問を世の役に立てるのか。朱子学では学べない内容で、陽明学の中に答えがあるということを、安五郎は見抜いたのである。

潜庵は、安五郎のその慧眼《けいがん》に感心した。

「たぶん、王陽明の言う『心即理《しんそくり》』ということは、これであろうと思うのだ。しかしそれは、かなり難しいのではないかと思う」

「安五郎殿、何がそんなに難しい。思うままに動けばよいということであろう」

「どうやって人間は、自分が私利私欲に傾いていないとわかるのか。そのことをわかる方法が難しいのではないか」

「そうか」

潜庵はそこまで考えていなかった。確かに、自分のことを自分でわかるようにならなければ、心即理は逆に自分の欲望のままに動くことになってしまう。そしてそれは、自分自身でもわからないことなのではないか。

「もう少し本を熟読しないとわからないか」

「しかし、これまで学問として習って考えてきたことと全く違うな」

「ああ、全く違う。学ぶ学問によってこうも違うものなのか」

新たな学問を学ぶということに、安五郎は目を輝かせた。今まで朱子学を学んでいる中で、壁に当たっていたことが次々と見えてくる。物事というのは角度を変えてみたり、考えたりすると、今まで見えてこない景色が見えてくるということを、安五郎は改めて感じていた。

「心即理を普通の人にしっかりと教えるには、どうしたらよいと思う」

潜庵は、安五郎に尋ねた。学問というものは自分たちだけがわかっていても意味がない。これを、どのように広めるかが大きな問題なのである。

「例えば、神社に行って神頼みするのと似ているということではないか」

「どういうことだ、安五郎殿」

「いや、神社に行けば、我々は必ず何かを祈願する。しかし、そのお願いというのは、神様がしてくれるのではなく、神様の力を借りて我々自身が行うことだ。つまり、神に誓って私利私欲を捨て、自分のやるべきことをやると心に決め、多くの人と力を合わせるから難しいこともできる。まさにそのようなことを言っているのではないかな」

「なるほど。確かに、神社で神様が何かを直接してくれるということはないな」

潜庵は、安五郎の理解の早さに驚いた。身近にあることと学問を、常に結びつけて考える。その姿勢は、誰でも理解しやすいので、他の人に物事を説明する時に最も役に立つ。当時は「読み・書き・算盤」だけができればよく、それ以上の学問は『娯楽』といわれていた時代である。それは、学問が実際の生活や社会の中では役に立たないし、また商売上も生活の上でも一文の得にもならないからである。しかし、安五郎の行う学問はそうではなく、日常自分たちが行っていることに、必ず学問の起源を当てはめて解釈するということが行われていた。潜庵は、その安五郎の考え方に非常に畏敬の念を抱いた。

「これ以上のわからないところは、白鹿先生に聞けばよいのではないか」

潜庵は、そのように安五郎に言った。わからないことを習うために、京都で遊学しているのである。

しかし安五郎は、なんとなく嫌な予感がして、四書五経以外の学問に関しては、寺島白鹿のところには持ってゆかなかった。寺島白鹿は、朱子学以外の学問を問うてもしっかりとした答えが返ってこないような気がしていた。いや、それどころか師弟関係がおかしくなるような危険性を、安五郎は感じていたのである。

しかし、春日潜庵は全くそのようなことは気にせず、白鹿の前に『伝習録』を持ち込んで話を聞こうとした。

「なんだね、君は」

『伝習録』を見た瞬間、寺島白鹿は眉根をひそめ、手にした扇子を忙《せわ》しなく動かし始めた。明らかに機嫌を損ねた様子だ。同じ部屋で学んでいた安五郎にも、その緊張感が伝わってくる。京都の初夏の暑さからだけではない、安五郎の背中に一筋に冷たい汗が流れた。

「何か問題でもあるのですか」

「これは、四書五経とは全く異なる本ではないか」

「はい。しかし、学問には変わりはないのでは……」

「学問、陽明学が学問と申すか」

「やはり、先生も陽明学をご存じで。しかし学問ではないとは、どういうことですか」

「幕府は朱子学以外の学問に関して、寛政異学の禁で学問とは認めておらん」

寺島白鹿は、そう言うと、春日潜庵の出した『伝習録』を横に放り投げた。もちろん、本が崩れるほどではなく、本に対する敬意は感じられたが、それでいて丁寧な物の扱いではなかった。書物をそのように扱う白鹿を安五郎は初めて見た。この陽明学は、白鹿の機嫌をそこまで悪くするものであるということなのであろう。

「幕府が認めないものは、学問ではないのでしょうか」

「そうだ」

意外な言葉であった。さすがに聞き捨てならぬと思い、安五郎も寺島白鹿に詰め寄った。

「先生、それはあまりにもおかしくはないでしょうか。では伺いますが、幕府が常に正しいという証は、どうやって我々は知ることができるのでしょうか」

「幕府が正しいか正しくないかということを、なぜ君たちごときが判断しようとするのだ」

なんだ、安五郎もか。白鹿の表情は明らかにそう語っていた。

「幕府は絶対に過ちを犯さないと、先生はそのようにおっしゃるのですか。様々な学問を学び、そして幕府が過ちを犯しそうになれば、意見を具申してお諌めすることこそ、我らが臣下の役目ではないでしょうか」

「臣下の役目だと」

「礼記にも『人の子たるを知りて、然《しか》る後に以って人の父たるべし。人の臣たるを知りて、然る後に以って人の君たるべし。人に事《つか》うるを知りて、然る後に能《よ》く人を使う』とあります」

「うるさい、出て行け。お前ら二人は破門だ」

白鹿は、安五郎の言葉に怒りの表情を浮かべた。そして、何も答えることなく、寺島白鹿は席を蹴って奥に行ってしまった。

「さて、どうする」

安五郎は困った。まさか、陽明学を学んで破門されるとは思ってもいなかった。

「こういうこともあると思って、次を用意してある。もう一人の先生に相談しよう」

春日潜庵は、鈴木遺音《すずきいおん》の門をたたいた。

鈴木遺音は、天明三年（一七八三年）生まれの京都の学者である。寛政異学の禁があったため、学ぶ者が少なくなっていた山崎闇斎《やまさきあんさい》の崎門学派《きもんがくは》の家学を護《まも》って京都で私塾を開いていた人物である。当時の陽明学の第一人者である。

崎門学派とは、山崎闇斎が解釈する朱子学であり、君臣・師弟の関係を厳しく教え、大義名分を特に重視するなどし、暗愚で秩序を乱す君主が来た場合であっても、その君主を追討する湯武放伐《とうぶほうばつ》を否定したのである。それだけではなく、天照大御神に対する信仰を大御神の子孫である天皇が統治する道を神道であると定義付け、天皇への信仰、神儒の合一を主張し、尊王思想を重視する垂加神道《すいかしんとう》、そして吉川神道《よしかわしんとう》の思想的な根源になっていたのである。そこから、幕府が目指す林派の朱子学とは異なり、様々な学問を比較検討するようになっていた。陽明学も、その中の一つとして学ぶことを推奨していたのである。

「鈴木先生、ご紹介します。この人が備中松山藩の山田安五郎殿です」

潜庵は、すでに何回もここに来ていて、すでに旧知の仲のようである。

「ほうほう、中にいらっしゃい」

潜庵は、奥の間に安五郎を通した。

陽明学を志している人は、朱子学のような形式ばった権威を嫌う人が多く、きさくで人間味があふれる人が多いように感じた。まだ大塩平八郎と、この鈴木遺音しか知らないのであるが、新見の丸川松陰先生以外、松山の有終館に集まる人々を含め朱子学を志す人とは全く異なる雰囲気がある。安五郎自身を快く受け入れてくれるような雰囲気が、非常にありがたかった。

「鈴木遺音と申します。大坂の大塩平八郎殿から聞いております。そのうち貴殿が必ず現れて、陽明学を学ぶはずだと。意外と早かったですね」

「大塩殿が」

「彼も、ここに来て伝習録を学んだ仲間です」

鈴木遺音はにっこりと笑って、本を一冊取り出した。大塩平八郎がくれたものと全く同じ『伝習録』がそこにあった。なるほど、この本の出どころはここであったか。安五郎はすべてを納得した。

「では先生、ぜひ私にも王陽明の学問をお教えください」

「いや、安五郎殿。私は教えはしません。春日殿も大塩殿もそうですが、うちは、自分で学ぶのです」

「自分で学ぶ」

「そうです。学問というものは、初めこそ誰かに習うものですが、あとは自分で学ぶものでしかありません。崎門学派では、君主と臣下の間の関係はかなり厳しく学びます。ということは、ここで師弟関係となってしまえば、皆さんは私の言うことに全て従わなければなりませんよ」

「はい、学問とはそのようなものではないでしょうか」

「それでは伝習録に書いてある『心即理』とは、全く異なります。私は君主ではありません。ですから一緒に学ぶのです。そして、お互いに議論し、お互いにこの時代に合った学問の結論を考えなければならないのです。理は万人に共通かもしれません。しかし、心は人それぞれ違います。心が違うから排除する、それが朱子学です。しかし、心を持ちながら良い心に従えば、理に近い判断ができる。こう考えるのが陽明学であると思っております」

鈴木遺音は非常に温和で、年齢の割には老成された物言いである。反論をすることも可能であるが、しかし、温和でゆっくりとした物言いであるだけに、一つ一つの言葉に重みがあり、反論をしたくても何もできない。このように相手の心を捉えて、そのままゆっくりと話をしてゆく方法もあるのだ。

「なるほど、その通りですね」

「まあ、ですからうちは学生とか師弟とは言わず、仲間と呼んでいます。大塩平八郎殿も、春日潜庵殿も、もちろん山田安五郎殿、あなたもあなたが望むのであれば、今日から仲間ということになります」

「もちろん、仲間でよろしくお願いいたします」

こうして安五郎は陽明学と出会った。

3　一斎

京都での二年間は嵐のように早く過ぎ去った。新たな学問である「陽明学」は、安五郎に改めて学ぶことの面白さを教えてくれた。何しろ今までの朱子学とは全く異なり、単に覚えるだけではなく、自分で考えなければならないような事ばかりであった。そして一つ一つ、朱子学と陽明学の違いを比較し、同じ物事でも捉え方で解釈が全く変わってくるのだということを学んだ。人間も同じで、同じ物を見ていても、感じることは全く異なるものだ。いや場合によっては、同じものでも注目しているところが全く違う場合もあるのだ。安五郎は、朱子学と陽明学を通して、学問の面白さや人の心の深さを学んでいる気がしたのである。

「『心即理』で気と理が同一のものであり、自分の心の中が私利私欲にまみれていてはいけないということになる。ではどうやって心が私利私欲にまみれているかどうかを判断するのか。それこそが『致良知《ちりょうち》』ということなのではないだろうか」

「安五郎殿、まさにその通りと思います。理とは、王陽明の言葉では『良知』となる。朱熹は『知を致すは物に格《いた》るに在り』として理を一つ一つ極めて行くことで物事の是非を判断すると言っているが、王陽明は『知を致すは物を格《ただ》すに在り』として物を心の理としてそれを正すことによって知を致すと解釈している。そういうことなのかな」

鈴木遺音は、このようにして安五郎と潜庵の議論に入ってきた。

「では、知行合一とは何でしょう。もともと、大塩殿にこの言葉を言われて、大変解釈に窮しているのです」

「そりゃ、安五郎殿。『理』と『良知』が同じものであり、それが私利私欲のない『気』つまり『心』で臨めば、それは『理』と同一になる。つまり、私利私欲のない心で行ったことは自然と全体の『理』と同じということになりますね」

「はい。そこまでは本の通りと思います。しかし、『行』ということがこの中には出てきません」

「なるほど。では『理』を知りながら、行動しない人はどうなのでしょうか」

鈴木遺音は、そのように言った。

「思っているだけで何もしないのでは、何の効果もありません」

「安五郎殿の言う通りですね。知っていながら行わないということは、まだ知らないということと同じです。逆に言えば、『知』は『行』なしに成立しないのです。論語の為政第二にある『先ず其の言を行い、而して後にこれに従う』とあります。しかし、王陽明は『好き色を好むが如く、悪臭を悪《にく》むが如し』という表現で、それを戒めています。朱子学では万物の理を極めてから実践に向かう『知先行後』と言いますが、それだから学問は道楽などといわれてしまうのではないでしょうか」

全くその通りだ。安五郎はポンと自分の膝を叩いた。

現代の社会でも、「今そうやろうと思ったのに」などと言う人がいる。ひどい場合は、何も行動を起こしていない人に対して、その行動を忖度しろと言い出す始末である。しかし、思っているだけでは物事は進まないだけでなく、他者に思っていることが伝わらない。また行動を起こすことで、計画していることとは全く異なる結果が出ることもあるのが現実である。行動してこそ知ることは多くあり、それだけに行動を起こした人が称賛されるのではないか。

薩摩藩島津義弘の教えの中に「男の順序」というのがある。「男には順序がある。一に、何かに挑戦して成功をした者、二は、何かに挑戦をして失敗した者、三には、自らは挑戦しなかったが挑戦した人を手助けした者、四は、何もしなかった者、そして最後に、何もせずに批判だけする者である」という。後に安五郎や潜庵と浅からぬ因縁を持つ薩摩も、そのような考え方を習っていた。そして、二人も同様の考えを持つようになっていた。

学問であっても同じことである。学んでいるだけ、考えているだけでは何の解決にもならない。丸川松陰先生も、そして母の梶も、そして今まで自分自身も、学問が何か、そして学ぶことが実社会の中で何になるのかを考えていた。その答えが「知行合一」なのである。

ただし、これは使い方を間違うと、悪い結果になる。もしも私利私欲にまみれた心のままで、それを良知だと思い込んで行動を起こしてしまった場合、私利私欲にまみれた間違った方向に世の中を進めてしまうことになる。私利私欲で進むということは、現在の秩序や御政道をすべて壊してしまい、多くの民を逆に不幸に陥れてしまう可能性もあるのだ。

私利私欲に塗れた行動を慎みながら知行合一を行うためにはどうしたらよいのか。その真理を知るために、まだまだ学ばなければならない。安五郎は学べば学ぶほど自分の学問が足りないと感じるようになっていた。

一方で、京都に遊学している間に、安五郎は自らが大きく影響を受けた陽明学のすばらしさを広めてもらうために、『伝習録』をまとめた。また、自分の代わりに藩校有終館の会頭を務めている奥田楽山に、大塩平八郎の書いた『洗心洞箚記』を送り、松山藩内で広めるように頼んでいる。安五郎からすれば、一人でも多く陽明学を学び、議論をし、学問を深めたいと思っていた。朱子学しか教えていない藩校では、学べない真理がある。その真理を教えることで、何かが変わるのではないか。安五郎はそうも思っていた。

「先生、もっと深く、この学問を学びたいのですが」

ある程度議論が深まった時、安五郎は鈴木遺音に向かってそう言った。

「安五郎殿、そろそろそのようなことをおっしゃる頃と思っておりました。私ではまだまだ力不足であることは理解しています。そこで、江戸の昌平黌に佐藤一斎先生がいらっしゃいます。ここに紹介状を書いておきました。もしも、松山藩で江戸に行かせてくれることがあれば、これを一斎先生に届けて、話を聞いていらっしゃると良いと思います。それとこちらは、松山藩の板倉勝職公にあてた書面です。安五郎殿はもう少し深く学んでいただいた方が、藩のお役に立てると思うが、鈴木遺音では力が足りないので、江戸の佐藤一斎先生を紹介しますと書いてあります。あとは安五郎殿の熱意を伝えていただければ、より深く学べるものと思います」

鈴木遺音はそう言うと厳重に封をした手紙を二通手渡してくれた。そして、そのまま安五郎の手を強く握り締めた。

「いいなあ、私の方が早くから陽明学の勉強をしていたはずなのだが、安五郎殿にすっかり抜かされてしまった。優秀な人物には全く敵わないなあ」

春日潜庵は、遺音から手渡された手紙を羨ましそうに見ながら言った。そんな春日潜庵の言葉が、なんとなく場を和ませた。後に、横井小楠や西郷隆盛が傾倒するだけでなく、畏敬の念をもって接した春日潜庵が、あっさりと負けを認め、安五郎の才能に憧憬の念を抱いたのである。

「安五郎殿、あなたは貴重な我々の仲間です。これからも学問を究めて活躍してください。潜庵殿も、もう少し精進されたら安五郎殿と並ぶほどの実力がつくと思います。陽明学は心即理、知行合一を旨とする、国のための学問です。これからは個人が争うのではなく、切磋琢磨《せっさたくま》して互いに協力し、国のために力を尽くしてください」

「はい」

鈴木遺音と春日潜庵は、大きく手を振って安五郎を送り出した。心の中では同じ学問をしている「仲間」がいるということが、安五郎にとって非常に心強く思えたのである。

京都遊学中、恩師の丸川松陰が天寿を全うしている。

松山に戻れば、丸川松陰の死や進の心の病で必ず心を乱されてしまう、そのように思った安五郎は、京都から飛脚を走らせて藩主板倉勝職から江戸遊学の許可をもらい、そのまま江戸に向かってしまったのである。

「安五郎様、どうして」

そろそろ安五郎が戻ってくる頃であろう、そう思って、進は西方の郷から松山城下の再建した家に戻ってきていた。藩校有終館の隣に住んでいるにもかかわらず、家の主であり、有終館の会頭であるはずの安五郎はいない。そのような状況に、進は再び、不安に押し潰されそうな毎日を過ごしていた。

「ねえ、山田さんのところ、またご主人が戻ってこないらしいですよ。逃げられたのかしらね」

以前から山田家には辛く当たっている加藤家のむつが、また松山城下の仲間を集めて陰口を言ってはやし立てた。

「やはり、西方の田舎者には、松山のような街の暮らしは合わないのでしょうかね」

むつの陰口にすぐに反応するのが、岸商店の陽である。岸商店は油商店である。以前より西方に良い油を売る者がいると評判で、邪魔に思っていたところで、松山に安五郎が現れたのだ。辰吉の協力でできた鉄の搾り機による質の良い油が、岸商店の商売敵となっていたのである。そうした商売上の恨みが、進に向いていたのだ。

「いやいや、それにしても藩校を燃やし、松山の御城下を火事の危険にさらしながら、藩の公金を使って江戸に遊びに行くなんて、非常識もこの上ないわね」

リーダー格の小泉信子が、大仰にそのような言い方をした。

「あら、むつさんの旦那様がいらっしゃった頃から、有終館はそのようなことを教えているのですか」

岸商店の陽は、さらに話を大きくするためにそのようなことを言った。

「まさか、うちの主人がいたころは藩のお役に立つことばかりをやっておりましたわ。まあ、田舎から出てきた貧乏人が来ると、藩のことよりもご自分の懐具合の方が気になるようでございますものね」

加藤むつの主人、加藤勝左エ門は元有終館の講師であったが、あまり優秀ではないということで、お役御免になっていた。現在は町方で城詰となっている。松山藩では本来御根小屋という麓の御殿が政庁となっていたが、加藤勝左エ門は山上の城詰であったために、なかなか街に戻ってくることはない。

「そういえば、再建された有終館も、その隣の山田様のお屋敷もすごく豪華で驚きましたわ」

「そうね、藩の財政が厳しい折に、どれほどの無駄遣いをされたのでしょうかね」

ちょうどその横を有終館の奥田楽山が通り、大きくエヘンと咳払いをした。

「あら奥田先生」

「ああ、どうも」

「奥田先生も、あの山田様のお留守居では大変でございましょうね」

信子は、そのように言うと、奥田が反論をする前に高笑いをしながら立ち去って行った。

奥田楽山という人は、当時風流人として有名な頼山陽《らいさんよう》が松山に遊びに来た時にも相手ができるほどの教養人であった。有終館の失火のあと、藩主板倉勝職に藩校の再建を進言したのも楽山であり、それだけ街の人にも藩の上層部にも影響力が大きな人物であった。安五郎とは、丸川松陰を通じて知り合い、学問と風流で意気投合した仲である。安五郎が京都から陽明学を広めてもらうように、気軽に頼むことができる関係であったのだ。

安五郎が留守の間、楽山が藩校の会頭をするように言われていた。楽山は自分から「権会頭《ごんのかいとう》」と、現代で言えば「会頭代理」という呼称を使い、あくまでも会頭は安五郎であるという姿勢を崩さなかった。そのために、進と瑳奇は、何事もなかったように、辰吉が再建した本丁の屋敷に住むことができたのである。

しかし、失火をしたのに責任も取らされず、元の場所にそのまま住むことができることが松山城下の口性《くちさが》のない御婦人方には気にくわない。進にとっては、そのような人々に、元々苦手意識があったのに、松山に戻って来たらより一層酷いいじめの嵐の中に瑳奇と二人で舞い込んだようになったのである。

いじめが始まると、他の人の好意まで悪いものに見えてしまう。「あばたもえくぼ」という言葉があるが、逆に「えくぼもあばた」に見えるのだ。江戸時代の武士は、もともと戦国時代まで戦ってきた集団の子孫であり、その後も長い間その集団の中に組み入れられ、集団の秩序の中で動いてきた。ある意味で、武家社会の方が農村よりも繋がりが強かったといえる。また参勤交代などで、その「組」ごとに役割が決められており、組織を崩すことはできなかった。当時の成人式に当たる元服の儀式のときには、その小さな組織のトップが社会的な親である「烏帽子親《えぼしおや》」として見届けるような風習があり、その集団の繋がりの重要な儀式であったのだ。

つまり、城下町にはしっかりとした武家の集団があり、崩れることはなかったのである。その組織の中に、外部からどの組織にも属さない者が入ると、当然に組織というものは「異物」を排斥するように動く。もちろん妻だけが外から来たのであれば、その相手、つまり旦那の武家の階級の中に組み入れられることになるが、安五郎のように夫婦揃って外から来てしまった場合、組織の中に馴染むことがなかなかできないのである。ましてや、進が隣藩の新見からきているとなれば、いつ敵になるかもしれない外様の藩の武家娘が、神君家康公以来の譜代の家柄に入り込んでくるのであるから風当たりはより強いものになる。少なくとも、進を助けてくれるような人は、この松山の城下にはいなかったのだ。

「母上様」

ある日、瑳奇が泣きながら帰ってきた。

「瑳奇、どうしたのですか」

「あのね、みんなで火付け罪人の娘って言って、遊びに入れてくれないの」

以前の火事のことである。何かといえば「新見の子は出ていけ」「火事を起こした家は来るな」と言われ、子供の社会でも、進をいじめる井戸端会議集団の影響が大きく、瑳奇もなかなか遊びの輪の中に入れてもらえない。特に、小泉、加藤の家の子供たちは瑳奇に対するいじめが酷かった。

そんな時、松山城下で完全に浮いてしまっている進は、ただ黙って瑳奇を抱きしめるしかできなかったのである。瑳奇が何か酷いことをされても、逆に返り討ちに遭いそうでそれを咎《とが》めに行けるような状況ではない。

「大丈夫、どいつがそんなこと言っているの」

この日は、ただ心配そうに瑳奇の頭を撫でているだけの進を横に見ながら、洗濯物を抱えたみつが来て、瑳奇の手を引いて子供の集団の方へ歩いて行った。進は、そんなみつを見ながら、強い心を持てない自分に苦しさを味わっていた。

瑳奇にまで辛い思いをさせるなんて。

進は思い悩んだ。再建した松山城下の家に引っ越してから、自分自身が何かに怯え、ふさぎ込んでしまうことが多くなった。西方にいて、辰吉や加代が一緒にいる時は何ともなかったのに、松山城下では、自分が急に弱くなってしまったような気がする。佐吉とみつは一緒にいてくれるが、進には松山の人々すべてが自分たちに冷たい視線を投げかけているかのように感じてしまう。どうしても、みつのように明るく元気になれないのである。

「安五郎様、早く帰ってきて。あなただけが頼りなの」

奥田楽山なども気遣ってくれるが、やはり奥田も芸術家であって武士の階級とは少し異なる。そのために奥田楽山が何か言っても、加藤・小泉・岸といった進をいじめている家には強い影響力を持つことはない。そのうえお役目で動いている男とは異なり、日常の買い物や洗濯場の世界は全く異なるのである。ましてや噂話ということになれば、いくら影響力の大きな奥田楽山でもどうしようもない。

「進、すまない。しかし、学業はあたかも鉄を鍛えるようなものである。ひとたび鍛えはじめたら、決して途中で止めてはいけない。百錬の強さで鍛え抜かなければならない。そういうものなのだ」

進が苦しいのと同じように、安五郎も苦しんでいた。

自分が八人扶持の俸禄をもらっているのも、学問を行っているからである。この学問を途中でやめることは、また、油売りの貧農に戻るということであり、苦労してできた御家再興を手放すことに繋がる。

現在の世の中でもそうであるが、仕事をしているから家庭での生活ができる。しかし、仕事ばかりになってしまえば、家庭を省みることができなくなり、家の人々に不安が残る。また家のことばかりになってしまえば、仕事で十分に活躍することができなくなってしまい、収入が減って生活が苦しくなる。社会に出ている男性と家を守る女性、そして家に残される子供とで、仕事と家庭の見方が異なり、そのバランスが難しくなる。現代であれば家庭不和ということになるが、離婚を簡単にできない時代では、家を守る進に負担がかかっていった。

一方、安五郎には、松山城下で苦しむ進よりも、細い腕で全く力もなく死の間際に自分のことを叩いた母梶の記憶が強く残っていた。

「私のところに来て、涙を流すような孝行などはいりません。一刻も早く丸川先生の元に戻り、学問を修め、御家を再興し、そして私の墓前に報告なさい」

学問が行き詰まり、どうしても前に進まない時、目を閉じるとこの時の梶の顔が浮かび、早く戻ってきてほしいと願う進や瑳奇の顔は浮かばなかったのである。安五郎は、進の手紙が届くたびに思い悩み、進をこのままにしてよいのかと自問自答をするばかりであった。しかし、どんなに悩んでも答えは見つからない。ただ、自分を叩いた細い力のない腕だけが、安五郎を学問に駆り立てていたのである。

そのような時に、弟の平人から手紙が届いた。西方と松山城下の二つの家が、ともに困窮しているという。

「家の窮乏は心痛に堪えません。たとえ資産がますます減ってもそなたの罪ではありません。私は微力ですのに責任だけが重く、日暮れて道遠しの感があります。たとえ世間の人に笑われても、亡き父の志は継がねばなりません。主君の恩に報いなければなりません。家を離れ年を忘れ、慈母や妻子の愛をなげうち他郷に遊学、力尽きて中途で死ぬとも志を果たす覚悟です。この志は天下の力を以ってしても動かすことは出来ません」

安五郎にしてみれば、このような返事しか書くことはできなかった。本心としては平人にもっとしっかりしてもらいたかった。できれば平人に松山の自分の家族の面倒も見てもらいたかった。あと少し、学問を究めるまで、せめて先が見えるまで、なぜ皆が助けてくれないのであろうかという恨みがましい気持ちにまでなっていた。

平人にすれば、兄の安五郎は生活の役に立たない学問の道楽をしているようにしか見えなかったかもしれない。しかし、その学問によって八人扶持の俸禄をもらい、御家再興ができたことは確かだ。その家を維持するためには、そして再び取り潰されないようにするためには、安五郎が学問を続けるしかない。平人はその状況に納得してうまく対処してもらいたかったのである。平人には、いや進や瑳奇にもそのことはわかってほしい。そして今は何とか耐えてほしい。そのように思い、後ろ髪を引かれる思いで、松山に背を向け江戸に向かったのである。

「佐藤一斎先生は、こちらでよろしいでしょうか」

安五郎は、江戸湯島にある昌平黌の近くの一斎塾の門をたたいた。神田明神の横に、幕府の学校である昌平黌があった。昌平黌とは、現在の御茶ノ水駅のすぐ近く「湯島聖堂」である。そこからほど近いところに、佐藤一斎の家と私塾を兼ねた屋敷がある。安五郎は、方々に訪ねてやっとの思いでその私塾にたどり着いた。

「誰だ」

出てきたのは、細面の奇妙な男であった。眼ばかりが大きく、上から見下ろしている様子が、みみずくが獲物を狙っているかのようである。安五郎はその面相に負けないよう、精いっぱいに胸を張った、

「松山藩の山田安五郎と申します」

「ふん」

細面の男は、鼻で対応している。相手にしていないというよりは、人として認めていないというような感じだ。

「京都の鈴木遺音先生から書状も預かっております」

「あの、何だかわからない学問をやっている鈴木遺音先生か」

懐から大事そうに出した鈴木遺音の書状を、片手で乱暴に受け取った細面の男は、その場で開けて読むと、もう一度安五郎を舐めるように見回した。幕府御用の昌平黌で教鞭をとる佐藤一斎先生の私塾は、さすがに敷居が高い。新見や京のような対応とは全く異なり、何か不遜である。安五郎がそう思っていると、次の瞬間、その細面の男が不愛想に告げた。

「よし、上がりな」

佐藤一斎が教えている昌平黌は、もともとは徳川家康に朱子学を教えた林羅山の私塾を起源とする。藤原惺窩《ふじわらせいか》や林羅山《はやしらざん》は下剋上が日常であった戦国の世の中で、君臣の秩序の重要性を説き、その起源を朱子学に求めた。徳川家康が江戸幕府を開き、武士の世界において君臣の秩序を重んじるときに、林羅山の説く朱子学は非常に都合のよい学問であった。しかし、徳川吉宗が理念的な朱子学よりも実学を重んじたこと、加えて山鹿素行《やまがそこう》、伊藤仁斎《いとうじんさい》、荻生徂徠《おぎゅうそらい》といった古学や折衷学派などが流行したこともあって、朱子学が不振となり、世が乱れてきた時期があった。それでも吉宗のようなカリスマの強い将軍の世はそれでよかったが、吉宗の子である九代将軍家重が生来虚弱の上、障害により言語が不明瞭であったことから、側用人田沼意次《たぬまおきつぐ》が権勢をふるい、徐々に秩序が乱れるようになった。

その綱紀粛正を狙い、老中松平定信《まつだいらさだのぶ》は「寛政異学の禁」を発し、林家に昌平黌を独占させることを止め、柴野栗山《しばのりつざん》・岡田寒泉《おかだかんせん》、尾藤二洲《びとうにしゅう》や古賀精里《こがせいり》を招聘して幕府儒官に任じ、改めて朱子学を重視するようになったのである。

話は少しそれるが、明治時代以降も昌平黌が学問の中心となり、現代の東京大学、東京師範学校（筑波大学）、東京女子師範学校（お茶の水女子大学）の起源となったとされている。

安五郎は、昌平黌で学ぶことを望んだが、昌平黌は幕府に認められた者しか入ることができない。朱子学ではない鈴木遺音も、また板倉勝職にもそこまでの力はない。また鈴木遺音は朱子学しか学ばない昌平黌は勧めなかった。そこで、鈴木遺音の紹介状にある佐藤一斎の私塾を訪ねることになったのである。昌平黌という学ぶ場所ではなく、佐藤一斎という人物に習うことを重視したのであった。

「そなたが山田安五郎殿か」

少し頭の大きな、無精ひげを生やした六十絡みの男が、奥の間に座っていた。

「はい、松山藩の山田安五郎にございます。京の鈴木遺音先生の推挙を受け参上いたしました」

「ふむ。私が一斎塾塾頭の佐藤一斎と申す」

「ぜひ、様々お教え願いたいと存じます」

「ふむ、ところで鈴木遺音殿には、何を習った」

この問いに、安五郎は困った。

佐藤一斎は、昌平黌で教鞭を執っている人物である。つまり、寛政異学の禁で朱子学以外を禁じられた学問所の人物である。ここで朱子学と答えるのか、あるいは陽明学と答えるのか、それによって今後の自分が教えてもらえる内容が変わってくることになる。朱子学と答えれば、当然に弟子入りできるであろう。また、丸川松陰や寺島白鹿に師事しているのであるから、ある程度は対応できる。しかし、安五郎自身が望んでいるのは朱子学ではなく、陽明学である。よって自分を偽って朱子学といって弟子入りし、陽明学を学ぶことができなければ意味がない。一方陽明学といえば、入門を断られる可能性がある。寺島白鹿の塾では、陽明学を持ち出した途端に破門されてしまっている。その経験からすれば、仮に朱子学といって弟子入りし、その後に陽明学を持ち出すのはリスクが高い。

では、ここで弟子入りが可能で、なおかつ弟子入りした後に陽明学を学ぶことができるようにするためには、どうしたらよいのか。安五郎はしばらく言葉を詰まらせた後、答えた。

「鈴木先生には、崎門学派の考えるところを学び、様々な学問から現状を見渡す術を習い、改めて朱子学の深淵を少し垣間見させていただきました」

一斎は、顔に笑顔を見せた。すでに鈴木遺音の紹介状の中に安五郎が朱子学を究め、陽明学を志していることは書いてある。鈴木遺音の筆では、かなり進んだ考え方ができるようである。しかし、さすがに陽明学を学びに来たと大手を振ってこられては世間の風当たりも強い。そうであれば、朱子学を中心にさまざまな学問を学び、朱子学を深めるという答えしかないはずである。安五郎は、一斎の考えた模範解答に近い答えを出してきたのである。

「丸川松陰殿の下に長くいたとあるが」

「松陰先生をご存じですか」

「貴殿は、松陰殿の門下にいながら、まだ墓参りを済ませていないのか」

「はい、不躾《ぶしつけ》ながら、松陰先生に学問の深淵を探ってこいと申し付けられ、そのことも果たさぬまま墓前に立てぬと思い、いまだ失礼させていただいております」

一斎は、また深く頷いた。一斎の思いつく中で最も素晴らしい答えを、この若者は返してくる。

「松陰先生は、私の大切な友であり、そして、学問の師でもある。松陰先生からも君のことは聞いている。幼いころ阿璘と名乗っていたのであろう。新見でも評判の神童であったという。もちろん、麒麟も老いぬれば駑馬《どば》に劣るということではなく、成長したのちも国を救う力がある人物であろうと松陰先生は期待しておられた」

「大変ありがたいお話でございます。当時から松陰先生には、非常に良くしていただきました。今の私があるのは松陰先生のおかげと思っております。そして、その松陰先生との約束は必ず果たさねばならぬと思っております」

佐藤一斎の横に座る細面の、神経質そうな男は、自分の知らない人の話題で新参者が一斎先生と盛り上がっていることに怪訝そうである。足も崩し不貞腐れて腕を組んだまま、不満そうな顔をしている。しかし、佐藤一斎は、その細面の男を無視していた。まだ紹介もないので、礼儀として安五郎もその人物について尋ねることもできない。

「松陰先生のお考えの中では、躬行実践《きゅうこうじっせん》を旨とし、文芸を以て第二と考えるところがあり、机上で学ぶだけではなく、実際に学問を行動することを重視されておられた。その意味で、学問の深淵を探るとは、なかなか難しいことを言われたものですね。それでは墓前に行けないのも仕方がない」

「墓前に何かあるのでしょうか」

「松陰先生の墓碑を書いたのが私です。そう考えると、安五郎殿は、私の友人の弟子であり、ある意味で兄弟弟子ということになりますね」

佐藤一斎はそう言った。その言葉を聞いて、細面の男はより一層不満な表情をあらわにした。

「ありがとうございます。松陰先生の墓前に報告できるよう、学問の深淵を教えていただきたく、お願い申し上げます」

恭しく頭を下げる安五郎を、何か奇妙なからくり人形でも見るように、それまであらぬ方に向いていた細面の男が、興味深そうに見下ろしていた。

「ああ、この背の高い男が」

佐藤一斎はやっと思い出したように細面の男の方を向いた。

「佐久間象山《さくましょうざん》と申して、一斎塾の学頭、まあ、学生のまとめ役をしている者です。確か松代の真田様の在であったな」

「はい」

佐久間象山といわれた男は、その大きな目で安五郎をにらみつけた。後に、佐久間象山の塾生であった久保茂によると、佐久間象山は五尺七寸から八寸（約一七五cm）くらいの長身で筋骨逞しく、肉付きも豊かで顔は長く額は広く、二重瞼で目は少し窪み瞳は大きくて炯炯《けいけい》と輝き、あたかも梟《ふくろう》の目のようであった、と評している。その梟が獲物を狙うかのような目を安五郎に向けて、ライバル心をあらわにしてきたのである。安五郎は、そのような象山を無視して一斎の方に直った。

「一斎塾の中でわからぬことがあれば佐久間君に、学問については私に聞くように。では松山藩山田安五郎殿、貴殿の入黌を認める。よろしく頼むよ」

一斎は、横にある時計を見ながら立ち上がると、軽く安五郎の肩を叩いて奥に入っていった。

4　象山

「山田ああぁ」

安五郎が江戸に入って一年、すでに天保六年となっていた。ここ一年で一斎塾の中に大きな変化があった。学頭が、佐久間象山から山田安五郎に代わったのである。

「絶対にお前を許さない」

学頭を代わるように佐藤一斎から指示があった時の佐久間象山の荒れ方は、天地を揺るがすほどであった。背が高い筋骨隆々の佐久間が、あまり体が大きくない安五郎を見下ろし、まさに取って食わんばかりに睨みつけている姿は、そのまま食い殺してしまうのではないかと思われるような迫力である。他の門弟たちも二人の争いを止めようと思うが、あまりにも凶暴な象山を止める自信のある者はなく、周囲で遠巻きに見ているしかなかった。しかし、そのような中でも、安五郎は全く臆することなく、まるで雨が降ってきたかのように、ふと象山を見上げると、何事もなかったかのようにそのまま座って本を読み続けていた。

しかし、そのまま憤怒の形相で仁王立ちになったまま動かない象山を放置するわけにもいかず、もう一度見上げるといつもと変わらぬ温和な表情で象山に声を掛けたのである。

「佐久間殿、せっかくですから、また世の中のことについて語りませんか」

殴り合いの喧嘩をしに来ているわけではない。一人でいきり立っていても相手が全く相手にしてくれなければ喧嘩は始まらない。まして温和に話しかけられては、いきり立っている自分がかえって道化のように見えてしまう。佐久間象山は、自分が感情的になってしまったことから、安五郎にそのように扱われていることをすぐに理解した。

しかし、一度振り上げた拳はどこかに下ろさなければならない。安五郎はそのことをよく承知していて、わざわざ議論を吹っ掛けたのである。象山もうまく拳を下ろすためにはその議論に乗るしかなかった。

「よし、先日は鼠小僧次郎吉《ねずみこぞうじろうきち》が処刑された話をしたが」

ちょうど三年前、義賊といわれ、貧しい庶民の間で英雄視されていた鼠小僧次郎吉が処刑された。天保四年（一八三三年）の大飢饉で、江戸の街中においても貧困層が飢餓に苦しんでいたため、鼠小僧が大名や大店の商人から小判を盗み、貧しい人々のところに配ったというようなことが、まことしやかに噂された。現代の研究では、鼠小僧は噂や伝説のような義賊的なことはしていないと言われているが、歌舞伎の世界などでは「鼠小僧次郎吉義賊伝説」が根強い人気になっている。

象山と安五郎は、その鼠小僧の処刑とそれをめぐる御政道について、先日まで論を交わしていたのである。しかし、まだその決着はついていない。象山は、その議論の続きをしようというのである。

「だいたい、鼠小僧だかなんだか知らないが、そもそも御政道があり盗人はいけないというようになっているにもかかわらず、そのようなことをして処刑されたのであるから、厳罰は当然のことである。そうは思わぬか」

象山は、厳罰をした江戸町奉行が正しいということを主張していた。その根拠は「盗人は禁止する」という御触書、つまり法を犯した者であるから、当然に盗人が悪いということである。庶民のためといえども、法を犯した者は義賊でも犯罪者である。それが象山の意見であった。

「まあ、盗人を処罰するということに限っては正しいと思います」

「そうだろ。しかし、限ってはというのはどういうことだ。何か他に含みがあるというのか」

安五郎も盗人を処罰することに関しては、特に問題はないものと考えていたが、何か含む言い方である。当然に象山はその言い方に引っかかりを感じていた。

「では、御政道は完全に正しいのでしょうか」

象山の問いに問いで返す。安五郎の得意技である。

「盗人を捕まえて処罰するのに何かおかしいことがあるというのか」

「ですから、そのことに限っては間違えているとは思っておりません。もしも、その盗人が、完全に個人の道楽や私利私欲のために盗人を働いていたとするならば、象山殿の言う通り私利私欲の心、つまり悪い心に従ってそれを抑えることができずに盗人を働いたので、処罰されて当然でしょうし、そのような盗人を放置しておくことが御政道の問題となるでしょう。しかし、今回は鼠小僧に対して、庶民の多くが処刑しないように求めていました。なぜ庶民の間で、鼠小僧が義賊であるというような噂が流れるのでしょうか」

「なぜって、そりゃ貧しい者に金を配っていたからだろ。誰しも金が欲しい。しかし、働きもせず金が天から降ってくることを望むことこそ、私利私欲ではないのか」

安五郎にしてみれば、すべての行動に理由があると考える。心即理なのであるから、当然に、その人にとっての正義は心に基づいて行っているという考え方になる。その正義の種類が変わるということになり、庶民の多くが望んでいることは、逆に御政道に不満があるということに繋がるのである。

しかし、佐久間象山は陽明学を学んでいないので、心を排除したものが理となり、御政道になっているはずという朱子学の考え方が基本になる。朱子学では社会の秩序を重んじることが重要で、下の者が上に意見を言うこと自体が秩序を乱す行為ということになる。御政道は心を排除した理の産物であり、庶民はまだ心を排除しきれていない存在となるからである。

「そもそも、御政道が正しければ、盗人が現れることもないでしょうし、また盗人が何年も活躍し、庶民の間で義賊というような噂が出ることもなかったのではないでしょうか」

「なに」

象山は、梟が獲物を狙うような、その大きな目を何回も瞬きをして、安五郎を見直した。自分が全く考えてもいない「なぜ盗人が生まれるのか」という問いが出てきたのである。あまりにも当然のことと思って、深く考えてもみなかったことを問われ、まさに鳩に豆鉄砲というような感じになっている。一方の安五郎は、小さな体躯を、別に大きく見せるでもなく、本を読んでいるときと全く同じ姿勢で対峙している。周囲で見ている門弟には、淡々と話す安五郎が象山に比べて一層大きく見えていた。

「私が江戸に来る前のことですから、不正確かもしれません。しかし噂によると、鼠小僧が盗人をしていた時期は約十年あるといいます。つまり、十年間庶民の中にあって、盗人をし続け、そして庶民に守られて生活をしていたということになります。その間、江戸の町は徐々に貧困な民が増え、そして生活苦が蔓延しているにもかかわらず、御政道はただ手をこまねいていたということになります。その御政道に対する不満が、単なる盗人を英雄や義賊であるかのようにもてはやし、そして、庶民の間の御政道の不満を吸収する形になっている。それはそのまま御政道の問題ではないでしょうか」

「要するに、安五郎殿は御政道がおかしいから鼠小僧が生まれたというのか」

「いや、盗人は個人の問題です。しかし、盗人を義賊として噂する庶民の心は、御政道が少なくとも、庶民の心に響くようなことができていないということになるのです」

安五郎の頭の中には、鼠小僧の問題と、それを義賊化した御政道と庶民の関係の問題の二つを別々に考えているのである。一方象山は、今まで単純に鼠小僧の盗人ということしか考えていない。つまり、他の盗人と鼠小僧の区別がついていないということになる。

「なるほど」

「ではなぜ、鼠小僧が十年間も盗みを続けることができたのか。それは、鼠小僧の能力の問題だけではありません。まずは盗みに入られた大名屋敷や大店の旦那衆が、庶民の批判を恐れ、盗みに入られたことを訴えなかったことが一つの要因でしょう。そのようにねたまれるということは、片方で金に余裕があり贅沢な暮らしをしている人々がいながら、別では日々の生活が苦しい貧困層が多いということになります。その差は非常に大きいながら、その差が埋められる政《まつりごと》はありませんでした。そのために、大店や大名屋敷は、貧困に苦しむ庶民たちの感覚と離れてしまっていたということになります。そのような大店が多くの金を盗まれても、庶民の多くは全く同情しないでしょう。少しくらい盗まれても、自分たちの日々の生活のお金の何倍も持っているのだから問題ないとなります。そのような状況を避けるために、鼠小僧に盗まれた状況をあまり詳しく言わなかったのでしょう。つまり、大名屋敷も、武家屋敷も、そして大店の旦那衆も、自分の本当の姿と世の中の姿とを全く別に見せているということになります。これは御政道が大名や大店の旦那衆の内訳を把握できていないばかりか、なぜそのように多額の金子《きんす》があるのかなどの事情が全く不明であるということを意味しています。少なくとも、貧困な人々からすれば、許せないような方法なのかもしれません」

「そうとは限らないではないか」

「では、象山殿、鼠小僧の盗んだ金子はどれくらいになるのか。そして配った金子がどれくらいになるのか、明らかになったでしょうか。処刑されて三年たった今でも全くわからない。それは、御政道も大店もお互いが見えていないからに他なりません」

象山は腕を組んで考え込んでしまった。鼠小僧のことから、御政道や大店の蓄財法やそれに対する庶民の感覚までの話になるのか。象山には全く予想がつかなかった。象山は、自分がわからないことに対する驚きと、自らの見識の低さに焦りを感じた。

「そのような中身までわかっていない御政道であればこそ、庶民の貧困に徐々に目を向けなくなり、御政道に不満があるために、鼠小僧のような盗人を義賊として奉る風習が出てきているのではないでしょうか」

「安五郎殿、黙って聞いていれば色々言っているが、だいたい、盗人を処刑する。それは世の中の秩序が守られ、道理が適ったということでいいのではないか」

「何を言っておられるのです。世に小人無しと申します。御政道は一切衆生皆愛すべきではないでしょうか。刑はあっても、本来無刑を期すこと、つまり、本来しっかりとした御政道があり、また、その効力があるならば、盗人はなくなるはずなのではないでしょうか。刑がありながら盗人がいなくならないのは、盗人そのものがいなくなるような御政道ではないこと、そして刑がそれに十分ではないこと、この二つの問題が解決していないからに他なりません」

「では御政道は、どうすればよいのだ」.

「家臣が忠告するのに、それを聞き入れないのは君主の罪。君主が忠告を聞き入れる用意があるのに、忠告しないのは家臣の罪。まさに、現在の御政道問題、そして鼠小僧のようなものが義賊として庶民の噂になっていることをしっかりと考え、今後の御政道に活かすことができなければ、それは御政道の罪ではないでしょうか。少なくとも、義賊を期待している貧しい庶民の罪ではないはずです。

象山殿はどのようにお考えでしょうか」

「うむ」

佐久間象山には、ぐうの音も出なかった。

今までは態度がでかく、塾生に対しても横柄な態度であった佐久間象山が、体力勝負ならば絶対に負けることはない安五郎に簡単にやり込められている姿は、他の塾生にとって痛快な姿であった。

この二人の声がすると、自然とその周りに人垣ができ、そして、皆息を呑んで二人の会話を聞いている。安五郎の言葉は一つ一つ生きた勉強になるし、また象山がやり込められる姿は本当に面白かった。そして、純粋に二人の勝負を楽しむのも、一興である。


「ちょっと、よろしいかな」

この日は、腕を組んで何も言うことのできなくなった佐久間象山の前に、その人垣をかき分けて佐藤一斎が現れた。

「もういいかな」

「いや、今少し、もう少しで安五郎めを黙らせる妙案が……」

佐藤一斎は、笑いながら象山の肩を軽くポンポンと叩くと、安五郎の方に向いて一言いった。

「安五郎殿ちょっといいかな。ああ、議論の途中であることはわかりますが、しばらく象山殿は考えないと次の答えが出てこないであろうからね。象山殿、もう少し時間があった方がよいだろう」

笑いながら象山に向かって声を掛けると、そのまま安五郎を一斎の奥の部屋に連れて行った。

「安五郎殿は何を学んでいらっしゃるのかな」

「はい朱子学を」

目の前にお茶を出され、安五郎は緊張した。何をいまさら言っているのであろうかという感じもあった。

「安五郎殿、貴殿は陽明学という学問をご存じかな」

「いや、鈴木遺音先生のところで様々な見識を深めさせていただきました。その中にそのような学問もあったと思います」

二年前、ここで入塾の話をするときにも同じ疑問があった。寛政異学の禁の中で、朱子学の第一人者である佐藤一斎に対し、陽明学を学んでいるとは言えるものではない。江戸にいてわかったのは、陽明学とは、朱子学をする人々からは敵視されており、心即理という考え方は朱子学の否定として使われていることだ。陽明学を学ぶものは幕府に反発する考えがあると疑われるほど危険な学問と思われているのである。

入塾の時は、うまく丸川松陰先生の話でごまかしたところがあるし、また、佐藤一斎もそのように水を向けてくれた。しかし、こう単刀直入に聞かれると、なかなかごまかせるものではない。象山との議論ではまったく感じない緊張が走り、額から汗が噴き出した。

「うまくごまかしますね」

佐藤一斎は言うと、立ち上がり、奥の書物が重なったところから一冊の本を取り出すと、安五郎の前に置いた。

「伝習録」

「そうです。もちろんこれは私の本ですし、私が読んでいるものです」

「先生も陽明学を」

「もちろん、先ほど議論を聞かせていただきましたが、安五郎殿には陽明学をかなり深く学んだ形跡があるようですから、少し気になりまして。まあ、陽明学の観点から見れば、佐久間君なんかは相手にはならないでしょうね」

佐藤一斎は、京都の寺島白鹿の時のように、陽明学を敵視しているというような状況ではなく、なんとなく気になったから声を掛けたという感じである。

「陽明学を学んでいてはいけませんでしょうか。実は京都で寺島白鹿先生に陽明学の話をしたところ、そのまま破門されております」

「破門されましたか。それは、困ったものですね」

佐藤一斎は笑った。

「私は安五郎殿を破門したりはしませんし、陽明学を学ぶことを止めるつもりもありません。ご安心あれ」

安五郎は、フーッと大きく息を吐いた。

「しかし、よく勉強されていますね。なかなか感心しました。先ほどの鼠小僧次郎吉の問答、普通に聞けば鼠小僧の話でしかありませんが、しっかりと聞けば、庶民の感情と御政道のあり方を、朱子学と陽明学で議論している。朱子学を信奉する幕府の御政道では足りないという結論でしたね。なかなか素晴らしい議論でした」

佐藤一斎は、そのような議論をしているのが自分の弟子ではなく、まるで芝居を見ての感想であるかのように話した。

「それはありがとうございます」

「御政道について、私利私欲がなければ本来盗人などは生まれるはずがないし、そうであれば、大名屋敷や大店の旦那衆に金が有り余っているはずもない。御政道がそのまま理に沿っており、そしてその誠の心のままにあれば、道を誤るはずがない。安五郎殿は陽明学の心即理のままのお話をされておりますし、また、その通りに行動にすれば、本来の御政道の姿になる、つまり良知に至るということになります。また、そのようなことを知りながら行わないことは悪だと言うのは、知行合一です。だから、知っていて君主に報告しなければ部下の罪、部下が言っているのに実践できなければ君主の罪となる。まさに、知りながら為さざるは罪ということを、君主と部下に分けてしっかりと説明されていた。本当に丸川松陰先生の教えの通り、学問を実践の場に即してしっかりと話ができていると感心しました。あれでは佐久間象山殿では反論できないでしょう。まさに勝負あったという感じですね」

まさか、昌平黌も認めた朱子学者の佐藤一斎から、陽明学の三つの言葉「心即理」「致良知」「知行合一」という言葉が出てくるとは思わなかった。

「先生は、どこで陽明学を学ばれたのでしょうか」

「丸川松陰先生、彼は常に学問を実践することを望んでいた。しかし、朱子学では『理』をわかってからしか行動することができない。そこで、すぐに行動し、世の中の役に立てることを目指し、その学問を探した結果が、陽明学であったようです。松陰先生と一緒に学んでいた私も陽明学を学ぶようになり、本日の安五郎殿や象山殿のように、朱子学と陽明学、蘭学や国学も併せて議論していました。松陰先生に負けないように、あの頃はよく学んだし、ま、学ぶことが楽しかった。いま安五郎殿が学ぶことを楽しんでいるのを見ると、かつての我々も貴殿の様であったかと思います」

一斎は、昔を懐かしむように言った。学ぶこと、議論することが楽しい。学問の道を志す者は、みな同じ体験をしているのだ。安五郎はそう思った。

「先生は、なぜそこまでご存じなのに、朱子学を専らにされているのでしょうか」

「二つの理由がある」

「二つ」

「一つ目は、寛政異学の禁で、朱子学でなければ認められないからに他ならない。朱子学を中心に行っているから昌平黌の中で教えることもできるし、また、公儀から目を付けられることもない。もちろん私が陽明学も学んでいることを、多くの人が知っている。しかし、朱子学が中心であるとしなければ、幕閣には認められないからね。まあ、私も生活しなければならないし、また朱子学も学問の一つだから、それでよいのではないかと思っています」

確かにそうである。しかし、それならば、昌平黌と私塾では使い分ければよいのではないか。なぜ私塾でも陽明学を教えるようにしないのであろうか。

「それにもう一つ。陽明学は危険だからです」

「危険なのですか」

一斎からは意外な言葉が出た。本当に危険な学問ならば、禁止されているはずである。

「そうです。自らの心が理である。しかしそれは、私利私欲に塗れていない心を持った場合に限られる。しかし、私利私欲に塗れていない心などは、他からはわからない。どんなに研鑽を積んだとしても、そこに私利私欲が全くないなどということが言えるか、自分自身でもわからないのです。仏教でいえば、人間は百八も煩悩があると言います。煩悩を全て消し去り、悟りを開くと言うことはかなり難しいとされています。逆に私利私欲が完全になくなるということが条件であれば、陽明学の言うことは正しいが、しかし、実践することは実質的に不可能となってしまうのです」

「はい。全く先生のおっしゃる通りです」

数年前、初めて陽明学と出会ったときに、春日潜庵と話をした内容と同じだ。そして、当時の寺島白鹿に問いに行ったところ、陽明学などを学ぶなんて信じられないという目で見られ、破門されてしまったのである。

「あえて言うが、自分の心の中で思っている理想の姿と、現在の御政道が異なった場合、それをどのようにするのかということが大きな問題になる」

佐藤一斎はここで言葉を止めて、一度周囲を見回した。さすがに御政道批判になる可能性があるので、あまり他人に聞かれたくないことであろう。

「朱子学で言えば、上司の言うことであるから、おかしいと思いながらもそのことに従い、そして、理を求めて学び、その理を会得してからしか行動できないことになる。つまり、もしも御政道が間違っていた場合も、部下が勝手に反乱を起こしたり、御政道を正そうと行動を起こしたりすることはないのです。しかし、陽明学は異なります。心即理であり、致良知を心掛けるのですから、御政道が間違えていると、私利私欲のないと心で判断した場合は、すぐに行動を起こさなければならない。そうでなければ知行合一とはならないのです。しかし、行動を起こす前には、自分の心が私利私欲に塗れた心でないかを見分ける場がなければならない。私利私欲に塗れた心のまま、知行合一をすれば、私利私欲の行動で、本来正しいことをしていた御政道に反発することになり、自らの私利私欲の行動に他を巻き込んでしまっていることになってしまう。それでは本末転倒になってしまうのです」

安五郎は驚いた。安五郎が問題点だと思うところを、一斎は全て表現してくれたのだ。では、自分の心が正しく御政道が間違えているということを知る方法はないのか。

「では、どうしたらよいのでしょう」

「朱子学と陽明学は、両方がお互いの欠点を補っている関係にあるということに気付くべきです。朱子学を専らとする者は、朱子学の欠点を知り、その欠点を補うために陽明学に辿り着く。陽明学に関しても同じで、朱子学で補填しなければならないのです」

「なるほど」

「つまり、陽明学で判断した場合は、朱子学の考え方で考え直せばよい。朱子学の方で考えれば、陽明学で見直す。学問は一つの学問で見るのではなく、複数の学問で考え、そして同じ結論になるかどうかを見るべきなのではないかな」

朱子学と陽明学の二つの学問の関係を、改めてこのように聞く機会は今までなかった。まさに佐藤一斎の言う通りであり、お互いがお互いの欠点を埋めているのだから、どちらの学問であっても同じ「理」にならなければおかしいのだ。そしてどちらの学問が正しいという優劣もないのである。

「いいですか、安五郎殿、陽明学はその使い方を間違う人、私利私欲の強い人に教えてはならないのです。学問が私利私欲を実現するための道具になってしまうからです。本来は朱子学をよく学び、そのうえで、その朱子学の欠点を把握した人だけに、陽明学の要点だけを教え、そして一緒になって学ぶことが重要なのです。学問に対して未熟な人に陽明学を教えては、危険な学問になってしまう可能性があるのです」

佐藤一斎が危険な学問といった理由がわかった。陽明学は自分を肯定する学問。それは自分が私利私欲に塗れているときは、その穢れた自分を肯定してしまうのである。学問の結論が穢れた自分を肯定することでは、正しい世の中の秩序を否定する危険しかない。

「はい、よく理解できました。では象山殿はどうなのでしょうか」

佐久間象山の話をして、佐藤一斎は急に柔らかい表情になった。

「佐久間象山は、朱子学の欠点をよくわかっている。ただし彼の場合は、渡邊崋山という以前ここにいた、三河の田原藩の年寄役をしているものに感化されてしまい、蘭学でその欠点を補おうとしている。要するに、君たちの議論は、朱子学の欠点を陽明学で補うのか、あるいは、蘭学で補うのかという勝負をしているのに過ぎない。そして、他の者が聞いていても、この塾の中で行う分には、私が後でいくらでも補うことができる。本日のように大いに、貴殿の思うところをもって議論に励めばよい。ただし、今後自分で塾を持ったり、松山に戻って藩校を任されたりするようになった時は、朱子学を中心に学ばせることが良い。まあ、老婆心ながら」

それから安五郎は、積極的に象山の議論を受けるようになった。その議論は深夜にまで及び、声の大きい佐久間象山の唸りが周辺に響いた。初めのうちは、その議論を楽しみにしていた塾生たちも、深夜に及ぶとさすがに困ってしまう。ある日、塾生の一人が、佐藤一斎の元に二人の議論をやめさせるように言いに行った。

「まあ、そのうち終わるだろ。まあ、あれを聞いて君もあれくらい議論ができるように頑張りなさい」

と、逆に諭されて戻ってきたのである。

この二人は、「佐門の二傑」といわれ、江戸の中でも評判になっていった。

5　東湖

「小稲、もそっと近くこう」

江戸の吉原、京都の島原、大坂の新町、江戸時代の三大遊郭である。他にも女性と遊べる「茶屋」は多くあったし、茶屋でなくても、飯炊き女や夜鷹《よたか》など様々なところに女性と遊べるような場所があった。そのような中でも、幕府公許で廓のように囲まれたお茶屋街があったのはこの三大遊郭であり、舞妓、芸妓がいて、客をもてなす場所となっていた。この三大遊郭のほかにも、長崎の丸山遊郭など全国で三十ほど遊郭は存在したが、「太夫《たゆう》」といわれる最上級の芸妓がいたのはこの三大遊郭だけであった。

舞妓・芸妓の多くは、貧困の中、地方の農家から口減らしと現金収入のために売られてきた女性で、その言葉遣いで、客との間で田舎などの話が出て、里心がつくと抜人などの事件が発生するので、女性たちは言葉もすべて強制された。そのどこの方言ともつかない独特な「吉原言葉」という言葉を使っていた。そのために、自分の相手をしている女性の出身地はわからないようになっていた。

天保の大飢饉以降、地方の農家ばかりではなく、江戸の中の下級武士などの子女も売られてくるなど貧困での口減らしで吉原も女性が多くなって値段も下がってきていた。実際に、酒や料理の値段は上がっているものの、吉原で働く女性が多くなってきていることから、女性の質と値段は暴落していた。おかげで、佐久間象山や山田安五郎なども、遊びに来ることができるようになったのである。

「小稲、おい、小稲」

「あいあい。象山様は、お酒に弱いでありんすな」

胡坐をかいて座っているのか寝ているのかわからないような態度になっている象山は、すでに顔だけでなく、はだけた着物から見える胸元まで全身真っ赤である。それに比べ、その隣に座る安五郎は、顔は少し赤みがかかって、よく笑うようになっているものの、全く姿勢は崩さず、膝を合わせたまま姿勢が崩れていない。

当然に、舞妓たちは安五郎の方にばかり集まる。吉原は酔っ払った殿方の相手をするところであると覚悟は決めているものの、やはり粗暴で手癖が悪く、何かといえば文句ばかりを言っている象山よりも、飲んでも姿勢を崩さず、朗らかに笑っている安五郎の方が、女性たちも安心できるというものである。中でも小稲と呼ばれた女性は、象山の大のお気に入りなのに、小稲自身は象山を怖がっているようだ。象山のことをお酒に弱いと言ったのも、精いっぱいの強がりであろう。

「象山様は、真っ赤な顔で鍾馗《しょうき》のように大きな口、なんと怖い目でありんすなあ」

小稲の横の松野という、小稲よりも年長で、男あしらいのうまそうな女性がそんなことを言った。

「なんだ松野、鍾馗ならば酒に酔うはずがなかろう」

「まあまあ、そんなに怒りなさるな」

松野は怖がっている小稲を安五郎に追いやると、象山の横について、そっと膳の上のお猪口に酒を注ぎ、片方の手で象山の太ももに手を置いた。象山はまんざらではない様子で、松野の手の上に自分の手を載せると、少し力を入れそのまま自分の股間の方へ手を導いた。しかし、松野はすっと手を引っ込めると、象山の手を軽く叩く。

「松野、なぜ叩く」

「それはお座敷ではないところでございましょう」

そっと笑顔で窘《たしな》めると、箸で卵焼きをつまみ象山の口元に持っていった。象山も機嫌が悪いわけではない。その卵を嬉しそうに咥えた。

「それにしても、なぜ安五郎ばかりもてるのだ」

安五郎は、姿勢を崩さずに横にいる女たちと話をしている。急に象山から自分の名前が出てきたので、少し驚いたように象山の方に向き直ると、すでに象山は松野の膝枕で寝ていた。

「お世話をお掛けします」

「いえいえ、いつもご贔屓にしていただいて」

松野は嫌な顔ひとつせず、にっこりと笑顔をつくった。

「ねえ、山田様」

小稲が安五郎に声を掛けた。

「どうしました」

「佐久間様はいつもあんな粗暴な感じなのですか」

少し怯えたような表情で小稲は聞いた。芸者であるので、元の顔はわからないように白く厚く塗っているようで、あまりよくわからないが、まだ年の頃ならば十代半ばではないか。差し出した手を見れば、あかぎれなどがあるので、座敷に出ていないときは水仕事などをさせられているのであろう。

「粗暴な男性は嫌いか」

小稲は何も言わず、黙って頷いた。本来ならば松野のようにうまく殿方をあしらい、自分の座敷に繋げたり、酒を飲ませて売り上げにしたりするのが吉原芸者であろう。しかし、まだそのような手練手管を身に着けていないのか、それともここに来て日が浅いのか。まだ体も小さく、そのような技もなく、それでも必死に働いている。

　街で会ったのであれば、故郷のことや年齢のこと、そして普段の生活などを聞くのであるが、そのような里心のつくような話は、ここ吉原の大門をくぐれば御法度である。あまりしつこく聞けば、出入り禁止になってしまう。

「なぜ山田様はいつも佐久間様とご一緒なんですか」

「それは友達だから」

「でも、全く性格が違います」

「性格が違うから親しくできるということもあるのではないかな。自分と全く同じ人間であれば、逆に気持ちが悪いであろう」

　怯えていた小稲が少し笑った。

　小稲の言葉は吉原言葉が完全ではない。話しぶりからすると、信州かあるいは甲府あたりではないか。信州松代の象山にとっては、この江戸の中で小稲に故郷を感じるのかもしれない。

「佐久間殿は小稲に嫌なことをしたのか」

　小稲は少し強めに首を振った。

「でも、粗暴な殿方は恐いです。すぐに叩くし……」

「小稲」

　会話を聞きつけたのか、松野が小稲の言葉を遮った。ここでは、他の客の悪口も当然に御法度である。殿方はすべて客であり、小稲にとってもその収入の糧となる。その人々のことを悪く言えば、次から来なくなってしまう。

「ごめんなさい」

「山田様、失礼をいたしました。さあさあ、小稲、山田様にお酒をお勧めして。盃が空になっておりますよ」

松野の声にはじかれたように、小稲はお銚子を持つと、安五郎の盃に酒を満たした。安五郎は松野の顔を見て、なんとなく監視されているような感覚を持ちながら、酒を一気に飲み干した。

「まあ、いい飲みっぷりでありんす」

松野が手をたたいて喜んだ。小稲もつられるように手をたたいた。その手をたたく音に驚いたか、少し寝ていた象山が目を覚ました。

「ど、どうした」

「おやすみでございました」

大きく手をたたいたのは、象山の目を覚まさせるためでもあったのかもしれない。松野の動きはいちいち計算されていて、気が付かないように自分たちが動かされていることがよくわかる。客をあしらうとは、そのようなことなのである。

吉原といえば、現代では男が上位で女性が金と男に従わなければならないような、まさに男女差別の温床のような感覚を持っている人も少なくない。当時、太夫と呼ばれる最高級の芸妓を身請けすることは、大店の旦那にとって最も素晴らしいことであるといわれた。それは、太夫と呼ばれる女性は、何も容姿や床が上手なだけではなく、座敷における身のこなしや客あしらい、男性たちとのコミュニケーション能力をはじめ、非常時の度胸の良さ、座敷で話された内容の秘密を守るというようなことまで、すべてができていなければ最高級にはなれない。つまり、人格やしぐさ、会話術、すべてにおいて最高級でなければ太夫にはなれなかったのである。その太夫を身請けするということは、単に太夫の贔屓の客がその大店の客となるだけではなく、店の客に対して、これらの会話術や対人術を身に着けた「お女将さん」ができるということであるから、当然に、店にとっては素晴らしいことである。

逆に言えば、吉原にはそれだけの技量のある女性たちが競っている場所である。ただ単純に遊びに来ている男性たちなどは、遊んでいる気になりながら、いつの間にかこの女性たちの手玉に取られているのである。ある意味で「男尊女卑」ではなく「芸者が尊で客が卑」というような場所であったのかもしれない。言い換えれば、女性が従うふりをして男を操縦するのが吉原の真の姿であったのかもしれない。

象山などは、お釈迦様の手の中で虚勢を張っている孫悟空のように、完全に遊ばれているようなものである。安五郎は、特に吉原で女遊びをしようとは思わないが、しかし、彼女たちの連携や、その背景、そして嫌な思いをさせずに客を手玉に取る技に、何よりも興味があった。

「松野殿の象山殿へのお相手は素晴らしいですね。いつも感心して見ております。小稲殿もそのうち松野殿のようになるのでしょうか」

何気なく、本音が口をついて出てしまった。

「山田様、私たち芸者は、自分の体を使って商売しております。顔は笑顔でも、いつでも勝負をしているのです。ですから、私の対応が間違えばお店は損をしますし、お客様は嫌な思いをします。お客様、お店、お店の娘、それをよく知って私にできることを精いっぱい行う。それしかないんですよ」

松野は笑顔で、それだけ言うと、やっと目を覚ました象山の方に向かって、まずは水を一杯飲ませた。

「いや、水はいらん。小稲、厠だ。案内せい」

「はい」

厠といわれれば、茶屋の者は案内しなければならない。いかに小稲が象山のことを嫌っていても、それはお店の者として仕方がないことである。もしもここで嫌がって案内せず粗相をすれば、それは店の責任になる。店を汚され、なおかつ恥をかかされたと言って客から金ももらえなければ、それは指名された芸者の責任だ。またこのような店では、廊下でお客様同士を合わせることはご法度とされている。同じ店の中に浮世の対立関係があったり、世俗のしがらみを持ち込まれたりして、廊下で刃傷沙汰になって店の評判が落ちることになる。そうならないように、厠や店の出入りに関しては、お店の娘たちが必ず付いて案内して客同士が顔を合わせないようにするのが店の品格である。

「ほれ」

象山は、案内の小稲にもたれかかるようにしながら、小稲の懐に手を入れようとする。ちょうど、象山はかなり背が高く小稲が子供のような体つきであるために、真上から手が降ってくる形だ。

「もう」

小稲は、そんな象山の手を軽く叩くと、その手を左手で取りながら襖の外に出ていった。

「いや松野殿、うちの佐久間が申し訳ござらぬ」

「いえ、あそこまで酒に酔っていただけるのも、店がよろしいからと心得ております」

松野は笑顔で言った。松野と二人で飲んでいるのも、なかなか落ち着いて良いものである。しばらく、吉原ではあまりない無言の空間を楽しんでいると、にわかに座敷の外が騒がしくなってきた。いや、座敷の外ではなく店の外ではないか。

「なんだ、てめえ」

「うるせえ」

障子の外から大声が聞こえる。無粋にも喧嘩であろうか。一般的に酒に酔うと気が大きくなり、なぜか自分が強くなったような錯覚を覚えるものである。そのような人間たちが身の程をわきまえずに、酒と過分な幻想に酔って、大声を出すことがあるようだ。

「気になりますか」

松野は、安五郎に気を使ってか、障子と安五郎の間に自分の身を置いて声を掛けた。

「いや、触らぬ神に祟りなしと申します。しばらくすれば静かになるのではないでしょうか。」

安五郎は、そんな松野の気の使い方に笑顔で返し、先ほど松野が酌をしてくれた目の前の酒を飲み干した。そんな安五郎の様子を見ながら、松野は一応何か障りがあるといけないと思い、安五郎に気づかれぬように少しだけ障子を開けて外を覗いた。

「あれ、山田様」

そういうと、安五郎を手招きする。先ほど気にならないと言ったのに、何とも難儀なことである。しかし、松野が呼んでいるということは何かあったのであろう。安五郎も仕方なく酒で少し重くなった腰を上げて、松野が少し大きめに開いた障子窓から外を見た。

まさか、そこで啖呵を切っているのは厠に行ったはずの佐久間象山である。ならず者と思われる、やはり象山と同じような酔っ払い五名に囲まれているではないか。

「山田様、申し訳ありません。小稲がついていながら」

「ああ、行ってくる」

安五郎は、傍に置いてある刀を取ると、そのまま階段を下りて行った。

「何があった」

「おう、安五郎か。まあ見ておけ」

店の玄関では、戸袋の陰になるところで小稲が小刻みに震えている。その近くに店の若衆が数名、店の中に影響が出ないように守っているのが見て取れる。多勢に無勢であるにも関わらず、この若い衆たちは喧嘩を止めるわけでもなければ、小稲を守るでもない。ただ店の中に被害がないようにしているだけである。様子を見たところ、どうも相手方も店の客のようである。店の外からならず者が入ってきての狼藉《ろうぜき》であれば、この若衆たちが止めているはずである。客同士の喧嘩でも、店の外ならば中に入れないようにするだけである。

「小稲殿、どうしたのだ」

「や、山田様。申し訳ありません」

「小稲ちゃん、あれ、そっちは小丸ちゃんじゃない。何があったの」

「それが、厠から出てくるところで、小丸ちゃんのお客様が入ってきてしまって……」

「いや、若衆さんが、今は青の厠が開いているというから」

「小丸ちゃん、あそこは黄の厠でしょ」

「ええ、でも」

この店では、客同士が厠で出くわさないように、厠を色分けして女の子たちに案内させていたのである。小稲や松野は、この店の座敷にはよく来ているからその色分けのことは知っているが、この小丸という芸者は、まだこの店に上がるようになって間がないのでその厠の位置を間違えたらしい。

「山田様、申し訳ありません」

「松野さん、うちの小丸が」

「雪乃さん、今はあの旦那衆を抑えなくては」

雪乃というのが、どうも小丸のところについているベテランの芸者のようである。

「姐さん、ごめんなさい」

「まったく小丸は」

そういうと、雪乃は表に出て行こうとした。

「何か騒がしいようであるが」

その時、店の二階から一人の男が下りてきた。

「松山、何やら騒がしいようであるが」

「あい」

「お武家様、今ちょっと出入りで」

若衆がその男を階段の上で止めようとした。しかし、武士も花魁《おいらん》も、そのまま階段を下りてきてしまった。

吉原界隈では女性にも階級がある。宝暦の頃までは、もっとも高いものが太夫と言われ、その次が格子、そしてその次が散茶女郎といわれた。ここまでが高級遊女といわれる階級である。太夫や格子は、宝暦の頃に無くなったとも言われているが、女性たちの間では昔の階級の呼び名が残っていた。

逆に、宝暦以降それらの呼称に代わって言われるようになったのが「花魁」という言葉である。花魁、散茶、そしてその下に座敷持、呼び出し、禿、新造と続く。当時この散茶で、昼の揚げ代が三歩（四分の三両）といわれており、最高級の花魁は、十両払っても足りないような遊女もいたという。日本銀行貨幣研究室の調べでは、米価で換算して、幕末は一両は約一万円という。つまり、花魁は十万円よりも高い値段を出さなければお座敷に呼べなかったということになる。

彼女たちは、その階級によって帯や帯留め、帯飾りそして髪飾りなどが全く違っていた。それだけに、その服装を見れば、だいたい女性の階級はよくわかる。

「あら、そちらにいらっしゃるのは安五郎さんでは」

松山と言われた花魁は、安五郎の方を見ている。

「松山、知り合いか」

本来ならば自分が買った女である。それも花魁といわれる値段の高い遊女だ。片時も他の男に目を向けることは許されない。しかし、長い間になじみになれば、そのようなことも許される。男にも女にも、余裕が出てくるようになるのだ。この二人には、そのような信頼関係がしっかりとある深い関係なのであろう。

「はい、このような場所では不謹慎でございますが、あまりにも懐かしい顔でございまして」

「幼馴染《おさななじみ》か。それは良いではないか。構わぬ、少し話してまいれ。その間に、外の喧騒を鎮めて参ろう」

その武士は、つかつかとならず者の一人に近づくと、そのまま右手を取り、目にも止まらない技でくるっとひっくり返してしまった。

「おまえ、何をする」

ならず者が象山でなく、その武士の方に向かってくると、男は向かってきた男を簡単にくるんくるんとひっくり返していった。まるで曲芸のようにあっという間に三人がその場で倒されている。しかし、特に殴られたわけでもなければ、腕を折られたわけでもない。その男たちは、すぐに起き上がると、懐に手を入れ匕首《あいくち》を取り出した。

「てめえ」

匕首を取り出した男が武士に飛び掛かろうとすると、武士はすっと身を翻して刀を抜き、その男の後ろに回って刀を振り下ろした。

「きゃ」

小稲と小丸は、そのまま男が斬られてしまったのではないかと目を閉じた。

「おい、男、遊ぶのは座敷の中にしておけ」

そういうが早いか、男の帯がはらりと落ち、着物もそのまま地に落ちた。そして、財布が地面に落ちる。

「この野郎」

仲間がそのようにやられていても、酒が入っていると気が大きくなる。残りの四人も次々と武士に掛かっていった。

「道で暴れるのは構わんが、金は払って行け」

武士は、美しい舞を舞うように刀をひらりひらりと使い、あっという間に残り四人の帯を切ってしまった。帯が斬られてしまうと懐の財布が地面に落ちる。ならず者は、さすがに自分の置かれている状況が分かったようで、酔いもさめた蒼い顔をして、それを拾おうとすると、武士はブンと音を立てて刀を振った。そのまま拾えば、ならず者たちを斬るといわんばかりだ。ならず者たちは、取る物も取り敢えずそのまま逃げていった。

「若い衆、あいつらの払いに使っておけ」

武士は、財布を拾い集めると、五つの財布を若い衆に投げた。

「松山、怖かったか」

「いいえ、東湖様がいらっしゃいますので」

「で、昔馴染殿、まずはお仲間を」

「はい、かたじけない」

安五郎がふと振り返ると、佐久間象山は、男帯が散らかっている真ん中で地べたに座り込んでしまっている。いや、座ったまま舟を漕いだように寝ているのである。大した度胸である。そこに小稲と松野が駆け寄っていった。

「象山様」

小稲は必死に象山を抱き起すが、象山は完全に小稲に体を預けたままである。若衆が二人、象山を担いで、座敷に上げた。

「象山と申したか」

武士は佐久間象山の方を向いた。

「はい、私は佐藤一斎先生のところにおります、山田安五郎と申します。あそこで寝ているのは同門の佐久間象山にございます」

「山田安五郎殿か」

「やっぱり安五郎さんだ」

花魁は突然松山訛りの声で言うと、帯の間からお守りを出した。かなりボロボロになっていたが、新見の安養寺のお守り袋である。

「津々村のおみよちゃんか」

「わからなかったの」

真っ白に塗った花魁の顔である。みよと会った当時は、田舎村の女の子でしかなかった。自分が何もしなかったから、叔父の辰蔵に売られてしまい、高瀬舟を見送ったのは、十五年も前のことである。まさか、あの時のみよちゃんが、吉原で花魁まで上り詰めているとは全く思わなかった。

「ほら、あの時の水仙」

花魁の着物の裾模様には、水仙の花が沢山咲いている。

「ああ、覚えている」

「松山、親しかったようであるの」

「東湖様、悋気《りんき》してしまいますか」

「まさか」

東湖と呼ばれた武士は、にっこり笑うと若衆が出した草履に足を入れた。

「東湖様、といえば」

安五郎は、その武士の方に向き直った。

「私は、水戸藩江戸通事御用役、藤田東湖《ふじたとうこ》と申します。本日は、水戸から友人の武田耕雲斎《たけだこううんさい》が参っているので遊んでいたところ。武田殿は先に藩邸に戻られたが、この松山に引き留められて、長居をしたところです。それにしても佐門の二傑とこのようなところでお会いできるとは思わなかった」

「いや、学んでいる身であれば、藤田東湖先生にはぜひ一度お目にかかりたいと」

「それも、まさかその二傑の一人山田安五郎殿が、贔屓にしている松山の幼馴染とは思わなかった。何かの縁であろう」

「はい、ありがたいことでございます」

松山、いや、みよは自分の好きな二人の男性がお互いに認め合っている姿を見て、にっこりと笑った。ここ吉原で花魁になるには、それなりに苦労も涙を流すこともあったと思うが、その時も安養寺のお守り袋と、水仙の花を心の支えに頑張っていたのに違いない。

「安五郎殿、武田耕雲斎殿が水戸に戻る前に、佐久間殿と一緒に、またここで一献やりましょう。さすがに毎日ではこちらも体がもたぬゆえ、明後日などいかがであろうか。松山、座敷を用意できるか」

「あい」

すぐに若衆を呼んで、その手配をする。松山は、かなりの実力を持っているようだ。気が付けば、松野も雪乃も少し後ろに下がってずっと座っている。

「ありがとうございます」

「金は水戸藩が何とかしよう。ただ、次は厠で騒ぎを起こすのは勘弁願いたい。明後日ここで会おう」

藤田東湖。水戸藩主徳川斉昭の懐刀であり、知恵袋でもある。後に、『弘道館記述義』『常陸帯』

『回天詩史』など多くの著作が書かれ、後期水戸学の大家として知られるばかりではなく、尊王攘夷運動の理論の根底をなした人物である。戸田蓬軒《とだほうけん》、武田耕雲斎と並び、「水戸の三田」といわれ、尊王の志と学識を具《そな》えた優れた指導者として有名になった。後に、西郷隆盛や、土佐藩の山内容堂など、多くの人物と直接会い、その志を一にしている。

「安五郎さんも、なかなかやるねえ」

松山といわれた花魁が、すっかり備中津々村のみよに戻ってにっこりと笑った。

「松野さん、雪乃さん、今日は、安五郎さんの座敷は私が引き受けます」

「姐さん」

「うるさい。若衆、さっきの財布でそれくらいありんしょ」

「へ、へい」

「足りない分は私が払います」

花魁本人がそういうと、あとは誰も何も言えなかった。

「その佐久間殿といわれる殿方は、松野さんと小稲さんお願い。さあ、安五郎殿」

松山は、何年も恋焦がれた男性とやっと巡り合えた喜びから、安五郎の手を引いてそのまま階段を駆け上がっていった。

6　水戸三田

事の次第を聞いた佐藤一斎は、安五郎や象山に伴い、自らも吉原の地に足を入れた。佐藤一斎も若い頃は結構遊んだ方であったが、さすがに昌平黌で教えるようになってからは、ほとんど立ち入ったことはない。しかし、今回は相手が藤田東湖であるという。それも弟子の佐久間象山が助けられたというのであるから、尋常ではない。一言、礼を言わなければならない。

「だいたい、佐久間君は飲み始めると、なんだかわからなくなってしまうからなあ」

酒を飲むと前後不覚になるのだが、それだけではなく、その論理も難解になる。もともと、朱子学の穴を蘭学で埋めることに挑戦している象山は、ある意味で実証主義であり、またある意味で架空の論理が多い。日本人が海外に行くことのなかった江戸時代、蘭学というのは書にある論理を想定し、その架空の論理を実証するしかない学問であった。しかし、酒に酔った象山は、まだ実証していないことを、まるで事実であるかのような物言いをすることがあった。一斎の言う、わからないとはそのことを指している。

「先生、それはないのでは」

「いけないか。今回は、相手が水戸の藤田東湖殿であるから、変な論理を振り回したら私の恥になるからな」

「はい、殊勝にしておきます」

青菜に塩とはこのことであろうか。まだ学んでいる最中の象山と安五郎には、本来高嶺の花かもしれない。

吉原は、もともと江戸時代の初期には日本橋にあった。しかし、明暦の大火の後に、街を整備するということで遊郭を外に移動させたのと、浅草寺周辺の治安をよくするためと、二つの目的で浅草寺の裏手に移し、そこを「新吉原」と呼称していた。浅草寺の裏手から広大な田の広がる中、隅田川沿いに八丁堤を歩き、見返り柳を曲がって衣紋坂を下ると、新吉原の大門がある。大門の横には、「編笠茶屋」というお茶屋があり、顔を隠すための手拭や編笠を貸してくれる。男が顔を見せないという粋を楽しむ目的もあれば、高位な武家で顔を見られては困るという事情もあった。

「先生、編笠は」

「いらぬ。こう見えても昔は結構鳴らしたものだよ」

佐藤一斎は、意外と慣れた足取りで見返り柳を曲がっていった。大門の横にある四郎兵衛会所で木札をもらい、大門の中に入る。この木札がないと、中の人間と思われて大門から外に出してもらえない。もちろん、大門以外は高い塀があり、そしてその外には堀も穿《うが》ってある本格的な廓だ。

「江戸町の木札を」

「はいよ」

会所の親父は、不愛想に三枚の木札をくれた。木札は一つの木板を割ったもので、帰りにそれを合わせて確認する。遊女の脱走防止ということであろう。大門をくぐり、メインは仲之町通りである。この仲之町通りは女性もなければ格子窓もない普通の通りである。そして江戸町・角町・京町というところでもう一つ門をくぐり、その門の内が、良く時代劇などで見る格子窓の女郎屋である。

「菊屋楼であったな」

本来は、引手茶屋という女性がたくさんいるところで、女性を品定めしてから楼閣に上がるのが普通である。女性同伴で行くのではなく、先に楼閣に上がって待っていると、店の者が、座敷に案内してくるというシステムである。象山もいつも江戸長町一丁目の引手茶屋で小稲を指名し、その後に菊屋楼に行くのが常であったが、この日は勝手が違う。何しろ師匠の佐藤一斎が一緒で、なおかつ先日の恩人である藤田東湖がお待ちかねなのである。

「佐門の安五郎が来たと、水戸の藤田殿に繋いでほしい」

「はい、お待ちかねでございますよ」

菊屋楼の女将は、そう言うと藤田の座敷に確認をすることもなく、そのまま三人を上げた。先日、店の前で大立ち回りをしたばかりである。顔も覚えていれば、この日の会合のこともよくわかっているというものである。

「お連れ様がお着きにございます」

女将が、自ら座敷の襖を開けると、そこには三人の男がすでに酒を飲んでいた。その横には松山が雪乃と小丸を連れて座っている。松山と雪乃は検番が異なるのではないかと思うが、先日のこともあって東湖が気を使ったのであろう。

「いや、お待ちかね……これは佐藤一斎先生ではございませんか」

佐藤一斎の登場に藤田東湖も、そしてその横にいる男二人も、急に姿勢を正した。

「いやいや、先日はうちの若い門弟がお世話になり申して。まことにかたじけないやら、お恥ずかしいやら」

奥に進むことなく、佐藤一斎はその場で膝をついて頭を下げた。安五郎はそれに合わせて一緒に頭を下げたが、象山は何があったのかわからぬといった風体で、そのまま立っていた。しかし、そこに一緒に呼ばれていた松野と小稲がすぐに横に付き、小稲が象山の袖を引っ張って無理やり座らせた。奥にいる三人は、その風景を見て、なんとなくほほえましく映ったに違いない。

「いやいや、頭をお上げください。ここはそのようなことをする場所ではございません」

藤田東湖は近寄ってくると、佐藤一斎の手を取ってそのまま奥に引き連れた。

「おい、誰かいるか」

藤田東湖と同じころ合いの男が、襖に向かって大きな声を上げた。

「はいはい」

先ほどの女将がすぐに入ってきた。何が起きるのか心配であったのか、襖の外でごそごそと音がするところを見ると、男衆も何人かいたのではないか。

「おい、女が一人足りぬ。一人連れてまいれ」

「はい、どのような」

「落ち着いた女性を」

「耕雲斎殿は、気が利きますな」

藤田東湖がそのように言うと、三人を席につかせた。

「今声を出したのが、武田耕雲斎殿。そしてもう一人、つまらぬ顔をして飲んでいるのが戸田蓬軒殿だ。まあ水戸藩士であるが、本日はそのような硬い話はなしで、大いに酒を飲みましょう」

藤田東湖は、そのように言うと、横に松山を侍らせた。

「いやいや、この佐久間君は、なかなか優秀なのですが、どうも礼儀を知らず困ったものです」

「いや、ここにいる戸田殿もそうですよ。吉原にいるのに仏頂面で」

「そりゃそうだ。藩の勘定を預かっている者の身になってみろ。こんなところで使う金があればどれほど……」

「戸田殿は、勘定方にお詳しいのですか」

「ああ」

「それではぜひお伺いしたいのですが、我が藩である備中松山は、すでに藩札も多く出してしまい財政に窮しております。どのようにすればよいとお考えでしょうか」

安五郎はさっそく聞いた。

「これは申し訳ない。山田安五郎は、元をただせば高い家柄と聞くが、彼自身は油売りから身を起こした人物で、勘定方から学問まで、興味あることは何でも……」

「よろしいではないか、なあ蓬軒殿」

佐藤一斎がとりなすと、東湖はすぐにそれに応じた。

「まあ、拙者は酒の席もあまり関係がないので、お答えしたいが、実際に、その財政がどうであるかよく見なければ、安易に答えられるものではない。しかし……」

「はい、しかし、なんでしょう」

「しかしだ、藩札を出していると聞く。当世藩札を出していないような藩などはあるまい。しかし、藩札は銭ではない。藩札は銭の代わりに使っている藩の信用である。つまり藩の勘定方をよくするためには、当然に、藩の信用を取り戻さなければならない」

「藩の信用」

「そう。例えば、水戸藩藩札ならば持っていても損はない。いや持っていること自体に価値があるというように思わせることが重要であろう。信用というものは目には見えないし、銭にもならない。しかし、信用がなければ人も離れ、工商が廃れ、結局勘定が回らない。だから、学問を行った者が勘定方を行えば、銭勘定よりも先に信を重視する」

「信なくば立たず、ですね」

「まあ、信ということはそれだけではない。信は真に通ず。そして真は誠に通じる。そのことが見えていれば、何をやらなければならないか自ずとわかることだ」

戸田蓬軒は、つまらなそうに、でも、自分の話を聞いてくれる安五郎に仄かな好意を寄せながら、ゆっくりと語りそして酒を飲んだ。隣にいる雪乃が、すぐに酌をした。

「戸田殿、それだけでは足りぬな」

「なんだ、耕雲斎」

「いや、それでは民はわからぬ。民にわかりやすく物事を進めなければならない。武家の行っていることは、武家の話で終わってしまう。しかし、実際に米を作っているのは農民であり、また工業品を作るのは職人である。それを商いするのは商人であろう。つまり、信は当然に必要であるが、しかし、その信が民に見えなければ、何も通じない。武士の自己満足で終わってしまっては話にならぬのではないか」

「ふむ、そこはなかなか難しいところですな」

武田耕雲斎の言葉に、佐藤一斎が答えた。話を聞かず、佐久間象山は小稲と遊んでいる。気を使わない変人ぶりも、佐久間象山らしくて良いものである。東湖他の人々も、そのような象山を全く気にしない。

「信を見せる。なるほどな」

藤田東湖も腕を組んだ。

「そんなもん、信を見せようとするから難しいのではありませんか。信が無いものを消してしまう方が楽でありんすよ」

藤田にしなだれかかっている松山が、突然声を上げた。

「おみよ、お前はいろいろと苦労したのはわかるが」

「安五郎さんに捨てられてから、どんだけ酷いことされたと思う。今はいいけど。安五郎さんにもらったお守りと水仙の花は残したけど、あとはすべて捨てたの。あたし、でもどうしても捨てられないから松山という名前にしたのよ」

「太夫」

まさか、学問の話に花魁が口を出すとは思っていなかった武田耕雲斎と戸田蓬軒は、目を丸くして驚いた。そして笑った。

「いや、でも太夫の言う通りであろう。信を見せるのではなく、信ではない物を無くす。そのことで信のあるものしか残らない。その通りですな」

佐藤一斎は、松山の言葉に感心した。

「しかし、太夫と安五郎殿が幼馴染であったとはな」

東湖はそう言うと、満足そうに松山の酌を受けた。

「昔は懐かしむもの。今は、これでよいのです」

松山は、つんとした顔を笑顔に変えると、安五郎の方に目を向けた。白粉をはたいているものの、みよだと思うと、どことなく十五年前津々村の河原で会った時の面影がある。

「しかし、松山藩の勘定がよければ、ここでこうやって再会することはなかったな」

「はい」

小丸は、そんな松山を見ながら、自分も真似て武田耕雲斎にしなだれかかったが、全く様になっていない。

「小丸、無理せずともよいぞ。松山のようになるのはもう少し時が必要であろうからな」

「ところで、この度藤田先生にお世話になりました、ここにいる佐久間象山ですが、元は朱子学を学び優秀でありましたが、当塾の渡辺崋山と申すものに感化され、蘭学を学んでおります。藤田先生から見て蘭学はいかがでございましょうか」

佐藤一斎は、小稲を象山から引き離して自分の手元に置くと、そのように藤田東湖に問いかけた。東湖は何のことかと思いながら、それでも何か答えなければならぬと、顎に手を当てて必死に答えを探った。

「東湖、一斎先生が気にしておられるのは、たぶん大津浜のことであろう」

「ああ、エゲレスか」

藤田東湖はやっと遠い昔のことを思い出したかのように言うと、急に姿勢を正した。

「私も、ぜひお聞かせ願いたい」

象山も、珍しくまじめに姿勢を正した。そして安五郎も、その次の言葉を期待した。

藤田東湖が若いころ、父藤田幽谷に言われて大津浜に来たイギリス人を殺しに出掛けようとしたことは、この時代でも有名であった。またそのことから、藤田東湖は日本とは何か、そして朝廷を中心にした日本に造詣が深いとされていた。いまや藤田東湖を中心とした「水戸の三田」といわれる三人の意見は、水戸藩主徳川斉昭を通じ幕府そのものの意思となっているのである。その基となった事件に関して、ぜひ、本人の口から聴いてみたい。その知識に対する欲は、隠すことができなかった。

「いや、あれは聞かないでいただきたい。私が死を覚悟した最初のことでありながら、すでに大津浜に駆け付けたときには、エゲレスの者たちは海の外に行っていた。恥ずかしいやら悔しいやら」

「いや、そうではなく、異国と戦って、勝てるのでしょうか」

象山は、素直に聞いた。

「勝てる、いや、勝つのだ。勝つまで戦わなければならない」

藤田東湖は、かなり厳しい口調で言った。象山の気迫に全く負けていない、いや安五郎などは、完全に気に飲まれてしまっていた。

「勝つ、どうやって」

「だいたい、異国とは海を越えてくるもの。つまり、海を渡る手段を奪えば、来ることはできないではないか。ならば異国の乗ってくる船をすべて壊せばよい」

「なるほど、しかし、船は向こうが作るものでございましょう」

象山は、なお食い下がった。このようなときの象山はなかなか引き下がらない。

「では、その船を攻撃して沈めればよく、また船を泊めて陸に上がってくれば、その時に戦えばよい。古来、渡河口の上がったところが最も守りが弱い。また人数も少ない。そこを大人数で襲えばそれほどの問題ではなかろう」

このままでは、終わりそうにない。そう思った武田耕雲斎が、議論をそのまま引き受けた。

「象山殿のように蘭学を学んでいれば、異国は日本よりもはるかに強い武器を持っていることがわかる。しかし、ならば南蛮人を殺して奪えばよい。そして大砲を造り、船を近づけぬように戦いに備えればよい。そのような考え方が、学問の外にはあるのだ」

藤田東湖は、耕雲斎の話を聞くと大きく息を吐き、そして、近くにある酒を飲んだ。

「なぜ、戦わなければならぬのでしょうか」

安五郎は、そこで口をはさんだ。この時はまだ、ペリーが浦賀に来る二十年近く前である。多くの江戸の人々は、異国船が迷い込んでくることはあっても、組織的に日本に対して攻めてくるというような想像は全くしていない。そのような中で、ここにいる六人は、しっかりと先のことに備えて話をしているのである。明治維新当時、日本は強くまた欧米列強がなかなか手出しをできる国ではなく、清や朝鮮のように、欧米列強が直接支配をするようなこともなかった。それは、このような前から真剣に議論をする者がいたからではあるまいか。

「安五郎殿、戦わずともよいかもしれぬ。しかし、もしもこの国に異国の者とともに住まうとしよう。今でも天保の飢饉の影響が残るこの国において、異国の者たちが来れば彼らの食い扶持も必要になる。彼らが何かを持ってくれれば、それを珍しく思い買う者が出てくる。それは、今でも少ない食料も小判に使う金も、いずれもが失われてしまう。われらが異国に出て行くのであればそれでよいが、勘定方から言えば、そのような余裕は残念ながら朝廷にも幕府にもない。そうなれば、何もなくなった国で、民を困窮させるか、あるいは、少ないものを取り合って、この国の者と異国の者が戦を始めることになる。いずれ、日本の国と異国は戦になる。それを止める方法があれば、戦わずともよい。そういうことであろう」

戸田蓬軒は、勘定方であるからか、わかりやすく戦について話をした。少ない物資の取り合い。それは、当然に起きる可能性があることなのである。

「では戦をしない方法はないということですか」

「いや、日本が強く異国が戦を仕掛けてこなければよい」

耕雲斎は、こともなげに言った。

「なるほど、では、初めから大砲と船があれば、異国の者は敵うはずもなく、攻めてこないということになりはしませぬか」

「さすが山田殿。全くその通りでございます」

「そうではなく、戦わずに、異国を心服させることはできますまいか」

「戦わずに、それは帝の威光を南蛮紅毛の類が理解できるかどうか、ということですな」

「幕府ではなく、帝の威光ですか」

「そうです」

そう言うと藤田東湖は、一気に酒を飲んだ。なかなか面白い話に、佐藤一斎はずっと腕を組んで目を瞑って聞いている。

「光圀《みつくに》公以降、水戸藩は公儀の特別な思し召しにより、彰考館《しょうこうかん》で大日本史という書物を編纂しております。その中で日本は天上界の神々が創った国であり、帝はその神々の子孫であることが明らかになっております。その天の神の威光が、南蛮紅毛の類が理解できるのであれば、ともに世を治めることができましょう。しかし、彼らがその威光がわからないのであれば、わからせなければなりますまい。そのうえで、手を携えるのが筋でございましょう」

この日本の国は神の国と、藤田東湖はさも当然であるかのように話した。この日本国が神の国であるという論理こそ、後期水戸学の神髄である。

「まあ、安五郎殿には驚かれることかもしれませんし、朱子学や陽明学のような唐の学問には日本の国の話は書かれておりません。もちろん、それらを学ぶことも重要ですが、日本の民である我々は、当然に、日本のことも学ばなければならないのです。東湖は、そのように言っているのですよ」

耕雲斎は、隣で退屈そうにしている小丸の相手をしながら、そのように助け舟を出した。

「そのためには、蘭学も排除する学問ではない。佐久間殿、まさに貴殿のやっている学問は、敵を知るための学問であるだけではなく、敵を超えるための学問であるとご自覚されるとよいのではないか」

象山は、突然自分の方に話が降ってきて驚いたが、それでも自分が褒められていることを知ると、満足そうに卵焼きを手づかみで口にくわえた。

「さあさあ、そんな難しい話ばかりしないで、もう少し飲みましょうよ」

ずっと黙っていた松野がそういうと、戸田蓬軒の隣にいる雪乃が手をたたいた。何かの合図があったのであろうか、失礼しますと声がかかり、芸奴とお囃子が入ってきて、目の前で頭を下げた。

「おお、いいぞ」

今までの真剣な顔とは全く別で、藤田東湖は、だらしのない酔っ払いの表情で手を叩いた。

「いや、こういうのもよいですね」

それまで難しい顔をして腕を組んでいた佐藤一斎も、煌《きら》びやかな女性たちの方に目を向けた。ここで、難しい話は終わりである。佐藤一斎は昌平黌の立場もあるので、あまり口を出すことができなかったが、それでも水戸藩の思うこと、そして陽明学や蘭学の目指すことに異存はなかった。

「安五郎殿、せっかく水戸藩が接待申し上げるのだ。今宵は十分に楽しんでください。この勘定方の戸田蓬軒が言うのだから間違いがない」

「なぜ私に」

「そりゃ、一斎先生は昔吉原で有名であったと聞くし、同僚の佐久間殿はすでに遊び慣れておるようだからね」

象山はすでに、小稲の体にまとわりついていた。小稲も今日は仕方がないと思っているのか、象山のされるままに体を任せている。

「安五郎殿、ここは吉原ですぞ。国学よりも大事な、酒と女子を学ばねばなりません。国学を語る暇はありませぬからな」

吉原の夜は更けていった。


そのころ、松山城下では一つの事件が起きていた。江戸は、あまり雪の降らない気候であるが、備中松山は三月といっても日陰などには白い雪が残る。松山であっても天保の大飢饉の影響は少なくなく、人々の心は荒《すさ》んでいた。しかし、藩主板倉勝職は瀟洒な藩風を好み、そのしわ寄せは、藩内の領民や松山城下の人々に広まっていった。特に台所を預かる女性たちの心は荒んでしまい、陰湿ないじめが横行していった。特に、新参者である山田安五郎の家に対するいじめは度を越えていた。

「瑳奇、お前が近寄ると火事になるんだろ」

子供たちの間にも親たちの雰囲気は伝わり、集団で一人を標的にいじめることが普通になっていた。そして普段いじめられている子供は、より弱い子供を見つけ、そして、自分が被害に遭いたくないがために、陰湿ないじめに加わった。この時は、加藤勝左エ門の息子である伊之助、小泉信子の息子新之助、そして岸商店の跡継ぎである藤兵衛が中心になり、他の子どもたちも集まって瑳奇を取り囲んでいた。

「なによ」

父親は元は西方の郷の農民であり、昔、御家を一度潰された家柄、そして、母親は松山では知り合いがいない新見藩の武士とはいえ、中堅どころの家柄の出である山田家の娘瑳奇は、そのようないじめの対象には絶好の獲物である。また、瑳奇は気が強く、そして父安五郎の気質を受け継いで、正しくないことに敢然と立ち向かうような性格であったがために、そのいじめには際限がなかった。

――ザブン――

いきなり桶の水をかけられた。普段はいじめられている鈴木元之進という下級武士の子供であった。こういう時に瑳奇の味方をすれば、次は自分が何をされるかわからない。それだけに、やることはどんどんと過激になっていった。命じられれば何でもやる、やらなければ自分がいじめられる。そのような子供の中の世界である。

「なによ」

まだ雪が残る松山城下で、全身ずぶ濡れになってしまう。子供というものは残酷な生き物であり、どこまでやったら体に悪いということは考えず、どんどんと過激な方に動いてしまって限界を知らない。それが相手の命を奪う結果になろうと、そのようなことはお構いなしなのだ。

「火事になるから、火を消してやってるんだよ」

リーダー格の小泉新之助が大声で言った。冬に人に水をかけるなどということは、全く経験がない子供たちは、夏の水遊びと同じ感覚である。いや、中には本当に火事になるから水をかけて良いと思っている子供もいたかもしれない。自分たちは、水に濡れないのであるから、その冷たさや辛さは全くわからない。

瑳奇はずぶ濡れになりながらも、キッと小泉を睨みつけた。小泉新之助は、一瞬その眼力に怯んだが、すぐに横にいた加藤伊之助が声を上げた

「お母さんが火を付けたんだろ」

「違うもん」

「藩校も、すべて燃やしたんだろ」

岸藤兵衛である。

「ひどい」

子供たちは残酷であった。ひどい言葉をいくつも投げ掛け、そして対抗して瑳奇が近寄ってくると、また水を掛けるということを繰り返した。

「お前たち、何やってんの」

たまたま通りかかったみつが、凍えて唇が紫色になってしまった瑳奇を見つけた。

「逃げろ」

誰かが大声で言うと、子供たちは蜘蛛《くも》の子を散らすように逃げていった。瑳奇は、それまで涙も流さず、子供たちを睨んでいた。そして子供たちがいなくなると、安心したのか、急に大声で泣き始めた。

「こんなに体が冷えて、どうしたの」

「あの子たちが、うちは火事になるから、火を消せといって水を掛けるの」

「なんでこんなになるまで」

「だって、母上が心配するから」

みつは、子供たちが有終館の火事のことをいまだに言っていじめのネタにしているのであろうと察した。確かに火が出たときにすぐに対処をしなかったのは進である。しかし、それはあくまでも失火であり、放火ではない。すぐ言い返したい気があったが、しかし、目の前には泣きながら震えている瑳奇がいる。すぐに手拭を出して拭いたが、全く間に合わない。この冬に全身ずぶ濡れになってしまっては、体を壊してしまう。

「家に帰ったら、母上になんて言えばいいの」

瑳奇は、心配して家に帰るのを拒んだ。しかし、みつは何とか瑳奇を安心させて、家の方に歩かせた。子供ながらに進に心配かけないために、水を掛けられ、寒い思いをしてもじっと我慢をしたのである。みつは自然と涙が出てきた。

とにかく一度家に戻ると、すぐに火をおこし、暖かい格好に着替えさせ、瑳奇を火に当てさせた。まずは体を温めなければならない。体をさすりながら、大声で佐吉を呼んだ。

「まったくあの子たちは酷過ぎる」

「親方に相談しよう」

「でも、進さんには、なるべくわからないようにやって」

「ああ」

佐吉は、成羽の鉱山の方へ走っていった。その日の晩から、瑳奇は熱が出た。あまりの高熱で、全身が鉄が焼けたように赤くなり、体から湯気が出るのではないかと思うほどの熱であった。

「おい、てめえら、どうするつもりだ」

辰吉は、鉱山周辺の農民や他の鉱夫もつれて松山の城下に入ってきた。総勢三百名はいたのではないか。

これが一揆や打ち毀《こわ》しならば、藩がすぐに取り締まりということになろう。しかしその先頭には奥田楽山がいるのである。そして鉱夫や農民の周りには、有終館の門弟たちが取り囲んでいた。現在で言うデモ行進である。これでは藩も、なかなか手が出せない。

「山田先生の娘をいじめたのは誰だ」

「進殿を迷わせた家は出てこい」

鍬や鎌など、手に手に何かをもって、松山の街に集団が入ってきた。中には茜や弥次郎の姿も見える。

「お前たち、何をしに来たのだ」

「山田安五郎様の娘瑳奇殿が松山城下の連中にいじめられて、病気であるというので見舞いに来た」

辰吉は、そう言うと役人を手で払った。普段ならば、武士に対してただの鉱山夫がそのようなことをすれば、無礼討ちになってもおかしくないのであるが、この日は手出しをしてはいけない雰囲気が漂っている。

「ご家老、どうされますか」

町方の大村主水は、家老の大石源右衛門のところにやってきた。

「そのようなことを言われても」

家老であっても、どうしようもない。見舞いに来たと言われてしまえば、止めるわけにはいかない。また、今回は子供たちのいじめの問題なのである。そして、その背景には松山城下の藩士の、山田家に対する差別意識があることは間違いがない。求められているのは、武家の妻たちの綱紀粛正である。本来ならば藩主や家老が行わなければならないが、瑳奇が病になるまで手をこまねいているばかりで、何もしなかったのだ。相手が夫人や子供では、藩もなかなか手を出しにくい。庶民である辰吉や有終館の奥田楽山が立ち上がらなければ、手に負えるようなものではなかった。

「うるさい、何とかならんのか」

一人の武士が、通りに出ていった。

「なんだと、お前のかみさんがおかしなことをするから、お前らの子供が他の子供をいじめるんだろうが。武芸鍛錬や学問を学ぶ心もなく、他を貶《おとし》めるようなことをさせておいて、何が取り締まれるものならやってみやがれ」

すぐに有終館の者たちがその武士を取り囲み、そしてその周りには農民などが恨みのこもった目で見ている。

「あんたたち、手を出すんじゃないよ」

辰吉の妻加代は、大声でそう言うと、農民たちはその武士の周りを手を出さず回り始めた。

「いじめたのは誰だ」

「松山城下はこんな奴らばかりか」

武士に向けられた恨みのこもった声は、全くやむ気配がなかった。

「頭は誰だ」

大石源右衛門は、表に出てきて列の前に立った。

「俺だ、成羽の辰吉だ」

「松山藩家老、大石源右衛門である」

「そうか、ご苦労さん」

「その方、城下を騒がせては……」

「なにを、それならば子供がこの真冬に水をかけられて高熱を発している状態をなんと説明する。その水を掛けた下手人は、何故お構いなしなのだ」

辰吉も、安五郎ほどではないにせよ、丸川松陰の下で学んだ人物である。弁は立つし、学もある。松山城下の何も学ばずに世襲で役人をやっている者よりもはるかに優秀だ。それは、相手が家老の大石源右衛門とて同じことである。

「いや、罪に問わぬとは申しておらぬ」

「では、なぜ今まで動かなかった」

「こちらも藩の用事があり……」

「何を、その藩が何もできていないから、農民も鉱山夫もみな困っているのではないか。こんなところで安五郎殿の家をいじめている暇があれば、農業を手伝えばよかろう」

そうだそうだ、と後ろの方で農民たちが大きな声を上げる。手出しもしないし、もちろん一揆でもない。しかし、農民や町人の圧力は非常に大きいものである。その不満が大きく松山の城下を取り巻いていた。

「わかった、すぐに沙汰を行う」

鉱山夫や農民の圧力に負けるのは良くないが、しかし、大石は神妙に応じるしかなかった。

「よし、優秀ではないお前らを、俺たちが手伝ってやってんだ。ありがたく思え」

辰吉は大石の言い分などに耳を貸さず、瑳奇をいじめた子供たちの家の門や入り口の柱に鉄子《てっこ》（鏨《たがね》）を打ち付けていった。それが目印である。大石の指示を受けた役人は、仕方なく、その鉄子の刺された家の家人を番屋に拘束した。別に何か罰するわけではない。しかし、そのように役所で匿わなければ、次は鉱夫たちが何をしだすかわからないからだ。


「母上、父上に会いたい」

「父上は、すぐに江戸から帰ってきますからね」

熱にうなされながら、瑳奇は父の姿を探した。弱気な母のことを何とか支えてほしい。瑳奇は自分の身のことなどは関係なく、母のことばかりを心配していた。進には、そのことがいじらしかった。自分がもっとしっかりしていれば、瑳奇がこのようにならなかったはずだ。そもそも自分が、慣れない松山でいじめられたからといって弱気にならなければ、火事も起きなかった。そうすれば冬に瑳奇が水を掛けられ、病になるなどということはなかったのである。

「ごめんね、瑳奇。早く元気になって」

付きっ切りの看病で、進も目に見えてやつれてきた。辰吉の妻加代も応援に来て、瑳奇の看病の代わりを行っていた。瑳奇は熱が下がることもあるが、すぐにまた熱が上がってしまい、また寝込んでしまう。その繰り返しで、しだいに体力が奪われていった。

「何とかならんのか」

辰吉は、もう何日も鉱山に戻らなかった。自分が付いていながら、進にも、そして娘の瑳奇にも何もしてあげられなかった。その後悔の念が怒りになって湧き上がるが、それをぶつけるところがない。高梁川の河原へ行って、遮二無二大声を出し、川に石を投げるしかなかったのである。

「お父上、父上が帰った。瑳奇、瑳奇は頑張ったよ。母上も元気になったよ」

あまりの高熱で幻が見えたのか、体力もないのにふいに布団から立ち上がると、東の方を向いて笑顔で瑳奇が言った。

「瑳奇」

瑳奇は、それを言うとがっくりと倒れた。それが最期の瑳奇の言葉であった。三日後、瑳奇は十一歳という短すぎる命の炎を消してしまった。

「瑳奇、瑳奇ごめんね」

進は瑳奇の亡骸《なきがら》を抱きしめるとそのまま泣き崩れた。

「佐吉、江戸に走れ」

「へい」

辰吉は、奥田楽山に手紙を書いてもらうと、佐吉を走らせた。飛脚や早馬ではだめだ。本来ならば辰吉自身が行かなければならない。しかし、鉱山を何日も閉めてしまっているので、それ以上空けることができなかった。

一月後、一斎塾の前に佐吉が現れた。

「まさか」

安五郎はその佐吉の姿を見て、すべてを悟った。

松山城下では、いじめに加担した妻たちを離縁し、尼にしてしまう家が多くあったが小泉・加藤・岸の婦人たちはそのまま居座った。瑳奇に水をかけた鈴木元之進の父は責任を感じて切腹してしまったほどである。藩も放置することはできず、首謀者である加藤と小泉の家は蟄居を命じた。

藩士の家に対する沙汰を変えてしまうほど、辰吉ら町民の怒りは松山城下を震撼させたのであった。

7　大坂

藩の許しで江戸に遊学している安五郎は、愛娘瑳奇の死といえども、藩主板倉勝職の許可がなければ戻ることはできない。松山藩上屋敷に出向いて、事の成り行きを話し、勝職が参勤交代で戻る九月に、一緒に戻ることと決まった。松山藩もこれ以上安五郎を江戸に置くことはできなかったし、また、辰吉などの圧力も強かった。

安五郎は、一斎塾の学頭をもう一度佐久間象山に譲り、藤田東湖など馴染みの顔にあいさつに行くと、議論などをすることもなく、一人で部屋に籠ることが多くなった。

「安五郎殿、大丈夫か」

議論の友である佐久間象山が、心配して声を掛けるが、安五郎は塞ぎ込んだまま、何も答えることはできなかった。自分の愛娘が死んでしまったのである。ふさぎ込んで当然であろう。佐久間象山は、このような時に掛ける言葉を見つけるのが特に下手であった。

江戸を出立する日、佐藤一斎は一枚の色紙を安五郎に渡した。

「安五郎殿に教えることは何もない。様々なことで気落ちしていると思うが、この言葉を心に己の道を進まれよ」

「尽己」

色紙には大きくそのように書いてあった。

己《おのれ》を尽《つ》くす。自分にできることを行うということであり、それ以上のことを求めることでもなければ、怠けてできることをしないということでもない。

松山に戻って、自宅の床の間に佐藤一斎からもらった「尽己」の色紙を飾り、その色紙の下には、黒い小さな髪の毛の束が小さな銀の簪とともに置かれた。瑳奇の形見である。もうあの、あどけない笑顔を見ることはない。

「旦那様、進さんを責めないでください」

みつが近寄ってきて、耳元でそのように言った。

「わしらが付いていながら、本当に取り返しのつかないことをしてしまいまして、申し訳ありません」

佐吉も毎日西方の実家に行って油売りを手伝ったり、家の力仕事をしながら、口数少なく過ごしていた。瑳奇がいたころに比べて、佐吉やみつまでも何かを見失いかけているような様子であった。

「佐吉さんやみつさんが悪いわけではないです。この私が悪いのです。いや、強いて言えば、この武士の世の中がおかしいのかもしれません。申し訳ない」

「これからも傍においてください。辰吉親方からもそう言われています」

「近いうちに、辰吉殿にもあいさつに行かないといけませんが、しばらく進を置いてゆくわけにはいかないので、申し訳ないが、日を見て佐吉さんが行ってきてくれませんか」

「へい、もちろんで」

実際に、安五郎にも進を責めることなどはできない。もちろん、進をよく助けてくれたみつや佐吉を責めることなどできるはずがない。学問の道を究めるためとはいえ、幼い子供を置いて、全て進に任せて三年も家を留守にしていたのである。ましてや、今回の瑳奇の件は、自分が有終館の学頭になった事への嫉妬であるという。まだ親しい友人も何もいない進を、松山に一人で残してしまった自分に責任があるのだ。

「あなた、ごめんなさい」

進は毎日ふさぎ込んでいた。夜でも灯りをつけずに、瑳奇が寝ていた布団の上にずっと座っていた。もう枯れてしまって流す涙もなかった。ただ、そこにいるはずの瑳奇がいない。その姿をずっと探しているようであった。

「進、悪かった」

安五郎は、そんな進を後ろから抱きしめた。安五郎の頬を涙が流れた。そういえば、江戸で瑳奇の死を聞いてから、ずっと、部屋の中にいて考え事をしていたが、涙を流していなかった。学問の場で涙を流してはいけないと、心の中の何かが、自分に正直になることを拒んでいた。しかし、亡き瑳奇の布団の上に小さく座っている進を見て、それまで自分の心を抑えていた何かが、音を立てて崩れていった。

その安五郎の腕の中には、昔、西方で「西方小町」と言われた明るい可憐な進の姿はもうなかった。この時すでに、進の心は壊れていたのかもしれない。それは、進が自分自身に負けてしまったということもあるが、それ以上に自分の弱さが瑳奇を殺してしまったという自責の念に押しつぶされて耐えきれなくなっていたのだ。そのまま悲しみの中にいては、瑳奇のところに行こうと、今度は自分を殺してしまう。今まで何度か死のうとしたのに、みつに見つかっては思いとどまっていた。そして、自分の命を守るために、心を壊してしまったのである。

安五郎は、ひたすら学問の道を進むことで、瑳奇だけではなく、進の心も失ってしまったのだ。学問を究めるための大きな代償であった。それからも何とか進をいたわりながら、己を尽くすことしかできなかったのである。


そのころの大坂は、地獄のようであった。

天保の大飢饉は、寛永・享保・天明に続く江戸四大飢饉の一つで、天保四年（一八三三年）の大雨による洪水や冷害による大凶作が原因となった。それでも天保五年などは蔵米などを消費することで何とかやり繰りをしていたが、安五郎が松山に戻った天保七年くらいになると、米は取れているのに米問屋が米を買い占め、また無くなった蔵米を入れるために各藩が競って米を買い物価が高騰してしまっていた。米問屋は、利益を追求し米を庶民のもとに卸すことをせず、大坂近郊の街から食べ物が消えてしまったのだ。街の金持ちですら、粟《あわ》や稗《ひえ》を食べるようになり、貧困層は木の皮や草の根を食べるのもやっとという有り様であった。特に米問屋の中心地である大坂は酷く、毎日約一五〇人から二〇〇人を超える餓死者を出していたのである。

「こりゃなんとかせねばならぬ」

洗心洞の大塩平八郎は、私財を投げうって米だけでなく、粟や稗など食べられるものであれば何でも買い、貧困に喘《あえ》ぐ大坂の人々を助けた。しかし、毎日一五〇人以上の餓死者が出るような街の中では、焼け石に水でしかなかった。

「いったいどうすればいいんだ」

大塩は悩んだ。来る日も来る日も、大坂の民が死んでゆく。街を歩けば物陰に子供が泣いている。その前には、飢えて死んでしまったのか、あるいは食べることができずに病に負けたのか、母と見られる女性が死んでいる。

「よし、今助けて進ぜよう」

そう言うと、その路地からは、多くの子供たちがわらわらと近寄ってくる。助けを求めているだけではない。その中には、明らかに羨望から嫉妬に変わり、そしてなぜ大塩だけ豊かな食べ物があるのかと、怨嗟を込めた目で近寄ってくるのである。

「先生」

傍にいた弟子たちが、大塩の前に立ち塞がり、そして子供たちの前に、大きな笊に乗せた握り飯を出した。

「飯だ」

子供たちの先頭にいる年長の少年が大きな声を出すと、その隣にいた小さな子供が喜んで駆け寄った。しかし、その後ろから、まるで津波のように子供たちがあふれてきた。いや、中には乳飲み子を抱える女性や、大人の姿も見える。そして津波が引くように人が去った後、持ってきた笊ごと無くなり、そして一番初めに握り飯を手にした小さな子供が、傷だらけで横たわっていた。人の津波にのまれ、そして自分より大きく力の強い者たちに踏まれ、せっかく手にした握り飯も食べられるものではなくなっていた。

「大丈夫か」

痣《あざ》だらけの子供に大塩が声を掛けると、その子は涙をためて悔しそうな目むけて口を開いた。

「もう三日も何も食べていないのに」

「坊主、これを」

大塩は、懐から自分の昼飯として残しておいた握り飯を差し出した。

「まだあるぞ」

すぐに横からすばしっこい子供が出てきて、その握り飯を、鳶が油揚げをさらって行くように奪うと、どこかへ消えてしまった。目の前には、結局何も食べることのできなかった子供が、恨みがましい目で大塩を一瞥すると、足を引きずりながら路地の奥に消えていった。

「人が人で無くなっている」

「弱い者を、子供を守る心が失われている」

「まるで餓鬼の群れだなあ」

弟子たちは口々にそのようなことを言って、子供たちを非難した。しかし、大石にはそんな弟子たちの声は聞こえなかった。今自分の目の前で起きていることが、現実とは思えなかったのである。子供たちを、このようにしてしまうのは何のか。なぜこの状況をお上は見て見ぬふりをしているのか。なぜ米問屋は米を出して人を助けないのであろうか。人の命より大切なものがあるのか。

そのようなことを考えながら、塾に戻るまで、数多くの骸《むくろ》とも人とも思えぬような塊が路地の端に座り込んでいる、中には肋骨が浮き出てしまい、栄養不足でお腹ばかりが大きく膨らんだ赤ん坊を、正気を失った若い母親が抱いて歩いていた。そして、洗心洞の前の東照宮境内で倒れたのを見た。すぐに、後ろを歩いていた弟子が駆け寄った。ここならば塾に入ればまだ何かあるかもしれない。

「この子だけは助けてあげてください」

母の願いもむなしく、赤ん坊はすでに亡骸となっていた。もう、何日も前に声を出さなくなっていたであろう亡骸を、まだ生きているかのように差し出した母の目に光るものがある。弟子は、大塩の方を振り返ると、深くうなずいて亡骸を生きている子供を扱うように、大事に受け取った。母親はやっと安心したという笑みを浮かべると、そのまま崩れ落ちた。

「おい、どうした。大丈夫か」

大塩は母親のところに駆け寄った。しかし、母親は、どうしても助けたい幼い我が子を武士に託したことで安心したのか、満足そうな表情を浮かべ、涙を流しながら息を引き取った。

「済まぬ、そなたの赤子は間に合わなかった。許せ」

大塩はそう言うと、その場で片膝をついて涙した。体の底から嗚咽《おえつ》が湧き上がってきていた。

「先生、東照宮の方にお任せしましょう」

弟子の一人が、東照宮の衛士を連れてきた。

「縁あって倒れた者だ。よろしく頼む」

「へい」

東照宮の衛士たちはそう言うと、少し迷惑そうな顔をしながら親子の遺体を引き取った。しかし、しばらく見ていると、衛士たちはまるで塵や芥を扱うように、その亡骸を戸板に乗せ、他の亡骸とともに山にしていた。

「なんて酷いことを」

「そんなことを言われましても。毎日毎日二〇や三〇のどこの者かわからない亡骸がくるんですよ。もう、手のつけようがないんですよ。かわいそうと思うなら、遺体を引き取ってやっちゃどうです」

大塩は、周囲を見回して二の句が継げなかった。遺体の山は一つではない。そして、その遺体の懐を探り、何か金目の物や食べ物を隠していないか漁る、人間とも餓鬼ともつかない人々の姿があった。まさに地獄絵図であった。

「いや、済まぬ」

大塩は、そうひとこと言って軽く会釈すると、その場を足早に立ち去るしかなかった。

「これは、お上の問題であろう。何とかせねばならぬ」

意を決し、大坂町奉行所の時の一張羅を出し、大塩は、大坂東町奉行の跡部良弼《あとべよしすけ》のところに出向いた。

跡部は唐津藩主水野家の生まれであったが、旗本の跡部家の嗣子がないことから、その家を継いでいた。跡部家は武田信玄の臣下にいて、いち早く神君家康公に従った家である。幕府はそのような名跡を譜代大名の家から養子を出して継がせることによって、その家臣団の連携を強化することを常に続けていた。この幕末においても、そのような幕府の政策は変わらなかった。この跡部良弼が特別であったのは、彼の実の兄が、時の老中水野忠邦であったことだ。

大塩は、跡部の態度が大きく、横柄で人を見下すところが嫌いであった。特に、兄が老中になった後には、その横柄な態度は目に余るところがあった。大塩としてはそのような者に頭を下げて媚び諂《こへつら》うのは自分の意思に反することであった。しかし、もう一人の西町奉行堀利堅《ほりとしかね》は、儒学者林述斎の娘を娶るほどの朱子学信奉者で、陽明学の大塩とは犬猿の仲である。そのような状況であったので、私塾洗心洞を開いてから、大坂町奉行所に近寄ることさえしなかったのだ。しかし、今日の大坂の惨状はそのような大塩の個人的感情を論じている余地はなかった。

「これはこれは、公儀に認められない学問で名を残しておられる大塩殿。これは一体どうした風の吹き回しかな」

跡部は座敷に入ってくるなり、座りもしないうちに、そのようなことを言って大塩を見下ろした。その物言いは、本当に鼻につく。

「跡部様、いや大坂東町奉行殿」

「就任の時にあいさつに来なかったので、学者様は拙者のような俗物のことが嫌いなのかと思いましたよ。まあ、大塩殿と親しかった高井殿はもういませんし、その後曽根殿、戸塚殿、大久保殿と続いて拙者ですからね。まあ大塩殿と親しい人もいませんから、無視されても仕方がないということでしょうかね」

本当に、腹立たしい物言いしかしない男である。自分の実兄が老中水野忠邦であるとはいえ、弟のこの男が何か実力があるわけではない。大塩はギロッと跡部を見上げると、その怒りの感情を抑えてもう一度頭を下げた。

跡部は、やっと大塩の前に座った。豪華な絹の羽織に金糸の入った白檀の扇子。これを手に入れるだけでいったい何人の大坂の町民が助かるのであろうか。

「さてさて、そのお偉い学者様がどのようなご用件かな。こう見えても忙しいので、手短に頼むよ」

何か物憂げで、面倒臭いという態度で、目は庭の方に向けながら跡部は声を掛けた。

「奉行殿は、大坂の惨状をどうお考えで」

「どうもこうも、ひどい惨状であろう。しかし、武士に何かできるものでもあるまい」

「武士ではなく、奉行として何かできないものでしょうか」

……フン
大塩は我が耳を疑った。為政者として民を治める立場の者が、民の窮状を訴えたときに鼻で笑ったのである。くしゃみか何かを我慢して、そのようになってしまっただけかもしれない。まさか、民を見捨てるような人物を公儀が奉行などにするはずがない。慌てて大塩はそう思い直した。しかし、向き直って見れば、跡部は大塩を小馬鹿にしたような顔で見ている。耳の次は目を疑うしかなかった。

「日々、民は塗炭の苦しみを味わい、米の高騰から粟・稗も値上がりし、飢えて死ぬ者が後を絶たぬ状況で」

「食べる物がないというのであろう。しかし、米が届かないのであるから仕方があるまい」

「御用米を分け与えるということは、でき申さぬか」

「何を言う。御用米は公儀の物である。一旦緩急のことがある時に、何もできぬようでは民を守ることができぬではないか」

跡部の説は一理ある。しかし、この太平の世の中で誰が攻めてくるというのであろうか。もっともらしいが、現実にはまったく則さない話だ。

「その緊急事態こそ、今ではありませぬか」

「まあ、御用米は公儀の物であるから、拙者の一存で出すことなどはできない。拙者が老中水野忠邦の弟であるからといって、できることとできないことはある」

「しかし、それならば諸藩のように米問屋の蔵を開けさせ、米を配るよう命を下すことが肝要と心得ますが」

「元の与力風情が何を言い出すかと思えば」

跡部は、それまでパチパチと音を出してせわしなく動かしていた扇子を腰に収めると、傍らの脇息《きょうそく》を抱え深いため息を漏らした。

「そんなことをすれば、来年の米で元を取ろうとして、来年米の価格がより高くなるではないか。そんなことを心配するのであれば、田舎に行って米農家を手伝ってきたらどうか」

「そんな、それでは来年までに何人死ぬことか。なぜ、何もできないのか」

「御用米の一件もそうだが、将軍家慶様がご就任された。その儀式とお祝い品献上のために米は江戸に回送される。公儀から、そのようなお達しも出ているのだ」

「大坂の奉行のくせに、大坂の民が死ぬよりも新将軍就任の儀式のため江戸へ米を送ることの方が重要と申すのか」

大塩は声を荒らげた。しかし、跡部は全くその大塩の話などは気にしないかのように、また扇子を取り出した。

「ここ数年の飢饉で、江戸の米問屋から米を送ってほしいといわれたが、それは拒絶した」

「当たり前だ。奉行は大坂の民の命よりも将軍の方が重要と申すか」

「そうだ。将軍あっての民であり、また公儀がしっかりとするから、将軍様の御威光が四方に届き、正常化してゆく。そしてすべてが正常化した時に、民の生活も安泰となるのであろう。そうではないか、大塩殿」

「しかし、それまでに命を落とすものはどうする」

「それは、正常化まで待ちきれなかった民自身の罪であろう。それが秩序だ」

あきれて物も言えない。何人もの人が死んでいるのに、将軍の儀式のために米を送る方が優先されるという。

確かに朱子学であれば、秩序は上からできるというような考え方になる。上下関係があり、上が決めた秩序に下の者が従うということが最も重要であり、そのようにすることが社会全体の安定を生むという考え方になっている。しかし、それは平時のことでしかない。下の者が貧困にあえぎ命を落とす状況になれば、当然に、上の者はそれを守る義務があるはずだ。しかし、跡部はそのような時でも、下の者は命を犠牲にして従えと命ずる。武士と武士の間で、戦の中の話ならばそれもあるかもしれない。しかし、それが民に対してまで強制などできようはずがない。民が死ぬということは、来年以降、農耕や産業を担う人材がいなくなるということ。つまりは、来年以降収入が減るということに他ならないのである。それでは全体が縮小してしまう。

跡部は目の前の上下関係の秩序を守りながら、結果的に全体の国力を失わせているのである。それが許されるのか。

「奉行、それでは……」

「ああ、大塩平八郎殿は陽明学とかいう我々とは全く違う学問をしているとか。まさか貧民が命を長らえれば、立派な将軍ができるとでもお思いか。お笑い草であるな」

そういうと、大塩が引き留めるのも聞かず、そのまま奥に入って行ってしまった。

今のままでは、大坂の民を救うことはできない。いや、大坂奉行は自らの立身出世のために大坂の民を犠牲にして、米を江戸に送るつもりだ。いや、もしかしたら跡部が米の相場を操作して値段を吊り上げ、自分の価値を高めているのではないか。そのような疑念まで持ち始めていた。何か無性に酒を飲みたい気分である。しかし、たぶん酒を飲んでも気が晴れぬのではないか。そんな気分の思い帰途であった。

「大塩先生」

「なんだ。どうした」

そのような重い心で洗心洞の門をくぐると、玄関に、女性の遺体が横たわっていた。その傍らには、しのが涙を流している。

「母が」

「しの、そのほうの母上か」

しのは、袖で涙をぬぐいながら、大塩の方に目を向けると、小さくうなずいた。

しのや、しのを囲む門弟たちによれば、しのの母は自分の娘が洗心洞にいて、この大坂の惨状から食料を配っている姿を見て、自分も何かできないかと考えたということだ。そして独力で米を買い、食料を困った人々に分け与えていた。しかし、飢えた人々に襲われてしまったという。ちょうどその時、洗心洞の門弟たちが通りかかり救い出したが、怪我がひどく、また普段自分が食べるものも切り詰めていたということで、体力もなかったのか、ここに運ばれてきたときにはすでに虫の息であり、しのの顔を見ると、少し笑顔を見せて息を引き取ったという。

「しの……すまぬ」

「母は、最期に私もしのに負けないでやったよと、それだけを」

しばらく時が止まったように大塩も、しのも動かなかった。墓場のような静寂がその場を包んでいた。大塩平八郎という人物の心の中で、何かが音を立てて崩れていった。

「諸君。しの殿の御母堂様を弔うように、広間に準備してくれ。それまで少し一人にさせてくれ」

そう言うと、大塩は奥の自室にこもった。


翌日、簡素ながら祭壇ができ、形ばかりの葬儀を行った。しのはずっと涙を流し、母の横に座っていた。この飢餓の中で新たに手伝いに来ていた銀という娘が、女仕事を取り仕切り、よく動いていた。

「皆、よく聞いてもらいたい」

全員の焼香が終わり、そのまま皆が集まった中で、大塩は口を開いた。

「非常に悲しむべきことである。大坂の街は困窮する民であふれ、その民が飢え、人が人を食らう餓鬼の群れとなっている。本来公儀の御政道は、このような時に民草を救うものと思っていた。経世済民とは、まさにこのような時に仁の道を示すことではないか。しかし昨日、大坂町奉行跡部良弼殿のところに行ったところ、お奉行所は将軍家慶様の就任式のために送る米はあっても、飢餓に苦しむ大坂の民のために使う米は一粒もないと言い放った」

そこにいる門弟は、一堂に大塩の方に目を向け、そして目に怒りの色を見せた。大坂の現状を知る者は、人を助けようとは思うが、このような時に江戸に米を送るなどということを画策することはあり得ないと、誰もが思っていたのである。

「それは誠ですか」

門弟であり西町奉行所に近い町目付、平山助次郎は、立ち上がって叫ぶように言った。自分の所属している町奉行所がそのようなことを言うはずがない。自分たちは、常に大坂の民の味方のはずである。そう思っていた平山にとって、大塩の言葉はにわかに信じられるものではなかった。

「誠だ。ただ、平山殿のいる西町奉行の堀利堅殿には、まだ何も確認していない。しかし、老中水野忠邦様に近い跡部殿がそのように言えば、残念ながら堀殿も同じようなことを言うのではないかと推察できる」

平山は悔しそうな顔をして、そのまま力なく座った。

「今のままでは、御政道は天から見放され、民の心も公儀を信じなくなる。そのことは今の大坂の街を見ればわかることだ。そしてこのままでは、しの殿の御母堂様のような悲劇が、君たちの家族にも起こることになろう」

大塩は、ここで一呼吸置いた。大塩に注がれる目はどれも強い力が込められていた。

「王陽明先生は、われらに学問を授けてくださった。公儀が認める朱子学とは異なり、われらの学び信じる道は、心即理、つまり民を救わんという心こそ、今の物事の真理であり、それが本来行われなければならぬことである。そしてそれが真理でありまた人が生まれ持っている道徳知や生命力の根源であれば、そこに至る道こそ致良知とならん」

「そうだ」

洗心洞の中は、異様な熱気に包まれた。

「今、われらは御政道が行うべきものの真理を知り、良知への道を知った。しかし、知っているだけではだめだ。知行合一、これを行動に起こしてこそ、本来の御政道を民のために戻すことができる道ではないのか。知りて動かざるは、何もしないのと同じ。知は行の始めにして、行は知の成なり。今こそ、われらは民のためそして真理のために決起する」

その決起するという言葉が出たと同時に、堂内は静まり返った。

「決起するとは」

平山が、座ったまま小さく声を上げた。

「今大坂がこのようになっているのは、米問屋が米を買い占め米蔵を開かぬこと、そして奉行所が貯め込んでいる蔵米を民に分け与えぬことだ。われらは民を救い御政道を正さんがために、米問屋に強力《ごうりき》し蔵米を出させ、それに従わぬものに天誅を与えるものとする」

大塩は、一人で部屋にこもった時に書いたのであろう、『救民』と書いた大きな白い布を広げた。

「付いてくるものは死を覚悟せよ。われら陽明学のことは、公儀は全く認めようとはしない。死にたくない者は去れ。恨みもせねば追うこともせぬ」

多くの者は、決起するという高揚感に酔っていた。ただ、平山助次郎だけは少し複雑な顔をしていた。


翌日から、大塩は檄文を多くしたためた。決起は、この年の正月から新任として来ている西町奉行堀利堅が東町奉行の跡部良弼の所にあいさつに出向く二月十九日と決め、それに向けての準備をしたのである。

書物や高価な美術品など、売れる物はすべて売り、米と武器を買いそろえた。また、門弟をいくつかの班に分け、金一朱と交換できる施行札を大坂市中と近在の村に配布し、天満で火災が発生したなら駆け付けるよう多くの人に参加を呼び掛けた。一方で、大坂町奉行所の不正、役人の汚職などを訴える手紙を書き上げ、これを江戸の幕閣や京都の公家、学問の仲間たちに送った。

「しの、お前は備中松山藩に行き、有終館という藩校に山田安五郎殿がいるから、そこにこの檄文を届けよ。銀、お前は京の鈴木遺音先生のところに行ってほしい」

「先生、私もお手伝いいたします」

「足手纏にならぬようにいたします」

しのと銀は、そのように言って大坂に残してもらえるように懇願した。彼女たちは、これが大塩平八郎を感じることのできる最後であると理解していたのである。

「ならぬ。大塩平八郎が女子を巻き込んだとあっては武門の名折れ。そういうわけにはいかぬ。また、その方たちが洗心洞のことを多くの人に伝えることにより、われらの決起がもし事をなさぬ時も、その志は生き残ってわれらの仲間から民を救う道が出てくる。その方たちにはそれを見届けてほしい」

「先生」

「その方たちにしか頼めぬことだ。この通りだ」

大塩は、洗心洞にいる女性たちを集めると、一人一人に手紙を持たせて旅立たせた。一方、他の門弟たちは今まで通りに仕事を行った。本を売り、家財道具や机なども売ってしまった。また手の空いている者は軍事教練を洗心洞の中で行うようになっていた。大砲や炮烙《ほうらく》玉の使い方なども習っていたのである。

そのような中、平山助次郎だけが徐々に一人で行動するようになっていた。

「先生、平山殿が少し気になりますが」

門弟で東町奉行所の与力、小泉淵次郎が注進してきた。

「仕方があるまい。決起するときはそのような者も出てこよう」

「しかし、決起前に事態が露見しては意味がありません」

「そうかもしれぬ。だが、私は門弟を信じたい」

大塩は小泉の注進を聞きながら、そのように言った。この時、大塩は既に死を覚悟していたに違いない。門弟には奉行所と米問屋の襲撃といっているが、しかし、そのようなことを幕府が許すはずがないことはよくわかっていた。乱を起こす以上は最終的には幕府が敵に回る。では、洗心洞の門弟で幕府に対抗することはできるのか。答えは「否」である。幕府に対抗して勝てない以上、最後は乱の中で斬られて死ぬか、あるいは罪人として死罪を賜るほかはない。大塩ほどの男が、それくらいの帰結がわからないはずはなかった。彼の中には、乱を起こし世間の耳目を集めること、そして飢餓に瀕している現状を放置すれば第二、第三の大塩が現れること、それを世に示すことが目的であったのかもしれない。

はたして、平山助次郎は自身で悩んだ末、尊敬する師匠である大塩平八郎に思いとどまってほしいと思い、決起日の二日前である二月十七日、東町奉行跡部良弼に面会し、事の次第を告げた。

「何、そのようなことが」

「お奉行様、今からでも遅くはありません。米を配り、民を安堵してはくれませぬか」

「平山とやら、よく報告してくれた。事の次第はわかったので、米蔵を開くために江戸表の勘定奉行、矢部定謙殿のところに行き、急ぎ米を配るお許しをいただいてきてほしい」

「かしこまりました」

「大坂の町目付が言っても相手にされるまい。この手紙を持ってゆくがよい」

そういうと、跡部は平山に手紙を渡した。ただし、その手紙には、事の次第と、この平山という者は首謀者の一人であるために江戸で厳しく吟味してほしいと書いてあったのだ。平山は後に、身柄を拘束され取り調べを受けたが、その目を盗み自決して果ててしまった。乱が鎮圧された半年後のことである。

二月十九日、大塩平八郎と洗心洞の門弟たちは自らの屋敷に火をかけ、大坂東町奉行跡部良弼、西町奉行堀利堅の打倒と、大坂の民の救済のために天満の米問屋の米蔵の打ち毀しを目指して、決起した。大塩の掲げた旗には「救民」の文字が書かれていた。世にいう「大塩平八郎の乱」である。

「ごめんください。山田安五郎先生はいらっしゃいますでしょうか」

大塩平八郎の乱は、事前に計画が露呈していたこと、そして大塩門弟の多くが、すでに何日も食事をしていない状況であり、また、大坂の民も気持ちは大塩に近くても、動けるだけの体力がなかったことなどから、決起から半日で鎮圧されてしまった。当日、東町奉行所で跡部良弼を襲うはずであった瀬田済之助、小泉淵次郎は、事前に捕縛されそうになり、小泉はその場で切り伏せられ、瀬田は逃げたものの、その後の乱の中で命を落とした。近隣住民などを合わせた大塩の兵は約三百となって、北船場で三井呉服店や鴻池屋などの豪商を襲い街に火を掛けたが、事前に準備していた奉行所の役人には敵わず、たちまち蹴散らされて四散してしまったのである。

乱の後、大塩自身は養子格之助とともに潜伏生活をしており、行方が知れなかった。そんな時に、しのは大塩の言いつけ通りに、檄文と手紙を届けに来たのである。

「しの殿、こんな冬に松山まで、さあさあ、上がりなさい」

まさかの珍客に、安五郎は驚いた。草鞋の擦り切れ方や足の傷を見れば、大坂からここまで船も使わず走ってきたことは容易に想像ができた。大塩の私塾にいたのであるから、金がないはずはない。何か深い事情があるのだろう。安五郎の指示を受けた有終館の門弟たちは、すぐに手洗い用に湯を用意し、布でしのの足を拭った。また、湯呑に白湯を用意し、玄関先で座り込んでいるしのを落ち着かせたのである。

「安五郎様、大塩先生を助けてくださいまし」

若い女性を門弟たちに晒すわけにもいかず、しのを私邸に案内し、みつに看病をさせた。やっと落ち着いたのか、しのは一言そういうと、安五郎に手紙と檄文を渡した。

「何日走ったの」

みつの横には進も座っていたが、進はあの時から何も話さなくなってしまっていた。少し熱があるのか、しのの額には濡らした手拭を置いた。

「ごめんなさい。大塩様は」

熱にうかされるように、しのは途切れ途切れに、そのように言った。

「大坂で乱を起こされましたが、すぐに鎮圧されたようですよ。噂はこの松山まで。でも、その後のことは何も伺っていません」

みつはそう言うと、首を振った。さすがに、幕府が総力を挙げて、下手人や関係者を探しているなどということは言えなかった。そんなことを言えば、しのはまた無理をしてでも体を動かすであろう。

「しのさん、ここは安全な場所だから大丈夫よ」

「これはしのさんなの。瑳奇じゃないの」

進はそういうと涙を流し始めた。

「なんとか、安五郎様にお取り次ぎいただき、大塩様を」

しのは、そういうと無理に体を起こそうとした。みつはそれを押しとどめると、また額の手拭を取り換えた。

「みんな死んじゃうの。私が助かって欲しい時は、みんな死んじゃうの」

進は、まだ寝ているしのの方にうつろな目を向けると、悲しみに暮れた声でそのように言った。

大塩は公儀に叛旗を翻して乱を起こし、大坂の五分の一が焼失するほどの火災を起こしたのだ。その火災で、焼死者は約二七〇人、一万人以上が焼け出されたのである。それほどの重罪人であれば、その志はどうあれ、見つかれば打ち首獄門は間違いがない。しかし、今の進には、そのようなことを気遣う余裕はなかった。

「ごめんなさいね。進奥様は、瑳奇様を亡くされてから心を病んでおしまいになってしまって」

進としのの間に挟まれて、みつは自分が謝るしかなかった。心を病んでいるということから、その言葉を打ち消したつもりであった。

「いえ、奥様がそんなときに申し訳ありません」

しかし、しのにとって進の「死んじゃうの」という言葉は心を深く抉っていた。

「なんとか、お願いします」

しのは、そういうと枕に顔を埋めた。

「大塩殿が乱を起こされたと。どういうことでございましょうか」

女性が集まっている奥の間とは異なり、学び舎の方では大塩平八郎の乱に関して活発な議論がなされていた。特に、この年に入塾した熊田恰《くまだあたか》は、何でもよく話す好感の持てる人物であった。

熊田家は松山藩の年寄役であり、新陰流の剣術指南の家柄であった。古くは島原の乱に従軍し、その功から二七〇石の俸禄を得ていた家である。時の当主熊田武兵衛矩清《とうしゅくまだぶへいのりきよ》は二〇〇石であった。恰は矩清の三男であったが、剣の修行のために伊予宇和島に出かけることが決まっていた。しかし、宇和島に行って全く教養がないのは困るということで、剣術修行の前に、藩校有終館で学んでいたのである。

熊田恰の家は本丁にあり、年は死んだ瑳奇の一つ年上である。

「聞くところによると、米の値段が上がり、民が窮しているが故、それを救うために乱を起こしたと」

知ったような口を開いているのは、大石隼雄であった。松山藩の筆頭家老の大石源右衛門の嫡男である。大石家の俸禄は四〇〇石で、熊田家よりも家格は上ということになる。この時隼雄は八歳。まだ子供で稚児髷をしている。本来ならば熊田恰と議論になろうはずがないが、大塩平八郎の乱に関することなどは、父源右衛門の話を聞いているので、何となく偉そうに口を開いていた。またここ有終館は、年齢や家格、俸禄などは一切関係なく、自由に話をすることができ、上下関係にかかわりなく議論をしても塾の外にその関係を持ち出すことを厳しく禁じていた。長く農民の子でいながら議論をしてきた思誠館の経験から、山田安五郎が決めたことである。

「そうであるか、ならばなぜ大坂奉行はそれに答えなかったのか。奉行は民を救わなかったということか」

三浦泰一郎は大石の矛盾を突いた。

三浦泰一郎もまだ八歳。大石隼雄と同い年である。泰一郎は下級武士の家であったが学問が好きで、面白くて玄関でずっと聞いていたところを安五郎に見いだされ、そのまま藩校の門弟として名を連ねていた。

「そうだ、奉行が民を救わなかったから乱を起こすしかなかったのであろう」

「それならば、本来乱を起こすのではなく、諫言して御政道を正すのが本来ではないのか」

安五郎は、それらのことを黙って聞いていた。

藩校有終館では朱子学しか教えてはいない。それも、大石や三浦など年齢の若い者は、まだ四書五経に達することなく、やっと小学が終わって論語の素読を繰り返し行っている段階であった。当然に、朱子学とは全く異なる陽明学の考え方に従った大塩平八郎の考えなどはわかるはずがない。

安五郎は、そのような議論に口を出したくて仕方がなかった。しかし、佐藤一斎の教えの通り、朱子学を学び、その欠点を知るものしか陽明学を教えないということを頑なに守っていた。いや、そのようにしなければ、今目の前にいる若者たちが血気にはやり、今回の大塩平八郎のように過激な行動に出てしまう可能性があるのだ。

「民を見捨て、御政道を省みず、偉そうにふんぞり返っている。そんな奴は斬って捨てればよい」

さすがに剣術指南の家柄の熊田恰は、少々乱暴なことを言う。ある意味で学問ではなく、剣がすべてを解決すると思っている節がある。安五郎にとってはこの考え方も危険なのだ。

「だから乱を起こしたのではないか」

「では大塩殿は、熊田のようにすぐに斬って捨てろという考えであったのか。それならば決起した理由もわかる」

大石隼雄は、そのように言った。彼は家老の子供だけあって武闘派の意見も、また学問の意見も理解する、非常にバランスの取れた人物である。ある意味で、安五郎にとって政治家とはこのようなものであろうという像を、子供のうちから体現している存在であった。

「それでは学問ではないではないか」

学問一辺倒の三浦泰一郎は、剣やバランスということは全く関係なく、学問ですべてを解決するという考え方であった。学問万能説、それは子供であるから信じられる道であり、また将来学問に種類があることを知ったら、どのように成長するのであろうか。安五郎には楽しみな存在である。

「何を、私が学問ではないだと」

大石は大声で言った。ほかの門弟たちも、大人から子供まで皆白熱した議論を続けている。微笑みながら門弟たちの議論を見ていた安五郎は、喧嘩にならないように子供たちを見てほしいと佐吉に頼むと、奥に戻ってきた。

「しの殿、大丈夫ですか」

布団で寝ているしのを気遣うと、進の隣に座った。

「安五郎様は、このしのさんと深い関係になられるのですか」

進は、自分が捨てられるのではないかという、不安でいっぱいの目で安五郎にすがった。

「進、そんなことはありません。しのさんは、私の友人である大塩平八郎殿の門弟の方です。進の代わりになる方ではありません」

「そうなの」

進は無邪気に笑った。みつや加代など、進が知っている女性ではこのようにならないが、新たな女性を連れてくると進は、自分が捨てられてしまうのではないかと心配になるようだ。

「安五郎様、大塩先生は」

しのは、なんとか体を起こした。みつは、すぐにその背中を支えた。

「大塩先生の学問では、仕方がないことなのかもしれません」

安五郎は、陽明学を学んでいた大塩平八郎を思い出した。豪放磊落な性格ではあったが、思慮深く学問を愛する大塩平八郎が乱を起こすということは、よほど大坂が荒んでいたに違いない。そして、乱を起こす以外に考えがつかず、「知行合一」の考えから、そのまま行動を起こしてしまったに違いない。

安五郎には理解ができた。しかし、それは本当に正しかったのか。

「しかし、大塩先生は間違えていたのかもしれません」

「間違っていた」

「はい、大塩先生が乱を起こしてしまえば、大坂の民はその乱に巻き込まれ、より一層苦しい立場になります。また、大塩先生がいなくなってしまっては、この後大坂の民を誰が助けるのでしょう。大塩先生が決起するしかないと考えるに至っては、様々な苦悩があったと思います。しかし、心即理とはいえ、その心が悩んでいたり病んでいたりしたのでは、やはり悩んだり病んだりした理にしか行き着きません。それは真理ではなく、また良知にもならないのではないでしょうか。良知を知り尽くした大塩先生がそのようになってしまうほど大坂がひどかったのでしょう。しかし、そのような時こそ、冷静な判断を必要とするのではないでしょうか。もっと心を磨いていただきたかった。残念でなりません」

しのは、すすり泣くように涙を流していた。進も隣でつられて泣きはじめた。みつはどうすることもできず、ただ二人を見ているしかなかった。

「乱を起こしたとなれば、ここに追手が来ましょう。すぐにお暇《いとま》します」

しのは病んでいるにもかかわらず、立ち上がろうとした。みつはそれを押しとどめた。

「しの殿、公儀の人々もここには来ません。また松山藩の家老大石殿の嫡男がここで学んでいますので、何かあれば先に知らせてくれます。大塩先生のように判断を誤らないように、まずはここで体力を養い、そして心を治してからでも、ここを離れるのは遅くないと思います。また、他に繋ぎをつけたい方がいれば門弟に行かせますので、何でも言ってください」

「そうよ、あんたが一人で大坂に戻っても仕方がないから。しのさん、まずはここでゆっくりしていってよ」

「それに、進の話し相手になっていただけると、私としてもありがたいのですが」

安五郎は、そう言うと、みつに後を頼んで学舎の方へ向かった。

「先生、ありがとうございます」

しのは、安五郎の背中に手を合わせた。

まだ冬の山から下りてくる北風が、何かを暗示するように障子を揺らしていた。

8 牛麓

大塩平八郎の乱は、安五郎の考え方を変える大きな契機となった。安五郎の思う通り、大塩は大坂の惨状を見るに見かねて決起したのではないかと想定された。人々が飢餓により目の前で死んでゆく光景を前にして、何か強く感じてしまったに違いない。本来はそのような状態にした原因となる政治を、冷静に分析し解決策を考えなければならないが、大塩は目の前の悲惨な光景に惑わされた心をそのまま真理であると過ち、心のままに行動を起こしてしまったのだろう。

同じ陽明学を学んでいる人ならば、大塩平八郎の行動は深く理解できる。しかし寛政異学の禁以降、朱子学以外の学問はすべて異学として禁じられてしまい、陽明学を学ぶ者は少ない。朱子学の考え方から見れば、そもそも現在の秩序の源である幕府に対して乱を起こすこと自体が異常であり、決起などせずに秩序の範囲内で物事を解決すべきだと思うであろう。大塩も初めはそのように考えて、幕府の秩序の中で誰かに相談したに違いない。しかし、その相談相手が激情の火に油を注ぐような言葉を発したため、冷静な判断力を失わせたと考えるべきである。つまり、大塩が誰に相談したかはわからないが、その者が解決する能力が全くなく、このままでは悲惨な状況を解決できないと考えたのであろう。

江戸に遊学中、佐藤一斎先生は陽明学を危険であると判断し、そして朱子学を学び、その矛盾を学んだ者しか陽明学を教えないと言っていた。安五郎には、その意味がわかったような気がする。朱子学の基礎がある場合は、陽明学はその矛盾を埋める有用な学問である。しかし、陽明学は心即理の考え方がある。その心が乱れてしまっている場合は、真理にたどり着く前に自らの勝手な考えや激情のまま行動を起こすことになり、全く自分の望んでいない方向に物事が進んでしまう。そして真理とは異なる邪悪な結末を迎えてしまうのである。

心を磨かなければならない。安五郎は、強くそう思った。

そのうえ、本来は高潔な理念のもとに決起したにもかかわらず、越後の国学者生田万《いくたよろず》を中心とする乱や摂津国能勢では山田屋大助《やまだやだいすけ》による能勢騒動などが発生した。いずれも安五郎から見れば、幕府に反対したりあるいは自分の生活苦による「欲」によって起こされたものであり、大塩のように考え抜かれた結果には見えなかった。最も憂慮されたのは、「大塩門弟」「大塩残党」などと称する者の乱が増加していったことである。このようなことは大塩が企画したことであったのだろうか。安五郎には疑問であった。

「しの殿、大塩殿の消息はいまだに掴めぬとか」

「はい、しかし大塩先生のことでございます。もうすでに黄泉の国に旅立ったかと思っております」

二月に松山に来て、かなり元気になったものの、まだ松山を出てゆくきっかけもなかったため、しのは安五郎のもとで暮らしていた。安五郎は特に何かをするのではなく、大坂の街の復興と、しのの体力や気持ちが回復するまでここにいるように勧めた。安五郎にとって良かったのは、しのは、進と気が合うようで、進とよく話をしていた。進も、しのと話している間は機嫌が良いようである。

「なぜ、大塩殿が旅立ったと思うのでしょうか」

最も生きていて欲しいと思うはずのしのが、大塩が死んだと言っているには、何か事情あるに違いなかった。

「大塩先生ならば、すでに次の行動を起こしているはずです。少なくとも隠れているだけということはありません。私とともに京都の鈴木遺音先生のところに行った銀さんのところにも何もないようですから、たぶん……」

しのは、ふと横にいる進に目をやった。少しの間ではあるが、進の前で人が死ぬという類いの言葉を使うことは憚《はばか》られる。まだ、娘瑳奇の死から立ち直れていない進が、また取り乱す恐れがあるからだ。

「大塩先生は生きていらっしゃいますよ」

その、しのの視線が、何か話してほしいというようなサインと思ったのであろうか。進は、口を開いた。

「大塩先生っていうのかなあ。さっきここに来たよ」

「進」

安五郎は、驚いて進を見た。

「いや、しのさんが寝ている間に庭の方から上がってきて、しのさんの横に少し座って。そして出て行った」

しのも、驚いたような顔をして進を見た。

「進、それで大塩殿はどちらの方に行かれた」

進は庭の方を無邪気に指さした。しのはすぐに庭の方に向かったが、そこに大塩平八郎の足跡などがあるはずがない。そもそも庭はそのまま袋小路になっており、庭の方からは外には出ることはできない。

「進、ありがとう。しのさん、落ち着いてください。旅立たれる前にあいさつに来られたのであろう」

「大塩先生がいらっしゃったのに……なんで私には……」

しのは、その場で泣き崩れた。もちろん、しのには大塩が見えないこともわかっていたし、ここに来ていないこともわかっていた。進がそのように言うということは、自分の中で否定したい大塩の死が、現実のものとして襲い掛かってくるような気がしたのである。そして、進に見えるならば幽冥の境にある姿でも、一目大塩平八郎の姿をもう一度見たかった。

「進も、しの殿も、お互いに大事な人を旅立たせています。もう少し、心の中の整理が必要かもしれません。ゆっくり過ごしてください」

安五郎はそう言うと、学舎の方へ足を向けた。

この数日前の三月二十七日、大塩平八郎は、大坂の美吉屋に潜伏しているところを、大坂城代土井利位《としつら》の家老鷹見泉石《たかみせんせき》らの率いる探索方に包囲された末、火薬を使って火を放ち自決した。しかし、遺体は顔の判別も不可能な状態であったと、安五郎の元には伝わってきていた。きっと旅立つ前にしのに別れを告げに来たのに違いない。学問や、そういった話ではなく、大塩という人物の心の温かさが、そのようにさせ、そして進に姿を見せたのに違いなかった。


「よいか、学問は人を、そして民を救うものである」

あれからしばらくして松山藩藩校有終館では、必ず安五郎はこの言葉から始めるようになった。本来ならば幼いころの自分のように「治国平天下」と声を大にして言ってくれる門弟が欲しいところだが、自分の指導力が丸川松陰に比べて劣っているためか、そのような門弟はいない。

「大塩平八郎先生や生田万先生は、何がいけないのでしょうか」

まだ血気盛んな熊田恰は、大きな声で聞いた。熊田は、自分の力で自分の進む道を切り開くことが最も重要であると思っている。また、彼の目指す剣術の道は、そうでなければならない。しかし、なんでも力で押し通すことは、必ずしも正しい結果を生むとは限らない。

「大塩先生も生田先生も立派な先生であったと思う。大塩先生には直接私が会ってお話を伺っていますから、わかる部分もありますが、生田先生には会ったことはありません。ですから師の悪いことを私は言いたくはありませんし、それは皆さんが学んでいる朱子学の教えに反するでしょう」

「それでは、わからないではないですか。逆に師匠のことであるから、我々のわからないことが先生にはわかり、そしてより深く語ることができるのではないでしょうか」

学問のことになると、まだ幼いのに大石隼雄が鋭く言った。大石の言う通り、知っているからこそ言えることがあり、また知っているからこそ、言わなければならないことがあるのかもしれない。今までの安五郎ならば、それを教えていたであろう。しかし、大塩平八郎の乱があってから、安五郎は何かが変わった。

一つは、安易に答えを言わなくなった。四書五経の解釈などは答えを出すことができる。しかし、世の中のことや御政道のことになれば、様々な考え方があり、そして、そのすべてが正解であり、またすべてが間違っているとも言えるのである。安五郎は、そのような中で、常に自分の意見が正しいかを自問自答しなければならず、また、自分が正解として物事を話すことが、自分の意見を押し付けているのではないかというような感覚に苛まれるようになったのだ。そのために、答えや善悪を言う代わりに、書物に書かれた逸話を話すようになっていた。

「大石殿の言うことはもっともです。しかし、私が大塩先生のことを言えば、それが正解になってしまい、皆さんが考えなくなってしまいます。だから大塩先生の話の代わりに、お隣の国、唐の昔の皇帝文宋のお話をしましょう。文宋は、兄の敬宋が殺されてしまったので、その後家臣に擁立されて皇帝になったのです。まあ、本人がなりたかったかどうかはわかりません。一応、希望に燃えて皇帝になった文宋でしたが、しかし、その悪い家臣達が自分たちの好き勝手していて、皇帝の考える政治ができなかった。その悪い家臣達が賄賂などをとっていたために、世の中がうまくゆかなかったのですね。そこで文宗は、悪い家臣達を誅殺しようとして、瑞兆である甘露が降ったという嘘をつき、悪い家臣を一堂に集めて殺そうとしました。でも、その計画が事前に露見してしまい、結局、文宗自身が悪い家臣達に幽閉されてしまい、失意のうちに亡くなってしまいます」

「甘露の変ですね」

学問が好きな三浦泰一郎が、口を挟んだ。他の多くの藩校と異なり、安五郎の教える有終館では、師が話している間でも自由に発言をしてよいことになっていた。ただし、発言をするときは話している人の区切りの良いところで口を開かねばならず、また、必ず手を挙げて、誰が発言をしたかわかるようにしていたのである。なるべく自分たちで考え、そして発言し自分の考えを表すこと。知っているというだけではだめで、行動を起こさなければならないという「知行合一」の考え方を、彼らが意識しないうちに学ばせていたのである。

また、そのような学風にするために、大塩平八郎の乱の後、安五郎の中で何かもう一つ変わったところがあった。それは、妙に笑いを取り、また砕けた話し方をするようになったのである。まずは、子供たちにわかりやすくするためには威厳を込めて話すのではなく、子供たちの目線でわかりやすく、そして興味を持てるように話をした。そして、何よりも笑いの中で、子供たちに話を浸透させようと思っていたのである。

大塩は、相手にわかりやすくするために酒という媒介を使っていた。もしかしたら、しのや銀という女性も使っていたのかもしれない。それは、建前ではなく、本音で相手にぶつかるという姿勢であったはずだ。常に本音で相手にぶつかっていたから、乱を決起し、世の中に警鐘を鳴らすことができたのかもしれない。しかし、自分にはそれはできないし、また、幼い子供たちに酒や女を勧めるのも気が引ける。幼い子供たちに本音でぶつかるには、笑いによる感情の起伏をつくる以外にはないのではないか。

そういえば、京都の鈴木遺音も、また、江戸の佐藤一斎も、まじめではあったが剽軽《ひょうきん》で人間味があった。佐藤一斎などは一緒に吉原にも行ったのである。

「さあ、皆ならば、正しいことをしようとしながら策略を使い、かえってそれが露見してしまったらどうする。例えば……」

そう言うと、いきなり安五郎は最もまじめな三浦泰一郎の後ろに回り、わきをくすぐり始めた。

「先生、なにを……」

ここのところ少し変わった安五郎に、子供たちも懐いていた。

「このような策略ならば、楽しいですね」

熊田恰も、普段の武威張った顔をほころばせている。

「正しければ、正面からやればよいではないか」

三浦が怒る。しかし大石は逆に違う意見を言う。

「しかし、逆らえないような、安五郎先生のような人ならば、策略を使うしかあるまい」

「確かにそうだ」

熊田も大石の方に加担し、皆でそのまま議論に入った。有終館は、笑い声と議論の声が絶えない所となっていたのである。

「素晴らしい学風ですね」

松山城下で風流人として生き、その東間之丁の自宅に「月・雪・花・風・山を愛する」意味を込めた五愛楼を建てている奥田楽山が安五郎の私邸に来て語った。学舎の方からは、笑い声と議論の声が交互に響いてくる。元気な子供たちの声は、風流を私事とするこの老人にも心地よく響いていた。

この時、楽山はすでに還暦を過ぎていたが、たまに安五郎が手が離せない時など、藩校有終館を手伝っていた。そのため、安五郎が江戸に遊学しているときの有終館会頭代行という肩書は返上していなかった。いや、自身の健康のためと称して、たまに子供たちの前に出て講義をし、安五郎の方針に従って笑い話などを聞かせていたのである。

「ありがとうございます。楽山先生にそう言っていただけるとありがたいです」

「しかし、本来であれば上の者が話している話の腰を折ってはいけないと教えるところ、逆に誰が話しているかわかるように話させるというのは、やはり安五郎殿がお勧めした洗心洞箚記に書かれた心そのものですね」

楽山は意味ありげに言った。実際、京都から届いたものの、楽山は洗心洞箚記を松山城下で広めることはしていなかった。それは、楽山自身は理解できるが、自分自身には、松山藩士に理解させる自信がなかったためである。そのことは松山藩全体がそれほど学問が盛んではなく、また藩主板倉勝職が学問による政治を行っていないということを意味していた。そのようなところに、陽明学を広めたところで、藩内がまとまるどころか、かえって混乱を招く。楽山は、そのように当時は考えていたのである。

しかし、安五郎は有終館の中で陽明学という言葉は全く使わず、行動や態度でそのことを示していた。楽山は、安五郎のそのやり方のすばらしさに感嘆していた。このように、子供のころから安五郎の思想を自然に植え付けていけば間違いはない。それも強制するのではなく、笑い声の中で自然と癖を付けるのは、よほど優秀で、なおかつ心にゆとりがなければできないことである。

「笑いの中で話をした方が子供たちも喜びます。また、途中で口を開いてよいとなれば、子供たちは口を開いて目立とうとします。特に、優秀な者が一人いれば、その者に負けないように子供たちが競って口を開くようになるのです。そのために、逆に口を開けるように話をよく聞くようになります」

「大塩先生は、そのようにして教えておりましたのかの」

他の藩ならば、大塩平八郎の名前を出すことさえ憚られる。しかし、松山藩では、全くそのことを気にする必要はない。今でも楽山の五愛楼には洗心洞箚記が置いてあり、興味のある者が読んで帰ることもあったほどだ。

「はい、大塩先生は残念なことにはなりましたが、その教えは悪いことではなかったと思います」

「まあ、大塩殿を崇め奉ってしまっては、お上から何を言われるかわかりませんがね。しかし、大塩殿が乱を起こしたからといって、陽明学が悪いというものではありません。その意味では、安五郎殿がその心を取り入れた教えを行うことは良かったと思います」

「おっしゃる通りです。ただ、江戸の佐藤一斎先生は陽明学は大塩殿のように何か一つ間違うと単なる乱を起こし、民を逆に苦しめる結果になる危険性があるので、十分に注意しなければならないとおっしゃっておられたのを思い出します」

佐藤一斎が、安五郎に与えた影響は非常に大きかった。人間は、現状を否定し批判する勢力が現れたときに、その批判勢力のことを、すでにある現状をすべて凌駕しているであろうと考えてしまう。しかし、一斎はそうではなく、批判する方にも問題点があり双方の利点、欠点をしっかりと学ぶということを主張しているのである。

日本人は、片方が否定されると、振り子のように反対に大きく振れてしまい、ちょうどよく真ん中で止まることのできない性質を見抜いた指摘に、安五郎は驚かされたことを思い出した。大塩は大坂の制度がよくないと思っていたが、だからといって乱を起こすことがよいというのではない。心即理、知行合一という言葉によっていつの間にか大きく振り子が逆に触れてしまった結果、大塩は乱を起こすしかなくなった。安五郎は佐藤一斎の教えから、大塩の事件をそのように解釈していたのである。

「そうですか、それで藩校では、安五郎殿の心酔している陽明学ではなく、朱子学を中心に教えられているのですね」

楽山は、すべてわかっているというような様子で話をしていた。実際に、楽山からすれば江戸から戻ってきて陽明学を一切教えない安五郎を不思議に思っていた。もちろん、朱子学を教えることは、藩校の講義としては最も良いことであろうし、また、松山藩の中でも反発は少ない。楽山は、安五郎が陽明学を中心に大塩平八郎のような塾を展開した場合に備え、ひそかにその時の松山藩士たちを説き伏せる策を練っていたが、それは取り越し苦労でしかなかったようだ。

しかし、それは安五郎自身、本当にやりたいことがあるのにもかかわらず、藩校だからできないということがあるのではないか。もしそうならば、自分のような老骨でよければ力になってあげようと思っていた。いや、楽山にしてみれば、安五郎の江戸遊学中、進と瑳奇を松山藩士の陰湿ないじめから守ることができなかったことへの贖罪《しょくざい》の気持ちがあったのかもしれない。

「もちろんです。藩校ですから、四書五経を中心に学んでおります。また、藩校であれば、やはり朱子学を中心に学ぶのが最も良いと思います」

「しかし、それでは安五郎先生の特徴が活かされませんな」

「私の特徴といいますと。はてさて」

奥田楽山は、ニヤリと笑った。このわざとらしい対応が、最近の剽軽な安五郎にうまくあてはまる。

「安五郎殿は、自分が良いと思えばそれをやり通す力があるではありませんか。大塩先生が素晴らしいと思えば、乱を起こそうと、大塩先生を悪く言うことをしません。それどころか、大塩先生のところにいた女性を匿っていらっしゃる」

「まさか、匿っているわけではありません。楽山殿は風流人ですから、すぐに男女の中も風流にとってしまわれる」

安五郎は笑いながらやんわりと否定した。洗心洞の関係者を匿うといわれても、あまり良い印象はないし、それ以上に、しのと男女の関係になったと思われても困る。だいたい、妻の進と仲良く毎日一緒にいるのに、男女の関係にあるはずがない。

「まあ、別に匿っていても問題はないと思います。藩主勝職様も特に問題視していませんし。ただ、若い年頃の女性が長々と逗留しているのは、世情の耳目が様々なことを言い出しますので」

「確かにそうですね。特に、私はこの松山の城下では、あまり歓迎されている存在ではありませんからね」

安五郎にとっては、少し耳の痛い話である。瑳奇が死んだあと、成羽の辰吉や西方の茜などが松山に来て、一時は一揆になるのではないかというような状況になった。一時、風当たりは少なくなったが、今となっては松山藩士の間にある逆恨みはかなり大きなものに戻っていた。この時でも何かと安五郎一家をめぐり、様々な悪い噂が流れていた。そのような時に、しのをめぐる醜聞や、大塩との関係はあまり良い影響を与えるものではなかった。

「それに、今のままの藩校で、武家の子供ばかりを学ばせることが安五郎先生の目指すところではありますまい。これも言いにくいことですが、もともと安五郎は農民のご出身」

「農民などと良く言っていただかなくても、楽山殿。貧農、どん百姓、油売り、なんとでも言っていただいてよいのです」

安五郎は、そう言うとカラカラと笑った。別に何かを隠しているわけではない。自分の過去を包み隠す必要はない。いや、過去があってこその今の自分なのだ。人に歴史ありとはよく言ったものである。

「まあ、そんなことを言うつもりはありませんが、しかし、今の有終館では将来の山田安五郎は育ちません。また、これからは女性、進殿のような奥方様にも学びを授ける時代が来ると思いますが」

楽山は、そう言うと、ふと外に目を向けた。

縁の外には、松山城の外堀代わりに使われている紺屋川のせせらぎが見える。新緑がまぶしい季節で、薄い緑と町屋の木塀の色、そして水に戯れる鯉の色が合わさり、非常に風流を感じる。その川の向こう側には、すぐに街の家並みが見える。武家屋敷の近くに藩校があるのは、その利便性からある意味で当然である。しかし、楽山はその藩校には不満があるようだ。

「ここでは松山城下の風流がわかりませぬな」

「楽山先生は、風流ではないと申されますか」

藩校の話そしてしのの話。その次に突然風流の話をする。この時代の風流人は、総じて掴み所が無いものであるが、この時の会話はまさにその風流人の典型的なものであった。

「山がない」

「山ですか。山ならば向こうに見えますが」

「松山は、もともと高橋又四郎という者の居城であったそうな。そのころまでは高橋という地名でな。戦国の世の中になって、あまり縁起の良いものではないと、より縁起の良い松山と名を変えたという。松と山、いずれもめでたいものを組み合わせたのが、この城と町の名前。そこまでめでたい名前ならば、学び舎にいる門弟に山を見せながら、そして藩主のいる城を見せながら学ばせるのが本来の学問ではないかの」

「なるほど、そうかもしれません」

安五郎には、深く考えるところがあった。確かに町屋の中において、便利であり子供を一人で歩かせても安全な場所に藩校を置くのはおかしな話ではない。しかし、安全ばかりを考えて志を高くできるのであろうか。

そういえば山上の城を使わず、便利であるからといって麓にある御根小屋といわれる御殿を使って藩政をしているから、松山藩は藩勢が悪いと江戸で言われていた。特に吉原で酔っ払いの武士に言われ、横にいた遊女に嗤《わら》われたのは悔しい思い出である。

子供たちに、そのような思いをさせてはならない。

また、藩校では自由に自分の学問を教えることはできない。そして、しのをいつまでも藩校の奥に置いておくわけにもいかない。進であっても、少し心を壊してしまっている。その二人を藩校に留め置くのはいかがなものであろうか。

そういえば、佐藤一斎は幕府の昌平黌の学頭をしながら、自分の自由に教えることができる一斎塾を造った。安五郎自身、一斎塾であったからこそ寛政異学の禁の中にある江戸であっても、佐藤一斎に陽明学を習うことができた。そればかりではなく、一斎塾には、佐久間象山のような極めて特異な人物がいた。藩の体面を気にしながらの藩校とは別に、奇貨居くべしという心で、私塾を造ることはこれから必要ではないのか。

「私塾を作ろうと思います」

楽山は、紺屋川を眺めて和歌でも詠もうと思っているところであったか。だしぬけに安五郎はそう言ったために、筆を置いた。楽山は安五郎のその言葉を待っていた。いや、安五郎に私塾を造るように決心させるために、本日はやって来たといっても過言ではない。

「そうですか」

楽山は、特に驚きもせず、川の方を向いたまま言った。

「女性も子供も、身分も一切関係のない、松陰先生の志を継いだ塾を造りたいと思います」

「そうですか」

何事もなかったように、楽山はまた筆を執ると、和歌を詠むための短冊を取った。

「牛麓舎《ぎゅうろくしゃ》」

「楽山先生、この言葉の意味は」

「もともと、この松山は臥牛山《がぎゅうさん》と呼んでいたな」

「松山ではだめですか」

「一応、板倉様に遠慮してはいかがかな」

楽山は笑った。

「いや、良い名前です」

「まあ、本来ならば楽山の麓と書いてもよいのですが」

そう言うと楽山はカラカラと楽しそうに笑った。


翌天保九年、武家屋敷の最も高い、松山城の登城口に近い御鋒神社《みさきじんじゃ》の近くに、安五郎は私塾を構えた。

学び舎からは山もそして高梁川も見ることのできるように、辰吉たちがうまく造ってくれた。坂道をうまく使った学び舎は、そこに通うだけで体を鍛えることにもなる。

大塩先生の洗心洞から来ていたしのは、牛麓舎に預かることにし、自宅、そして藩校有終館と三つの拠点を作ったのである。

「私塾を作ると聞きましてな」

牛麓舎に意外な客が来た。寺島白鹿である。それも若者と女性を一人連れてきたのである。

「白鹿先生。大変お世話になっております」

安五郎からすれば、かなり意外であった。春日潜庵とともに伝習録を持っていったときに破門にされたのである。だいたい「お世話になっております」というあいさつをしてよい間柄であるのかどうかも疑問なのだ。

「いや、この老人から、山田安五郎殿が私塾を開くと聞いてな」

寺島白鹿は、奥田楽山の方を見てにっこり笑った。楽山は、少し照れくさそうに見た。

「いやいや、安五郎殿が白鹿の塾を破門になっているのは聞いているのだが、まあ、人は多い方が良いであろう」

「楽山先生。ありがとうございます。しかし、破門にした弟子の塾に、京からいらっしゃるというのも大変でございましたでしょう。いや、私もまさかと思いましてございます」

安五郎は少し嫌味を混ぜて言った。

「そこでだ。私の弟子であるということで、安五郎殿に頼みがある」

「あ、はい。いや、なんでしょう」

安五郎は戸惑った。このように奥田楽山の関係で再会したとはいえ、一度は破門されている身だ。通常、破門した弟子のところに頼むことはない。頼むとしたら、よほどの厄介ごとを押し付けるというものであろう。

そう思ってみていると、白鹿は、傍らにいる若い男の頭をつかみ、安五郎の前に引き出した。

「この若者を牛麓舎で鍛えてはくれぬか」

「は、はい。いや、先生のところで……」

「私の愚息の義一郎と申す。親子では甘えがあって話にならん」

「寺島義一郎と申します」

「いや、私のところでなくても、京ならば他に高名な先生もいらっしゃいますでしょう」

「いや、人物もわかっている安五郎殿が良い。それに、この女性の師匠も安五郎が良いといっていたそうだ」

　横にいた女性が前に出た。

「ぎん、銀ではないですか」

　お茶を出しに来たしのが、その女性を見て驚きの声を上げた。

「しのさん、ご無事だったのですね」

「銀は、今までどうしていたのですか」

　お茶を置くと二人は手を固く握りあった。

「しのさん。銀は大塩先生の言いつけの通りに手紙を京都の鈴木遺音先生のところに持って行ったのですが、そのまま大塩先生の騒動が激しくなり、大坂に戻ることができなくなっていたのです。鈴木遺音先生のところは、大塩先生と同じ学問をされているということで遺音先生が寺島先生のところに匿って下さり、そのまま御所日之御門の学習所で時を過ごしておりました」

「ほう、銀さんは御所日之御門の学習所にいらっしゃいましたか。公家の皆様とお近づきになれましたね」

　楽山は、全く異なることを言った。この時、寺島白鹿は御所日之御門外に作られた公家の子弟のための学習所の初代の講師になっていた。この学習所は、後に明治天皇東遷に伴い東京に移され、現在の学習院大学になっている。寺島白鹿は講師ということもあり、朝廷から従六位の下という官位も戴いていた。そのように朝廷の近くにいただけに、大塩の私塾の縁者であったとしても幕府が手を出せなかったのだ。

「はい、私は良かったのですが、一緒に京にいた洗心洞の人々は、みな幕府にお縄を頂戴し、捕われて行きました」

「それは、つらい思いをされましたね」

しのは、暗い声を出した。大塩の塾の面々は、みな兄弟のようなものである。その人々が幕府に囚《とら》われたということは、極刑を免れない。

「白鹿先生、そのように学習所をお持ちならば義一郎殿も、そちらで学ばれてはいかがでございましょうか」

「私は、陽明学のことはよくわからぬ。しかし、四書五経だけでは物事がうまく進まない。春日潜庵や清水遺音は京都におるが、しかし大塩平八郎の一件があって京や大坂ではゆっくりと学問もできない。また、四書五経を教えたとしてもこの義一郎は父に反骨心を持つだけであろう。また考え方も私とは全く違う。四書五経以外の学問を落ち着いて学ぶところはないかと、楽山先生に相談したところ、安五郎殿、君が私塾を開くというので、すぐにこうやって参ったのだ」

寺島白鹿は、そのように言うと、女性二人を見やりながらにっこり笑った。

「それに、銀を見ていると、鈴木遺音のところに戻しては、他の学びが多くなりそうでな。何しろ、遺音先生は学問よりも器量良しの女子が好きだからな」

「あ、はい」

鈴木遺音の女好きに関しては、安五郎もよくわかっていた。確かにあの塾に銀を置いておくことは、あまり良い結末を生まない気がする。

「風流は私が教えますよ。もちろん、しのさんにも銀さんにもね」

自分の師匠に息子を頼むと言われて、さすがに答えに窮している安五郎を楽山が横から口を挟むことで救った形になった。

牛麓舎は、その年のうちに、有終館から進昌一郎・大石隼雄・林富太郎が入塾し、有終館よりも発展していった。まだ麓は緑があふれていたが、牛麓舎から見える松山城の周りは、仄かに秋の色が混ざってきていた。

（下巻に続く）

【著者略歴】

宇田川 敬介（うだがわ　けいすけ）

1969年、東京都生まれ。麻布高等学校を経て中央大学法学部を1994年に卒業。マイカルに入社し、法務部にて企業交渉を担当する。初の海外店舗「マイカル大連」出店やショッピングセンター小樽ベイシティ（現ウイングベイ小樽）の開発などに携わる。その後国会新聞社に入り編集次長を務めた。国会新聞社退社後、フリーで作家・ジャーナリストとして活躍。日本ペンクラブ会員。

著書に『庄内藩幕末秘話』『庄内藩幕末秘話第二』『日本文化の歳時記』『暁の風　水戸藩天狗党始末記』『時を継ぐ者伝 光秀 京へ』（ともに振学出版）など多数。

カバーデザイン　柏木 陽子

カバー写真　畠中 和久

備中松山藩幕末秘話
山田方谷伝 上

2021年4月14日　第一刷発行

著　者　宇田川 敬介

発行者　荒木 幹光

発行所　株式会社振学出版
東京都千代田区内神田1-18-11 東京ロイヤルプラザ1010
TEL03-3292-0211　http//www.shingaku-s.jp/

発売元　株式会社星雲社（共同出版社・流通責任出版社）
東京都文京区水道1-3-30
TEL03-3868-3275

印刷・製本　サンケイ総合印刷株式会社

ISBN978-4-434-28780-0　C0093